디 앱

디 앱

DIE APP

어느날
갑자기

니나를 위하여

컴퓨터는 인간이란 창조물의 창조물이다.

-안드레아스 텐처, 독일의 철학자이자 교육학자

프롤로그

 그가 눈을 떴다. 눈꺼풀이 거세게 저항하는 느낌이다.
 몽롱한 정신으로 무슨 일이 벌어진 건지 헤매고 있는데 윤곽 없는 형체가 어렴풋이 보였다. 눈을 한 번 두 번 깜빡여 보지만 도무지 선명해지지 않는다. 전날 술을 너무 많이 마셨나? 곰곰이 생각해 봤다. 그런데 이상하게도 아무 기억이 나지 않는다.
 손을 들어 올려 엄지와 검지로 눈가에 괸 진물을 닦아 내고 싶으나 팔이 말을 듣지 않는다. 더 힘써 본다. 이제 팔의 감각이 느껴지지 않는다.
 다른 팔을 올리려 극렬히 힘을 줘 보지만 요지부동이다.
 차분하고 규칙적으로 뛰던 심장 박동이 급작스레 전력 질주한다. 묶여있는 걸까? 말도 안 되는 소리. 그렇다면 두 팔과 다리가 다 느껴져야 맞다. 대체 이게 무슨 일이란 말인가!

자세를 잘못 잡고 누워서 팔에 마비가 온 걸까? 전에도 그런 적이 종종 있긴 했다. 하지만 그럴 때마다 한쪽 팔이나 다리만 저릿저릿할 뿐 나머지는 평소처럼 움직였다.

그의 이성이 사지가 마비됐을 리 없다고, 어서 자리를 박차고 일어나라고 윽박질렀다. 기를 쓰고 팔을 옮겨 본다. 다리, 발, 아니 손가락 하나만이라도 움찔거려 보지만…… 꿈쩍 않는다. 고개를 단 1센티미터도 돌릴 수가 없다. 오직 눈 근육만 살아 있다. 눈알을 이리저리 움직여 눈가의 진물을 잠재워 본다.

탁한 은색 알루미늄 판자로 덮인 천장을 응시했다. 여긴 그의 침실이 아니다.

점점 휘몰아치는 공포에 호흡이 가빠졌다.

집중해, 집중하라고. 그가 자신을 다그쳤다. 제기랄, 집중하란 말이야. 주위를 좀 둘러보라고!

납작한 사각 모양 조명이 위쪽에 비스듬히 걸려 있다. 조명이, 불투명한 유리 속 형광등이 차가운 불빛을 발산하고 있다.

시선이 왼쪽으로 향했다. 바로 위의 조명보다 약간 작은 조명에 시선이 박혔다. 시야의 아랫부분에서 무언가 어둠이 아른거리고 그 어두운 형체가 자세를 바꾼다. 고개를 옆으로 살짝만 돌리면 더 자세히 보일 텐데 온갖 힘을 써도 헛수고다.

조만간 그를 철저하게 장악할 공포와 이성의 마비가 두렵다. 그렇다고 손 놓고 있을 순 없다. 정신 똑바로 차려야 한다.

이 모든 게 꿈은 아닐까? 수면 중 잠재의식이 이런 미친 짓거리들을 현실인 것처럼 믿게 만든 적이 더러 있긴 했다. 어둠의 낭떠러지로 추락한다거나 하늘을 난다거나.

그러나 이건 꿈이 아니다. 시퀀스가 아무리 명확하더라도 지금처럼 실제로 느껴진 적은 없었다. 게다가 지금은 순간순간의 기억 파편이 불쑥 튀어나와 심박을 연신 가속시키고 있다.

그는 밖에서 저녁 식사를 한 후 집으로 갔다. 와인 서너 잔을 마시긴 했으나 취하진 않았다. 아내는 야간 근무를 했다. 부엌으로 가 냉장고에서 주스를 꺼내고 두어 모금 마셨다. 그러고는 거실 불을 켜고 소파로 가려 했는데…… 그런데…… 기억이 나질 않는다. 그 순간부터 잠에서 깨기 전까지, 시커먼 구멍이 뚫린 것 같다.

그는 옆에서 나는 소리에 은색 판자가 덮인 천장으로 다시 주의를 집중했다. 철커덕.

"저기요!" 또는 "도와주세요!"라고 외치고 싶지만 목소리도 팔

다리처럼 말을 듣지 않는다. 공포가 깃든 차가운 갈고리가 또다시 그를 휘어잡으려 하자, 그는 더 이상 그것을 떨쳐 버릴 수 없음을 깨달았다.

침착하자. 자신을 타일렀다. 잘 생각해 보라고. 분명 무슨 얘기가 있을 거야.

옆에서 소리가 또 들렸다. 누군가 이 방에 있다. 확실하다. 그를 이 상황으로 내몬 작자일까? 당연히 그럴 것이다. 사람이 옆에 마비된 채로 누워 있는데 대체 무슨 짓을 하려는 걸까?

그는 자신이 알몸인지 아닌지 생각하며 동시에 이 순간 반드시 떠올려야만 하는 가장 중요한 것이 무엇일지 자문했다. 예를 들어 사지는 마비되어 있지만 숨은 쉴 수 있고 눈도 움직일 수 있는 상황이라면 앞으로 어떤 일이 닥칠까, 라는 의문.

병원에 누워 있는 건 아닐까? 혹시 뇌졸중 발작? 만약 그렇다면 아내가 옆에 같아서 손을 잡아 주고 있지 않을까? 무슨 일이 있었는지 그와 이야기를 나누고 있지 않을까?

무언가 다른 일이 벌어진 게 틀림없다. 아내도 모르는 무언가. 그게 무얼까······.

돌연 시야에 어떤 머리통이 훅 밀고 들어온다. 그는 너무 놀라 심장이 멎을 뻔한다.

그자의 입과 코가 초록색 천으로 덮여 있다. 머리카락도 같은 색 두건 속에 숨겨져 있어서 그자의 눈만 보였다.

의사다. 외과 의사. 아, 병원인 모양이다.

남자가 그의 가슴팍 한 지점에 시선을 고정하고 허리를 숙여 손을 뻗었다. 숨이 턱 막혔다. 고무장갑을 낀 손가락이 메스를 에워싸고 있고, 메스의 양날이 눈부신 형광등 불 아래에서 은빛으로 반짝였다. 그리고 서서히 흉곽으로 내려온다.

안 돼! 그가 속으로 소리쳤다. *그만둬! 마취가 안 됐잖아! 눈이 떠져 있고 눈동자가 움직이고 있잖아! 안 보이냐고!*

남자는 그의 속마음을 듣기라도 한 듯 손을 들어 올렸다. 메스가 시야에서 사라졌다. 안도의 눈물이 흘러나올 때, 남자의 머리가 어렴풋이 보인다. 그러나 조만간 그의 이성을 앗아갈 거란 두려움이 안도감을 위협했다.

보아하니 새끼손가락 하나 꼼지락하지 못하는데도 이것만은 아직 살아 있는 듯하다. 감각. 눈에 차오른 눈물이 얼굴을 타고 흐르는 느낌을 똑똑하게 느꼈으니 다른 감각도 느껴지겠지. 그러니까 통증도 느껴지겠지. 눈알을 바삐 굴리며 메스를 든 손을 찾다가 허리 숙인 남자의 상체에서 멈추었다. 그다음 섬뜩한 느낌이 뒤이어 따라왔다.

여긴 병원이 아니다. 그리고 저 남자는 의사가 아니다.

병원에 있는 의사는 피로 범벅된 하얀색 고무 앞치마를 입지 않는다.

저런 건 도축자들이 입는다.

1

"멋진 저녁 식사였어, 고마워." 린다가 와인 잔을 들어 헨드릭에게 건배했다. 두 사람의 눈빛이 서로 뒤섞였다. "정말 고마워. 황홀한 저녁이었어."

"그래, 황홀한 시간이었지." 헨드릭 역시 잔을 올렸다. "물론 여전히 진행 중이고."

와인을 마시는 중 헨드릭의 눈길이 린다의 손가락에서 빛을 내는 반지로 향했다. 조만간 그녀와 결혼할 생각을 하니 늘 그랬듯 가슴이 부풀어 오르고 심장이 뛰었다.

두 사람은 와인 잔을 커다란 식탁에 올려놓았다. "기대돼?"

그녀의 입가에 부드러운 미소가 사르르 번졌다. "나미비아로 떠나는 여행?"

헨드릭이 슷긋 웃었다. "난 그 여행의 이유에 대해 묻는 건데?"

"응, 기대돼." 린다가 그의 손을 꽉 잡았다. "너무 좋아. 우리가 이 집에 같이 산 지 벌써 1년이 되었는데도…… 또 새로울 것 같아."

이탈리아인긴 아버지의 유전적 영향으로 머리칼이 검고 긴 그녀의 얼굴을 헨드릭은 지그시 바라보다가 부드럽게 입을 맞췄다.

두 사람이 떨어지고 난 뒤 헨드릭은 신성한 눈빛으로 천장을 바라보며 허공에 대고 과장하듯 팔을 벌렸다. "오, 나미비아 좋지. 우리는 밤마다 맨몸으로 지프 위에 있는 텐트 안에 누워 꼭 끌어안고 있겠지. 주변은 적막하고 하늘엔 별이 쏟아질 테고. 별 수백만 개가 우리만의 반짝이는 지붕을 만들어 줄 거야. 자기는 분명 무지 좋아할 거고."

"그럼, 당연하지." 린다가 생긋 웃었다. 그때 탁 소리와 함께 불이 하나둘씩 꺼졌다. 마치 누군가 비밀스럽게 명령을 내린 것처럼. 아주 잠깐, 아니 몇 초간 주위가 어두워지더니 곧 다시 밝아졌다.

"뭐야, 방금."

헨드릭이 어깨를 으쓱하고 머리 위의 조명을 올려다봤다. "모르겠어. 전압 변동이 있었을 수도. 전에 쉐어하우스에 살 때도 자주 그랬거든."

"어휴……." 린다가 꿍얼대며 주변을 돌아봤다. "뭐, 전선이 낡았다면 그럴 수 있지. 그렇지만 여긴 새집이잖아. 여기 빈터후데에서 그런 일이 일어난다고? 말도 안 돼."

"흠, 혹시 알아? 아담이 제멋대로 장난치는 걸지."

아담은 스마트홈 시스템 이름이고, 1년 전 이 집이 지어질 당시 설치되었다.

"고객님 집 안의 모든 걸 이 시스템 앱으로 조종하실 수 있습니다." 당시 판매원이 두 사람에게 힘주어 말했다. "조명, 난방, 냉장고, 창문까지 전부요. 로봇 청소기도 혼자 알아서 움직이죠. 전적으로 고객님이 원하는 대로 조종하는 겁니다." 그러더니 한쪽 눈을 찡긋하며 이렇게 덧붙였다. "천국이 따로 없죠."

이 시스템은 지금까지 한 번도 실수한 적이 없었다. 자주 드나들지 않는 방에 들어가도 아담은 무리 없이 조명을 켰고 다시 방 밖으로 나가면 어김없이 끄곤 했다. 또 캄캄할 때 들어가면 롤러셔터를 알아서 올리거나 명령에 따라 내리기도 하며 아주 빈틈없이 작업을 수행해 왔다. 세탁기 역시 다 돌아가면 휴대폰으로 알림이 오고 텔레비전 아랫부분이 깜빡이기도 했다.

린다가 고개를 끄덕였다. "뭐, 놀랄 것도 없네. 기술이 복잡할수록 골골대는 경우가 허다하니까."

"뭔 일인지 누가 알겠어." 헨드릭이 테이블 위로 몸을 숙였다. "신경 끄고 우리 키스나 하는 게 어때? 그러면 될 거 같은데."

린다가 미소 지었다. 그러나 둘의 입술이 닿기 전 헨드릭의 휴대폰에서 진동과 함께 톰슨 트윈스의 노래 〈닥터! 닥터!〉 후렴구가 울려 퍼졌다.

"아, 안 돼." 린다가 못마땅해했다. 그녀는 그 벨소리가 병원에서 온 전화일 때만 울린다는 걸 알고 있었다. "지금은 안 돼."

헨드릭은 그녀의 손을 놓고 자리에서 일어나 휴대폰을 잡았다.

"쳄머입니다." 헨드릭이 짤막하게 내뱉었다.

"베아테 환자분이 오셨습니다." 헨드릭의 상사의 조교였다.

"교수님이 과장님 부르세요. 심각한 교통사고입니다. 응급 수술이고요."

"알겠어요. 지금 바로 갑니다."

헨드릭은 통화를 끝내고 휴대폰을 바지 주머니에 밀어넣은 다음 식탁 너머의 린다를 바라보았다. 린다는 자리에서 일어나 식탁을 돌아 그에게 다가갔다. 그는 그녀의 사랑스러운 행동을 지켜보며 그녀를 두 팔로 꽉 끌어안았다. 언제나처럼 모든 것으로

부터 지켜 주겠다는 강한 충동이 차올랐다.

"미안해."

린다가 어깨를 으쓱했다. "괜찮아. 일인데 뭘. 자기 기다리면서 침대 따뜻하게 데워 놓을게."

5분이 채 지나기도 전에 헨드릭은 린다에게 인사를 하고 집을 나섰다.

아침 출근 시간에는 겨우 3킬로미터 떨어진 대학병원까지 가는 데 20분 가까이 걸렸지만, 자정을 앞둔 시각에는 교통량이 거의 없어 평소의 절반도 걸리지 않을 터였다.

차고에서 차를 빼고 에펜도르프 방면으로 핸들을 꺾으면서 이번 수술실에서는 어떤 일이 벌어질까 깊이 생각했다. 이런 야간 근무는 예전 외과 보조 의사 시절만큼 빈번하지는 않았지만 간혹 응급 상황일 때가 있긴 했다. 그는 관절과 뼈 관련 수술 전문인 외과 의사였고, 해당 지역뿐만 아니라 전국적으로 명성을 떨치고 있었다. 그가 개발한 부드럽고 정교한 수술법으로 어깨 수술을 받기 위해 많은 환자들이 독일 전 지역에서 함부르크로 원정을 왔다. 내부적으로는 수석 의사로서, 약 1년째 파울 게르데스 교수의 오른팔이자 대리인 역할을 맡고 있었다. 그에 대한 대가는 정규 근무 시간 외 추가 근무로 이어졌다. 헨드릭은 그런 생각을 한쪽에 접어 두고 다시 린다를 떠올렸다.

가족 관계 등록부. 일주일도 안 남았다.

1년 전 첫 결혼에 실패한 뒤 헨드릭은 결혼이라는 제도가 그에게 전혀 중요하지 않으며, 혼인 신고 없이 동거하는 쪽이 사람들에게 이로울 뿐만 아니라 오히려 더 나은 환경을 제공할 거라 확신에 차 있었다.

니콜과 결혼했을 당시 그는 스물여섯이었다. 두 사람은 서로에 대한 사랑이 영원히 식지 않을 거라고 믿었다. 그러나 사랑은 고작 13년밖에 지속되지 않았고 관계의 끝에는 아무것도 남아 있지 않았다. 그때 그가 너무 어렸던 걸까? 아니면 니콜이 어렸던 걸까? 사실 니콜은 헨드릭보다 세 살 어렸다. 그녀에게는 언제나 '액션'이 필요했다. 액션은 그녀가 자주 하던 말이었다. 기분 전환을 향한 그녀의 끝없는 욕구를 헨드릭은 채워 줄 수 없었고, 그건 직업이 으사인 그에게 적잖은 부담이었다. 그래서 그녀는 그가 힘든 업무를 마친 후 숨을 돌리고 있을 때 대개 혼자 있거나 친구들과 놀러 다녔다. 그런 나날을 보내면서 니콜은 그와 더 이상 함께할 수 없는 자신만의 사회적 관계를 만들어 갔다.

어쨌든 둘의 사랑은 그대로 작동을 멈추었다. 지상의 천국으로 시작했던 그들의 사랑은 막대한 이윤을 남기고자 뭉근히 불을 지펴 대는 변호사들의 주도 아래 이혼 소송으로 막을 내렸다.

이제 마흔둘, 헨드릭은 다시 한번 해 보자고 과감히 마음먹었다. 예전처럼 순박하지는 않지만, 그는 린다에게서 평생을 함께하고 싶은 반려자의 모습을 발견했다.

병원 지하 주차장 내 그의 전용 주차 자리에 차를 세우고 엘리베이터를 향해 걸어갔다.

헨드릭이 수술복으로 갈아입고 세면실로 들어서자 파울 게르데스 교수가 슬쩍 올려다보더니 고갯짓을 했다. "와 줘서 다행이군." 그러고는 손과 팔 아랫부분 소독에 열중했다. "미안하네. 퇴근하고 쉴 시간에 또 불러내서 말이야. 그렇지만 자네가 꼭 필요했어. 환자는 준비됐네. 다발성 손상이야. 비장 파열, 골반 골절, 천골 손상, 앞쪽 고리 부분 손상. FAST 초음파에 따르면 내부 과다출혈도 있다는군. 개복하면 충격적이겠어."

두 사람이 수술실에 들어섰더니 마취과 의사와 수술실 간호사들, 불과 몇 주 전에 대학병원에서 실무를 시작한 젊은 보조 의사 둘이 기다리고 있었다.

서른 살인 그 환자는 엑스레이와 초음파로 발견되지 않은 다른 부상은 더 없었지만, 다발성 골반 골절 부위를 나사로 조이고 안정화하는 과정이 무엇보다 복잡했다.

세 시간 뒤 두 사람은 옆 방에서 수술용 마스크와 두건을 벗었다. 게르데스는 땀에 젖은 희끗희끗한 머리를 쓸어 넘기고 헨드릭의 어깨에 손을 올렸다. "생각보다 위험했군. 다시 한번 고맙네. 이제 집으로 돌아가. 나머지는 다른 사람들이 알아서 할 테니 아침 9시에 여기로 다시 오는 걸로 충분해. 나는 당직실에서 좀 누워야겠거. 린다에게 안부 전해 주고. 여기는 내가 잘 처리하지."

"네, 그럴거요. 그러면—" 헨드릭은 시계를 흘긋했다. "잠시 뒤에 뵙겠습니다."

게르데스는 3년 전 이혼한 뒤부터 이성과 깊은 관계를 맺지 않았다. 종종 자기보다 훨씬 어린 여자를 옆에 끼고 여기저기에 나타나곤 했지만 헨드릭이 기억하기에 그런 여자들 중 교수와 두 번째 만남을 이어 갔던 여자는 없었다. 언젠가 헨드릭이 게르데스에게 그 부분을 언급했을 때 게르데스는 살며시 미소를 지으며 이렇게 말했다. "화끈한 여자들이지……."

30분 뒤 헨드릭은 차문을 지그시 닫고 원격 조종 리모컨으로 문을 잠갔다. 린다가 깰까 봐 차고에 주차하지 않았다. 어차피 집에 머물 시간도 네 시간밖에 되지 않았으니.

현관문으로 발걸음을 옮기면서 숨을 깊이 들이마시고 새벽 아침의 편안한 공기를 만끽했다. 눈 붙일 시간이 조금만 더 있었어도 1시간 일찍 일어나 출근 전에 조깅하러 나갔을 것이다. 그는 보통 일주일에 세 번은 아침 조깅을 했고, 덕분에 여전히 몸매가 호리호리했다. 일단 조깅은 다음 날 하기로 마음먹었다.

헨드릭은 현관문 앞에 있는 작은 화면에 손가락을 가볍게 대고 나서 집으로 발을 들인 다음 현관문을 조심조심 닫았다. 돌아서서 복도로 한 걸음 내디뎠더니 천장 등이 탁 켜졌다. "불 꺼." 그가 속삭이자 즉시 어둠이 내려앉았다. 현관문의 유리창을 뚫고 들어오는 어스름한 새벽빛에 적응하기까지 눈꺼풀 두세 번만 깜빡이면 되었다. 주변이 다시 희미하게 보이기 시작했다.

신발을 조심스레 벗고 계단으로 향했다. 헨드릭이 맨 아래 계단에 발을 올려놓자 아담이 작은 LED를 활성화시켜 계단 두 칸을 밝혀 주었다. 다음 계단으로 발을 내디디면 뒤에 켜져 있던 야간 조명은 곧바로 꺼졌다.

계단 꼭대기에 도착하자 2층 복도의 야간 조명이 딸깍 켜졌다. 그는 깜짝 놀라 그 자리에 멈추었다.

침실 문이 열려 있었다. 매우 이례적인 일이었다. 린다는 잠귀가 굉장히 밝은 편인데다가 복도의 야간 조명에도 깨기 때문에 침대에 누우면 항상 침실 문을 닫아 놓았다. 헨드릭은 최대한 소음을 내지 않으려 애쓰며 침실로 들어섰다.

현관과 마찬가지로 침실에도 유리창 사이로 바깥 빛이 스며들었고 덕분에 어렴풋하게나마 주변을 알아볼 수 있었다. 그런데…… 침대가 비어 있다.

"아담, 불 켜!" 헨드릭은 당황한 얼굴로 주위를 둘러보았다. 침대 위 이불이 가지런하게 펴져 있었다. 드레스룸으로 이어지는 미닫이문도 활짝 열려 있었다. 그러나 내부는 캄캄했다.

"이상하네." 중얼대며 뒤로 돌아섰다. 복도로 다시 나와 멈춰 서서 가만히 귀를 기울였다. 아무 소리도 들리지 않았다. 온 집안에 쓸쓸한 적막이 내려앉아 있었다.

계단을 내려갈수록 이상한 느낌이 서서히 퍼져 갔다. 진공 펌프가 천천히 그러나 무자비하게 몸속 장기들을 짓누르는 것처럼.

"린다?" 아주 작은 소리로 그녀를 불렀다가 곧바로 크게 소리쳤다. "자기야! 거기에 있어?"

말도 안 되는 질문이었다. 새벽 4시 반에 대체 어디에 갔단 말인가. 역시나 아무런 대답이 없었다.

거실에서도 린다를 찾지 못할까 봐 겁이 났지만 일단 남은 계단을 내려가 거실로 향했다. 조명을 탁 켜고 주위를 쓱 훑어보았다. 린다는 테이블을 말끔히 치워 놓았고, 주방 역시 티 없이 깨끗했다.

헨드릭은 복도로 돌아가서 린다의 이름을 다시 부르고 귀를 쫑긋 세웠지만…… 아무 소리도 들리지 않았다. 점점 격해지는 불안에 이 방 저 방을 돌아다니며 그녀를 찾아다니다 몇 분 뒤 당황한 표정으로 다시 거실 한가운데에 우두커니 섰다.

의심의 여지 없이 린다는 집에 있지 않았다. 그렇지만 이 시각에 대체 어디를 간 걸까? 메모도 하나 남겨 놓지 않고.

걱정과 화가 뒤섞인 기분으로 헨드릭은 주머니에서 스마트폰을 꺼내 린다의 단축 번호를 눌렀다. 2초가 지나기도 전에 자동 응답 메시지로 넘어갔다. 그녀는 지금 전화를 받을 수 없으니 삐 소리가 나면 메시지를 남겨 달라고 친절하게 설명했다. 휴대폰이 꺼져 있거나 아니면 전화가 터지지 않는 곳에 있을 수도 있다.

헨드릭은 자동 응답 메시지가 끝나기를 참을성 있게 기다렸다. "린다, 대체 어디에 있는 거야? 좀 전에 집에 왔는데 걱정돼 죽겠어. 이거 들으면 바로 전화해. 제발."

전화를 끊고 린다의 부모님에게 연락을 해야 하나 골똘히 고민했지만 이내 생각을 접었다. 린다의 부모님은 하노버에 살고 있지만 랑게오그에도 집이 있어서 여름에는 대부분 그곳에서 시간을 보냈다. 다시 말해 린다가 한밤중에 부모님에게 갔을 리 절대 없을뿐더러 그 작은 섬으로 가는 배편은 아침이 밝은 후에야 움직일 터였다. 무엇보다 그녀의 부모님에게 전화를 했다가는 두 사람 모두를 불안에 떨게 만들 것이었다.

 문득 더 그럴듯한 가능성이 떠올랐다. 잠이 안 와서 그냥 가벼운 산책을 나간 걸 수도 있지 않을까? 하지만 그렇다기엔 이부자리에 흔적이 전혀 없었다. 메모나 문자도 남겨 놓지 않았고. 아니다. 린다의 실종에는 분명 다른 이유가 있다.

2

"쵐머 씨, 얼마나 놀라셨을지 충분히 이해됩니다." 자신을 메르테스 경사라고 소개한 형사가 전화 너머로 말했다. "하지만 약혼자분은 다 큰 성인이고, 맥주 한잔하거나 볼일이 있어서 집을 나갔을 수도 있지 않겠습니까?"

헨드릭은 고개를 털레털레 흔들었다. 통화 상대에게 보일 리가 없는데도. "새벽 4시 반에요?"

그의 신경이 터질 정도로 날카로워졌다. 1시간 동안 온 집 안을 뛰어다닌 뒤 점점 커져 가는 불안에 더는 참지 못하고 경찰에 전화를 걸었다.

"쵐머 씨, 자정이 조금 지나고 나서 집을 나왔다고 하셨죠? 약혼자분이 바르 그 뒤에 집을 나갔을 수도 있지 않겠습니까? 친구한테 전화가 왔다든가 아니면…….."

"이봐요," 힌드릭은 기분이 언짢은 듯 형사의 말을 잘랐다. "린다는 제가 병원에서 한밤중에 호출받은 틈에 어디 나다니고 그러지 않습니다. 그러니 그럴 일은 절대 없습니다. 그 시각에 린다한테 전화할 친구도 없고요. 최소한 나한테는 그런 친구 얘기를 한 적이 없어요. 무슨 일이 생긴 게 분명하다고요."

"집에 침입 흔적이 있습니까? 현관문에는요? 창문은요?"

"아니요. 제가 보기엔 그런 거 없습니다. 확신할 순 없지만요. 그런 쪽으로는 주의 깊게 보지도 않았고요. 저는 범죄 기술자가 아니라 의사거든요."

"집에 경보 장치 있습니까?"

"네. 현관문 지문 인식 센서와 연결되어 있어서 린다나 제가 현관문을 열면 자동으로 비활성화됩니다."

"오작동이 발생한 적은요?"

"처음에 한 번요. 그 후엔 그런 적 없었습니다."

"집에서 뭔가 수상한 일이 있었던 적은 없었습니까? 집이 지저분해져 있거나 가구가 넘어져 있거나 아니면 옷장 또는 수납장이 열려 있거나. 뭐 이런 식의 소동이 일어난 적은요?"

"없어요."

"그러니까 그런 기미는 전혀 없었다, 이거죠? 집에 누군가 침입했거나 약혼자분이 남의 손에 이끌려서, 또는 비자발적으로 집을 나간 흔적이 없다는 거죠?"

헨드릭은 그 질문 뒤에 숨은 논리를 알아챘지만, 그것이 상황을 개선하지는 못했다.

"네, 그렇지만……."

"그러면 약혼자분과 쳄머 씨 사이는 어땠습니까?"

"뭐라고요? 당연히 아무 문제 없습니다."

"혹시 두 분이 어제저녁에 다투신 건 아닙니까? 병원에서 전화를 받기 전에 말입니다."

"아니요. 굉장히 편안한 저녁 시간이었어요. 함께 식사를 하고 얼마 뒤에 있을 결혼식에 대해 이야기를 나누었어요. 우리가 함께여서 얼마나 행복한지 서로 확인도 했고요."

"흠…… 그러면 일단 조금 더 기다려 보시죠. 조만간 약혼자분이 나타나서 다 설명해 줄 겁니다."

헨드릭이 아무 대꾸도 하지 않자 경찰이 안심시키는 말투로 덧붙였다. "다시 말씀드리지만 누군가 집 안으로 침입했다거나 약혼자분에게 무슨 일이 일어났다는 증거가 전혀 없습니다. 걱정은 충분히 이해합니다. 하지만 정신적, 육체적 힘을 스스로 다룰 수 있는 성인은 거주지를 자유롭게 선택할 권리가 있어요. 가족이나 친구 또는 배우자에게 알리지 않고서요. 신체와 생명의 위협에 대한 증거가 없다면 개인의 거주지 수사는 경찰의 임무가 아닙니다."

"린다와 알그 지낸 지 2년입니다." 헨드릭은 인내심이 자신의 미덕이라 다짐하며 한 번 더 침착한 목소리를 끄집어냈다. "1년째 함께 살고 있고요. 제가 장담하는데 린다는 한밤중에 아무 말 없이 집을 나갈 사람이 아닙니다."

콧김을 내뿜는 소리가 또렷했다. "좋습니다. 집으로 형사 둘을 보내 드리죠. 그 형사들이 집을 둘러볼 겁니다. 아시겠죠?"

"고맙습니다." 헨드릭은 안심하면서도 한편으로는 왜 진작에 그런 조치를 취하지 않았는지 의아했다.

주방으로 가서 커피 머신을 켜고 색감이 다채로운 터치스크린에서 카페 크레마 아이콘을 눌렀다. 김이 피어오르는 커피 잔을 손에 들고 거실로 돌아가 소파에 앉았다. 그리고 커피를 홀짝이며 린다의 실종에 대한 타당한 이유를 찾으려 골똘히 생각에 잠겼다.

갑자기 초인종이 울렸다. 헨드릭은 시계를 보지도 않고 경찰과 전화 통화를 마친 지 10분 정도 지났을 거라 짐작했다. 현관문을 열면, 부디 린다가 겸연쩍이 미소를 지으며 서 있기를 바랐다. 그러나 린다가 아니었다.

"안녕하십니까, 음…… 성함이……." 제복을 입은 두 사람 중 왼쪽, 짧은 흑발에 30대 중반으로 보이는 남자가 손에 든 자그마한 수첩으로 눈을 돌렸다. "……쳄머 씨. 약혼자가 실종되었다고요?" 그의 눈길이 다시 수첩으로 향했다. "린다 마테우스, 맞습니까?"

"네, 맞아요."

그 남자가 고개를 끄덕였다. "브로이어 경위입니다. 여기는 그로만 경사이고요. 집 내부를 살펴보려고 왔습니다."

헨드릭은 한쪽으로 비켜서서 입구를 터 주었다. "그러시죠. 들어오세요."

브로이어 경위는 헨드릭의 안내를 따르기 전에 주머니에서 펜 모양의 작은 손전등을 꺼내고 허리를 숙여 현관문 열쇠 구멍을 살펴보았다. 그리고 다시 상체를 일으키더니 고개를 저었다. "강제로 침입한 흔적은 없습니다." 그러고는 지문 인식 센서가 내장된 가느다란 화면을 가리켰다.

"누구의 지문이 입력되어 있습니까?"

헨드릭은 어깨를 으쓱했다. "저랑 린다 지문이요. 그 외엔 없습니다."

그들은 헨드릭이 문을 닫을 때까지 현관에 서 있었다. "약혼자가 정확히 언제 실종됐습니까?" 브로이어 경위가 그로만 경사라고 소개한 젊은 형사가 물었다.

"그 내용은 조금 전 전화 통화에서 전부 말했는데요."

"그래도 한 번만 더 말씀 부탁드려도 될까요?"

"저는 자정이 조금 넘은 시각에 집을 나섰습니다. 직업이 의사인데, 병원에서 응급 수술을 해야 했거든요. 수술이 꽤 오래 걸렸어요. 새벽 4시 반쯤 집으로 돌아왔을 땐 린다가 이미 없었어요. 린다가 언제 실종됐는지에 대해선 뭐라 할 말이 없습니다. 그렇지만 린다가 어떤 메모나 연락도 없이 자발적으로 집을 나갔을 리는 절대 없습니다."

두 형사는 시선을 빠르게 주고받았다. 그런 다음 브로이어 경위가 집안을 가리켰다. "집 안 좀 살펴봐도 되겠습니까?"

"네, 그러시죠."

두 형사가 집안을 둘러보는 동안 헨드릭은 계속 동행했다. 둘은 창문과 테라스 문들을 특히 자세히 조사했다. 10분 정도 흐른 뒤 세 남자는 다시 거실에 섰다.

브로이어 경위가 입술을 삐죽 올렸다. "흠, 쳄머 씨. 강제적 침입 흔적도, 범죄 행위 증거도 보이지 않습니다."

"위층 침실 옆에 옷들 보관하는 방 있으시죠?"

헨드릭이 그로만 경사를 의아한 얼굴로 쳐다봤다. "드레스룸 말씀하시는 겁니까?"

"네. 린다 씨의 옷가지들 좀 살펴보셨나요?"

"아니요. 왜 그러시죠?"

"혹시 없어진 옷들이 있던가요? 캐리어는 어떻습니까? 전부 제자리에 있습니까?"

질문의 의도가 명백했음에도 불구하고, 헨드릭이 그것을 깨닫는 데까지는 시간이 조금 걸렸다.

"제가 여러 번 말씀드리지 않았습니까. 린다는 단순히 집을 나간 게……."

"그래도 한 번 더 살펴봐 주실 수 있을까요?" 브로이어가 말을 잘랐다.

헨드릭은 단념한 듯 손을 들어 올리고 고개를 끄덕였다. "알겠습니다. 잠시만요." 그러고는 몸을 틀어 계단으로 갔다. 이런 제기랄! 경찰은 대체 왜 린다가 아무 이유 없이 밤중에 사라질 리 없다는 내 말을 믿지 않는단 말인가. 헨드릭이 집을 나서기 전 두 사람이 칼부림을 하며 싸웠다 할지라도, 그래도 린다는 그러지 않았을 것이다.

그는 침실을 지나 드레스룸에 발을 들였다. 은은한 간접 조명이 아늑하게 밝히는 드레스룸에는 선반과 옷걸이 봉에 옷이 정리되어 있었다. 한쪽 봉에는 린다의 원피스와 블라우스가, 반대편에는 헨드릭의 정장과 셔츠, 스웨터들이 걸려 있었다.

헨드릭은 그녀의 옷들 앞에 서서 시선을 이리저리 옮겼다. 블라우스 몇 장, 블레이저 여러 벌, 다양한 색상과 무늬의 원피스와 치마. 옷들이 얼마나 되는지 가늠이 가지 않았다. 그 옆 선반에는 청바지와 셔츠, 두툼한 스웨터들이 쌓여 있었다. 전부 익숙한 옷들이었지만…… 뭐가 빠진 걸까? 헨드릭은 자신이 판단할 수 없음을 깨닫고 이마를 찌푸렸다. 물론 린다의 사이즈와 취향을 알고 있었지만, 무엇이 없어졌는지는……. 어쨌거나 이런 부분을 깊이 생각하는 건 아무 의미 없는 일이었다.

헨드릭은 뒤로 돌아 침실을 빠져나온 다음 욕실 옆에 있는 좁은 방으로 갔다. 린다는 그 방에 딱히 자리를 잡지 못한 온갖 잡동사니를 가져다 두었다. 그렇다고 창고는 아니었다. 예를 들면 여행용 캐리어 같은 물건을 그 방에 두었다.

방문을 여는 순간, 몇 주 전 린다가 장난스러운 웃음을 띠면서 여기는 미래의 아이들 방이 될 거야, 라고 했던 말이 번뜩 떠올랐다.
 이 방은 불이 자동으로 켜지지 않았다. 문 옆의 스위치를 누르며 그곳으로 시선을 돌렸다. 헨드릭의 검은색, 린다의 진한 갈색 리모와 캐리어가 세워져 있는 그곳에. 아니 세워져 있던 그곳에. 그는 생각을 바로잡았다.
 린다의 캐리어가 보이지 않았다.

3

 남자의 두 눈은 연구원이 실험용 동물을 바라보는 듯 차갑고 매정하게 그에게 고정되어 있다. 그런데 왠지 처음 보는 눈 같지가 않다.
 메스를 쥔 손이 시야에서 사라지자 아주 조금은 안심이 되었다.
 "무슨 일이 벌어지고 있는지 궁금해 죽겠지, 안 그래?" 마스크를 뚫고 나오는 남자의 목소리가 둔탁하다. 게다가 목소리도 아주 작았다.
 "나중에 다 설명하지. 지금 해야만 하는 일이 당신한텐 몹시 불편하겠지만, 나는 그렇게 야만적인 사람이 아니야. 일단 지금 당신은 마비된 게 아니거든. 그러니까 겁내지 마."

남자의 눈빛에 어딘가 미세한 변화가 일었다. 누워 있는 자의 눈에 서린 원한을 감지한 모양이다. "뭐, 겁을 먹어도 되긴 하지." 이 속삭임…… 그것이 상황을 더욱 끔찍하게 만든다. 이자가 하는 말을 알아들으려면 정신 똑바로 차려야 한다.

"겁먹을 이유가 다분해. 그렇지만 지금 당신이 어떤 상황에 있고 무엇이 당신을 이렇게 만들었는지 설명해 주면 더 혼란스러워질 거야."

당장 그만둬. 그가 온 힘을 다해 속으로 외쳤으나 두려움이 목을 졸라맸다.

"수면 마비가 뭔지 아나? 그 여자가 수면 마비에 대해 언급한 적 있어? 그녀는 아주 잘 알고 있지."

그 여자? 남자는 그가 그녀의 정체를 잘 알 거라는 듯 말했지만, 그는 전혀 아는 바가 없었다.

"바로 수면 중 일어나는 신체의 상태를 가리켜. 호흡과 눈 근육을 제외하고는 거의 움직일 수 없거든."

남자의 목소리는 여전히 속삭임에 가까웠지만 속도가 느려 어느 정도 알아들을 수는 있었다.

"일시적 마비는 굉장히 자연스러운 거야. 꿈속에서 움직이지 못하도록 신체를 보호하지. 보통 잠에서 깨어나면 수면 마비 상태가 바로 끝나 버리기 때문에 아무것도 기억하지 못하지만, 깨어난 뒤에도 그 상태가 계속되는 경우도 있어. 그걸 비수면 발작이라고 해. 뇌는 깨어 있지만 근육은 수면 상태. 그러니까 말하고 움직일 수 없게 된다는 거야. 그 악몽 같은 상태는 최대 2분 동안 지속돼. 그 후엔 근력이 회복되거나 다시 잠에 빠지지. 하지만 당신 경우처럼 약물로 수면 마비 상태에 도달하게 만들면, 그 상태를 임의로 유지시킬 수 있지."

도대체 왜? 그는 남자에게 소리치고 싶었다. 그런 짓을 왜 나한테 하냐고!

그의 머릿속이 뒤죽박죽 얽혔다. 그는 생각을 헤집어 놓은 혼란을 잠재우며 자신에게 무슨 일이 벌어졌는지 알아내려 애를 쓴다. 수면 마비라는 건 생전 처음 들어 보지만, 그게 뭐든 간에 대체 왜 내가 인위적으로 그 상태에 빠져야 한단 말인가? 메스를 쥐고 있던 손을 떠올려 본다. 그리고 눈빛, 그의 가슴팍 한 지점을 향하던 그자의 눈빛을.

남자는 마치 그의 생각을 들은 것처럼 고개를 끄덕이고 동정하는 말투로 말한다. "안타깝게도 이만 짧은 설명을 마칠게. 작업에 들어가야 하거든."

메스가 없는 남자의 손이 불쑥 나타나 그의 얼굴을 향해 움직인다. 남자가 마스크를 움켜쥐고 아래로 내린다. 그는 남자가 머리칼을 감싼 두건을 제거하기도 전에 그 남자를 알아본다.

그리고 자신이 왜 이런 상황에 놓였는지 깨닫기 시작한다.

당장이라도 다리 뒤쪽에 힘을 주어서 근육이 약물에 저항하도록, 그리고 육체가 지배당하지 않도록 만들어서 두 손으로 저 개자식의 목을 움켜잡아 힘껏 조르고 싶다. 살면서 처음으로 살인에 대한 열망이 너무나도 선명하게 느껴졌다. 잠깐이나마 두려움이 잊힐 정도로 강한 열망을.

갑자기 메스를 쥔 손이 그의 얼굴 앞으로 튀어나오고 한동안 그대로 머물렀다. 그자가 빛을 받아 반짝이는 메스의 가느다란 날을 꼼꼼히 살피는 듯하더니 아래로 천천히 내린다. 그러면서 입을 찡그려 악마 같은 미소를 띠고는 다시 얼굴을 구겨 역겨운 표정을 짓는다. "당신이 왜 여기에 있는지 알잖아, 안 그래?" 남자는 이제 속삭이지 않았다. "내가 확언하는데, 당신을 제외한 다른 대기자들은 대부분 무슨 일이 벌어지고 있는지 전혀 인지하지 못할 거야. 난 그렇게까지 야만스럽지 않으니까. 그렇지만 당신은 예외야. 그냥 잘 즐겨 봐. 정말 단 한 번뿐인 경험일 테니."

방광이 비워지고 허벅지 안쪽에서 뜨듯한 액체가 퍼진다. 상관없다. 필연적으로 이어질 상황들은 아무 상관없다.

메스를 쥔 손이 그의 흉곽을 스쳤다. 찰나의 순간 메스의 뾰족한 칼날을, 지르는 감각이 느껴졌다……. 내면에서 강렬한 통증이 폭발하듯 몰아치고 그는 정신을 잃는다.

그러나 그 순간은 짧았다. 오히려 은혜로운 순간일 뿐이다.

4

 헨드릭의 머릿속은 지금 일어나고 있는 상황을 파악하느라 뒤죽박죽이 되어 있었지만, 이성을 집어삼킨 이 혼란 속에서도 그의 자각은 마치 신호탄처럼 선명했다. 경찰 말이 맞았다. 괴한이 침입한 것도 어떤 범죄가 벌어진 것도 아니었다. 린다는 자신의 결정에 대한 낌새 하나 보이지 않고 단 한마디의 설명도 없이 그냥 집을 나갔다. 그날 저녁 두 사람 모두 결혼식을 몹시 기대하고 있다는 걸 서로 확인한 뒤에.

 헨드릭은 살면서 어떠한 깨달음으로 이렇게까지 충격을 받은 적이 없었다. 이렇게 심하게 절망한 적도 없었다.

 그런데…… 대체 왜? 린다가 그를 떠나고 싶어 한다는 걸 암시하는 조짐이나 기미가, 그가 눈치챌 만한 일이 둘 사이에는 전혀 없었다. 그에게는 무슨 말이라도 할 기회조차 주어지지 않았다.

그대로 선 채로 얼마나 오랫동안 텅 빈 곳을 주시하고 있었을까. 갑자기 귀에 들어온 목소리에 헨드릭은 순간 움찔했다.

"침머 씨?"

그가 몸을 돌렸다. "네?"

브로이어 경위가 방 안으로 들어오며 그를 바라보았다. "괜찮으십니까?"

헨드릭은 겉과 달리 캐리어가 하나만 남은 곳으로 시선을 던졌다. "아니오." 그가 형사 둘에게 고개를 돌리고 말했다. "괜찮지 않습니다. 린다의 캐리어가 사라졌어요."

브로이어는 그럴 줄 알았다는 듯 고개를 끄덕였다. "확실합니까?"

"네, 계속…… 계속 저기에 있었어요. 제 거 옆에요."

"흠, 안타깝군요."

"하, 그러게 말입니다."

갑자기 헨드릭이 급하게 이동하며 아래로 성큼성큼 내려갔다. 아래층에는 그로만 경사가 현관에 서서 스마트폰에 열중하고 있었다. 그는 헨드릭의 움직임을 알아채자마자 휴대폰을 재킷 주머니에 숨겼다.

헨드릭이 그의 앞을 천천히 지나쳤다. "죄송합니다. 형사님이 따로……." 그는 입을 열었지만 문장을 끝맺지는 못했다. 내면에 퍼진 압도적인 공허가 모든 힘을 앗아갔다. 그대로 바닥에 털썩 주저앉고 싶었지만 일단 벽에 등을 기댔다.

"기분 나쁘게 들릴지도 모르겠습니다만," 브로이어 경위가 동료 쪽으로 합류하며 조금 더 부드러운 말투로 입을 열었다.

"……그래도 걱정하셨던 것처럼 약혼자분께 나쁜 일이 벌어지지는 않았군요."

헨드릭이 고개를 끄덕였다. "괜찮으시다면 이제 혼자 있고 싶어요." 예상치 못한 가느다란 목소리에 그 자신도 흠칫 놀랐다.

"물론이죠. 이제 괜찮으십니까?"

"뭐가요?"

"상황이 이런데 괜찮으신가요?" 경위가 반복해 물었다.

"네, 그냥…… 다시 잘 생각해 봐야겠어요. 감사합니다."

두 형사가 나가고 현관문이 닫히자 헨드릭은 결국 벽을 따라 아래로 미끄러져 바닥에 주저앉았다. 무릎 위에 팔을 올린 채 린다의 흑백 사진이 걸린 반대편 벽을 응시했다. 그녀는 하늘하늘한 여름 원피스를 입고 카메라를 향해 활짝 웃고 있었다. 불과 세 달

전, 평소답지 않게 포근했던 어느 봄날에 찍은 사진이었다.

저 때도 린다는 날 떠날 생각이었을까?

다시 잘 생각해 봐야겠어요, 라고 조금 전 그가 말했다. 하지만 아는 바가 전혀 없는데 뭘 어떻게 생각해 봐야 하는 걸까?

어느 순간 헨드릭은 있는 힘을 전부 끌어모아 자리에서 벌떡 일어나 거실로 성큼성큼 가서 수납장 문을 홱 열었다. 수납장 안쪽에 술병들이 한 줄로 길게 늘어서 있었다. 위스키를 꺼내 들고 그 옆에 있는 기다란 술잔도 빼내 손가락 두 마디만큼 술을 따랐다. 술병을 손에 든 채 술잔을 입으로 가져가 단번에 들이켰다. 가만 생각해 보니 금복인 아침에 술을 마신 건 생전 처음이었다. 술잔을 다시 채우고 낮은 소파 테이블 위에 내려놓은 다음 울룩불룩한 안락의자에 몸을 던졌다.

눈을 감고 지난 저녁을 되돌아봤다. 그리고 그 전날도. 그러다 지난주까지 되돌아봤다. 아무리 돌이켜보고 끄집어내 봐도 린다의 말이나 행동에는, 그녀의 눈길에는 그를 떠날 계획을 암시하는 그 어떤 조짐도 없었다.

그녀는 정말 그런 계획을 세웠던 걸까? 아니면 밤새 갑자기 사라져야 할 이유가 생겼던 걸까?

술을 한 모금 더 마시고 잔을 손에 쥐는데 알코올로 인한 열이 내면의 분노를 더욱 극심하게 끌어 올렸다. 정말 그랬어야 했을까? 린다는 한밤중에 그의 삶에서 은밀하게 사라졌고, 헨드릭은 술을 퍼마시며 대체 뭐가 잘못된 건지 아니면 자신이 무언가를 잘못한 건지 골이 터지게 고민하고 있었다. 정말 그냥 이렇게 아무런 행동도 취하지 못한 채 린다의 결정을 받아들여야 할까?

헨드릭은 남은 위스키를 전부 들이켜고 테이블에 잔을 쾅 내려놓았다.

눈으로 스마트폰을 찾아 헤맸다. 언제나처럼 휴대폰은 수납장 위에서 발견되었다.

30초 뒤 안락의자에 다시 앉아 휴대픈을 귀에 댔다. 전화벨이 여러 번 울린 후에야 상대가 전화를 받았다.

"헨드릭?" 수잔네의 목소리는 쉬어 있었다. 자고 있던 모양이다. "무슨…… 무슨 일 있어? 지금 몇 신데?"

"여섯 시 조금 넘었어. 깨워서 미안. 난 그냥…… 뭘 어떻게 해야 할지 모르겠어. 린다가 사라졌어. 네 시 반쯤 병원에서 집으로 왔는데 린다가 집에 없었어. 메모나 연락도 없고. 수잔네, 넌 린다의 베스트 프렌드잖아. 뭐 아는 거 있어?"

"뭐야, 이 시간에 누군데?"

꿍얼대는 남자 목소리가 들렸다. 수잔네의 남편 옌스다. 옌스는 헨드릭에게 흐의적이지 않았다.

"헨드릭입니다. 린다에게 무슨 일이······."

"아니, 꼭 이 시간에 해야 합니까?"

"그냥 계속 자······. 헨드릭? 린다가 사라졌다니 무슨 말이야? 어디에 있는 건데?"

"아무래도 린다가 날 떠난 것 같아."

"뭐?" 수잔네의 목소리에 피곤함이 싹 가셨다. "무슨 말도 안 되는 소리야? 린다가 널 떠났다고?"

"의미심장한 말이네. 혹시 뭐라도 알고 있는 거 아냐?" 헨드릭이 대꾸했다. 하지만 자신의 공격적인 어조에 수잔네가 차가운 침묵으로 반응하자 곧바로 이렇게 덧붙였다. "미안, 나······ 난 사실 굉장히 혼란스러워. 린다가 아무래도 짐을 싸서 나간 것 같아. 내가 병원에 있는 동안."

"나갔다고? 린다가? 말도 안 돼. 난 못 믿어."

"수잔네, 나 역시 믿고 싶지 않아. 그런데······ 린다가 갔어. 캐리어까지 챙겨서. 사실이야. 혹시 린다가 너한테 그런 낌새를 보인 적 있어? 뭐가 잘 안 맞는다고 했다든가······ 행복하지 않다든가 아니면 화가 난 일이 있었다든가. 결혼식 때문에 부담스러웠나? 만약 그렇다면 지금이 딱 나한테 털어놓기 좋은 타이밍

일 텐데."

"아니, 한 번도 그런 적 없어. 린다는 결혼식을 무척 기대하고 있었어. 진짜 말도 안 되지. 뭔가 있었으면 내가 알았겠지."

헨드릭은 숨을 깊게 들이마시고 말을 이었다. "혹시 다른 남자가 있던 건 아닐까?"

"제정신이야? 무조건 아니야."

"그럼 다른 사람, 누구 언급한 적은?"

"없어, 이럴 수가. 너 말고는 아무도 없었고 지금도 없다고. 린다는 네가 생각하는 것보다 훨씬 더 널 사랑해. 어떻게 린다가 그런 식으로 집을 나갔을 거라고 생각할 수 있어? 린다를 그렇게 몰라?"

좋은 질문이었다. 그는 린다를 얼마나 잘 알까? 헨드릭은 몇 초간 망설이다가 대답했다. "2년 전 처음 만났을 때부터 지금까지 나는 린다를 위해서라면 불구덩이에 손을 집어넣을 수도 있었어. 그만큼 린다를 믿는다고."

"어이쿠, 그런데 이제는 아닌가 봐? 린다가 실종됐다며. 아무런 메모도 없이, 너희들 사이에 아무 일도 없었는데도. 그런데도 넌 린다를 찾아내기 위한 온갖 수단과 방법을 동원하고 고민하는 대신, 너를 향한 린다의 사랑을 의심부터 하고 있어. 이게 말이 돼?"

"나는……."

"경찰하고 얘기해 봤어?"

"어, 조금 전에 왔다 갔어. 경찰이 린다의 캐리어가 없어진 걸 보더니 먼저 그렇게 말하더라고. 그리고 경찰이 말하길, 성인 실종은 자발적으로 가출한 경우가 대부분이래."

"집 나가는 결정을 자발적으로 한다고? 결혼식 일주일 전에? 정말 그 말을 귀담아들은 거야? 이게 뭐야, 대체 너한테 무슨 일이 생긴 건데? 제발 허튼소리 집어치우고 엉덩이 들고 일어나서 아는 사람들한테 전부 전화나 해. 30분 안에 너희 집으로 갈게." 수잔네는 헨드릭이 뭐라 답하기도 전에 전화를 끊어 버렸다.

헨드릭은 스마트폰을 내리고 앞에 있는 소파 테이블을 멍하니 응시했다. 수잔네가 비난한 대로 너무 빨리 린다를 의심한 걸까? 그렇다. 그는 자신의 내면에서 벌어지고 있는 일들에 기가 막혔다. 없어진 짐 가방과 경찰의 통계 따위가 린다와 함께 보낸 세월을 거스를 만큼, 그녀와의 모든 기억을 의심할 만큼 가치 있는 걸까?

5

 수잔네가 문을 열었을 때, 헨드릭은 머릿속에 떠오르는 사람들 전부, 린다의 친구뿐만 아니라 멀리 떨어져 사는 지인들까지 통화를 마친 상태였다. 그러나 전화 통화에서는 동정 어린 위로와 별일 없을 거라는 단언을 제외하면 건질 만한 소식이 하나도 없었다. 그래도 린다의 친구나 지인들과 이야기를 나누면 나눌수록 그녀가 자기 발로 집을 나가지 않았다는 것, 분명히 무언가 또는 누군가 그녀를 집에서 나가게 만들었다는 생각에 더욱 확신이 들었다.
 "어떻게 됐어?" 수잔네가 집안으로 발을 들이기도 전에 물었다. 청 반바지에 하얀 티셔츠 차림이었다. 호리호리한 그녀의 다리는 살짝 그을려 있었다. 수잔네가 여름이면 시간 날 때마다 정원에 누워 있기를 즐긴다는 걸 린다에게 들어 알고 있었다.

"없어. 린다가 어디에 있을지 아는 사람이 아무도 없어."

"흠, 일단 커피 좀 마시자." 수잔네는 그를 살짝 밀치고 지나가 곧장 주방으로 향했다. 헨드릭은 현관문을 닫고 그녀를 따라갔다.

"경찰은 뭐래?" 수잔네가 커피 머신을 켜고 찬장에서 컵을 꺼내며 물었다.

"린다의 캐리어가 없어진 걸 알기 전에도 경찰은 아무것도 하지 않으려 했어. 린다가 앞으로 며칠간 아무 연락 없이 실종된 상태여도 경찰은 계속 두 손 놓고 있을 거야."

"아니면 린다가 진짜로……."

"진짜로 뭐?"

수잔네가 고개를 저었다. "린다가 캐리어를 어디 다른 데 둔 건 아닌지 확인해 봤어? 두 사람 얼마 전에 로마에 갔다 왔잖아. 어쩌면 린다가……"

"아니야. 짐 다 풀고 내가 직접 그 방에 갖다 뒀어."

수잔네는 김이 모락모락 피어나는 커피 잔을 손에 들고 아일랜드 식탁에 기대어 섰다. "이게 지금 꿈인지 생시인지 모르겠어.

린다가 실종됐다는 게 믿기지가 않아."

"그래, 나도. 당장이라도 현관문이 열리고 린다가 우리 앞에 나타나서 전부 설명해 줬으면 좋겠어. 그런데 내 머릿속에서도 그런 일은 일어나지 않을 거라고 말하는 느낌이야."

"우리 한번 생각해 보자. 집에 누군가 침입했어. 그래서……."

"침입 흔적은 없어."

"그러면 초인종을 눌렀을 수도 있네. 뭔가 안으로 들어올 구실을 만들어 놨겠지."

"한밤중에? 린다가 쉽게 문을 열어 줬을 리 없어. 너도 알다시피 우리 집 현관문에 인터폰도 있고 카메라도 있잖아. 그러니까 린다가 아는 사람일 확률이 아주 높지."

"아니면 납득할 만한 이유가 있는 사람이거나."

"캐리어까지 끌고 따라나설 만큼 납득할 만한 사람 누구? 린다가 저항한 흔적이 전혀 없다고."

"후우, 그렇게 계속 반박하고 있지만 말고!"

"난 현실적으로 따져 보고 있는 것뿐이야."

"알겠어. 누군가 린다가 문을 열게 만들었어. 집안으로 들어와서 마취제가 묻은 수건으로 린다의 얼굴을 감싸. 왜, 범죄 영화에서 보면 그런 장면이 수천 번도 더 나오고 그러잖아. 그런 다음 캐리어를 가지고 나와서 짐을 싸고 린다를 데리고 나간 거지."

"아니 대체 왜? 우린 부자가 아니라서 몸값도 못 준다고."

"그거야 나도 모르지. 일단 더 생각해 보자. 린다 옷들도 없어졌어?"

"글쎄, 그렇다고는 말하기 어려워."

수잔네가 이상하다는 듯 이마를 찌푸렸다. "확인 안 했어?"

"했지. 그런데…… 뭐가 없어진 건지 모르겠더라고."

수잔네가 눈알을 굴렸다. "흠, 그럼 한번 살펴보자."

얼마 뒤 그녀는 엉덩이에 손을 올린 채 드레스룸에 서서 린다의 옷들을 자세히 관찰했다. "짙은 빨간색 원피스가 없네. 노란색 치마도 그렇고. 블라우스 몇 벌도 없는 것 같아."

주먹이 헨드릭의 뱃속을 뚫고 들어오는 것 같았다.

수잔네가 바지 선반을 가리켰다. "린다가 청바지를 몇 개나 갖고 있는지 정확히는 모르지만 저건 너무 적어."

그러고는 허리를 숙여 린다의 브래지어와 슬립이 들어 있는 널찍한 서랍을 열었다. 서랍이 텅 비어 있었다.

뱃속의 주먹이 내장을 무자비하게 짓눌렀다. 그러나 그는 애써 이렇게 말했다. "그게 뭐. 누군가 린다를 납치했다면, 그놈이 린다를 계속 데리고 있을 생각으로 다 준비해 놨겠지."

"그래, 뭐 그럴 수도." 수잔네는 그의 의견을 탐탁지 않아 했다. 그녀의 목소리가 확연히 차분해졌다.

갑자기 전화가 울렸다. 전화벨 소리에 두 사람은 움찔했다. 헨드릭은 침실로 몇 걸음 걸어가 부들부들 떨리는 손으로 침대 옆 탁자 위의 수화기를 들었다. "네, 쳄머입니다."

"헨드릭, 린다한테 무슨 일이 있는가?" 린다 엄마의 걱정 가득한 목소리였다. "마리오가 태국에서 전화를 했네. 이상한 소리를 하던데. 린다가 실종됐다고?"

마리오! 린다의 오빠는 하노버에 살았고, 헨드릭은 당연히 그에게도 전화를 걸어 린다한테 뭐 들은 게 있는지 물었다. 그와 통화를 하던 중에 마리오가 태국에서 출장 중이라는 사실을 알게 되었고, 부모님께 린다의 실종에 관해 이야기하지 말라고 마리오에게 부탁했었다. 마리오는 원래 헨드릭의 말대로 오전까지는 린다를 기다려 보려고 했지만, 어찌 된 일인지 생각이 바뀐 것 같았다.

"네, 맞아요. 제가······."

"세상에 이럴 수가. 이게 뭔 일이야, 그래?"

헨드릭은 숨을 깊게 들이마시고 무슨 일이 벌어졌는지, 지금까지 어떤 조치를 취했는지 린다의 엄마에게 설명했다. 그녀는 중간에 말을 자르지 않았다. 작은 흐느낌만이 그녀가 아직 수화기를 들고 있다는 걸 조심스레 알려 주었다. 그가 설명을 마치자 그녀가 말했다. "그렇구나……. 우리가 지금 함부르크로 갈게."

"일단 조금만 기다려 주세요. 경찰이 린다가 다시 나타날 거라고 했어요. 결혼식 때문에 부담이 좀 있었던 모양입니다. 아마 혼자만의 시간이 필요할 거예요. 그렇게 오래 걸리진 않을 겁니다. 다시 올 거여요."

린다의 엄마가 주저하자 헨드릭이 덧붙였다. "어머님과 아버님이 지금 여기에서 하실 수 있는 일이 없어요. 새로운 소식 들리는 대로 바로 연락드릴게요. 약속하겠습니다."

"그래, 알았네. 나중에 꼭 전화해야 해, 알겠지?"

"꼭 그럴게요. 늦어도 오늘 저녁에 다시 전화드리겠습니다."

헨드릭은 전화를 끊고 드레스룸으로 이어지는 통로에 있는 수잔네를 향해 몸을 돌렸다. "두 분 모두 정말 좋아하지만, 그렇지만……."

수잔네가 그만두라는 손짓을 했다. "됐어. 무슨 뜻인지 알아."

헨드릭이 시계 쪽으로 흘긋 시선을 던졌다. 7시 반이 다 됐다. 병원에 전화를 걸어 상사의 직통 번호를 눌렀다. 벨이 몇 번 울리고 전화가 연결되었다.

"게르데스입니다."

"교수님, 접니다. 헨드릭이요. 저…… 바로 말씀드리겠습니다. 린다가 사라졌어요."

"뭐? 사라졌다니 무슨 말인가?"

"간밤에 제가 집 밖으로 나가 있는 동안 린다가 없어졌습니다. 온 동네에 다 전화를 걸어 봤는데 아무도 행방을 몰라요. 경찰은 범죄와 관련이 없을 거라 하지만, 저는 린다가 자발적으로 집을 나갔을 리 없다고 생각합니다."

"세상에. 린다한테 범죄를 저지를 만한 사람이 누가 있지? 대체 왜?"

"모르겠습니다. 강제 침입 흔적은 없고, 일단 제가 보기엔 도둑맞은 물건도 없습니다. 도대체 모르겠습니다. 어쨌거나 린다가 실종됐어요. 캐리어도 없어졌고요."

"캐리어?" 한동안 침묵이 이어졌다. 헨드릭은 파울 게르데스가 무슨 생각을 하는지 어느 정도 예측할 수 있었다.

"아무튼 저는 린다가 자기 발로 집을 나간 건 아니라고 확신합니다."

"믿을 수 없는 일이구먼. 그럼 자네는 당연히 병원에 출근하지 못하겠군. 상황을 잘 지켜보고 있어야지. 대신 집에서 휴가 중인 헬러 박사를 호출하겠네. 내가 뭐 또 할 일 있나?"

"아닙니다. 감사합니다."

"이 사람아 헨드릭. 정말 안타깝군. 분명 다 해결될 거네. 린다는 조만간 다시 나타날 거야. 누군가 린다의 도움이 필요했던 건 아닐까? 친구 중에."

"그럴 만한 사람들한테 이미 다 전화 돌렸습니다."

"혹시 자네가 모르는 친구 중에 급한 상황에 처한 사람이 있나?"

"그랬다면 저한테 메모를 남기거나 전화를 했을 겁니다. 그리고…… 만약 그랬다면 캐리어까지 챙겨 갔을까요?"

"그래, 듣고 보니 그렇네. 어쨌든…… 금세 다 해결될 거네. 무슨 소식이 있으면 연락하게."

"그렇게 하겠습니다. 감사합니다. 들어가세요."

헨드릭은 전화기를 한쪽에 놓은 다음 휴대폰을 들여다보고 있는 수잔네 쪽으로 고개를 돌렸다. "페이스북 프로필에는 수상한 점이 안 보여. 물론 린다가 페이스북으로 누구하고 접촉하는지는 알 수 없지만. 인스타그램도 마찬가지고."

"모르지. 언급조차 하지 않았으니까."

"그런데 얼마 전부터 SNS 앱으로 일과 관련된 활동을 좀 하더라고. 아마도 다른 직장을 찾으려고 그랬던 것 같아."

"그래. 3주 전에 상사와 언쟁을 하고 난 뒤 충동적으로 그랬을 거야. 솔직히 린다는 일에 대한 만족도가 높았거든. SNS를 그렇게 자주 들여다보지는 않았을 거야."

"그래도 가능성은 있으니까."

"가능성은 어디에나 있어."

"그럼 이제 어쩔 거야?"

헨드릭은 손목시계를 다시 확인했다. "은행에 전화하기는 아직 이르니까 이따 해 봐야겠어. 솔직히 그럴 일은 없겠지만, 단 하나도 그냥 지나치고 싶지 않아. 정말로 날 떠난 거라면 출근은 했겠지." 헨드릭은 두 손으로 얼굴을 문질렀다. "너무 지친다. 먼저 샤워부터 해야겠어. 샤워하다 보면 뭔가 떠오를지도."

그는 방에서 나와 욕실로 갔다. 거울 앞에 서서 벌겋게 충혈된 눈을 바라봤다. 눈 아래가 칙칙하게 그늘져 부풀어 올랐다. 짧은 갈색 머리는 평소보다 거칠었다. 꼴이 생각보다 처참했다.

칫솔을 막 잡으려던 순간, 그의 움직임이 우뚝 멈추었다. 그는 세면대 위쪽 벽에 고정된 양치 컵을 말도 안 된다는 표정으로 응시했다. 평소에 두 사람의 칫솔이 담겨 있는 그 양치 컵을.

양치 컵 안에는 칫솔 하나가 없었다. 그의 칫솔이.

6

헨드릭은 침실로 미친 듯이 달려갔다. 수잔네는 침대 모서리에 앉아서 여전히 휴대폰에 눈을 박고 있었다.

"경찰에 전화해야 해! 린다는 자기 발로 나가지 않았어. 절대로."

"무슨 일인데?"

"내 칫솔이 없어." 헨드릭은 수잔네의 당황한 눈빛을 모른 체하고 전화를 붙잡아 번호를 눌러 경찰서로 연결을 요청했다. 메르테스 경사는 당직 근무를 마치고 퇴근한 상태였다. 어쩌다 보니 범죄 수사국 경감인 칸슈타인과 전화가 연결되었다.

헨드릭이 몇 마디 설명을 했고, 칸슈타인 경감은 데이터베이스에서 관련 파일을 찾아 확인한 뒤 물었다. "약혼자가 다시 나타났습니까?"

"아니요. 제 약혼자는 분명히 납치되었습니다. 확실해요."

"아하. 그런데 여기에는 다르게 쓰여 있군요." 칸슈타인의 말투로 미루어 볼 때 그는 헨드릭과의 대화를 썩 내켜하지 않는 것 같았다. "약혼자가 캐리어를 가지고 나갔다고요 맞습니까?"

"네, 제 약혼자의 캐리어가 없어졌어요. 그런데……."

"제 말 좀 들어 보세요, 쳄머 씨. 약혼자가 사라졌다는 견해가 불편하시겠지만 저희는 시간도 없거니와 언젠가는 사라져 버리는 게 나을지도 모른다는 고민을 하는 여자 친구, 약혼자를 반드시 찾아야만 하는 개인적인 이유도 없습니다. 저희는 이런 일을 매번 겪고 또 겪습니다. 성인이 실종되면 그의 배우자나 애인은 범죄 사건이라고 확언하죠. 집을 나갈 이유가 없다면서요. 그러나 이렇게 실종된 사람의 95퍼센트가 얼마 지나지 않아 다시 나타납니다. 미안해서, 또는 짐을 가지러요."

"불편하다고요? 지금 그렇게 말했어요? 그러면 제가 왜 전화를 걸었는지 잘 들어 보시죠." 칸슈타인 경감의 무시하는 듯한 태도에 헨드릭은 화가 치밀었다.

"조금 전 욕실에서 칫솔이 없어진 걸 발견했습니다. 사라진 칫솔은 제 약혼자의 것이 아니라 제 것입니다."

"쳄머 씨의 칫솔이 사라졌다고요? 그러면 약혼자 칫솔은 있습니까?"

"그럼요. 그러니까 제 약혼자가 짐을 직접 싼 게 아니라는 겁니다. 자기 칫솔이 뭔지는 그녀도 당연히 알고 있으니까요."

"제가 보기엔 약혼자가 쳄머 씨와 마주치지 않으려 급하게 서두르다가 그런 것 같군요. 성급하게 움직이다가 칫솔을 잘못 보고 다른 걸 챙겼겠지요."

"절대 그럴 수가 없어요. 칫솔 색깔 때문에요."

"네?"

"예를 들어 형사님이 욕실에서 칫솔 두 개를 봤다고 가정해 보세요. 하나는 짙은 파랑이고 하나는 분홍색입니다. 어떤 게 여자 칫솔이겠습니까?"

"쳄머 씨, 이럴 시간 없습니다. 질문의 의도가 뭐죠?"

"저희는 3주 전부터 새로운 칫솔을 쓰고 있는데, 재미로 색깔을 바꿨습니다. 제가 분홍색을, 린다가 파란색을 쓰기로 했고요. 그런데 파란색이 욕실에 그대로 있어요. 린다라면 자기 칫솔을 챙겼을 테지단, 낯선 사람은 당연히 분홍색이 그녀의 것이라고 생각했겠죠."

한동안 침묵이 묵직하게 내려앉았다. 마침내 칸슈타인 경감이 입을 열었을 때, 헨드릭은 그가 제 말을 제대로 알아들었기를 바랐다. "제가 올바르게 이해한 거 맞습니까? 그러니까 약혼자가 파란색 대신에 분홍색 칫솔을 챙겼으니 저희가 시간과 노력을 들여 당신의 약혼자를 찾아야 한다, 이거죠? 진심이십니까?"

"이런 젠장, 그렇습니다, 그렇다고요!" 헨드릭은 실망과 함께 분노를 내비쳤다. "당신들 대체 뭡니까? 내 약혼자가 한밤중에 흔적도 없이 사라졌고 행방을 아는 사람도 전혀 없다고요. 그녀의 부모님도 몰라요. 맞습니다, 진심입니다. 빌어먹을 진심이라고요. 나에 대한, 우리 결혼식에 대한 마음이 식어서 린다가 소리 소문도 없이 도망간 거라고 경찰들이 지껄이는 동안 린다에게 정말 나쁜 일이 생겼을 수도 있잖습니까. 그 귀한 시간을 그냥 흘려보냈을 수도 있다고요!"

"쳄머 씨!" 칸슈타인은 이제야 화가 난 듯했다. "저희는 범죄를 예방하기 위해 모든 수단과 방법을 가리지 않습니다. 사건이 이미 벌어진 경우에는 범인을 잡으려 하고요. 경찰은 사람들을 돕기 위해, 저희의 도움이 절실한 사람들을 돕기 위해 존재합니다. 자기 발로 숨어서 발견되고 싶어 하지 않는 여자 혹은 남자를 찾는 건 경찰의 임무가 아닙니다. 약혼자가 범죄의 희생양이 됐다고 추론 가능한 증거를 갖고 계시다면, 저희는 있는 힘을 다해 약혼자를 찾을 겁니다. 그러나 한 여성이 급하게 짐을 싸다가 칫솔 색깔을 헷갈렸다는 이유로 함부르크 경찰 조직을 움직이게 할 순 없어요. 이런 말씀드리게 되어 죄송합니다."

그렇게 둘의 대화는 끝이 났다.

헨드릭은 전화기를 든 채 멍하니 바라보았다. "이런 개새끼!"

"내가 제대로 이해한 거 맞아? 두 사람이 칫솔을 바꿨다고? 그러니까 원래 린다 거였지만 지금은 네 것인 칫솔이 사라졌다고?"

헨드릭이 고개를 저었다. 같은 설명을 또 하고 싶지 않았으나 결국엔 다시 시작했다.

"아니. 얼마 전에 칫솔을 새로 샀어. 칫솔을 뜯는데 린다가 재미있는 아이디어를 내더라고. 내가 분홍색 칫솔을 쓰고 자기가 파란색을 쓰겠다면서. 그런데 지금 분홍색이 사라진 거야. 내 칫솔이지. 그러니까 린다가 짐을 직접 싼 게 아니라 낯선 사람이 챙긴 게 분명해. 그 사람은 어느 칫솔이 누구 것인지도 모르면서 분홍색이 린다 거라고 생각했을 거야. 뻔하지. 경찰한테는 그게 안 보이나 봐."

"알겠어. 이제 알아들었어. 하지만 경찰 말도 이해가 가긴 해. 그렇다고 오해는 마. 나는 여전히 린다가 자기 발로 나갔을 리 없다고 확신하니까. 하지만 린다가 집을 급하게 빠져나갔다면 서두르다가 실수로 분홍색을 집었을 수도 있어. 게다가 린다가 늘 써 왔던 색깔이잖아."

헨드릭은 한동안 말이 없다가 입을 뗐다. "페이스북이랑 인스타그램에 린다 사진을 올리고 수소문 좀 해 봐야겠어. 어디에서 본 적 있는지."

"법적으로 그래도 돼? 개별 수사 뭐 이런 거 아니야?"

"글쎄, 지금 누가 날 막겠어?" 헨드릭이 어깨를 으쓱했다. "그거 아니면 내가 뭘 할 수 있는데? 나는 지금 여기에 이렇게 앉아서 무슨 일이 일어나기를 기다리고만 있다고."

"네 말이 맞아." 수잔네는 긴 금발 머리칼을 쓸어넘겼다. "그냥…… 기분이 너무 좋지 않아. 아주 나쁜 꿈이었으면 좋겠어."

"나도 마찬가지야."

몇 분 뒤 헨드릭은 노트북을 앞에 두고 앉아 린다의 사진을 찾았다. 페이스북에 포스팅할 사진을 고르는데 마리오에게서 전화가 걸려 왔다.

"린다는 어떻게 됐어?" 마리오는 인사도 없이 다짜고짜 물었다. "다시 왔어?"

마리오의 말투에는 어쩐지 비난이 가득 담겨 있는 것 같았다.

린다의 실종이 마치 헨드릭의 책임이라는 듯한.

"아니요, 아직."

"경찰은 뭐래?"

"별말 안 했어요. 범죄 사건이 벌어졌다는 분명한 증거가 있지 않는 한 다 큰 성인을 찾아다니지 않는다네요."

"걱정이군. 집에서 뭐 찾은 건 없고?"

"없어요. 페이스북에 린다 사진을 올리려던 참이었어요."

"그거 괜찮네." 마리오의 목소리 뒤에서 영어로 뭐라 말하는 소리가 들렸지만 헨드릭은 알아듣지 못했다. 마리오가 답했다.

"네, 잠시만요…… 헨드릭? 전화 끊어야겠다. 계속 연락 줘, 알겠지?"

"네, 그럴게요."

전화기를 내려놓자 수잔네가 말했다. "마리오도 지금 미칠 지경이지?"

헨드릭은 고개를 끄덕이고 다시 노트북으로 몸을 돌렸.

SNS 유저들이 린다를 잘 알아볼 수 있게끔, 찍은 지 얼마 안 된, 카메라를 향해 싱긋 미소 짓고 있는 그녀의 사진을 올리기로 결정했다. 수잔네는 그의 뒤에 서서 포스트에 뭐라고 쓰는지 지켜보았다.

긴급! 린다 마테우스를 보신 분 있습니까? 7월 19일에서 20일로 넘어가는 밤, 함부르크의 빈터후데에 사는 그녀가 집을 나가 사라졌습니다. 나이는 39세이고 체격은 보통으로 늘씬한 편입니다. 그녀를 보신 분이나 어디에 있는지 아시는 분 있으면 제게 DM을 보내 주세요. 이 포스트를 가능한 많이 공유해 주세요. 감사합니다.

헨드릭은 망설임 없이 사진과 텍스트를 올리고 제대로 업로드 됐는지 바로 확인했다.

자리에서 일어나 노트북을 닫으려는데 수잔네가 노트북을 가리켰다. "누가 메시지를 보내면 알림이 오게 설정해 놨어?"

그는 노트북 옆에 놓여 있는 휴대폰을 잡아 화면을 톡톡 두드렸다. "지금 설정하면 돼."

"별의별 정신 나간 사람들한테서 메시지가 엄청나게 올 거다."

"그렇겠지. 그래도 시도는 해 봐야지."

10분 뒤 첫 번째 메시지가 왔다. '파이 트로'라는 이름을 쓰는 사람의 메시지였다.

니 깔 사진 때문에 개 꼴림. 사진 잘 봤음. 니 옆에 있기엔 너무 섹시했나 봄. 내가 찾으면 잘 데리고 있겠음. 하하.

수잔네가 고개를 끄덕였다. "바로 이런 거지."

헨드릭은 전화기를 털썩 떨어뜨리고 이마를 지그시 문질렀다. "그래도. 지푸라기라도 잡는 심정이야. 커피나 좀 마셔야겠다."

그 후 1시간 동안 14개의 메시지가 왔다. 그중 9개는 파이 트로의 메시지와 같아서 삭제했고, 나머지 5개는 린다를 분명히 봤다는 사람들의 메시지였다. 뮌헨에서, 프랑크푸르트 근처 작은 마을에서, 빈에서 그리고 테네리페에서. 어떤 젊은 여성은 린다가 함부르크 상파울리의 헤르베르가 모퉁이에서 밤 손님을 기다리는 모습을 본 것 같다고 했다.

곧이어 수잔네의 스마트폰이 울렸다. 통화는 몇 분밖에 걸리지 않았고, 그녀는 전화기를 아래로 툭 떨어뜨리고는 안타까운 얼굴로 헨드릭을 바라보았다. "미안. 나 가 봐야 해. 오늘 배송 받을 게 있어. 가게도 열어야 하고."

수잔네는 에펜도르프에서 규모는 작지만 고급스러운 부티크를 운영하며 유니크한 옷과 신발을 판매했다.

헨드릭은 손을 내저으며 괜찮다고 했다. "괜찮아. 얼른 가 봐. 어차피 지금은 할 일도 없어."

그는 수잔네를 현관문까지 배웅했다. 그녀가 한 번 더 뒤돌아봤다. "이따가 연락할게. 무슨 소식 들으면 바로 전화해. 알겠지?"

"물론이지."

"페이스북에 올린 포스트는 지우는 게 낫지 않을까?"

"흠, 나중에 봐서. 혹시라도 그럴듯한 증거가 나오지 않을까 싶어서."

그 메시지가 도착한 건 대략 30분 뒤였다.

헨드릭은 몇 줄 안 되는 메시지를 뚫어지게 응시하며 벌써 세 번째로 읽는 중이었다.

안녕하세요, 사람을 찾고 있다는 글을 봤습니다. 아내분이신가요? 밤중에 집에서 실종되셨나요? 아무런 메모도 없이요? 가방이나 캐리어를 갖고 나가셨나요? 만약 맞다면 제게 연락 주세요. J.K.

그의 심박수가 미친 듯이 요동쳤다. 아무런 메모 없이…… 캐리어를 갖고 나갔냐고? 포스트에는 그에 대해 언급하지 않았었다. 이 사람은 그걸 어떻게 알았을까? 린다의 실종과 연관이 있는 걸까? 아니면 그녀의 실종에 책임질 만한 행동을 한 사람일까?

발신인은 '율리아 크로'였다. 헨드릭은 그 이름을 클릭하고 잔뜩 긴장했지만, 그녀의 프로필 내용은 그다지 도움이 되지 않았다. 메인 사진은 구름이 짙게 드리운 하늘이었고, 프로필 사진이 있긴 했지만 빈약한 정보만큼이나 별거 없었다. 보아하니 율리아 크로는 포스트를 비공개로 올려서 지인들에게만 보이게 하는 것 같았다. 당연히 더 보기 버튼도 없었다. 헨드릭은 율리아 크로가 정말 여성일지 아니면 여자인 척하는 남성일지 의문이 들었다. 납치범일까? 알아낼 방법은 하나뿐이었다.

헨드릭은 답장하기 버튼을 눌렀다.

누구시죠? 린다의 실종에 관해 무엇을 알고 계십니까?

메시지를 보내고 스마트폰 화면을 홀린 것처럼 뚫어지게 쳐다보고 있었다. 그렇게 하면 응답 속도가 빨라지기라도 하는 듯이. 경찰에 알려야 할까? 당신의 약혼자가 범죄의 희생양이 됐다고 추론 가능한 증거를 갖고 계시다면, 저희는 있는 힘을 다해 약혼자를 찾을 겁니다, 라고 경감이 말했었다. 율리아 크로의 메시지가 더 설득력 있는 증거일까? 아마도 그렇지 않을 테지만, 맞을 수도 있다.

몇 분이 지나기도 전에 정말로 답장이 도착했다. 0151로 시작하는 숫자들만 적혀 있었다. 의심할 여지없이 휴대폰 번호였다.

헨드릭은 지금이야말로 경찰에 전화해야 할 순간인지 고민하다가 그러지 않기로 했다. 어차피 경찰은 그의 말을 무시하거나 그 휴대폰에 전화를 걸어 메시지 발신자를 당황하게 만들 게 뻔했다. 그러면 린다가 실종된 이후로 처음 맞이한 유일한 희망이 짓밟힐 터였다.

그래서 헨드릭은 전화번호를 누르고 부들부들 떨리는 손으로 스마트폰을 귀에 댔다. 신호가 두 번 울리고 전화가 연결되었다. 어떤 여자가 차분히 말했다. "안녕하세요, 헨드릭. 전화해 주셔서 다행이에요."

"누구시죠?" 곧바로 헨드릭의 입에서 질문들이 쏟아져 나왔다. "린다의 실종에 대해 뭘 알고 계십니까? 린다가 메모를 남기지 않았다는 걸, 캐리어도 같이 없어졌다는 걸 어떻게 아셨죠?"

여자는 헨드릭의 속사포가 끝날 때까지 가만히 기다렸다. 그러다가 차분한 목소리로 물었다. "여자 친구가 자발적으로 떠난 게 아니라고 확신하시나요?"

"네, 그렇습니다. 하지만……."

"1시간 뒤에 란둥스브뤼켄에서 만나죠. 구 엘브터널 입구 앞에서요."

"그쪽과 만나야 할 이유가 있을까요? 일단 어떻게 알았는지……." 통화 중 전화가 걸려 왔다는 신호에 헨드릭은 말을 멈추었다.
 율리아 크로가 전화를 끊었다.

7

 약속 시간 몇 분 전인 9시 20분, 헨드릭은 구 엘브터널의 북쪽 입구에 도착했다. 얇은 셔츠만 입었는데도 곧 율리아 크롤만에게서 중요한 사실을 알게 될지도 모른다는 생각에 땀이 줄줄 흘렀다.

 지금 함부르크는 관광 성수기였기에, 버스 한 대가 그의 옆에 정차해 선글라스를 낀 중년의 남자와 여자들을 끝도 없이 뱉어냈다. 그들은 카메라로 무장하거나 크로스백 또는 배낭을 짊어지고 란둥스브뤼켄으로 힘차게 나아갔다.

 "헨드릭?" 뒤에서 들리는 목소리에 그가 움찔했다. 재빨리 뒤로 돌아섰다.

여자는 짧은 금발에, 예상보다 젊은 듯한 외모였다. 30대 초반쯤 됐을까? 헨드릭보다 머리 하나만큼 작은 걸 보니 키는 165센티미터 정도 되고 부서질 것처럼 연약해 보였다. 지난밤 헨드릭처럼 잠을 제대로 자지 못했는지 눈 밑에 그늘이 드리운 창백한 얼굴이 가물가물 빛을 냈다.

"네, 그런데요." 헨드릭은 그렇게 대꾸하고 곧이어 예의 있게 행동했다. "누구십니까? 린다의 실종에 대해 뭘 알고 계시죠?"

그녀는 버스를 지나치며 말했다. "좀 걸으실래요?"

"왜요? 알고 있는 걸 말씀해 주세요."

그녀는 주변을 둘러보더니 고개를 끄덕였다. "제 이름은 율리아고, 제 남편은 엿새 전에 집을 나갔어요. 한밤중에 아무런 메모도 없이요."

"네? 그러면…… 다시 나타나셨습니까?"

"아니요. 아직까지는요. 그리고 남편은 여행용 가방을 가지고 나갔어요."

헨드릭은 낭떠러지에 매달려 있는 기분이었다. 그 유사성에 소름 끼쳤다. 게다가 남자는 6일 전에 실종되었다. 린다 역시 그럴 거라는 의미였다…….

"그렇지만……" 헨드릭은 완전히 얼이 빠져 있었다. 집중하려 노력했다. "그 이후로 남편 소식은 전혀 듣지 못했습니까? 경찰은 뭐라던가요?"

"네, 소식이 전혀 없었어요. 저는 남편이 자기 발로 나갔다고 믿지 않아요. 경찰은 아직도 그렇게 생각하지만요. 경찰이 그동안 실종 신고서를 올리긴 했는데, 제대로 수사를 한다는 느낌이 들진 않았어요." 그녀는 잠시 말을 멈추었다. 헨드릭은 그녀를 재촉하지 않는 편이 낫겠다는 걸 본능적으로 감지했다.

"남편의 실종은 직업과 연관이 있을지 몰라요. 남편은 범죄 사건 수사 기자였는데 어디선가 정보원을 만나려다 황급히 도망쳐야만 한 적도 있었어요. 그런 날은 제가 걱정을 하지 않게끔 메모를 남겨 놓곤 했어요.

그런데 일언반구도 없이 6일이라뇨? 아무 연락도 없이 말이에요. 그런 적은 단 한 번도 없었어요. 남편은 어떤 식으로든 무조건 제게 연락을 했을 거예요. 제 생각엔 남편이 뭔가 대단한 걸 알아냈고, 그래서 누군가 그를 없애려 한 것 같아요. 지금까지 제 남편 요나스는 자기가 맡은 사건에 대해 전부 이야기를 해 주었지만, 누가 알겠어요? 저를 지키려고 말을 안 했을지도 몰라요."

"흠……." 헨드릭은 그녀의 사정에 대해 곰곰이 생각했다. "그럴 수도 있겠군요. 그런데 그게 린다와 무슨 상관입니까? 린다는 은행에서 일하고 언론과는 전혀 연관이 없어요."

율리아가 어깨를 으쓱했다. "저도 모르죠. 그렇지만 일주일 사이에 그리 멀리 떨어지지 않은 곳에 사는 두 사람이 같은 상황에서 똑같이 실종됐다는 건 우연이 아니라고 생각해요."

헨드릭은 고개를 끄덕였다. "네, 맞는 말입니다. 정확히 어디에 살고 있나요?"

"그게 왜 궁금하시죠?"

그가 어이없는 웃음을 피식 내뱉었다. "제가 댁에 몰래 들어가기라도 할까 봐 겁나시나 보군요. 그쪽이 저한테 먼저 연락하셨어요. 기억나요? 그냥 그쪽 집과 제 집 사이의 거리가 얼마나 되는지 알고 싶을 뿐입니다."

율리아는 잠시 생각하더니 대답했다. "그로쓰 플로트베크. 뮐렌호프 가에 살아요."

정말 멀지 않은 곳이었다.

"남편이 사라졌을 때 어디에 계셨습니까?"

하얀 파나마모자를 쓴 뚱뚱한 남자가 땀을 줄줄 흘리며 헨드릭을 툭 치고 지나갔다. 그는 미안하다는 말 대신에 헨드릭을 노려보았다.

"저는 간호사예요." 율리아가 말했다. 두 사람은 뚱뚱한 남자에

게서 시선을 돌렸다. "야간 근무 중이었어요.'

"간호사라고요?" 헨드릭이 깜짝 놀라 물었다. 이것도 유사한 부분인가? "어디 병원이요? 전 의사입니다."

그 즉시 그녀의 눈동자가 휘둥그레졌다. "알스터도르프 기독병원이요. 그쪽은요?"

같은 병원은 아니었다. 그래도 공통점이 있었다. "대학병원이요. 지난밤에 호출됐었거든요. 그때 린다가 사라졌습니다. 응급수술이 있어서요."

한동안 깊은 생각에 잠긴 침묵이 내려앉았다. 얼마 뒤 율리아가 말했다. "저희는 서로 알진 못하지만, 지금은 극히 예외적인 상황이고 예외적인 조치가 필요해요. 함께 헤쳐 나가는 게 어떨까요? 어떻게 생각하세요? 둘이면 뭔가를 찾아낼 가능성이 더 높을 것 같은데. 예를 들어 둘 다 병원에서 근무하는 것과 문제의 그날 밤 야간 근무를 한 것이 우연인지 아닌지, 또는 요나스와 당신의 여자 친구가 왜 가방을 챙겨 나갔는지와 같은 문제 말이에요."

"짐을 싼 데에는 의외로 아주 간단한 이유가 있을 수도 있어요." 헨드릭은 린다가 아닌 그의 칫솔이 없어진 걸 알게 된 이후에 추측한 것을 이야기했다.

율리아가 이마를 찡그렸다. "그게 뭔데요?"

"린다와 당신의 남편을 데리고 간 그자가 두 사람이 자발적으로 집을 나갔다는 인상을 주려 했다고 가정해 봅시다. 그렇게 하면 경찰이 그의 의도와 정확히 같은 결론을 내릴 거라 확신했겠죠. 즉, 이 사건이 범죄 사건이라는 의심을 조금도 주지 않기 위해 납치범은 캐리어나 여행용 가방을 싸서 나갔다……. 이건 확실하죠."

"그러니까 범인이 짐을 쌌다고 생각하는 거죠?"

"네. 가장 논리적이죠."

율리아가 고개를 끄덕였다. "좋아요. 저는 이제 가야 해요. 제안 잘 생각해 보세요. 둘이 같이 하면 혼자보다는 조금 더 쉬울 거예요. 경찰은 이제 안 믿어요. 제가 지금까지 조사한 내용에 관심 있으면…… 제 전화번호 알고 있잖아요, 그렇죠?"

8

 헨드릭은 율리아가 건물 뒤편으로 돌아가 시야에서 사라질 때까지 그녀를 가만히 살펴보다가 발걸음을 옮겼다. 그의 차는 란둥스뷔르켄에서 10분 정도 떨어진 상파울리의 하펜 가에 주차되어 있었다.
 경찰과의 안 좋은 기억에도 불구하고 헨드릭은 일단 경찰서로 가기로 결정했다. 경찰들이 린다를 찾기 시작할 때까지 계속 그들을 귀찮게 할 생각이었다. 율리아 남편의 실종과 린다의 실종은 명백히 유사했다. 두 사람은 각자의 인생을 자기 손으로 저버리지 않았을 것이다.
 헨드릭은 부르노 조지스 플라츠로 가기 위해 로텐바움 대로를 탔다. 약 10킬로 정도 되는 함부르크 시내를 통과하는 데 거의 30분이 걸렸다. 시내를 겨우 벗어난 뒤, 하늘에서 보면 별 모양으로 생긴 독특한 경찰서 건물 앞 주차장에 차를 세웠다.

널따란 로비 왼편의 방탄유리로 된 창구 안쪽에 앉은 공무원이 헨드릭이 접근하는 소리를 듣고 잠깐만 기다려 달라고 했다. 그는 짧은 통화를 마친 뒤 헨드릭의 신분증을 확인하고 좁은 창구의 철제 트레이에 방문증을 올려놓았다. 그리고 유리판 아래로 트레이를 밀면서 대기하는 사람들을 가리켰다. "저쪽에 앉아 계세요. 곧 나오실 겁니다."

5분 뒤, 30대 중반의 남자가 출입 게이트로 나와 미소 지으며 헨드릭에게 다가왔다. 그는 하얀 티셔츠와 색 바랜 청바지에 흰 운동화를 신고 있었다. 짧은 금발 머리가 사방으로 삐져나와 있어서 개구쟁이 같은 인상을 풍겼지만, 왼편 허리에 꽂힌 권총을 보고 나자 그런 이미지가 바로 사라졌다.

"쳄머 씨?"

헨드릭은 고개를 끄덕이고 일어나 마중 나온 손을 잡고 흔들었다.

"토마스 슈프랑이라고 합니다. 범죄 수사국 소속 경사입니다.

약혼자 때문에 오셨죠? 같이 가시죠."

헨드릭은 경사를 따라 출입 게이트로 갔다. 슈프랑이 고갯짓을 하자 공무원이 버튼을 눌러 출입 게이트를 열었다.

출입 게이트를 통과한 두 사람은 엘리베이터가 오기를 기다렸다.

"오늘 아침에 다른 형사님과 통화했습니다." 헨드릭이 입을 열자 슈프랑이 고개를 끄덕였다. "네, 알고 있습니다. 그분이 제 파트너입니다. 위에서 저희를 기다리고 있어요."

헨드릭은 그 말이 썩 달갑지 않아 말을 아꼈다. 그러나 슈프랑은 그의 불편한 심기를 알아차리고 엘리베이터에 올라탄 후 차분히 미소를 지으며 입을 뗐다. "칸슈타인 경감님한테 너무 주눅 들지 마세요. 좀 거칠긴 하죠. 30년간 경찰 일을 해서 그럴 수도 있어요."

"네, 알겠습니다. 그 형사님이 왜 그러는지, 어떤 사람인지는 저하고 별 상관없죠, 뭐." 엘리베이터 문이 끼익 소리를 내며 닫히는 동안 헨드릭이 심드렁하게 답했다. "지난밤 제 약혼자가 집에서 사라졌어요. 아무런 메모도 남기지 않았그 지금까지도 연락이 없습니다. 전 약혼자가 스스로 나갔을 리 없다고 확신하고요. 경찰이 그녀에게 무슨 일이 생긴 건지 밝혀낼 최소한의 의지라도 가지길 희망할 뿐인데, 형사님의 파트너에게서 그런 인상은 받지 못했네요."

"네." 슈프랑의 미소가 자취를 감췄다. "무슨 말씀인지 잘 알겠습니다."

두 사람이 들어선 사무실은 짧은 복도 끝에 있었고, 크기는 헨드릭의 침실만 했다. 사무실 가운데에 각종 서류들이 쌓인 책상 두 개가 정면을 향하고 있었고 그 왼편에 칸슈타인 경감이 앉아 있었다. 전화 통화할 때 상상했던 모습과는 약간 다른 이미지였다. 살집이 좀 있고 두 턱에 머리가 반쯤 벗어진 그는 50대 중반 정도로 보였다. 그래도 희끗희끗해진 머리칼이 나름 빽빽하게 자리를 잡고 있는 그의 헤어스타일은 그에게 퍽 어울리는 편이었다. 소매가 짧은 파란 셔츠 안에 조금 두둑한 뱃살이 숨어 있었지만 그것 말고는 괜찮아 보였다. 딱 그 나이에 어울리는 모습이었다.

칸슈타인 경감이 두 사람을 흘긋 올려다봤을 때 헨드릭은 경감의 얼굴을 순간적으로 스쳐 지나간 짜증스러운 표정을 눈치챘다.

"쳄머 씨," 칸슈타인은 헨드릭과 악수하려는 기색도 없이 말을 걸었다. "약혼자와 관련된 새로운 소식 있습니까?"

"안 그래도 그런 생각이 계속 들었는데 확실히 상황이 뒤바뀐 것 같군요." 헨드릭은 경감에 대한 반감을 애써 숨기려 하지 않고 대꾸했다. "보통은 경찰이 사건 수사를 맡고 신고인이 새로운 소식 여부를 묻지 않습니까?"

칸슈타인은 불쾌함에 얼굴을 찌푸렸다. "범죄가 있었다는 증거가 손톱만큼이라도 있으면 당연히 그래야겠죠."

슈프랑이 그의 책상으로 가 자리에 앉았다. "일단 쳄머 씨가 하실 말씀을 먼저 들어 보도록 하죠. 음……." 그가 사무실 문 맞은편 벽에 기대어 놓은 하나뿐인 의자를 가리켰다. "저기에 앉으시죠."

"고맙지만 서 있겠습니다." 헨드릭이 슈프랑을 바라보며 말을 이었다. "어떤 젊은 여자분을 만났습니다. 흥미롭더군요. 저와 아주 똑같은 상황에 처했더라고요. 제가 누굴 말하는지 경감님도 아시리라 생각됩니다만."

헨드릭은 경찰 둘이 주고받는 눈빛을 무시하며 페이스북에 린다를 찾는다는 포스트를 올리기로 결정한 것부터 율리아의 만남까지 전부 설명하기 시작했다. 설명이 끝난 뒤 곧바로 칸슈타인에게 시선을 던졌다. "정말 우연이라고 생각하십니까? 일주일 사이 함부르크에서 두 사람이 실종되었어요 아무런 연락도 없이 말이죠."

"네, 맞습니다. 요나스 크롤만의 실종에 대해서도 당연히 알고 있죠." 칸슈타인은 헨드릭의 입에서 나온 내용을 확인시켜 주었다. 그래도 헨드릭은 진정이 되지 않았다. 오히려 분노가 치밀었다.

"그러면 경감님은 두 사건의 뚜렷한 공통점을 모른 체하고 싶은 겁니까?"

칸슈타인은 의자에 등을 기대고 손가락 사이로 잇따라 미끄러지는 볼펜을 응시했다.

"쳄머 씨, 두 건은 지금도 여전히 범죄 사건이 아닙니다. 자, 어찌 됐든 간에 사실인 내용만 하나씩 들여다봅시다. 같은 동네에 살고 30대 후반인 한 남자와 여자가 배우자와 애인 모르게 짐을 싸서 몰래 집을 나갔어요." 그는 입술을 삐쭉 내밀고 도발하는 표정으로 헨드릭을 쳐다보았다. "두 사람은 멀리 떨어지지 않은 곳에 살죠. 그렇다면 가장 가능성 있는 추론은 당신의 약혼자가 납치되거나 강압적으로 끌려 나간 게 아니라, 두 사람이 서로 아는 사이일 수 있다는 겁니다. 길을 가다가 언제든 마주칠 수 있고, 몇 번 따로 만났을 수도 있고, 그러다 어느 순간부터 둘 사이에 무언가 있다는 걸 확인했을 수도 있겠죠. 익숙해진 삶을 무너뜨리고 나오고 싶을 만큼의 무언가를요. 지금쯤 어딘가 따스한 햇살

아래의 하얀 모래사장에 함께 누워 있을 수도 있고요."

헨드릭은 소란 피우지 않기 위해, 진정하기 위해 온 힘을 다해야만 했다.

"이해가 가지 않는데요? 두 사건의 비밀을 밝혀내기 위해 경찰로서 해야 할 일을 하는 대신 제 약혼자에게 책임을 돌리고 있군요. 아주 분명하게요. 린다가 저를 속였다는 식으로요. 그것도 결혼식 일주일 전에……."

"칸슈타인 경감님의 말씀은 그런 뜻이 아닐 겁니다." 슈프랑이 침착한 목소리로 헨드릭의 말을 잘랐다. "이미 말했듯이 사실 관계를 파악하다 보면 추측할 수 있는 가정일 뿐입니다." 그가 칸슈타인을 바라보았다.

"안 그렇습니까?"

칸슈타인의 눈길이 슈프랑에서 헨드릭으로 옮겨 가 그대로 멈추었다. 그는 생각에 잠겨 있다가 다시 입을 뗐다. "그렇습니다. 저는 단지 항상 여러 가지 관점이 있다는 것과 어떤 사람이든 자신의 입장에 따라 판단을 내린다는 사실을 알려 드리려 한 것뿐입니다.

쳄머 씨는 지금 이 상황을 납득시킬 만한 설명을 할 수 없는 입장입니다. 그저 단순히 믿고 싶지 않아서, 무의식적으로 떠오르는 대안들을 애써 무시하려고 하죠. 이상하게도 쳄머 씨는 이미 범죄가 벌어졌을 거라고 생각하고 있어요. 약혼자가 당신을 떠났을 가능성을 고려하는 것보다 범죄가 벌어졌을 거라는 가능성이 사실 약혼자에게는 가장 심각한 옵션일 텐데도요.

그와 반대로 저희는 객관적인 입장입니다. 저희의…… 심장은 그럴 리 없는 일을 그럴 수 있다고 속삭이지 않아요. 게다가 사실관계를 차근차근 살펴만 봐도 약혼자의 실종이 범죄 사건과 연관됐다는 조짐이 단 하나도 없다는 걸 알 수 있죠."

한동안 침묵이 내려앉았다. 침묵을 깬 건 칸슈타인이었다. "무슨 말인지 이해하십니까?"

헨드릭은 칸슈타인의 객관적인 태도 덕분에 조금은 진정이 되어 어느 정도 이해할 수 있었다. 그가 고개를 끄덕였다. "네, 이해합니다. 그러면 경감님도 제가 걱정할 수밖에 없는 이유를 이해하십니까?"

칸슈타인이 고개를 앞으로 숙였다. "전적으로요. 저희는 크롤만 사건을 다루고 있어요. 만약 약혼자가 내일 아침까지 나타나지 않거나, 계속 연락이 되지 않는다면, 실종 신고를 올리겠습니다."

"감사합니다."

슈프랑 경사가 자리에서 일어나 헨드릭을 지나쳐 문으로 갔다. "아래층까지 배웅해 드리겠습니다."

헨드릭은 칸슈타인에게 묵례를 하고 슈프랑을 따라나섰다.

"나쁜 사람은 아니에요." 엘리베이터를 기다리는 동안 슈프랑이 입을 열었다. "경감님한테 개인적인, 뭔가 쉽지 않은 일이 있는 것 같아요."

"네." 헨드릭이 엘리베이터에 타며 답했다. "그건 저도 마찬가집니다."

1층에 도착해 엘리베이터에서 내린 뒤 슈프랑이 헨드릭에게 방문증을 내밀었다. "여기요. 무슨 일 있으면 언제든 오세요. 뒷면에 제 휴대폰 번호 있습니다."

헨드릭은 방문증을 받아 경사에게 짧게 인사를 하고 출입 게이트로 나갔다.

경찰서에서 나와 바로 집으로 내달렸다. 린다가 연락을 한다면, 물론 휴대폰으로 전화하겠지만, 유선 전화로 걸려 올 가능성이 없지는 않을 것이다.

헨드릭은 남은 하루를 전화 통화를 하며 보냈다. 린다의 엄마하고만 세 번, 수잔네와는 두 번 통화했다. 거실에 앉아 린다가 그와 함께 지내면서 행복하지 않은 기미를 보이던 때가 있었을까 골똘히 생각해 봤지만, 역시나 이번에도 그 반대의 결론에 이르렀다. 페이스북에 수도 없이 많은 메시지가 와 있었다. 대부분이 완전히 터무니없거나 쓸데없는 소리여서 당장 삭제해 버렸다. 그 중에 '미리 메이'라는 계정에서 온 메시지는, 아무래도 가짜 계정인 것 같지만, 어쨌든 욕설이 난무하고 모욕적이어서 혹시 모를 상황에 대비해 저장해 두었다.

페이스북 이용자들 중 몇몇은 린다를 어디선가 봤다고 주장하기도 했다. 헨드릭은 그들에게 답장을 보내 대화를 나누어 봤지만 대개는 사람을 잘못 봤거나 거드름을 피우려고 보낸 메시지란 것이 명백히 밝혀졌다. 늦은 오후, 페이스북 포스트를 다시 지울까 하는 생각이 잠깐 스쳤으나 차마 그렇게 하지 못했다.

저녁에는 수납장에서 사진첩을 꺼냈다. 얼마 전 로마에 갔을 때 찍은 사진첩을 한 장 한 장 넘겨 보았다.

린다는 트레비 분수 앞에서 같은 목적을 갖고 다 함께 빙 둘러서 있는 수많은 관광객들 사이에서 웃고 있었다. 그날 저녁 로마 뒷골목에서 우연히 발견한 아담하고 아늑한 레스토랑에서 레드 와인을 들고 찍은 사진. 포로 로마노의 폐허 한가운데 함께 있는 두 사람……. 한 장 한 장을 넘길 때마다 두 사람이 얼마나 행복했는지, 앞으로 펼쳐질 날들을 얼마나 기대했는지 여실히 드러나 있었다.

어느 순간 헨드릭은 사진첩을 덮고 소파에 누워, 끄트머리에 고이 접혀 있던 린다의 담요를 끌어와 다리를 덮었다.

더 곰곰이 생각하면 할수록, 지난날들을 곱씹으면 곱씹을수록 점점 강한 확신이 들었다. 린다가 자기 발로 집을 떠났을 리 절대 없다는 확신. 두 사람처럼 삶을 조화롭게 이룰 수 있는 사이는 별로 없었다. 그렇다. 린다는 분명 납치됐을 거다. 아니면 누군가 그녀를 협박하고 억압할 무언가를 가지고 있거나. 야심한 밤, 가방을 싸고 집을 나갈 수밖에 없었던 이유가 있었을 것이다. 그런데 대체 어디로 갔단 말인가.

율리아가 뭐라고 했더라? *저를 지키려고 말을 안 했을지도 몰라요.*

린다도 나를 지키기 위해 떠나야만 했던 걸 수도 있다. 그렇지만 뭐 때문에?

머릿속이 희미해져 가고 헨드릭은 불안한 상태로 잠에 빠져들었다.

스마트폰 벨소리에 화들짝 놀라 잠에서 깨어났다. 몽롱한 수면 상태에서 벗어나 완전히 선명한 이성을 되찾기까지는 아주 잠깐이었다. 1초가 지나기도 전에 휴대폰을 귀에 들이댔다. "네?" 헨드릭은 기대에 부풀어 말을 뱉어 냈다가 전화기 너머에서 들리는 목소리에 실망했다. "율리아예요. 우리 만나야 해요. 내일 아침에요."

"왜요?"

"제가 뭘 좀 알아냈어요."

"뭔데요?"

"전화로는 말고요. 그냥 내일 나오세요. 같은 장소에서 8시요."

"아니 그래도 어느 정도는 말을……." 헨드릭은 말을 멈췄다. 그녀가 전화를 끊어 버렸다.

9

 그녀는 김이 폴폴 나는 찻잔을 들고서 거실로 향한다. 자리에 앉기 전, 소파 옆 벽에 걸린 사진에 시선을 한참 동안 고정했다. 1년밖에 되지 않은 사진인데 아주 오래전에 지나가 버린 다른 삶처럼 느껴진다.

 눈가가 촉촉해지고 사진이 점점 희미해진다. 내면이 텅 빈 느낌이다. 지난 며칠간 너무 많이 울었다……. 이제는 흘릴 눈물조차 남아 있지 않았다.

 찻잔을 테이블 위에 조심스레 올렸다. 천장 등이 켜져 있지만 소파 옆 스탠드 조명도 추가로 켠다. 달빛이 간신히 비추고 있는 밤이 거실의 넓은 유리창 앞에 은빛 벽처럼 서 있다.

그녀는 자리에 앉아 두 손에 얼굴을 파묻는다.

몇 분간 그녀의 눈길이 테이블 위에 놓인 종이에 닿아 있다. A4 사이즈 종이에 적힌 손 글씨 메모가 무엇을 의미하는지 여전히 모르지만, 분명 요나스의 필체로 휘갈겨 쓴 이 단어들이 실종과 연관이 있다는 것이 본능적으로 느껴졌다.

손을 털썩 떨어뜨리고 사진으로 다시 눈길을 돌린다. 얼마 지나지 않아 또다시 윤곽이 서서히 부서졌지만, 주변까지 희미해질 만큼 눈물이 나오지는 않는다. 눈앞에 보이는 사진이 현실을 밀어내고 행복했던 기억을 떠올리게 만든다.

한참을 그 자리에 그대로 앉아 있었다. 마음속으로 다른 시간을, 다른 삶을 떠올리면서. 그러고는 찻잔을 들고 홀짝홀짝 마신 뒤 다시 놓으려다 움찔 놀랐다. 스탠드 조명과 천장 등이 꺼졌다. 그녀의 두 눈이 불쑥 변해 버린 밝기에 적응할 때까지 어둠 속을 헤맸다. 그러나 앞이 통 보이지 않는다.

스탠드 조명 쪽으로 몸을 숙이고 스위치를 찾아내 여러 번 눌렀다. 반응이 없다.

자리에서 일어나 거실 문으로 조심스레 다가가 천장 등 스위치를 눌렀다. 계속 어둡다. 맥박이 요동치고 심장이 날뛰는 게 고스란히 느껴졌다.

문틀을 감싸고 있던 손을 미끄러트려 복도 조명 스위치를 찾은 다음 힘껏 누른다. 변함없는 어둠에 앓는 소리가 나지막이 새어 나왔다. 설마 일주일 전 야간 근무를 할 때와 같은 일이 벌어지고 있는 걸까?

쓸데없는 소리! 아닌가?

침착하자. 그녀 자신에게 말한다. 메인 퓨즈가 나갔을 거야.

손전등이 필요했다. 집안 어딘가에 있다는 건 알았지만 요나스가 어디에 두었는지 아는 바가 없다. 아, 저기에 휴대폰이 있다! 휴대폰 손전등 기능을 사용하면 된다. 휴대폰은 거실 테이블에 놓여 있다. 평소 습관과는 달리 지난 며칠간은 항상 집안의 손 닿는 곳에 휴대폰을 두곤 했다.

어둠 속에서도 시야를 확보하려 노력하면서 조심조심 발을 내디뎠다. 테라스를 향해 난 커다란 창문을 통해 정원에서 들어오는 여린 빛만으로도 가구 정도는 알아볼 수 있다.

드디어 소파에 다다랐다. 낮은 테이블로 손을 뻗어 천천히 움직이다가 찻잔에 부딪혔다. 손을 계속 더듬거려 보니 손끝에 스마트폰이 닿았다.

휴대폰을 들어 올려 화면을 두드린다. 작은 손전등 불빛이 암흑에 갇힌 주변의 사물들을 순식간에 끄집어냈다.

두꺼비집은 주방 옆 작은 방에 있다. 거실에서 나와 주방으로 가서 두꺼비집의 얇은 금속 뚜껑을 열었다. 가지런히 줄지어 있는 퓨즈 위로 손전등 불빛이 닿았다. 그녀가 아는 대로라면, 토글 스위치는 제대로 켜진 상태다. 누전 차단기 역시 마찬가지다.

아무래도 공용 전기 공급망에 문제가 생긴 모양이다. 그건 밖을 잠깐만 내다보면 단번에 확인할 수 있다. 집에서 20미터 정도 떨어진 곳에 가로등이 있는데 만약 그 가로등이 꺼져 있으면 이 구역 전체가 정전이라는 소리일 테니.

다시 복도로 가서 현관문 쪽으로 향했다. 그때 뒤에서 정확히 규정할 수 없는 시끄러운 소음이 울려 퍼지며 고요를 무너뜨렸다. 그녀는 꺅 비명을 지르면서 급하게 뒤로 돌았다. 열려 있는 거실 문 사이로 깜빡이는 불빛이 쏟아져 나오고 있다. 무슨 일인지 알아차리고 나니 조금은 진정이 되었다. 텔레비전이다. 텔레비전이 켜졌다. 어떻게 그럴 수 있지? 전기가 다시 들어온 건가? 왼쪽에 복도 조명 스위치가 있다. 재빨리 스위치를 눌렀다……. 아무 변화가 없다. 저게 가능해? 아니지. 그녀는 무슨 일인지 알아보자고 거실에 돌아가는 짓은 하지 않기로 했다. 절대 있을 수 없는 일이다. 그녀는 당장 집을 나가겠다고 결심한다.

"침착해." 그녀가 자신에게 속삭인다.

한 걸음 내딛고 또 내디뎠다. 3미터…… 이제 2미터 남았다.
 현관문에 도착해 손잡이를 잡고 아래로 내린다. 그리고……
 "안 돼!" 그녀의 입에서 겁에 질린 비명이 튀어나왔다. 문이 열리지 않는다. 다시 시도해 보지만 덜컹덜컹 흔들릴 뿐이다. 결국 발로 현관문을 걷어차다가 뒤로 돌아 문에 등을 대고 그대로 주저앉고 만다. 그녀는 500미터를 질주한 사람처럼 헐떡였다. 그런 와중에도 텔레비전의 화면으로 인한 불빛이 번쩍이는 복도를 주시하며, 뭐라고 하는지 알아들을 수 없는 목소리를 듣고 있다.
 내면의 이성이 당장 도망치라고, 집 안 어딘가에 숨으라고, 방문을 잠그라고 몰아세운다. 그런데 어디로 숨지? 뭐 때문에 숨는 건데?
 집중해야 한다. 잘 생각해 봐야 한다. 혹시 잠금 시스템에 문제가 생겨서 차단된 건 아닐까? 그래도 테라스 문이 있잖아! 테라스 문을 통해 정원으로 간 다음 집 옆쪽으로 가면 앞에 길이 나온다. 그러면 경찰에 전화할 수 있다.
 차가운 현관문에서 몸을 일으켜 한 발짝 앞으로 나갔다. 피가 미친 듯이 돌고 있지만 그건 아무래도 상관없다. 빨리 거실로 돌아가야 한다.
 거실 문 앞에 도착하기 직전, 그녀는 잠시 망설인다. 이마에 맺힌 차가운 땀방울이 느껴졌다. 온 신경이 거실 안으로 들어가지 말라고 그녀를 붙잡는다. 집안 전체가 어둠에 갇혀 있는데 텔레비전만 저절로 켜진 그 거실로 가지 말라고. 가슴속에 가득 찬 두려움이 위층으로 도망가라고 또다시 강요한다. 그러나 위층으로 가면 이 상황에 갇히게 될 터다.

다음 발걸음을 내딛는 데 꽤나 많은 노력이 들었다. 열린 문 앞에 서서 토크쇼가 방송 중인 텔레비전을 뚫어지게 바라보았다. 그녀는 섬뜩한 공포에 잠식된 와중에도 이 상황이 무척 기이하다는 걸 인지했다.

테라스 문에 시선을 고정하고서 마치 누군가에게 조종당하듯 앞으로 나아간다. 마지막 한 걸음이 남았다. 마침내 그녀가 해냈다.

테라스 문 손잡이를 아래로 내렸다. 온몸이 경직됐다. 문이 열리지 않았다. 힘을 다해 문을 열어 보지만 헛수고다.

내면의 두려움이 괴물이 되어 그녀의 이성을 집어삼켰다.

말도 안 된다. 이럴 수가 없다. 그녀는 그녀의 집에 갇혔다.

급하게 몸을 틀어 거실을 빠져나와 2층으로 이어지는 계단이 있는 복도 한가운데에 도달했다. 그곳에서 벽에 몸을 기댄다. 휴대폰의 잠금 패턴을 해제하고 비상 전화번호를 누르는데 긴장감에 피가 귓가로 솟구친다. 휴대폰을 귀에 댄 채 고개를 휙휙 돌려 사방을 둘러본다. 몇 초가 지났는데도 발신음이 들리지 않아 화면을 들여다봤다. 화면의 왼쪽 모서리를 보자마자 그녀는 무의식적으로 숨을 헉 들이켰다. 신호가 잡히지 않는다.

"안 돼!" 그녀가 내뱉는다. 집에서는 항상 신호가 잘 잡혔다. 이게 대체 무슨 일이지? 다시 시도해 보지만 결과는 같다. 휴대폰에 신호가 잡히지 않는다.

즉시 창을 끄고 하얀 집이 그려진 앱을 실행시켰다.

작은 화면 한가운데 사각형 모양의 창이 생성되고 그 안에 그녀의 얼굴 한 부분이 희미하게 나타났다. 아래에는 진한 파란색 배경에 하얀 글씨로 EYESCAN(홍채 인식)이라고 적혀 있다. 떨리는 손으로 스마트폰을 들어 올려 네모난 창에 왼쪽 눈을 오게 하고 재조정한 다음 기다린다.

그녀의 홍채가 인식되고 시스템에 로그인되었다는 찰칵 소리가 나기까지 4초 정도 걸렸다.

신분 식별을 명확하게 하고 위조를 절대적으로 방지하는 방법입니다, 라고 이 시스템 판매자가 말했었다.

익숙한 메뉴가 화면에 뜨고 앱에 연결된 기기가 도식적인 그림으로 나타났다. 텔레비전을 제외한 모든 기기들에 빨간색 막대가 그어져 있다. 그녀는 조만간 이 모든 상황이 해결되기를, 단순한 시스템 오류이기를 마음속으로 간절히 바랐다. 아랫부분의 ALL ON(전부 켜짐)을 누르고 아이콘을 가만히 응시하며 빨간색 막대가 전부 사라지기를 기다렸다.

아무 일도 일어나지 않았다.

"제길." 잽싸게 내뱉으며 다시 시도하지만 또 실패다. 손가락을 마구 휘저으며 하나씩 다시 눌러 보고, 문 모양 아이콘을 계속 누르고 또 눌렀다. "좀 되라고!" 결국 휴대폰에 대고 소리를 내질렀다. "젠장!"

뒤에서 들리는 소리에 그녀는 우뚝 멈춘다. 뒤로 채 돌아서기도 전에 무슨 소리인지 알아챌 수 있었다. 현관이 벌컥 열리는 둔탁한 소리.

어리둥절한 상태로 벌어진 문틈을 잠시 주시한다. 문틈 사이로 달빛이 들어와 복도 바닥으로 떨어졌다. 분명 방금 전까지만 해도 문 제어시스템이 작동되지 않았는데…… 그래서 뭐? 그게 무슨 상관이지? 드디어 집을 나갈 수 있다. 이 순간 그것보다 중요한 건 없다.

그러나 그녀는, 한 걸음밖에 나아가지 못한다.

10

 헨드릭은 까무러치게 놀랐다.
 저스틴 팀버레이크의 〈Can't stop the feeling〉이 흘러나왔기 때문에.
 평상시에는 그 노랫소리에 부드럽게 잠에서 깨곤 했는데, 잠재의식이 그에게 닥친 상황을 신경 쓰고 있었는지 눈이 번쩍 떠졌다. 침대 옆 테이블을 꽉 잡고 스마트폰 화면을 툭툭 건드려 알람을 껐다.
 율리아와 통화를 마치자마자 바로 침대로 갔었다. 그녀가 알아낸 게 무엇지 골똘히 생각하다가 얼마 지나지 않아 불안정한 수면 상태로 빠져들었다. 헨드릭은 몇 번을 땀이 흠뻑 젖어 잠에서 깨어났고, 밖에서 무슨 소리가 들릴까 싶어 어김없이 어둠 속에 귀를 기울였다. 그리고 린다가 없다는 걸 알면서 괜히 침대 옆자리를 어루만졌다.

침대에 걸터앉아 두 손으로 얼굴을 문지르고 스마트폰에 꽂힌 충전 케이블을 뺐다. 통화 목록에 있는 린다의 전화번호 뒤 괄호 안에 23이라고 적혀 있었다. 그녀가 사라진 후 이렇게나 많이 전화 연결을 시도했지만 모두 허사였다. 그녀의 이름을 톡 두드려 휴대폰을 귀로 가져갔다. 음성 사서함 메시지가 불쑥 튀어나와서 전화를 끊고 새로 들어온 페이스북 알림 배너를 눌렀다. 여태껏 받은 메시지들과 크게 다를 바 없는 것들이었다. 그래도 차가운 물로 샤워를 하고 나니 기분이 좀 나아진 듯했다. 입맛이 없어서 아침 식사는 하지 않기로 했다.

8시가 되기 20분 전, 헨드릭은 전날과 같은 곳에 차를 주차하고 엘브 터널 입구로 이어지는 길을 걸었다. 약속 시간보다 조금 일찍 도착했다.

이른 시각이라 란둥스브뤼켄 앞은 어제보다 확실히 조용했다.

헨드릭은 시계를 또 확인하며 주변을 둘러봤지만 율리아는 어디에도 보이지 않았다. 8시 10분, 주머니에서 휴대폰을 꺼내 번호를 눌렀다. 전화벨이 한 번 울리더니 바로 음성 사서함으로 넘어갔다. 가능한 빨리 연락을 줄 테니 메시지를 남겨 달라는 율리아의 목소리가 나왔다. 린다의 음성 사서함 메시지와 똑같이.

헨드릭은 무언가 찜찜한 듯 휴대폰을 든 손을 아래로 털썩 내리고 다시 주변을 둘러보았다.

물론 율리아가 전화를 꺼 놓았거나 배터리가 다 됐을 수도 있고 주차할 자리를 찾느라 주위를 돌고 있을 수도 있다. 그러나 그런 이유가 아닐 거라는 직감이 들었다. 더욱이 율리아는 분명 남편의 연락을 간절히 기다리고 있을 거고, 헨드릭과 마찬가지로 휴대폰 배터리를 항상 꽉 채워 놓고 있을 터였다.

8시 30분까지 불안한 듯 이리저리 왔다 갔다 하면서 몇 번 더 전화를 걸어 보다가, 결국엔 포기했다.

차로 다시 돌아가는 길에 슈프랑 경사가 주었던 방문증이 번뜩 떠올랐다. 청바지 뒷주머니에서 방문증을 꺼내 잠시 사무실 번호를 응시하다가 뒷면에 검정 펜으로 적혀 있는 슈프랑 경사의 휴대폰 번호를 눌렀다.

"네, 슈프랑입니다."

"쳄머입니다. 잠깐 통화 괜찮으신가요?"

"네, 그럼요. 무슨 일이시죠?"

헨드릭은 어젯밤 율리아에게서 걸려 온 전화와 두 사람이 만나기로 한 약속에 대해 짧게 설명했다. 그리고 약속 장소에 그녀가 나타나지도 않았고 전화도 받지 않는다는 말을 덧붙였다.

"흠……." 슈프랑이 중얼댔다. "여러 가지 이유가 있을 수 있겠습니다만."

"그렇죠. 하지만 현재 상황에서는 율리아 씨에게 무슨 일이 일어났을 가능성이 있어요. 율리아 씨가 무언가 알아냈다는 것이 납치범에게 위협적인 요소일 수도 있는 거고요."

"정말 그렇다면, 율리아 씨가 무언가를 알아냈다는 사실을 납치범이 어떻게 알죠?"

"하, 형사님도 벌써 형사님의 파트너처럼 행동하시는 겁니까?"

"자, 알겠습니다. 율리아 씨의 집에 경찰차를 보내서 이상이 없는지 확인하도록 하죠."

"네 고맙습니다. 율리아 씨 집은 어디죠?"

"그녀가 말 안 했습니까?"

"하긴 했는데, 그로쓰 플로트베크의 뮐렌호프 가에 산다고 했어요. 번지수는 모르고요."

"죄송합니다만 번지수는 알려 드릴 수 없습니다. 개인 정보라서요."

헨드릭은 눈알을 굴렸다. "후, 그러면 경찰이 율리아 씨의 집을 둘러보고 난 뒤에는 연락 주실 수 있죠? 아니면 그것도 개인 정보라서 안 됩니까?"

"전화드리죠."

그리고 헨드릭이 휴대폰을 주머니로 밀어 넣는 찰나 닥터! 닥터! 하는 벨소리가 울리기 시작했다. 병원에서 온 전화였다.

"린다 관련 새로운 소식이 있나 궁금해서 전화했네." 파울 게르데스가 단도직입적으로 물었다.

"없습니다. 안타깝게도요."

"증거도 없어? 아예 없나?"

"네." 헨드릭은 짧게 대답했다. 경찰이 아닌 다른 사람들과 이 주제에 대해 논하는 것이 린다에 대한 걱정과 두려움을 더욱 강화시키는 것 같았다.

"내가 뭐 도울 일 있을까?"

"아닙니다. 어떤 도움이 필요한지도 모르겠그요. 혹시 교수님이 경찰청장과 친분이 있으시다면 린다 실종 사건에 형사들을 투입시켜 달라고 설득해 주셨으면 좋겠어요."

"그러니까 경찰은 아직도 린다가 자발적으로 떠났다고 생각한다는 뜻인가?"

"네."

"행정안전부 장관을 알긴 하는데 아쉽게도 그렇게 가까운 사이는 아니라서 쉽게 전화를 걸기도 좀 그렇고 그의 일에 참견하기도 애매해서 말이지."

"아닙니다. 진심으로 드린 말씀은 아니에요."

"새로운 소식 있으면 바로 연락하게."

"네, 그렇게 하겠습니다. 전화 주셔서 감사합니다."

헨드릭은 전화를 끊고 휴대폰을 주머니에 밀어 넣은 뒤 차에 탔다.

30분 후, 집 앞으로 이어지는 길모퉁이를 돌자마자 그는 깜짝 놀라 본능적으로 브레이크를 밟았다. 집 앞 진입로에 하얀색 소형차가 세워져 있고, 조수석 문 앞에 어떤 여자가 기대어 서 있었다. 어깨까지 오는 금발 머리의 그녀 또한 헨드릭을 인식한 듯 시선을 던졌다. 헨드릭은 그 차 바로 앞을 지나 진입로를 꺾어 들어가서 차고 앞에 주차를 했다.

"저기요." 헨드릭이 차에서 내려 말했다. 그녀가 아무런 망설임 없이 그의 쪽으로 성큼성큼 다가왔다. "무슨 일이시죠?"

그녀는 키가 그렇게 크진 않고 마른 체형이었다. 키는 160센티미터 정도 되어 보였고 헨드릭보다 훨씬 어린 20대 중반쯤인 듯했다.

그녀가 그의 앞에 가까이 서서 초록색 눈으로 그를 당당하게 쳐다보았다. "제 질문도, 무슨 일이시죠? 예요."

헨드릭은 차 문을 닫았다. "무슨 말인지 이해가……."

여자가 종이 한 장을 높이 쳐들며 그의 말을 막았다. 종이에는 진한 글씨로 이렇게 쓰여 있었다.

휴대폰 끄세요. 바로 다 설명드릴게요. 휴대폰 좀 꼭 꺼 주세요.

헨드릭이 무슨 말을 하려는데 그녀가 집게손가락을 입술에 대고 간절한 눈빛으로 그를 바라보았다.

제 질문도, 무슨 일이시죠? 예요. 그녀가 이렇게 말했었다. 헨드릭은 당장 저 여자를 집 앞에서 내쫓을까 잠시 고민했지만, 한편으로는 혹시 린다에 대해 알고 있을지 모른다는 희망이 움트기도 했다.

그는 스스로를 미친놈이라고 속으로 뇌까리며 스마트폰을 꺼낸 다음 그 젊은 여자에게 다시 한번 의심스러운 눈초리를 보내고는 휴대폰을 껐다. 그러자 그녀가 열렬히 고개를 끄덕였다.

휴대폰 화면이 어두워졌다. 헨드릭은 그녀에게 휴대폰을 확인시켜 주었다. "됐죠? 자 그럼 이제 이 행동을 수긍할 만한 이유를 말해 보시죠."

그녀가 고개를 끄덕였다. "네 그럼요. 제 이름은 알렉산드라 트리스예요. 페이스북에 올리신 포스트를 보고 한번 만나 봐야겠다고 생각했어요."

"아하. 왜 그렇게 생각했죠? 그리고 그것 때문에 왜 휴대폰을 꺼야 합니까?"

"혹시라도 제가 그쪽 아내분 찾는 데 도움이 될까 해서요."

헨드릭의 희망이 부풀었다. "뭘 알고 있죠?"

"당연히 이상하게 들리겠지만……" 그녀가 집을 가리켰다. "집 안에 스마트홈 시스템이 설치되어 있나요?"

헨드릭은 맥락을 이해할 수 없었다. "정말 이상하군요. 린다의 실종에 대해 뭘 알고 있는 건데요?"

"질문을 좀 더 구체적으로 해 볼게요. 그쪽이 저를 미친 여자라고 생각하지 않게끔요. 아담이라는 스마트홈 시스템을 사용하시나요?"

"네?" 헨드릭은 화들짝 놀라 물었다.

"집 안에 모델명이 아담인 스마트홈 시스템이 설치되어 있냐고 물었어요."

놀란 그의 표정이 답을 대신했다. 그녀가 고개를 끄덕였다. "그럴 줄 알았어요. 저는 그 시스템이 아내분의 실종과 연관이 있을 거라 추측하거든요."

수많은 것들이 헨드릭의 머릿속을 동시에 스쳐 지나갔다. 그러나 적어도 한 가지는 가능성의 영역 내에 있었다. 이 젊은 여자가 그를 도와줄 무언가를 정말 알고 있을지도 모를 일이었다. 비록 지금은 완전히 정신 나간 소리처럼 들리겠지만.

"아담을 앱으로 제어하세요?"

"네."

"알겠어요. 이제 집으로 들어가서 아담을 꺼 주시겠어요? 그런 다음 휴대폰을 다시 켜고 앱을 지워요."

"대체 왜 그래야 하죠? 휴대폰을 조금 전에 껐는데 다시 켜라고요? 그리고 스마트홈 시스템 전체를 제어하는 앱을 지우라고요?"

"아담이 다 듣고 있는 것 같아서요. 집에서는 그 시스템이, 밖에 있을 때는 앱이요. 부탁이에요."

점점 더 미친 짓이 되어 가고 있었다. 물론 헨드릭도 인기 있는 앱 중 일부가 휴대폰 주인의 말을 엿들을 수 있다는 주의 사항을 알고 있긴 했지만, 스마트홈 시스템이? 뭐 하러?

"맞아요." 헨드릭이 주저하자 알렉산드라는 숨을 깊게 들이마시고 까다로운 문제에 맞닥뜨리기라도 했다는 듯 잠시 눈을 감았다. "충분히 혼란스러우실 거예요. 일단 설명부터 드릴게요. 아내분이 실종됐을 때 집에 누군가 침입한 흔적, 있었어요?"

"린다는 아직 제 아내가 아니에요. 다음 주에 결혼식을 앞두고 있었거든요." 헨드릭이 나지막이 설명했다. 린다를 자신의 아내라고 말하는데 왜 그렇게 가슴이 저린지 의아했다. 굳이 이런 상황에서 이 낯선 여자에게 그런 사항을 명확하게 하는 것이 뭐가 그리 중요할까……. 그리고 방금 자기가 과거형으로 말했다는 사실을 깨닫고 당황했다. 결혼을 앞두고 있었거든요, 라니……. 더 이상은 희망이 없는 것처럼……. 머리를 흔들어 생각을 털어 내고 서둘러 알렉산드라의 눈을 바라보았다.

"아니요. 그래서 경찰이 린다가 자발적으로 집을 나갔다고 생각하는 겁니다."

그녀가 고개를 끄덕였다. "아담이 밖에서도 문을 열 수 있죠, 맞죠?"

"그런 기능은 사용해 보지 않았지만 제가 알기로는 그럴 겁니다. 앱으로도 작동시키는 걸로 알아요."

"그 시스템이 뭔가 이상하다고 생각했던 적 있었어요?"

"뭔가 이상한 일이요?" 헨드릭은 린다에게 나마비아 사막에 대해 열정적으로 이야기하던 때를 떠올렸다. 그녀는 식탁의 맞은편에 앉아 사랑스러운 눈으로 그를 바라보고 있었다. 그때 갑자기 집 안이 어두워졌다. 정전 같지는 않았고, 조명이 한 번에 꺼져서 어두워졌다가 얼마 후 다시 켜졌다. 하지만 아담에 있는 기능이었다.

"있었죠, 그렇죠? 딱 봐도 그래 보이네요."

11

"어제저녁 린다가 사라지기 전에 조명이……. 조명이 서서히 어두워지더니 다시 밝아지더군요. 아담이 우리랑 장난치고 있다면서 우스갯소리를 했었죠."

"그런 스마트홈 시스템을 제조하거나 개발하는 업체가 시스템에 액세스할 가능성이 있다고 생각하세요?"

헨드릭이 그 행위는 법적인 처벌을 받기 때문에 어떤 업체도 그런 위험을 감수하지 않을 거라 말하려 하는데, 알렉산드라는 그가 그럴 줄 알았는지 손을 들어 말을 막았다. "컴퓨터 용어 중에 백도어라는 말 들어 본 적 있으세요?"

"네, 들어 본 것 같아요. 그런데 어떤 연관이 있는지 자세히는 모럽니다."

"프로그래머가 소프트웨어 안에 설치해 둔 프로그램 코드예요. 컴퓨터나 컴퓨팅 기반의 시스템에 접근할 때 정상적인 인증이나 절차를 거치지 않고 우회해서 들어올 수 있는 프로그램이죠."

"공용 비밀번호 같은 겁니까?"

"네, 비슷한 거죠."

"그러면 아담을 프로그래밍한 프로그래머가 그런 코드를 설정하면 누군가 다른 사람의 시스템에 접근해서 남의 집 현관문을 열고 집 안으로 들어갈 수 있다는 겁니까?"

"프로그래머가 꼭 그래야 한다는 강요를 받았을지는 모르겠지만, 뭐, 가능성은 있겠죠."

"왜 그런 짓을 해야 하죠? 뭔가 그럴 만한 가치가 있는 일이 뒤에 숨겨져 있거나 몸값을 요구했다면, 그래요, 뭐 그럴 수도 있을 것 같군요. 그런데 어떤 여자를 집에서 나오게 한다? 혹시 경찰한테 이런 추론에 대해 이야기해 본 적 있어요?"

"네. 경찰이 그 업체 사람들하고도 만나 봤다던데 아무것도 알아내지 못했다고 하더라고요." 헨드릭이 고개를 저었다. "도저히 모르겠군요······. 나한테는 사이언스 픽션SF 같은 얘기로 들립니다."

"그렇겠죠. 하지만 지난주에만 함부르크에서 세 명이 실종되었어요. 세 사람 집에 전부 아담이 설치되어 있었고요."

"세 명이요?"

"네."

"이상하네요. 경찰이 그런 말 전혀 안 하던데. 내가 아는 건 한 사람뿐이에요."

알렉산드라가 어깨를 으쓱했다. "세 집 모두에 침입 흔적이나 범죄 사건이라는 증거가 없기 때문이겠죠."

"그런데 그런 걸 어떻게 다 압니까? 그쪽에서 일해요?"

"그렇기도 하고 아니기도 해요. 저는 대학에서 심리학과 졸업을 앞두고 있고, 며칠 전까지 함부르크 범죄수사국에서 실습을 했어요. 졸업 후에 범죄심리학자나 프로파일러가 되고 싶어서요. 범죄수사국에서 그쪽의…… 약혼자 전에 두 사람이 더 실종됐다는 이야기를 들었어요. 그 말을 듣고 그냥 가만히 있을 수가 없었어요. 한참 조사를 하던 중에 페이스북 포스트를 보게 된 거죠."

"범죄수사국에 있었다고요? 그럼 칸슈타인 경감 알아요?"

그녀가 입술을 삐죽이며 미소인지 아닌지 알 수 없는 기묘한 표정을 지었다. "네, 칸슈타인 경감님과 그의 파트너 슈프랑 경사님

팀에 배정받았을 때 그 실종 사건들에 대해 들었어요."

"그러면 그 둘한테 스마트홈 시스템에 대한 의혹을 말한 적 있어요?"

그녀가 목소리를 확 낮추고 말했다. "네, 그럼요. 어제 슈프랑 경사님에게 전화했었는데 별 관심 없는 것 같더라고요. 아, 칸슈타인 경감님도 마찬가지고요. 아니, 경찰은 그런 의혹 따위에 신경 쓰지 않는다, 라고 말하는 게 더 낫겠네요."

"맞아요. 그런 느낌 나도 잘 압니다."

알렉산드라가 현관문을 가리켰다. "그러니까 집 안으로 들어가서 아담을 끄는 거 어떻게 생각해요?"

헨드릭은 여전히 그 젊은 여자를 못 믿겠다는 듯 쳐다보았다. "조금 전에 실종된 두 사람을 범죄수사국 실습하면서 알게 되었다고 했죠? 대학 졸업을 앞두고 있고요. 그래서 궁금한 게 있는데요, 왜 시간을 들여서 여기까지 찾아온 겁니까? 무슨 생각이죠?"

그녀가 머리를 흔들었다. "어떻게 보면 제 이기심 때문일 수도 있어요. 전 제 직감에 자신이 있거든요. 당신의 약혼자는 분명 다른 두 사람과 마찬가지로 자기 발로 사라지지 않았을 거예요. 세 사람의 집에 스마트홈 시스템이 설치되어 있다는 것 역시 우연일 수가 없다는 거죠. 도저히 가만히 있을 수가 없었어요." 그러고는 싱긋 미소 지으며 덧붙였다. "거기에 더해서, 칸슈타인 경감님한테 내가 맞다는 걸 증명하고 싶었고요."

그녀의 말에 완전히 설득된 건 아니지만 헨드릭은 마음속으로 결정을 내리고 고개를 끄덕였다. "좋아요. 손해 볼 거 없죠, 뭐. 조금 불편하다는 것 빼고는."

두 사람은 나란히 집으로 향했다.

"그런데 궁금한 게 있는데요……. 저희 집 주소는 어떻게 알았어요?"

"세상에 이럴 수가…… 페이스북 포스트에 함부르크 빈터후데에 사는 약혼자가 실종됐다고 직접 쓰셨잖아요. 게다가 페이스북 이름은 실명 그대로고요. 빈터후데에 헨드릭 쳄머가 몇 명이나 될 거라고 생각하시는 거예요?"

한 치의 오차도 없이 맞는 말이었다.

헨드릭은 알렉산드라보다 앞서 걸어가 현관문 옆에 있는 장치로 시선을 돌렸다. 앱으로 아담을 제어하지 않는 경우 그 장치로 아담의 기능을 조정할 수 있었다.

터치스크린에 비밀번호 다섯 자리를 입력하고 삐 소리가 날 때까지 기다렸다가 EYESCAN(홍채 인식)이라고 표시된 버튼을 눌렀다. 그런 다음 약 10센티미터 길이의 직사각형 화면에 얼굴을 들이밀고 기다렸다.

몇 초가 지나기도 전에 스캔이 성공적으로 이루어졌다는 신호음이 다시 한번 울렸다. 이제 아담의 모든 기능에 접근할 수 있게 되었다. 헨드릭은 잠시 망설이고는 터치스크린의 두 지점에 양손 집게손가락을 동시에 갖다 댔다. 곧이어 아담이 셧다운되었다.

"정말 이해가 안 가는 부분이 뭔지 알아요?" 헨드릭이 옆에서 차분하게 기다리고 있는 알렉산드라에게 고개를 돌렸다. "사람들은 비싼 돈을 들여 가며 여기 이 장치에도, 앱에도 비밀번호를 추가로 입력해야 하는 홍채 인식기를 설치하잖아요. 이런 스마트홈 시스템을 제어하기 위해, 그리고 낯선 사람이 침입하지 못하도록 하기 위해서요. 그런데 프로그래머가 시스템에 뒷구멍을 만들어 놓고 그 아무런 제재 없이 그 구멍으로 마음대로 드나들고 제어할 수 있다고요? 어떤 집이든 전부요?"

그녀가 고개를 끄덕이며 씁쓸한 미소를 지었다. "기가 막히게 아름다운 최첨단 기술의 세계죠."

"흠, 그렇군요." 헨드릭이 주방을 가리켰다. "커피 한잔할래요?"

"좋아요."

헨드릭은 알렉산드라의 추측이 린다를 찾는 데 적어도 어떤 단서를 제공할 것 같아 반가우면서도, 한편으로는 그녀의 이론이 여전히 미심쩍었다. 게다가 이 젊은 여자를 어떻게 받아들여야 할지 선뜻 감이 잡히지 않았다. 범죄수사국에서 실습했다는 것과 관련해서 거짓말을 했을 거라 생각하지는 않았다. 어차피 금방 들통날 테니까. 그렇지만 왜 나를 도와주려는 걸까?

혹시 자신에 도취되어 잘난 체나 하려는 미친 여자는 아닐까? 그렇다기엔 알렉산드라는 꽤 똑똑했고 그녀가 하는 말 역시 굉장히 논리적이었다. 그 이론이 맞을 수도 있다는 점을 고려한다면.

헨드릭은 커피를 내리면서 알렉산드라에게 개인적인 질문들을 몇 가지 했고, 그녀가 자르브뤼켄 출신이며 어렸을 때부터 항구 도시를 좋아해서 함부르크 대학을 선택했다는 걸 알게 되었다.

두 사람은 라테 마키아또 두 잔을 사이에 두고 마주 앉았다.

"왜 페이스북 포스트에 곧바로 댓글을 달지 않았죠? 그러면 저희 집 주소를 알아낼 필요도 없고 일부러 날 만나러 오지 않아도 됐을 텐데."

이어진 그녀의 대답에 그는 흠칫 놀랐다.

"저는 사실 페이스북 계정이 없어요. 소셜 미디어 네트워크 같은 거에 제 계정 안 만들거든요. 그런 것들은 진짜 '사회적인 social' 것하고 거리가 멀다고 생각해서요. 소셜 미디어 때문에 사람들은 인지 능력을 더 이상 필요로 하지 않아요, 그래서 점점 무감각해지죠."

"그러면 어떻게 내 포스트를 봤어요?"

"함부르크에서 실종된 사람들에 대해 검색하는데 추천 게시물이 뜨더라고요. 헨드릭 씨의 포스트를 보려면 페이스북에 계정이 있어야 하길래 만들었다가 바로 삭제했어요. 그 포스트가 제가 찾고 있는 주제에 딱 맞는 글이라는 걸 정확하게 파악한 다음에요. 솔직히 방금 만든 계정의 댓글이나 메시지를 받았다면 헨드릭 씨가 어떻게 생각했겠어요?"

"수많은 가짜 계정들이 지껄이는 헛소리와 똑같다고 여겼겠지요. 지금도 내 페이스북 계정에 그런 헛소리들이 넘쳐납니다."

그녀가 고개를 끄덕였다. "안 봐도 뻔하죠. 어쨌든 그래서 헨드릭 씨와 직접 만나서 이야기를 나누기로 마음먹었던 거예요."

"다른 당사자들하고도 이야기 나눠 봤어요? 예를 들면 율리아 크롤만이나. 얼마 전에 율리아 크롤만과 연락을 주고받긴 했어요."

"오, 흥미롭네요. 어제 오후에 율리아 씨와 만났었는데 그 이후에는 전화 연결이 되지 않더라고요. 그리고 페터스 씨는 2주 전에 아내가 실종됐으면서도 제 이론은커녕, 이야기조차 나누고 싶어 하지 않았어요. 그 사람은 자기 부인이 떠나든 말든 상관 없다고 했어요. 제가 보기엔 지금 이 상황을 전혀 심각하게 생각하지 않는 것 같았어요. 지난 몇 년간 두 사람은 사이가 별로 좋지 않았대요."

"아참, 슈프랑 경사한테 전화가 올지도 모르니 휴대폰을 다시 켜야겠군요."

헨드릭은 휴대폰을 꺼내 테이블 위에 올리고 전원을 켰다.

"혹시 아담 앱을 삭제해 주실 수 있으세요?" 알렉산드라의 부탁은 간청에 가까웠고 헨드릭은 그녀의 바람을 들어주기로 했다. 꼭 필요한 경우가 생기더라도 어차피 앱을 새로 설치하는 데 1분도 걸리지 않을 테니.

휴대폰 잠금 해제 비밀번호와 심 카드의 핀 번호를 누른 뒤 부재중 전화 한 통을 확인했다. 모르는 번호였다. 찜찜한 느낌으로 통화 버튼을 누르려는데 알렉산드라가 "안 돼요!"라며 버럭 소리쳤다. 깜짝 놀라 그녀를 올려다보니 소리 없이 입 모양만으로 이렇게 말했다. 앱 삭제하고요!

헨드릭은 조금 더 인내심을 유지하며 아담 앱을 지우고 부재중 전화번호를 눌렀다.

"슈프랑입니다."

헨드릭의 심장이 오그라들었다. 율리아 크롤만에 대한 소식인가? 아니면 린다 소식? 나쁜 소식일까?

"네, 쳄머입니다. 전화하셨더군요."

"쳄머 씨! 전화 주셔서 감사합니다. 율리아 크롤만과 관련해서 드릴 말씀이 있어서요." 슈프랑 경사가 잠시 말을 멈추었다.

"무슨 일이시죠?"

"네, 음…… 경찰이 율리아 씨 집에 도착했을 때 테라스 문이 잠겨 있지 않아서 집 안으로 들어갔습니다. 율리아 씨는 집에 없었고요. 그런데 거실 테이블에 휴대폰이 있었다고 합니다."

"율리아 씨도 실종된 겁니까? 아니, 그러니까 제 말은, 요즘 휴대폰을 두고 자기 발로 집을 나가는 사람이 없잖습니까."

"전해드려야 할 더 중요한 소식이 있습니다."

헨드릭은 맥박이 점점 빨리 뛰는 걸 느꼈다. 린다한테 새로운 소식이 있는 걸까?

"지금 칸슈타인 경감님과 함께 현장에서 율리아 씨의 휴대폰을 확보했는데요. 휴대폰 잠금 해제 비밀번호가 율리아 씨의 생일로 되어 있어서 손쉽게 차단 해제를 했습니다. 휴대폰을 들여다보니 새벽 한 시 조금 전에 문자가 와 있더군요."

"네, 그런데요?" 헨드릭은 다급하게 말을 내뱉었다.

"율리아 씨의 실종된 남편 요나스 씨가 보낸 문자였습니다."

12

 헨드릭은 놀란 기분을 잠재울 시간이 필요했다. "그런데요? 문자에 뭐라고 적혀 있습니까?"
 "잠시만요, 읽어 드릴게요.

 율리아, 나 떠날게. 어리석은 날 용서해. 삶을 함께하고 싶은 새로운 사람이 생겼어. 그 사람도 나처럼 짝이 있지만 모든 걸 버리고 이전 삶 밖으로 나왔어. 우리는 도시를 떠나 바다로 왔어. 남은 건 전부 당신이 가져. 함부르크에 있는 전부 다. 집까지 포함해서 다 당신 거야. 내가 상처 주는 거 알아. 직접 얼굴 보고 말할 순 없지만 당신 잘못이 아니라는 걸 꼭 알아줬으면 좋겠어. 전부 내 책임이야. 그 사람을 본 순간 사랑에 빠졌어. 어쩔 수 없었어. 정말 미안해.

끝입니다."

헨드릭은 방금 들은 내용이 무슨 의미인지 처음부터 알고 있었지만, 그래도 객관적으로 분석하고 정리하려 애썼다. 적어도 경찰의 입장서는 어떨지.

"율리아 씨 남편에게서 온 문자가 확실한가요?"

"일단 그 사람의 휴대폰에서 보낸 거니까요."

"다른 사람이, 요나스 씨의 휴대폰을 가지고 있는 누군가가 써서 보낸 걸 수도 있잖습니까."

"네, 이론적으로 다른 사람이 썼을 수도 있지만 잘 생각해 보면……."

그 순간 "이봐요!"라며 몹시 짜증 난 듯 목청을 높이는 소리가 들렸다. 칸슈타인 경감이 슈프랑 경사의 휴대폰을 낚아챈 것 같았다.

"쳄머 씨, 며칠 사이 성인 두 명이 사라졌습니다. 두 사람 모두 짐을 싸서 집을 나갔어요. 그 두 사람은 남자와 여자입니다. 강제 침입한 흔적도 전혀 없고, 실종된 남자의 부인은 다른 사람과 눈 맞아서 급하게 집을 나갔다는 문자를 남편한테 직접 받아요. 그 여자 역시 가정이 있는데도 집을 나갔다고 했죠. 지금 이 상황과 너무도 딱 들어맞습니다. 논리적이고요. 자, 이제 말씀해 보시죠. 아무리 타고난 범죄자라고 해도 이 모든 걸 일부러 속여서 사람들이 믿게 만들 이유가 있겠습니까?"

"그건 잘 모르겠지만……."

"저 역시 모르겠습니다. 그런 이유는 없으니까요. 이 건은 몸값을 요구하는 납치가 아닙니다. 사이코패스 살인마가 굳이 이 모든 걸 기획하고 구성했을 리 만무하고요. 저희가 무엇 때문에 가뜩이나 부족한 강력계 형사들을 이런 일에 투입시켜 수사 시작을 요청해야 합니까? 그리고 누구를, 무엇에 대하여 수사를 해야 하죠? 이 문제는 지금도 너무 명확해서 더 이상 명확해질 수조차 없습니다."

멀리서 "넘겨 주시죠."라는 말이 들렸고 슈프랑이 다시 전화를 받았다. "접니다. 이런 말씀드려서 죄송하지만 경감님 말이 맞아요. 문자를 봤으니 더는 수사할 이유가 없어졌습니다."

"그러면 율리아 크롤만은 어디에 있다고 생각하십니까?" 헨드릭의 목소리가 한없이 잦아들었다. 그의 기분처럼. "말씀하신 대로라면 테라스 문이 열려 있고 율리아 씨는 사라졌어요. 휴대폰도 두고요. 그렇다면 산책을 나간 게 아니라는 것 정도는 추측할 수 있겠네요."

"율리아 씨는 그 여자가……, 남편과 같이 달아난 여자가 어디에 있는지 알고 있을 거예요. 급하게 뛰쳐나가느라 문단속이나 휴대폰을 챙길 생각조차 못 했겠죠." 잠시 침묵이 이어지더니 슈프랑이 갑자기 목소리를 낮췄다. 마치 역모를 꾸미려는 것처럼.

"쳄머 씨, 전 당신을 충분히 이해해요. 그리고 경감님처럼 이 모든 상황을 확신하지도 않고요. 제가 보기엔…… 일이 너무 물 흐르듯 흘러가고 있어요. 혼자 있을 때 바로 연락드릴게요. 그럼."

"네, 그러시죠."

헨드릭은 전화를 끊고 앞에 놓인 테이블을 잠시 응시하다가 알렉산드라가 호기심 가득한 표정으로 지켜보고 있다는 걸 인지했다. 그래서 그녀가 듣지 못한 통화 내용을 짧게 요약해서 알려 주었다.

알렉산드라가 머리를 흔들었다. "범죄수사국에 있던 4주 동안, 마지막은 슈프랑 경사님과 칸슈타인 경감님 아래에 있었는데요. 경감님한테 무슨 일이 있는 건지 모르겠지만 처음 봤을 때랑 지금은 완전히 달라요. 경감님의 행동이 이상해진 지는 얼마 안 됐어요. 틀림없이 무슨 이유가 있을 거예요."

헨드릭은 슈프랑이 칸슈타인의 개인적인 일에 관해 언급했던 기억을 떠올렸지만 별 상관없었다. 아무래도 경찰의 도움은 앞으로 기대하지 않는 게 좋을 듯했다.

"경감이 왜 그딴 식으로 비겁하게 구는지 이젠 중요하지 않아요. 그러거나 말거나 나는 린다가 절대 자기 발로 나갔다고 생각하지 않으니까요."

알렉산드라가 커피를 들이켜고 자리에서 벌떡 일어났다. "좋아요. 스마트홈 시스템은 업체를 통해 직접 설치했죠? 함부르크 홈 시스템이던데?"

"네, 맞아요. 내가 알기로는 업체를 통해 시스템을 직접 구입할 수 있을 겁니다. 설치도 해 주고."

"다른 업체들하고 같네요. 우리가 그 업체에 방문해 보면 어떨까요?"

30분 뒤 두 사람은 함부르크 홈 시스템이 위치한 아이델슈테트에 도착했다. 알렉산드라는 자신의 소형차를 헨드릭의 집 앞에 세워 두고 헨드릭과 함께 그의 차를 타고 출발했다.

70년대 스타일의 저층 건물은 회사가 구축 및 배포, 설치하고 있는 최첨단 기술인 스마트홈 시스템 또는 기타 디지털 자산들과 극단적인 대조를 이루었다.

사무실에 들어서자 짙은 색 머리의 젊은 여자가 안내 데스크 내부의 모니터에서 눈을 떼고 친절하게 미소 지었다. "안녕하세요, 무엇을 도와드릴까요?"

헨드릭은 그의 이름을 밝히고 이 업체의 스마트홈 시스템을 사용 중이며 업체 사장인 부흐만과 이야기를 나누고 싶다고 전했다.

그녀의 미소는 흔들리지 않았고, 치아는 놀랍도록 곧고 하앴다. "무슨 일 때문이신지 알 수 있을까요?"

"시스템 관련 질문드릴 게 있습니다. 부흐만 사장님과 대화하고 싶은데요."

"혹시 불만 사항일까요?"

헨드릭은 그녀가 언젠가는 얼굴 근육을 이완시키지 않을까 잠깐 생각했다. "아닙니다. 그냥 일반적인 질문입니다. 보안에 관한 질문이요."

짙은 머리 여자는 의자가 놓여 있는 곳을 가리켰다. 의자들이 작은 테이블을 가운데 두고 가지런히 정돈되어 있었다. "잠시만 앉아 계세요. 서비스 관리자 불러드릴게요."

"아니요. 서비스 관리자 말고요. 부흐만 사장님과 직접 이야기 나누고 싶습니다."

"죄송하지만 그건 불가능할 것 같아요. 사장님은 항상 바쁘셔서 거의 자리에 계시지 않아요. 저희 서비스 관리자 마인하르트 씨가 궁금하신 사항들을 전부 해결해 주실 거예요. 그게 그분의 일이거든요."

헨드릭은 마음 같아서는 당장 그 역겨운 미소를 집어치우라고 고래고래 소리치고 싶었지만 애써 참았다. 속에서 분노가 들끓고 있었다. 하지만 그가 뭐라 대꾸하기도 전에 알렉산드라가 앞으로 나서서 안내원 여자에게 밀리지 않는 미소를 생긋 지으며 알랑거렸다. "그럼요. 무슨 말씀인지 이해하죠. 쳄머 씨는 그냥, 이 회사 시스템이 사용자의 집을 염탐해 범죄에 이용되고 있다는 합리적인 의심이 들어서 이러는 것뿐이에요. 앞으로 30분 뒤에 쳄머 씨가 누구와 이 문제에 대해 이야기를 나누고 있을지 궁금하네요. 무지하게 바쁜 부흐만 사장일지, 아니면 경찰 또는 기자일지. 아마 마지막에 말한 두 사람하고 이야기를 나누게 되겠네요? 어떻게 생각하세요? 대화 상대로 누가 좋을까요?"

헨드릭과 알렉산드라는 운이 좋았다. 부흐만 사장은 자리에 있었고 그들에게 시간을 내주기로 했다.

그리고 5분이 채 지나기도 전에 두 사람은 부흐만 사장실 안에서 그와 마주 보고 앉았다. 부흐만은 60대 정도로 보였고 희끗

희끗한 머리칼은 깔끔하게 손질되어 있었다. 옷차림은 헨드릭이 평소에 '침착한 사업가'를 생각하면 떠오르곤 했던 모습 그대로 보수적이었지만, 그와 퍽 잘 어울렸다. 부흐만이 두 사람을 반갑게 맞이하자마자 헨드릭은 바로 본론으로 들어갔다. 안내원의 미소와 비슷한 그 미소의 진의를 조금 전 직접 경험했기 때문에.

"저희 집에 이 업체의 스마트홈 시스템 아담이 설치되어 있습니다. 몇 가지 질문드릴 게 있습니다. 외부에서 해당 시스템을 조종할 수 있습니까?"

"아이쿠, 미안합니다. 차는 뭐로 하면 좋을지 물어본다는 걸 제가 깜빡했군요. 커피 괜찮으십니까? 아니면 물이 좋을까요?"

"아니요. 괜찮습니다."

"물론 어디서든 앱으로 아담을 조종할 수 있습니다. 인터넷만 연결되어 있으면 얼마든지요."

"그렇군요. 그러면 인터넷에 연결되어 있으면 저뿐만 아니라 다른 사람도 보안을 뚫을 수 있겠군요."

부흐만이 너그러이 웃었다. "쳄머 씨, 그것이 가능하려면 마스터, 즉 관리자 역할을 할 사람의 홍채가 입력되어 있어야 합니다. 안 그러면 불가능해요. 저희 업체에서는 요즘 하이엔드 보안 프로세스를 주제로 여러 논의를 하고 있습니다. 홍채 스캔의 궁극적인 목표라고 할 수 있죠."

"시스템이 초기 설정 상태일 때는요? 그때는 외부에서의 접근이 가능할까요?" 알렉산드라가 대화에 끼어들었다.

부흐만은 고개를 저으며 다시 헨드릭을 바라보았다. "시스템 설치를 끝내고 나서 우리 서비스 기술자가 비밀번호 다섯 자리와 당신의 홍채를 아담의 관리자로 등록했던 거 기억하십니까? 그 단계가 끝나면 설치 프로그램은 자동으로 삭제됩니다. 당신과 관리자로 등록된 사람 외에는 아무도 시스템에 접근할 수 없어요."

"만약 사용자에게 무슨 일이라도 생긴다면, 그에 대비한 대처 방안이 있을까요?" 알렉산드라가 물었다.

"그러면 시스템을 공장 초기화해야겠죠. 데이터는 전부 삭제될 거고, 아담은 새로운 관리자가 생성되기 전까지 작동하지 않을 겁니다. 그런데 무슨 일 때문에 이런 질문을 하시죠? 안내 데스크의 레크텐발트 씨가 말하길 아담의 옷탐을 의심한다고 하던데 그런 허무맹랑한 생각은 대체 어디서 나온 겁니까?"

"오작동이 있었습니다." 헨드릭이 질문을 피했다.

"쳄머 씨의 아내가 납치됐어요." 알렉산드라가 불쑥 내뱉었다. 그 말에 헨드릭과 부흐만이 그녀 쪽으로 시선을 홱 돌렸다. "범인이 아담을 이용해 현관문을 열었다고 생각하고 있고요."

적막이 공간 전체를 집어삼켰다.

헨드릭은 당황한 표정으로 알렉산드라를 응시했다. 그의 허락 없이 린다의 실종을 언급한 게 당황스러웠지만, 이내 마음을 다잡았다. 어쨌든 알렉산드라는 조금 더 참았어야 했다.

"뭐라고요?" 헨드릭은 그 소식이 부흐만에게 충격적인 일로 여겨졌을지 아닐지 확신할 수 없었다. "아내분이…… 세상에, 끔찍한 일이군요."

"네, 그렇죠."

"그러면 쳄머 씨는…… 이럴 수가. 경찰서에는 당연히 가 보셨겠죠?"

"네, 그런데 문제가 좀 있습니다. 경찰은 아내의 실종에 강제 침입 흔적도 없고 범죄 사건이라는 구체적인 증거도 없다고 주장하고 있어요."

"무슨 말씀인지는 알겠는데……." 자리에서 일어난 부흐만은 짙은 감색 정장 재킷 주머니에 손을 밀어 넣고 의자 옆을 왔다 갔다 하다가 헨드릭 앞에 멈춰 섰다. "우리 회사의 시스템이 해킹되어서 사람에게 해를 끼쳤다는 추측만으로도 회사를 당장 닫아야 할 충분한 이유가 될 겁니다. 적어도 저한테는 그렇습니다. 그러나 제가 분명히 말씀드리는데, 그런 일은 절대 불가능합니다. 저희는 튀브* 인증도 받았고, 해당 시스템은 출시되기 전 최고의 전문가들에게 테스트를 받았는데 그 누구도 보안 시스템을 뚫지 못했어요."

알렉산드라도 자리에서 일어섰다. "아담 소프트웨어를 프로그래밍한 사람이 누구죠?"

"저희는 자체적으로 국내 시스템 프로그래머들만 고용하고 있습니다. 전부 메이드 인 저머니made in Germany죠."

"아담이 출시된 게 언제인가요?"

"3년 정도 됐어요." 부흐만이 어깨를 으쓱했다. "더 이상 도움을 드리지 못해 죄송합니다. 이제 더 드릴 말씀이 없군요. 아담은 안전합니다. 제가 보증하죠. 죄송합니다만 중요한 일정이 있어서 이만 대화를 마쳐야겠군요."

---

* TÜV, 독일기술검사협회

13

 수건 뭉치를 입 안에 넣고 말하는 것 같은 남자의 목소리가 들린다. 무언가 차가운 물체가 볼을 지그시 누른다. 머릿속에서 망치가 두개골을 쿵쿵 두드리기 시작하고, 까끌까끌한 털이 혀를 뒤덮은 역겨운 느낌에 욕지기가 났다.
 이성이 의식의 표면으로 이어지는 길을 향해 힘겹게 나아가는 동안 모든 감각이 그녀에게 휘몰아쳤다. 그리고 한순간에 기억이 되살아났다. 조명, 텔레비전…… 현관문. 무언가 푹신한 것이 돌연 그녀의 입을 짓눌렀다. 동시에 이마에 놓여 있던 손이 머리를 뒤로 홱 젖혔다. 불쾌한 냄새…… 끝이 보이지 않는 암흑, 그녀는 그 속으로 추락한다.

미칠 듯한 공포에 심장이 가슴을 무자비하게 두드려 댄다. 분명 이 방안에 누군가 있다. 그자에게도 그녀의 날뛰는 심장 소리가 틀림없이 들릴 것이다.

그녀는 납치되었다. 요나스도 납치된 걸까? 어딘가 바닥에 눕혀져 있고 그녀 옆에는…… 납치범이? 무슨 말소리가 들렸다. 누군가와 대화 중이다. 그녀는 얕게 호흡만 할 뿐, 손톱만큼도 움직이지 않았다. 의식이 돌아왔다는 걸 알아채면 그자가 그녀에게 무슨 짓을 할지 누가 알겠는가.

착각일까, 아니면 정말 목소리가 멀어진 걸까? 말소리가 멈추었다.

적막. 그가 다시 나타날지도 모르니 잠자코 기다렸다. 잠시 뒤 그녀는 용기 내어 눈을 떴다. 옆에 아무도 없다. 미끈한 리놀륨 바닥뿐이다. 체계적으로 생각해야 한다. 인생이 달린 중요한 순간이다. 일단 상황부터 파악해야 한다.

다리를 움직여 보았다. 팔도……. 아주 조금만 움직여 봐도 아무것도 그녀를 붙잡고 있지 않다는 게 느껴졌다. 결박된 상태가 아니었다. 좋다. 이런 상황에 이 정도면 좋다고 할 만했다.

고개를 돌리자 방 한쪽의 벽에 시선이 닿았다. 그녀와 벽과의 거리는 2미터에 불과했다. 차가운 하얀색 타일로 된 벽. 그런데 방의 길이가 꽤 길어 보였다. 그녀가 바닥에 누워 있는 부분에만 조명이 켜져 있다. 이쪽 끝도 저쪽 끝도 보이지 않는다. 시선을 따라 몇 미터 더 쫓아갔더니 벽이 어둠 속으로 들어가 각자의 방향으로 사라졌다.

근육에 힘을 주고 두 손으로 바닥을 짚으며 몸을 일으켜 앉아 주위를 둘러보았다. 반대편에 무언가 보인다. 바퀴가 달린, 크롬으로 도금된 다리……. 그리고 기다란 철제 선반……철제 선반 세 개가 나란히 놓여 있다. 테이블…… 수술실에서 쓰는 것 같은? 병원인가? 하얀 벽과 리놀륨 바닥, 알루미늄 판자가 덧대진 천장. 이 모든 것이 같은 걸 시사하고 있다. 하지만 이곳은 병실이라기엔 너무 컸다. 그리고 그 옆에 바퀴 달린 철제 수납장들이 있다. 진짜 수술실 같아 보이기는 하지만, 병원이라는 느낌이 들지는 않았다.

상관없다. 그 남자가 돌아오기 전에 일어나야 한다. 어쩌면 도망갈 수 있을지도. 자리에서 일어나 주변을 둘러보다가 섬뜩함에 놀라 손으로 입을 틀어막았다.

세 개로 이어 붙인 테이블 가운데에 어떤 남자가 나체 상태로 누워 있다. 얼핏 봐도 죽었다. 그녀는 그의 발과 다리, 새둥지 같은 음낭의 주름 사이에 쪼그라들어 있는 성기, 그리고 살짝 팽창

된 배꼽을 차례로 살폈다. 그다음 눈에 들어온 그것을 그녀의 이성은 인식하고 싶어 하지 않았다. 부풀어 있는 짙은 색의 무언가.

계속 손으로 입을 막고서 시신 쪽으로 움직였다. 속마음이 당장 돌아서라고, 최대한 빨리 최대한 멀리 도망치라고 소리치는데도.

한 걸음만 더. 남자의 상태를 정확하게 알아볼 수 있을 때까지 석회처럼 새하얀 다리 주변을 어슬렁대고 있다. 제대로 알아볼 수 있을 때까지. 치골에서 목 근처 부근까지 절단된 피부 가죽이 들쭉날쭉한 서투른 바느질로 꿰매어져 있다. 끔찍한 광경에 정신을 잃을 뻔하지만 시신의 얼굴을 보기 위해 기어코 마지막 발걸음을 옮기고 만다. 드디어 그의 얼굴을 맞이했다.

그녀는 꼭두각시처럼 움직였다.

그리고 눈 깜짝할 새에 정신을 잃었다.

14

 두 사람이 건물 밖으로 나왔을 때 헨드릭이 알렉산드라의 길을 막고 섰다. "정확히 짚고 넘어갑시다."

 알렉산드라는 놀랐는지 이마를 찌푸렸다. "뭔데요?"

 "당신이 날 도와준다고 해서 반갑기는 합니다만 우리가 다른 사람에게 무슨 얘기를 전할 때, 그게 적어도 나와 관련된 일이라면, 나한테 결정권이 있었으면 합니다. 그러니까 다른 사람에게 린다의 납치에 대해 알려야 한다면 당신이 아니라 내가 직접 나서서 말해야 한다는 입장입니다. 알겠어요?"

 그녀는 주저 없이 고개를 끄덕였다. "알았어요. 미안해요. 저는 부흐만 사장이 갑자기 그 상황에 직면하면 어떻게 반응하는지 보고 싶어서 그랬어요. 헨드릭 씨…… 그럼요, 헨드릭 씨 입장 제가 충분히 이해하죠."

알렉산드라는 미안하다는 듯한 미소를 지으며 그를 지나쳐 차로 갔다. 헨드릭은 그대로 서서 당황한 표정으로 그녀를 바라보았다. 알렉산드라는 다양한 의견에 대해 말을 길게 하지 않는, 상대의 입장을 바로 수용하는 타입인 듯했다. 조금 전 그녀에게 화가 나긴 했지만, 솔직히 인정하자면 그는 그런 그녀의 성격이 아주 마음에 들었다.

헨드릭은 알렉산드라를 뒤따라가다가 차에 오르기 전 스마트폰을 꺼내 린다에게 또 연락을 시도했다. 결과는 마찬가지였다. 휴대폰을 바지 주머니에 다시 집어넣은 다음 운전석에 앉아 안전벨트를 맸다. 그는 시스템 업체 사장과 나눈 대화를 다시 한번 떠올리며 중얼댔다. "흠, 이상하네."

"뭐가요?"

"당신이 슈프랑과 칸슈타인 형사에게 실종자들 집에 아담이 설치되어 있다는 사실을 알려 준 다음에 경찰이 그 업체 사람들과 만났다고 하지 않았어요?"

알렉산드라가 고개를 끄덕였고 헨드릭은 그런 그녀를 바라보았다. 그녀는 그 말의 의도를 알아챘다. "네, 그저께였어요. 이상하네요, 그렇죠?"

"부흐만 사장이 경찰서에 가 봤는지 물어봤을 때 당신도 놀랐겠네요. 흐음, 뭔가 앞뒤가 맞지 않아요."

"다시 들어가 볼까요?"

헨드릭은 고개를 저었다. "아니요. 무지하게 바쁜 부흐만 사장은 지금 우리한테 쓸 시간이 없을 겁니다. 그것보단 슈프랑, 칸슈타인 형사와 이야기를 나눠 보는 게 낫겠어요."

"그러면 그렇게 하죠. 아마 경찰은 저와 더는 이야기를 나누려 하지 않을 거예요. 적어도 칸슈타인 경감님은요. 실습 막바지에 제가 두 사람을 엄청 성가시게 했거든요."

헨드릭은 열렬히 고개를 끄덕이며 시동을 켰다. "우리 공통점이 또 있군요."

그는 주차장을 빠져나와 핸들을 오른쪽으로 꺾었다.

차 안에서 두 사람은 한동안 아무 말도 하지 않았다. 마침내 알렉산드라가 입을 뗐다. "부흐만 사장한테 프로그래머 이름을 물어보지 않은 이유는, 어차피 개인 정보를 운운하며 안 가르쳐 줄 것 같아서 그런 거 맞죠?"

헨드릭은 놀란 눈으로 그녀를 흘긋 바라보았다. 젊은 친구가 눈치가 대단했다.

"맞아요. 당신이 말한 프로그래머와 백도어 관련 내용이 정말 맞다면 그 업체 사람들은 여기저기에서 경고를 받았을 겁니다. 함부르크 홈 시스템의 그 프로그램을 누가 만들었는지 우리가 알아낼 수도 있고요."

헨드릭의 집 앞에 도착했을 때, 때마침 슈프랑이 알렉산드라의 차량 앞 길가에 주차된 검은색 BMW에 올라타고 있었다. 두 사람이 진입로를 돌아 들어서자 슈프랑은 차 문을 닫고 둘을 따라왔다.

헨드릭은 시동을 끄고 급하게 차에서 내렸다. "린다한테 새로운 소식 있습니까?"

"아니요. 그건 아닙니다." 슈프랑의 눈길이 차에서 내리고 있는 알렉산드라를 향했다. "어이, 알렉산드라." 그가 떨떠름한 미소를 지으며 인사했다. "너를 여기서 보는 게 왜 놀랍지 않을까?"

"뭐, 경사님이 제 차 앞에 주차하셨으니까요? 그리고 경사님도 제 추측이 아예 잘못된 게 아니란 걸 알지만, 안타깝게도 뾰로통한 파트너를 설득할 의욕이 없어서요?"

슈프랑이 히죽였다. "누가 아니래……." 그러더니 다시 진지한 표정으로 헨드릭을 바라보았다. "율리아 크롤만에게 보낸 문자가 그레칠에서 전송되었다는 걸 알아냈어요."

"그레칠…… 북해에 있는 도시, 맞죠? 오스트프리슬란트에 있는?"

"맞습니다. 작은 마을이죠. 여기에서 250킬로미터 정도 떨어져 있고요. 거기에 크롤만 부부의 별장이 있어요."

또다시 주먹이 헨드릭의 뱃속을 뚫고 들어오는 느낌이었다. 칸슈타인의 추측이 정말 맞을 것 같았다. 요나스 크롤만과 린다가…….

바닷가의 별장. 사랑의 보금자리……. 그런 생각을 하니 속이 메스꺼웠다. 린다가 정말 그를 떠났을지도 모른다는 의심이 든 게 처음은 아니었지만, 그렇다고 안심이 되는 것 또한 아니었다. 물론 그녀가 범죄 사건의 피해자가 되는 것이 그녀의 기만보다 낫다는 의미는 당연히 아니었다. 어느 쪽이든 상황은 끔찍했다.

"쳄머 씨?"

헨드릭은 고개를 저으며 잡생각을 밀어내고 물음표를 띤 슈프랑의 얼굴을 마주했다. "네? 미안합니다."

"저희는 율리아 크롤만이 남편과 대화를 시도하거나 다시 마음을 돌리기 위해 그쪽으로 가고 있을 확률이 높다고 생각합니다. 그쪽 동료 경찰에게 정보를 전달했고 그가 별장을 한번 살펴볼 예정입니다. 조만간 소식이 있을 거예요."

"그것 때문에 일부러 여기까지 온 거예요?" 알렉산드라가 끼어들었다.

"여기 근처에 있기도 했고, 당장 쳄머 씨에게 직접 알려 줘야겠다고 생각했어."

그녀가 고개를 살짝 비스듬히 기울였다. "정말요?"

두 사람은 2초, 3초간 서로를 바라보았다. 수프랑이 고개를 저었다.

"이봐, 너도 요새 칸슈타인 경감님이 어떤지 알잖아. 나는 그냥 경감님하고 이 문제에 대해 하루 종일 말싸움하고 싶은 생각이 없을 뿐이야."

"알죠, 저도 알아요. 그런데 경감님은 요새 왜 그러는데요?"

슈프랑이 어깨를 들썩했다. "분명히 개인적인 문제가 있어. 아침마다 굉장히 지쳐 보이더라고. 잠을 거의 못 잔 것처럼. 내가 그 부분에 대해 물어보면 막 화를 내면서 내 일에나 신경 쓰라고 그러더라니까."

"칸슈타인 경감님이 그렇게 꼬장꼬장해진 건 제 탓인지도 모릅니다." 헨드릭이 털어놓았다.

"아닙니다. 전 그렇게 생각하지 않아요." 슈프랑이 시계를 확인했다. "이제 가야겠습니다. 그레칠에 있는 동료한테 연락 오면 전화드리죠."

"아 참, 경사님?" 알렉산드라가 그를 불렀다. 슈프랑이 두 사람 쪽으로 돌아섰다.

"두 분, 스마트홈 시스템 때문에 함부르크 홈 시스템의 부흐만 사장이랑 만나 봤다고 하셨죠?"

"부흐만이라…… 아, 그 사람. 맞아. 칸슈타인 경감님이 만났지. 그런데 왜?"

"조금 전에 그 사람을 만나고 왔습니다." 헨드릭이 설명했다.

"그 사장의 반응으로 봐서는 경찰하고 그런 얘기를 나눠 본 적이 없는 것 같던데요."

"흠……" 슈프랑은 무언가를 고민하는 듯 헨드릭을 슬쩍 쳐다보았다.

"그거참, 흥미롭네요. 혹시 수치스러워 그러는지 누가 알겠습니까. 어쨌든 알려 주셔서 고맙습니다. 이제 정말 가 봐야겠네요."

"개인적으로 뭐 좀 물어봐도 돼요?" 알렉산드라는 슈프랑이 차로 가는 모습을 지켜보면서 헨드릭에게 물었다.

"네, 그럼요."

"약혼자가 정말로 그레칠 별장에 요나스 크롤만과 함께 있다고 밝혀지면…… 그 사실을 헨드릭 씨가 알게 된다면, 그래도 약혼자에게 아무 일도 일어나지는 않았으니까 마음이 놓일 것 같으세요?"

헨드릭이 그녀에게 돌아섰다. "마음은 놓이겠죠. 린다가 길모퉁이를 돌다가 나하고 우연히 마주쳐서 다 괜찮다고 말한다면요. 그리고 말 한마디 없이 이틀간 사라져 있을 수밖에 없었던 그럴듯한 설명을 덧붙인다면요." 잠시 침묵이 이어진 뒤 그가 계속했다. "요나스 크롤만과 정말 함께라면…… 속이 많이 상하겠지만 그녀에게 안 좋은 일이 벌어졌을지도 모른다는 상상보다는 나을 겁니다."

슈프랑이 시동을 거는 소리에 헨드릭은 다시 길가로 시선을 옮겼다. 검은색 BMW가 출발해 이웃집 울타리 뒤의 모퉁이를 돌며 금세 자취를 감추었다. 다시 알렉산드라 쪽으로 고개를 돌리려던 찰나, 뒤에서 다른 차가 다가오는 소리가 들렸다. 몇 초가 지나기도 전에 진회색 아우디가 같은 집 울타리 뒤로 사라졌고, 헨드릭은 멈칫했다. 그 순간 운전석 유리창으로 운전자를 얼핏 봤는데, 확신이라기보단 직감에 가까웠지만 누군가 떠올랐다.

"저 차 운전자 봤어요?" 헨드릭이 알렉산드라에게 고개를 돌리고 물었다. 그러나 그녀는 스마트폰에 코를 박고 있었다.

"아니요. 어떤 차요?"

"아, 아닙니다."

알렉산드라는 휴대폰 화면을 한 번 더 슬쩍 보더니 주머니에 집어넣었다. "저 이제 가야 할 것 같아요."

"네, 그러시죠. 아담에 대한 사실을 알려 주어서 고맙습니다. 이 사건 해결에 중요한 열쇠가 될지는 모르겠지만, 적어도 실종자들의 집에 그 시스템이 설치되어 있다는 사실은 꽤 합리적인 의심이네요." 그는 말을 마무리하는 중에 무언가 번뜩 떠올렸다. 부흐만 사장에게 아담이 언제 출시됐는지 물어봤을 때 사장은 3년 정도 됐다고 대답했다.

"단순한 우연은 아닐 거예요." 알렉산드라가 답했다. "질문이 하나 더 있는데요, 약혼자가 요나스 크롤만과 그레칠 별장에 없다고 밝혀진다면, 그러면 앞으로 어떻게 할 계획이신가요?"

"칸슈타인 경감이 수사를 시작할 때까지 계속 괴롭힐 겁니다."

그녀가 흡족하게 고개를 끄덕였다. "헨드릭 씨만 괜찮다면 제가 최대한 도울게요."

헨드릭은 슬며시 웃음을 짓는 제 모습에 놀라 서둘러 진지한 표정으로 바꾸었다. "지금 이런 상황에서는 받을 수 있는 모든 도움에 의지하는 수밖에 없습니다. 당신도 알다시피 경찰이……. 어짰든 당신이 도와준다면 정말 고맙죠."

"알겠어요. 잠시만요."

알렉산드라는 조수석 안으로 몸을 숙였다. 그러고는 차 문을 다시 닫고 헨드릭에게 다가왔다. 그녀의 손에 쪽지가 들려 있었다.

"제 전화번호예요. 여기로 전화 주세요. 저도 헨드릭 씨 전화번호 저장할게요."

헨드릭은 쪽지를 손에 들었다. 휘갈긴 글씨로 알렉산드라 트리스가 적혀 있고 그 옆에 전화번호와 메일 주소도 쓰여 있었다. 메일 주소 옆 괄호 안에 '언제든지 연락하세요'라는 문구가 덧붙여져 있었다.

그는 휴대폰으로 전화번호를 누르고 잠시 신호가 가게 두었다가 전화를 끊었다.

"고마워요. 슈프랑 경사님한테 무슨 소식이 오면 바로 연락 줘요. 어쩌면 앞으로 더 볼 일이 없을 수도 있으니까요."

"네, 그러죠. 하지만 내가 장담하는데, 린다는 거기에 없을 겁니다. 절대 자발적으로 갔을 리 없어요."

두 사람은 작별 인사를 했다. 알렉산드라는 차를 몰고 떠났다.

헨드릭은 바지 주머니에 쪽지를 집어넣으며 마지막으로 길가로 시선을 던졌다.

아우디를 몰던 운전자……. 백 퍼센트 확신할 수는 없었다. 하지만 그 운전자의 옆모습은 슈프랑의 파트너, 그러니까 칸슈타인 경감 같았다.

15

 그녀가 눈을 떴다. 눈을 뜨자마자 여기가 어디인지 자신이 어떤 상황에 처해 있는지 단번에 인식했다. 아주 잠깐 정신을 잃었던 모양이다.
 너무 고통스러워 비명을 지르고 싶다. 그녀는 또다시 바닥에 웅크리고 있다. 개복된 상태로 사망한 남편의 시신이 눕혀진 철제 테이블 옆에서.
 남편의 모습을 떠올렸더니 뱃속이 확 오그라들며 내용물이 식도를 타고 솟구쳤다. 필사적으로 고개를 옆으로 돌려 시큼한 토사물을 입 밖으로 뱉어낸다. 꺽꺽대며 두 번 세 번 더 구역질을 하고 나니 토기가 지나갔다.

겨우 팔에 힘을 주어 상체를 약간 일으키니 오른팔에 불에 타는 듯한 통증이 느껴졌다. 끔찍한 상처를 보자마자 그녀의 입에서 절망에 빠진 신음이 새어 나왔다.

조금 전 의식을 잃고 바닥으로 고꾸라질 때 아래팔이 부러진 모양이었다. 손목이 꺾이는 바람에 아래팔의 밑 부분과 손이 45도 정도의 각을 이루게 되었고, 손목 위쪽은 약 10센티미터 찢어져 있었다. 벌어진 상처 밖으로 피투성이의 뼈가 튀어나와 있어서 그렇지, 상처 자체에는 피가 많이 나지 않았다.

그녀는 직업이 직업이니만큼 그동안 심한 부상들을 많이 봐 왔다. 하지만 자기 몸에 난 상처는 달랐다. 그럼에도 그녀의 이성은 부러진 뼈와 통증을 의식에서 애써 밀어냈다. 머리를 들어 올리고 철제 테이블 모서리의 창백한 발을 본다.

남편이 죽었다는 사실과 그에게 무슨 일이 있었는지에 대한 불확실성이 그녀를 집어삼켰다. 넋이 나간 기분이었다. 그 순간, 그녀의 내면에서 이성의 외침이 모닥불처럼 활활 불타올랐다. **당장 여기에서 나가야 해!**

그녀는 휘청이는 다리로 겨우 몸을 일으킨다. 성한 팔로 남편이 누워 있는 철제 테이블 모서리를 꽉 잡는다. 창백하고 초췌한 그의 얼굴을 마지막으로 한 번 더 바라본 뒤 주위를 둘러보

다가 문을 발견한다. 6, 7미터 정도 떨어진 곳에 문 하나가 활짝 열려 있다.

 망설임 없이 첫 발을 내딛고 다음 발걸음을 이어간다. 출구에 시선을 단단하게 고정한 채 다가간다. 마침내 다다랐다. 문틀에 몸을 지탱하고 얼굴을 조금 더 내밀어 복도를 살핀다. 벽이 흰색으로 칠해져 있다. 요나스의 시신을 비추고 있는 희미한 불빛 아래에서는, 일단 수납장도 선반도 문도 없는 것처럼 보였다.

 부러진 팔의 통증이 또다시 미친 듯이 솟구친다. 속이 메스꺼워지면서 구역질이 밀려오지만 구토를 막을 수 있는 건 아무것도 없다.

 문틀에서 손을 떼고 복도로 한 걸음 내디며 오른쪽으로 돌아섰다.

 멀쩡한 팔을 들어 올리고 손으로 벽을 더듬으며 어둠 속으로 천천히 들어갔다. 온몸이 부들부들 떨리는 게 느껴진다. 발걸음을 내디딜 때마다 점점 더 암흑이다. 두 눈을 세게 감으며 어둠에 익숙해지기를 간절히 바라지만 눈앞에는 익숙해질 틈조차 보이지 않는 암흑만 있을 뿐이다. 결국 그녀는 조용히 흥얼대기 시작했다. 어눌하고 멜로디가 없는, 차라리 무음의 속삭임에 가깝기는 해도, 그 노래는 그녀의 이성이 광기의 심연 위에서 붙들고 있는

밧줄과 같은 존재였다.

 아무것도 보이지 않아.
 내 눈을 더는 믿지 마.
 더 이상은 믿을 수 없어.
 감정이 바뀌었어.

 헤르베르트 그뢰네마이어*를 그녀는 정말 좋아했다.
 잠시 자리에 멈춰 선 그녀가 슬며시 돌아섰다. 빛을 내고 있는 수술실에서 아무도 따라오지 않는다는 걸 확인하고 계속해서 어둠 속으로 들어간다.
 무슨 복도가 이렇게 길지? 틀림없이 어딘가로 이어질 거야. 언젠가 문이 나타나겠지. 부디 잠겨 있지 않기를. 두 걸음 더 걸어갔더니 차가운 금속 테두리가 손끝에 닿았다. 굴곡지고 매끈한 금속 소재의 문. 뒤에서 무슨 소리가 들렸나? 에이, 말도 안 돼. 그녀가 생각했다. 문, 드디어 문을 찾아냈다.
 하느님, 제발 잠겨 있지 않게 해 주세요.

---

* Herbert Arthur Wiglev Clamor Grönemeyer, 독일의 가수이자 배우

그녀의 손이 손잡이에 맞닿았다. 손잡이를 아래로 내리려는 순간, 아주 가까이에서 어떤 움직임이 느껴졌다. 그러나 바람이었다. 그때 무언가 차가운 것이 그녀의 목으로 달려들었고, 순식간에 그 물건이 끓어오르는 용암처럼 뜨거워지면서 목을 휙 가로질렀다. 머릿속에서 폭발이 일어나고 기괴한 소리가 들린다. 잠시 되살아난 마지막 이성이 잘린 목 사이로 피가 솟구쳐 나온다는 걸, 그 피가 철제문에 타다닥 튀고 있다는 걸 깨닫게 했다.

16

 알렉산드라가 떠나고 40분 후에 전화가 왔다. 스마트폰은 헨드릭이 앉은 소파의 맞은편 테이블에 놓여 있었다. 헨드릭은 린다가 정말 그 기자와 그레칠에 있는 사랑의 보금자리로 떠났는지 소식을 기다리면서 그녀와 함께한 아름다운 기억들을 떠올리던 중이었다. 하지만 전화를 건 사람은 슈프랑이 아니라 칸슈타인이었다.
 "슈프랑 경사한테 그레칠에 있는 크롤만 부부의 별장에 대한 소식, 이미 들으셨죠? 요나스 크롤만이 율리아 크롤만에게 문자를 보낸 그곳 말입니다. 심지어 슈프랑 경사가 직접 찾아오지 않았습니까?" 순간 진회색 아우디의 운전자가 생각나, 헨드릭은 속으로 움찔했다. 그러나 그 생각을 한쪽으로 밀어냈다. 지금은 린다가 더 중요했다. "조금 전 그쪽 경찰한테서 연락이 왔습니다." 칸슈타인이 말을 이었다.

"네, 그런데요? 뭐가 있다던가요?"

"누군가 그곳을 다녀갔습니다."

헨드릭은 칸슈타인의 설명이 이어질까 싶어 잠시 기다렸다가 입을 뗐다. "그게 무슨 뜻이죠? 하, 이제 말씀 좀 해 주시죠. 잘 생각해 보시라고요. 제가 얼마나……."

"집은 비어 있었습니다." 칸슈타인은 차분하게 설명했다. "그렇지만 분명 누군가 다녀갔습니다. 그 집 이웃이 열쇠를 가지고 있어서 경찰에게 문을 열어 줬는데, 들어가 보니 얼마 전까지만 해도 누군가 집에 머물렀다는 증거가 나왔습니다. 이웃은 아무도 보지 못했다고 했지만, 주방에 최근에 사용한 유리잔들이 널려 있고, 잔에 담긴 액체도 말라 있지 않았습니다. 그릇에 반쯤 남은 요거트도 발견되었는데, 상하지 않은 상태였어요."

"그러니까 그게 구체적으로 무슨 뜻입니까? 이제 뭘 어쩌실 거죠?"

헨드릭은 칸슈타인이 어떤 대답을 할지 꽤나 분명하게 예측하고 있었다. 그래서 이어진 칸슈타인의 말에 헨드릭은 짐짓 놀랄 수밖에 없었다. "일단 상관에 보고할 생각입니다. 이 사건에 대한 수사를 공식적으로 시작할 계획이거든요."

"아, 정말요?" 헨드릭이 내뱉었다. 놀람과 동시에 안도감이 들었다.

"고맙습니다."

하지만 사실 그는 칸슈타인이 이해가 되지 않았다.

"요나스 크롤만이 아내에게 문자를 보낼 때 그레칠에 있었다는 건 확실해졌고, 이론적으로도 누군가와 함께 있었을 가능성이 있어요. 아마도 쳄머 씨의 약혼자겠지요. 유리잔에 묻은 지문을 채취해 유전자 검사를 실시한 뒤 더 조사할 계획입니다. 여전히 의문이 남는 부분은 요나스 크롤만이 대체 왜 아내에게 보내는 문자에 자신의 거처에 대한 힌트를 줬느냐입니다. 요나스는 아내가 자신이 보낸 암시를 눈치채고 곧장 부부의 별장이 있는 그레칠로 향할 거라 틀림없이 예상했을 겁니다. 그의 입장에서는 거처를 비밀로 하는 것이 훨씬 더 현명한 방법이었을 테고요. 마치 율리아 크롤만이 그쪽으로 유인되어야만 하는 무슨 이유가 있는 것 같아요. 그다음에 그녀가 흔적도 없이 사라졌죠. 석연치 않은 부분이 군데군데 있어서 이 사건을 다시 한번 들여다보려고 합니다."

"제가 처음에 한 말이 바로 그 말입니다. 이제라도 그렇게 하신다니 다행이군요."

"엄밀히 말하면 율리아 크롤만 때문입니다. 쳄머 씨의 약혼자 실종과 달리 그녀에게 수상한 메시지가 왔고, 그 미심쩍은 메시지로 미루어 볼 때 율리아 크롤만이 그레칠에서 화를 입었을 수도 있겠다는 막연한 의심이 들어서 말이죠."

"그렇지만……." 헨드릭이 불만을 표출하려 하자 칸슈타인은 곧바로 말을 끊었다.

"물론 이 사건이 다른 사건과 관련되어 있을 가능성도 충분히 고려해 봐야 합니다. 어쨌든 요나스 크롤만은 분명 별장에 혼자 있지 않았어요."

헨드릭은 그거면 될 것 같았다. 중요한 건 경찰이 드디어 뭐라도 수사를 시작한다는 것이었다. "알겠습니다. 고맙습니다."

"또 연락드리죠." 칸슈타인이 약속했다. 그가 전화를 끊기 전 헨드릭이 재빨리 말을 내뱉었다. "질문 하나 해도 될까요?"

"그러시죠."

"아까 슈프랑 형사님이 저희 집에 직접 찾아와 율리아 크롤만에게 온 문자에 대해 알려 주지 않았냐고 물으셨죠?"

"네, 그렇습니다만?"

"그걸 어떻게 아셨습니까?"

짧은 침묵이 내려앉았고, 헨드릭은 칸슈타인이 당황하여 주저한다는 느낌을 받았다.

"뭐요? 어떻게라뇨?" 칸슈타인의 말투에 뚜렷한 거부감이 실렸다. "아, 슈…… 슈프랑 경사가 얘기해 줬습니다. 다시 연락드리죠."

그렇게 그는 전화를 툭 끊었다.

헨드릭은 가만히 앉아서 조금 전의 대화를 되짚었다.

율리아 크롤만의 남편은 다른 여자와 함께—그게 진짜 린다일까?—그레칠로 간 다음 미지의 목적지로 다시 떠나기 전에 율리아에게 문자를 보냈을 수도 있고, 아니면 율리아를 그레칠로 유인하기 위해 장난으로 꾸몄을 수도 있다. 그런데 왜 그레칠로 갔을까? 누군가 율리아에게 범행을 저지를 생각이었다면 함부르크에서도 충분히 가능했다. 정말 답답해 미칠 노릇이었다.

헨드릭은 린다를 잘 아는, 그리고 믿을 만한 사람과 대화를 나누고 싶었다. 가장 먼저 수잔네가 떠올랐지만 전화를 걸지는 않았다. 수잔네는 린다의 베스트 프렌드이고 헨드릭 역시 그녀를 좋아했으나, 그 순간만큼은 남자와의 대화가 더 의미 있을 것 같았다. 게다가 누구에게 전화하면 될지도 알고 있었다. 헨드릭은 화면을 몇 번 두드리고는 휴대폰을 귀에 댔다.

"헨드릭?" 그의 상사가 전화를 받았다.

"네. 잠깐 통화하실 수 있으세요?"

"그럼, 물론이지. 안 그래도 자네 집에 들러 볼까 생각하던 참이었네. 자네는 좀 어떤지, 린다 찾는 건 어떻게 되어 가는지 궁금해서 말이야."

게르데스는 그의 집에 자주 놀러 오곤 했다. 혼자 올 때도 있었고 젊은 여자들과 함께 올 때도 있었는데, 헨드릭과 린다는 그 여자들을 두 번 다시 볼 일이 없으리란 걸 잘 알고 있었다. 알고 지낸 시간이 길어질수록 헨드릭과 게르데스는 점점 더 친해졌고, 둘 사이의 우정은 깊은 대화를 통해 더욱 단단해졌다.

"자, 어떻게 되어 가나? 내가 뭐 도와줄 일이라도 있을까?"

"고맙습니다. 그런데 린다와 관련된 일은 아직 그대로예요. 살아 있다는 증거는 어디에도 없고, 무슨 일이 일어났는지 어디에 있는지 아무것도 모릅니다."

"이럴 수가." 게르데스가 나직이 뱉어 냈다. "안타깝구먼. 그런데 린다와 관련된 일이라니? 무슨 뜻이야? 다른 일이 또 있었나?"

헨드릭은 게르데스에게 지금까지의 일을 전부 털어놓아도 될지 고민하다가 그렇게 하기로 결정했다. 그가 생각해 내지 못한 걸 의외로 상사가 알아낼지도 모를 일이었다. "시간 좀 있으세요?"

"그럼. 자네도 알다시피 내일이나 되어야 수술이 있고, 이것저것 할 일은 더 있다가 해도 돼."

헨드릭은 상사에게 지난 이틀간 있었던 일을 전부 털어놓았다. 게르데스는 중간에 끼어들지 않고 그의 말에 귀 기울였다. 칸슈타인 경감과의 통화에 대한 이야기를 마치자 게르데스는 땅이 꺼져라 한숨을 내쉬었다. "완전히 사이코가 따로 없네. 지금 자네 심정이 어떨지 상상도 가지 않아. 그래도 나는 전적으로 자네 편이야. 물론 자네만큼 린다를 잘 알지는 못하지만 그동안 자주 봐서 충분히 알긴 하지. 두 사람이 대화를 나눌 때 자네를 향하던 린다의 눈빛과 미소를 내가 똑똑히 봤어. 그러니 린다가 그런 식으로 자네를 떠났다는 생각은 정말 터무니없지, 아무렴. 물론 경찰이 그 이상한 문자를 보고 린다가 그 자식이랑 도망쳤을 거라 의심하는 건 이해해. 하지만 그건 린다를 잘 모를 때 할 수 있는 말이네……." 그가 잠깐 멈추었다. "아니, 그게 아니지. 린다가 단순히 자기 발로 나간 거라면 내 손에 장을 지지겠네. 어차피 그럴 일은 없을 테니까. 두 사람은 아직 결혼도 하지 않았잖아.

정말 다른 사람이 생겼다면 린다는 자네와 대화를 했을 거야. 그 사실을 인정하는 대화가 불쾌하겠지만, 어쨌든 깔끔하게 정리는 했을 거라고. 그렇게 하지 않고 아무도 모르게 슬쩍 빠져나간다? 린다는 그럴 사람이 아니야."

"저도 압니다." 헨드릭이 차분하게 동의했다. "경찰이, 아니 정확히는 그 경감이 그 부분을 이해했으면 좋겠어요."

게르데스는 잠시 정적이 흐르도록 그저 기다렸다. "자네가 했던 이야기들 중간중간엔 SF 스릴러 같은 것들도 있더구먼. 자네 정말 그…… 그 시스템이 이 문제와 무슨 연관이 있다고 믿는 건가? 누군가 자네를 감시하고 밖에서 조종하고 있다고? 글쎄…… 내가 듣기에는……."

"모르죠, 뭐. 일단 이론적으로는 그럴듯해 보여요."

"흠…… 알다시피 내가 그런 거에는 젬병이라서. 스마트폰을 사용하긴 하지만 스마트홈 시스템이니 사물 인터넷이니…… 우리 집 냉장고와 세탁기가 서로 대화를 주고받는다면 이상할 것 같구먼."

헨드릭의 입 밖으로 피식 웃음이 새어 나왔다. "제 입장에서 볼 때 그건 그냥 이 상황에서 가장 그럴듯한 의혹일 뿐이에요."

"그런데 왜일까?"

헨드릭은 그의 질문이 이해가 가지 않았다. "무슨 말씀이세요?"

"잘 생각해 보자고. 난 불가능할 거라고 생각하지만, 정말로 누군가 두 사람을 납치하기 위해 시스템을 조작해 밖에서 현관문을 열었다? 대체 왜? 무슨 목적으로? 몸값을 요구하거나 협박도 없지 않은가. 그리고……." 게르데스는 이번에도 2, 3초간 침묵했다. "맞지? 몸값 요구는 없었지?"

"네, 그럼요. 있었으면 바로 경찰에 말했을 거고 그럼 경찰은 린다가 자발적으로 나간 게 아니라는 확신을 가졌겠죠."

"아니, 뭐 이런 생각이 들어서 말이야. 어떤 소식도 없다면 혹시 린다가 이미 세상을 떠난 건 아닐까……."

"말도 안 됩니다. 몸값 요구도 없었지만 다른 소식 역시 없었어요."

"그래. 다시 앞으로 돌아가서. 누가, 대체 왜 그 세 사람을 잡아 갔을까?"

헨드릭은 체념하듯 손을 들어 올렸다가 도로 내렸다. 통화 중에는 아무 쓸모없는 제스처이니까. "바로 그게 문제입니다. 답은 저도 모르고요."

"경찰도 답을 찾기 위해 고민하고 있을 거야."

"어쨌거나 경찰은 이제라도 좀 움직이기 시작했습니다."

"흠…… 경찰이 하루빨리 뭐라도 찾아내길 바라는 수밖에 없겠구먼."

"네, 제 이야기 들어 주셔서 감사합니다. 딱 필요한 순간이었습니다."

"당연한 거 가지고 뭘 그러나."

"아닙니다. 진심으로 감사드려요."

"새로운 소식 있으면 연락 주게."

"네, 그렇게 하겠습니다. 그럼 들어가세요."

17

 파울 게르데스와의 통화가 끝나고 얼마 지나지 않아 칸슈타인에게서 또 전화가 왔다. "조금 전 통화할 때, 슈프랑 경사가 율리아 크롤만의 문자 소식을 전하러 당신을 직접 찾아갔다는 걸 어떻게 알았는지 저한테 왜 물으셨습니까?" 그가 다짜고짜 들이댔다.
 "그것 때문에 전화하셨습니까? 굉장히 궁금하셨던 모양입니다."
 "그러니까 왜 그랬습니까?"
 헨드릭은 잠시 고민했다. 그러나 사실 말고 어떤 대답을 할 수 있겠는가? "경감님이 제 집 앞을 지나가는 걸 본 것 같아 그랬습니다. 슈프랑 형사님이 차에 타자마자 바로요."

"그렇게 생각해요?"

"네, 운전자를 아주 잠깐 봤거든요."

"아하. 또 다른 건요?"

"다른 거라뇨?" 헨드릭은 칸슈타인의 질문과 무뚝뚝한 반응이 의아했다. "제가 착각한 게 아니니까 지금 저한테 전화하셨겠죠. 질문을 해야 할 사람은 접니다."

"뭐 듣고 싶은 말 있습니까? 슈프랑이 당신을 찾아간 걸 어떻게 알았는지 말고요."

"아니요."

"알겠습니다. 그럼 됐습니다."

"이런 제기랄!" 헨드릭은 칸슈타인과 전화를 끝낸 뒤 혼잣말로 욕설을 내뱉었다.

속에서 천불이 나서 거실을 이리저리 돌아다니며 경찰이 아닌 린다 생각으로 머릿속을 채우려 노력했지만 소용없었다. 그러던 때, 초인종이 울렸다.

현관문으로 향하면서 헨드릭은 현관 카메라만이라도 아담을 활성화시킬까 골똘히 고민했다. 그리고 문을 열자, 처음 보는 금발의 남자가 서 있었다. 40대 중반 정도 되어 보이는 그는 진한 청색 바지와 새하얀 폴로셔츠 차림이었고 체격은 호리호리했으며 얼굴에는 엷은 미소를 띠고 있었다. 마치 무언가를 팔려는 사람처럼.

"안녕하세요, 쳄머 씨." 남자가 입을 열었다. "잠깐 시간 있으실까요? 이야기를 좀 나누면 좋겠는데요."

헨드릭은 힘이 빠져 고개를 털레털레 저었다. "저한테 뭘 팔거나 성경 말씀을 전하고 싶은 거면, 미안하지만 괜찮습니다."

"당신의 약혼자에 대해 이야기를 나누려는데요."

헨드릭은 정신이 번뜩 들었다. 이 사람은 혹시…… 이제야 무언가를 요구하러 온 사람일까?

"누구시죠?" 헨드릭이 딱딱하게 물었다. "제 약혼자가 그쪽이랑 무슨 상관이죠?"

남자가 좌우를 살폈다. 정말 우스운 행동이었다. 이웃집들은 그의 집에서 꽤 멀리 떨어져 있기 때문에 평소에도 이웃들이 하는 이야기가 전혀 들리지 않았다.

밝은 파란색 눈이 다시 헨드릭에게 향했다. "디르크 슈타인메츠라고 합니다. 당신처럼 외과 의사이고요. 쳄머 씨, 그런 투로 말씀하실 필요 없습니다. 저는 당신에게 도움이 될 만한 사람입니다. 제가 당신의 약혼자 실종 사건에 대해 도울 일이 있을 수도 있어요. 집 안에 들어가서 이야기 나누는 게 좋지 않을까요?"

헨드릭은 남자의 손으로 시선을 떨어뜨렸다. 그의 손에는 헨드릭에게도 익숙한 가벼운 흔적들이 있었다. 계속되는 소독으로 인해 건조하다 못해 갈라진 손가락. 헨드릭은 의사가 된 후로 다른 의사들의 손을 빤히 쳐다보는 습관이 생겼다. 앞에 서 있는 남자의 손은 외과 의사치고 유난히 거칠었다.

"한 번 더 묻겠습니다. 제 약혼자와 무슨 관계고, 어떻게 아셨습니까?"

"제 말 잘 들어 보세요. 제가 알고 있는 게 당신에게 도움이 될 수도 있습니다. 하지만 이렇게 집 밖에서 얘기를 나누는 건 도움이 되지 않을 겁니다." 헨드릭은 자기가 실수를 하는 건 아닌지 불안했지만 일단 문을 활짝 열었다. 그는 린다의 행방에 대해 무언가 아는 듯했고, 그건 중요한 단서가 될 수도 있었다. "좋습니다. 들어오시죠."

슈타인메츠는 앉으라는 권유를 기다리지도 않고 거실 소파에 앉아 주변을 둘러보았다. "집이 멋지네요."

헨드릭은 불안함에 침착하게 앉아 있을 수 없어 안락의자 옆에 서 있었다. "저희 집 인테리어가 아니라 린다에 대해 이야기하셔야 할 텐데요. 린다에 대한 어떤 걸 알고 계시죠? 어떻게 아셨습니까?"

"맞는 말씀입니다. 죄송합니다. 제가 실례를 했네요. 워낙 인테리어에 관심이 많아서요. 언제부터냐면……."

"지금 바로 말씀하시죠. 그게 아니라면 여기서 나가 주시고요."

"다시 한번 죄송합니다. 저는 의사고 얼마 전까지 알스터도르프 기독병원에서 근무했습니다. 율리아 크롤만이 일했던 병원이요."

"일했던, 이라고요?" 헨드릭이 그의 말을 잘랐다.

"네, 제가 그곳에서 일하고 있을 때라서요. 어쨌든 언젠가 기자인 율리아의 남편이 병원에 나타나서 일부 간부급 의사들과 행정 직원들에게 질문을 하고 다니기 시작하더라고요. 간부급들이 하던 무슨 이상한 사업 또는 거래에 관련된 거였고, 거기엔 은행도 연루되어 있었어요. 당신 약혼자가 일했던 은행이요. 아마 요나스 크롤만은 아내에게서 정보를 들었던 것 같더군요. 잘 모르겠지만. 어쨌거나 요나스는 은행에서 그 문제를 조사하던 중에 당신 약혼자를 알게 된 것 같아요."

헨드릭의 심장이 목구멍까지 올라와 뛰었다. "어째서 그렇게 생각하시죠? 고작 그런 이유로……."

"두 사람이 함께 있는 걸 본 적이 있어요."

헨드릭은 입을 다물고 남자를 빤히 쳐다보았다. 그의 말이 헨드릭의 머릿속에 있던 생각들을 모조리 집어삼켜 공허하게 만들었다.

"당신은 두 사람이……." 헨드릭은 다리에 힘이 풀려, 겨우 안락의자에 주저앉았다.

"네, 속이 많이 상하셨겠죠. 저는 이런 소문을 막 퍼트리는 사람이 아니에요. 해당 문제에 관계된 사람들끼리 풀어 나가야 할 사안이라고 생각하니까요. 하지만 지금과 같은 경우에는, 당신의 약혼자에게 안 좋은 일이 일어났을 가능성이 거의 없습니다. 그게 아니라……."

"다른 남자와 은밀하게 사라졌을 뿐이다, 이거죠." 헨드릭이 문장을 마무리했다.

"적어도 그럴 가능성이 있다는 얘기죠. 다시 말하지만 그 말은 당신 약혼자가 무사하다는 뜻이에요."

헨드릭은 앞쪽을 응시하며 산산이 부서져 머릿속에서 빠져나간 생각의 조각들을 끄집어 올려 이성적인 문장으로 짜 맞추려 노력했다.

그녀와 함께한 잊을 수 없는, 그리고 행복했던 순간들……. 마지막 날 저녁, 린다는 그 순간이 그놈과 도망칠 마지막 기회가 되리란 걸 분명 알고 있었을 것이다.

"쳄머 씨?"

헨드릭은 화들짝 놀라 슈타인메츠를 바라보았다. "아 네, 미…… 미안합니다." 그러고는 자리에서 일어났다. "요나스 크롤만과 린다에 대한 소식은 대체 어디서 들었습니까? 페이스북에서요? 저도 페이스북을 찾아봤지만 두 사람에 대한 정보가 전혀 없었는데요."

"어디서 들었는지는 말할 수 없어요. 그래도 믿을 만한 정보이긴 합니다."

"어디서 들었는지 알려 줄 수 없다고요?" 헨드릭이 날카로운 어조로 걸고넘어졌다. "그런 정보는 신문이나 소셜 미디어에서 얻을 수 없지 않나요? 아무래도 당신이 이 사건과 관련이 있을 거라는 생각이 드는군요!" 헨드릭은 점점 격앙되는 자신의 목소리를 느꼈다.

슈타인메츠는 고개를 저으며 연신 미소를 띠고 있었지만 아까보다는 굳은 표정이었다.

"그러면 내가 왜 당신을 돕겠다고 여기까지 왔겠습니까? 위험한 짓일 텐데요."

헨드릭은 아무런 대꾸도 하지 못했다. 그의 머릿속에도 같은 생각이 파고들었다. "어쨌든 저는 이제 가 봐야겠네요." 슈타인메츠가 자리에서 일어났다.

"잠깐만요." 헨드릭이 경직된 자세를 풀었다. "린다가 그 요나스 크롤만과 함께 있는 모습을 봤다고 했죠? 어디였죠? 그리고 그 여자가 린다인 걸 어떻게 알았습니까?"

슈타인메츠가 왼쪽 눈썹을 위로 쓱 올리며 교만한 표정을 지었다. "이제 질문 다 했나요? 답변해 드리죠. 어느 날 오후 병원에서 나가는데 요나스 크롤만이 막 도착해서 주차장에 차를 세우고 있었어요. 그가 병원에서 볼일을 보는 동안 당신 약혼자는 조수석에 앉아 그를 기다리고 있더군요. 저는 그녀 옆을 지나가면서 얼굴을 똑똑히 봤어요. 그때는 그 여자가 당신의 약혼자인지 몰랐죠. 당신이 페이스북에 올린 사진을 우연히 보지 않았다면 이 일에 큰 의미를 두지 않았을 겁니다. 그 사진으로 당신 약혼자를 알아보았고, 전에 봤던 장면이 떠올랐어요."

그의 말이 아주 설득력 있게 느껴지지는 않았다. 그러나 정보를 얻으려면 어쩔 수 없었다.

"알겠습니다. 그럼 지금 린다의 실종 사건을 맡고 있는 경찰에게 전화해 보죠. 한 20분 후면 여기로 올 거니까 경찰한테 직접 말씀해 주세요."

"쳄머 씨, 저는 경찰과 뭘 하고 싶지 않아요. 무엇보다 이 일에 관여하고 싶지도 않고요. 내가 한 말이 그리 반가운 소리는 아니겠지만, 그래도 당신 약혼자가 별 탈 없이 잘 있을 거란 말에 당신의 마음이 한결 편해지길 바랐습니다."

헨드릭은 대답하지 않았다. 그의 이야기가 다 맞다 한들 마음이 조금도 편해질 리 없었다. 오히려 상처만 더 깊어질 뿐.

슈타인메츠를 보낸 헨드릭은 고개를 떨군 채 차가운 현관문에 머리를 기댔다. 눈물이 볼을 타고 흘러내려 바닥으로 뚝뚝 떨어졌다.

그가 한 말이 사실일까? 그의 이야기에는 전체적으로 이상한 느낌이 내재되어 있었다. 그렇기는 해도…… 지금까지 벌어진 일들과 묘하게 들어맞았다. 요나스 크롤만과 린다…… 린다가 어떻게 그럴 수 있지? 헨드릭은 사람을 잘 믿기도 했지만, 린다를 향한 믿음은 더욱 두터웠다. 그랬기에 분노가 들끓었다.

현관에서 벗어나 거실로 돌아가려는 그때, 그의 시선이 아담의 컨트롤 장치에 머물렀다.

대체 무엇 때문에 저 시스템을 꺼 놔야 할까? 헨드릭은 누군가 시스템을 해킹했을 가능성이 있다고 했던 알렉산드라의 말에 대해, 그리고 그 이야기가 꼭 사이언스 픽션SF 같다고 했던 파울 게르데스의 말에 대해 생각해 보았다.

 그러면 헨드릭 자신은 어떻게 생각하는가? 그는 어느 쪽을 믿고 있는 걸까? 누군가 린다를 납치하기 위해 시스템을 해킹했을 수 있다는 말이 약간은 설득력 있게 들렸다. 하지만…….

"사이언스 픽션SF." 헨드릭은 그 말을 내뱉으며 아담을 다시 켜려고 손을 들어 올렸다가 초록색 LED 두 개가 이미 들어와 있는 걸 보고 그대로 동작을 멈추었다.

 아담이 켜져 있었다.

18

"이게 어떻게……." 헨드릭의 입 밖으로 말이 툭 튀어나왔다. 그는 시스템을 셧다운할 때 정확히 어떻게 했는지 기억해 내려 애썼다. 그 당시 뭔가를 못 보고 넘어간 게 분명했다. 어쨌든 지금은 별 상관없겠지만.

고개를 절레절레 흔들며 돌아서서 거실로 간 다음 스마트폰을 집어 들었다.

전화벨이 열 번 울려도 슈프랑이 전화를 받지 않자 포기하고 휴대폰을 털썩 내려놓았다. 마음 같아서는 벽으로 던져 속에서 부글부글 끓고 있는 분노를 표출하고 싶었다. 전화도 받지 않을 거면서 휴대폰 번호는 대체 왜 알려 준 건데?

헨드릭은 잠시 망설인 후 방문자 카드에 적힌 사무실 전화번호를 눌렀다.

그곳 역시 전화를 받지 않았다.

욕을 해 대며 전화기를 주머니에 밀어넣고 2분 뒤 집을 나섰다. 이제 더는 린다가 왜 그런 식으로 그를 떠났는지, 지금 대체 어디에 있는지에 대한 생각에 파묻혀 있을 수 없었다. 어차피 요나스 크롤만과 함께일 테니까.

잠시 뒤 헨드릭은 경찰서 주차장에 도착해 있었지만 여기까지 어떻게 왔는지 기억이 나질 않았다. 머릿속 수많은 생각들에 잠겨 헤매다 보니 저절로 이곳으로 왔다. 차에서 내리는 순간 휴대폰이 울렸다. 칸슈타인이었다.

"전화하셨더군요."

"네, 원래는 슈프랑 형사님과 통화하려 했습니다. 저 지금 경찰서 앞에 있으니 직접 말씀드리죠."

"직접 전달은 안 되겠습니다. 슈프랑 경사는 30분 전에 나갔거든요. 뭔가 마무리 지을 일이 있다고 하면서요 언제 돌아올지 모르겠군요. 제가 도와드릴 일 있습니까?"

헨드릭은 슈타인메츠와 나눈 이야기를 칸슈타인에게 하지 않기로 마음먹었다. 어떤 이유로라도 그에게 승리를 안겨 주고 싶지 않았으니까. 언젠가 어떻게든 알게 되겠지만 그래도……."

"아니요. 슈프랑 형사님과 이야기 나누는 게 좋을 것 같습니다."

"원하는 대로 하시죠. 그런데 제가 쳄머 씨와 대화를 좀 나눴으면 합니다. 아래층 리셉션으로 와 주시면 제가 내려가죠."

헨드릭이 머뭇거리자 칸슈타인이 덧붙였다. "중요한 문제입니다."

"알겠습니다." 헨드릭은 전화를 끊고 차에서 내렸다.

10분 뒤 그는 강력계 형사들의 사무실에서 칸슈타인과 마주 앉아 경감의 진지한 얼굴을 보고 있었다.

"쳄머 씨, 우리가 초반에 좋지 않게 시작했다는 것도, 슈프랑 경사가 쳄머 씨의 생각과 더 잘 맞다는 것도 알고 있습니다. 그렇지만 제 말을 믿어 주시길 바랍니다. 저의 이런 행동에는 이유가 있습니다. 지금부터 당신에게 신뢰에 관한 이야기를 하려고 합니다. 무조건 믿어 달라는 부탁입니다. 그러나 그전에 다른 부탁이 더 있어요. 왜 슈프랑 경사와 이야기를 하려는지 말씀해 주시겠어요? 약혼자 또는 율리아 크롤만의 실종과 관련된 거라면 굉장히 중요한 문제입니다. 제게 말씀해 주셔야 합니다."

헨드릭은 그 이야기를 밝히고 싶지 않았지만, 칸슈타인의 간절한 눈빛이 정말 중요한 사안이라고, 그의 부탁을 들어줘야 한다고 간곡하게 말하고 있었다.

"알겠습니다. 저희 집에 누가 찾아왔었어요. 디르크 슈타인메츠라는 사람이요. 그 사람은 의사고 알스터도르프 기독병원에서 근무했다 하더군요. 그리고 린다와 요나스 크롤만이 서로 아는 사이라고 주장했어요."

"아하. 어떻게 알았답니까?"

"두 사람이 같이 있는 모습을 봤답니다." 헨드릭은 슈타인메츠에게서 들은 내용을 짧게 말하고 칸슈타인의 반응을 기다렸다. 칸슈타인 경감이 의견을 내기까지는 시간이 조금 걸렸다. "하, 결국 제가 처음에 했던 의심이 맞았군요."

"네. 제 약혼자가 절 속인 거죠. 이제 만족하시나요?"

"제가 왜 만족해야 합니까, 쳄머 씨? 율리아 크롤만에게 무슨 일이 일어났는지 아직 모릅니다. 그리고 의사라는 슈타인메츠에 대해서도 알아봐야 하고요. 전부 다 이상합니다. 그 병원 또는 약혼자가 근무했던 은행에서 어떤 종류의 수상한 거래가 있었는지 전혀 아는 바가 없거니와 슈타인메츠는 어디서 그런 말을 들었는지도 궁금하군요. 제 말을 주의 깊게 들으셨다면, 제가 '처음에 했던 의심'이라고 말한 걸 눈치채셨을 겁니다."

"아." 그의 말에 헨드릭은 살짝 놀랐다. "이제 더는 아닌가 보죠?"

"요 며칠 사이 몇 가지 사항이 다른 관점을 조명하고 있다는 결론을 내렸습니다."

"그래서요? 저한테 뭘 원하시는 거죠?"

"우선 아까 말씀드린 바와 같이 저희는 크롤만 사건에 대한 수사를 시작할 예정입니다. 그러나 제가 하고 싶은 말은, 그것과 별개로 엄격한 기밀 사항입니다." 칸슈타인이 헨드릭 쪽으로 몸을 기울인 채 낮은 목소리로 말했다. "슈프랑 경사한테 내부적으로…… 어떤 문제가 좀 있어요."

"내부적인 문제라뇨? 무슨 뜻입니까?"

칸슈타인은 콧김을 식식 내쉬었다. 더 말하려면 큰마음을 먹고 입을 열어야 하는 듯했다. "슈프랑이 어떤 일에 서서히 빠져들고 있는 것 같아 우려스럽습니다. 굉장히…… 위험하고 아주 불법적인 듯한 일에요."

헨드릭은 머리를 저었다. "무슨 말인지 모르겠군요." 칸슈타인이 몸을 돌렸다. 그는 이제 더 이상 헨드릭이 처음에 만났던 불친절한 경찰이 아니었다.

"아쉽지만 더는 말해 줄 수 없습니다. 당신이 누군가에게 그 문제에 대해 말하면, 단 몇 마디라고 하더라도 제가 궁지에 몰릴 수 있어요. 당신도 위험에 처할지 모른다는 걱정이 없었더라면 이 부분에 대해 입도 뻥긋 안 했을 겁니다. 분명히요."

"제가요? 제가 위험에 처할지 모른다고요?"

"당신이 진실을 밝혀내고 있을 수도 있으니까요. 절대 밝혀지지 않을 그 진실을. 율리아 크롤만과 마찬가지로 말입니다."

헨드릭은 칸슈타인의 말을 이해하려 애를 써 봤지만…… 소용없는 일이었다.

"그럼 경감님은 제가 이제 어떻게 해야 한다고 생각하시죠? 이제 더는 중요하지 않겠지만요. 슈타인메츠의 말대로, 제가 여기에서 이러고 있는 동안 린다는 요나스 크롤만과 어딘가에서 밀회를 즐기고 있다면……."

"그 사람 말은 사실이 아닐 거고요, 일단 그자의 속내를 확실히 알아볼 예정입니다. 쳄머 씨, 슈프랑 경사와 관련한 무슨 일이 생기면 바로 알려 주시길 부탁드립니다."

"슈프랑 경사와 관련한 어떤 일을 말씀하시는 건지?"

두 사람은 동시에 문 쪽을 바라보았다. 슈프랑이 문 앞에 서서 미소 짓고 있었다. 그러나 칸슈타인은 당황한 기색을 바로 감추었다. "지금 막 쳄머 씨에게 자네한테 연락해 보라고 일러 주던 참이었네. 쳄머 씨가 또 다른 추측을 토로하려길래. 뭐 이미 끝난 일일 수도 있지만." 그는 헨드릭에게 간절히 부탁하는 눈빛을 보냈다. "자, 이제 슈프랑 경사와 이야기하시죠."

헨드릭은 칸슈타인 경감의 계획을 도무지 이해할 수가 없었다. 어쨌든 그에겐 크게 상관없는 일이었다.

슈프랑이 그의 책상에 앉는 사이, 헨드릭이 그쪽으로 돌아서서 말했다. "1시간 전에 누가 찾아왔었어요."

조금 전 칸슈타인과 마찬가지로 슈프랑 역시 그의 말을 막지 않았지만, 어딘가 모르게 그의 낯이 잠시 어두워지는 듯했다.

헨드릭이 말을 마치자 슈프랑이 칸슈타인에게 시선을 두고서 입을 열었다. "흠, 이건 뭐 경감님의 추측이 제대로 들어맞은 것처럼 들리네요."

칸슈타인이 어깨를 들썩이며 고개를 끄덕이자 슈프랑은 다시 헨드릭에게 고개를 돌렸다. "그러면 이제 약혼자가 당신에게 연락해서 모두 설명해 주길 바라는 수밖에 없겠군요. 언젠가 당신도 평온해지는 날이 오겠죠."

"네, 누가 알겠습니까. 린다가 물건 가지러 오려고 저한테 연락할지도 모르죠."

헨드릭은 두 형사의 현재 상황이 몹시 불편하게 느껴졌다. 둘 사이에 무슨 일이 있든 말든 그 안에서 농락당하고 싶지 않았다.

"그러면 저는 이제 가 보도록 하죠."

45분 후, 집에 도착한 헨드릭은 곧장 술 진열장으로 가서 제일 먼저 눈에 보이는 술병을 잡았다. 한 손에는 술이 반쯤 찬 길쭉한 잔을, 다른 손에는 아직 반 이상 남은 술병을 들고 소파로 가서 술에 취해 쓰러지겠다는 굳은 의지를 다지며 입술에 잔을 댔다.

그리고 그 계획은 몇 초도 걸리지 않아 성공했다.

19

 그는 문틀을 따라 손을 빠르게 미끄러뜨려 왼쪽으로 살짝 이동시켰다. 몇 초 지나지 않아 천장 등이 차가운 불빛을 복도로 내뿜었고, 어둠이 걷힌 모습이 눈앞으로 성큼 다가왔다.
 바닥에 누운 그녀의 몸이 부자연스럽게 구부러져 있다. 목 부위 상처에서 여전히 피가 흐르고 있지만, 처음에 그가 그녀의 귀에서 목과 경동맥까지 단번에 절단했을 때처럼 솟구치진 않는다. 그는 절단되는 감각을 느끼며 잘려 나가는 소리를 분명히 들었다. 아쉽게도 어둠 속이라 눈에 담지는 못했지만.
 그녀의 다리가 마지막으로 한 번 더 실룩댔다. 그는 슬며시 미소 지으며 그 모습을 눈에 담았다.

남자가 허리를 구부렸다. 두꺼운 고무 앞치마가 성가셨는지 미간을 찌푸렸다. 그는 메스를 바닥에 내려놓은 뒤 목의 벌어진 상처 속으로 손끝을 쑤욱 밀어넣었다. 그리고는 눈을 감은 채 그녀의 몸 밖으로 흘러나오는 피의 온기를 느꼈다. 그의 목구멍에서 거친 신음 소리가 튀어나온다. 한동안 손가락을 그대로 두었다가 조금 더 강하게 느끼기 위해 살짝 움직였다. 그러고는 두 눈을 번쩍 뜨고 다시 자리에서 일어난다. 손가락에 묻은 피를 닦으며 그녀를 한 번 더 관찰한다.

 그녀의 아래팔이 부러졌다. 그는 그 부분에 별 관심이 없다. 그의 시선이 문과 벽에 잔뜩 튀긴 핏방울과 핏줄기 위로 미끄러졌다. 전부 닦아 내야 한다. 하지만 그보다 먼저 마쳐야 할 작업이 있다다. 시간이 많지 않다.

 그는 그녀를 눕힐 바퀴 달린 테이블을 가지러 복도를 따라 내려간다. 이제 막 테이블 바퀴의 브레이크를 풀었는데 전화가 울렸다. 앞치마 아래에 입고 있는 수술복에서 휴대폰을 꺼내 발신자 이름이 표시된 화면을 바라본다.

"뭐야?" 그가 전화를 받았다.

"우리 좀 만나야 해. 30분 뒤에."

"안 돼. 할 일이 있어." 잘 아는 사람인 모양이다.

"할 일이 있다고?" 목소리가 커졌다. "이런 젠장, 무슨 일인데?"

그는 차분했다. "이 여자를 처리해야 해."

"여자? 그러니까…… 당신이 그 여자를……. 제기랄. 그런 얘기는 없었잖아!"

"왜 화를 내? 너도 리스트 알고 있잖아."

"리스트?" 발신자가 성을 냈다. "그 리스트, 너나 관심 있겠지. 그거 다 네 변태적인 놀이를 위한 거잖아!"

"그래도 그 놀이, 우리 둘한테 잘 맞잖아. 안 그래?"

"빌어먹을 그 변태 놀이……." 침묵이 내려앉았다. 그러더니 발신자가 나지막이 말했다. "그러면 두 시간 뒤에. 거기에서 봐."

통화는 그렇게 끝났다.

그는 수술복 가슴 주머니에 휴대폰을 다시 집어넣고 테이블을 밀며 방을 나섰다. 테이블 위에 그녀를 눕히는 데 시간이 좀 들긴 했지만 결국 해냈다.

아까 그 방으로 다시 돌아가 그녀의 신발과 양말, 바지, 속옷을 벗기고 부러진 팔에 시선을 던졌다. 그러고는 테이블 옆 수납함에서 가위를 가져와 셔츠를 잘라 벗기고 상체를 드러나게 한다. 브래지어를 벗긴 뒤 그녀의 몸을 뒤집어 쭉 뻗게 했다. 부러진 팔이 침대 옆에 달랑달랑 매달려 있다. 그는 부러진 팔을 테이블 위에 올려 두고 돌아선다. 수술용 두건과 마스크를 착용하고, 장갑을 끼기 전 대야에 손을 넣고 마구 비비며 충분히 닦는다. 테이블로 돌아와 맨몸의 그녀를 자세히 관찰한 다음 새로운 메스를 가져와서 목 상처 약간 아랫부분에 메스 끝을 대고 한 번에 치골까지 쭉 자른다.

 휘파람을 흥얼대면서.

20

 휴대폰이 담요 사이에 처박혀 있는지 어디선가 먹먹한 벨소리가 들렸다.
 눈꺼풀이 저항이라도 하는 것처럼 도저히 눈이 떠지지가 않았다. 헨드릭은 겨우 저항을 이겨 내고 눈을 떴다. 거실은 어두웠고 자신은 소파에 누워 있었다.
 시선이 테이블 위의 술병 그리고 그 옆 유리잔으로 떨어졌다. 아직도 벨소리가 울리고 있다. 술병을 다 비웠는지는 몰라도 술에 취해 어느 순간 잠들었던 기억은 있었다.
 지금 몇 시려나, 가만히 생각하면서 테이블 위를 더듬었다. 스마트폰이 손에 닿는 순간 벨소리가 멈췄다. "제기랄." 헨드릭이 중얼대며 몸을 일으키려고 하자마자 머리를 망치로 두드리는 듯한 통증이 몰아쳤다. 끙, 신음하며 그대로 주저앉아 버렸다. 겨우 다시 일어서려던 찰나 전화가 다시 울렸다. 이번엔 제때에 통화를 시작할 수 있었다.

"칸슈타인입니다." 경감이 자신을 밝혔다. "한밤중에 전화드려서 죄송합니다만…… 조금 전 사람이 죽었습니다."

"네?" 몽롱한 정신이 후다닥 달아났고 헨드릭은 두개골을 망치질하는 통증을 무시하며 벌떡 일어섰다. 칸슈타인이 그에게 사람이 죽었다고 전화했다는 건, 분명 그 일과 관련이 있는 일일 터였다. "린다라고 하지 마세요." 섬뜩함이 그의 목을 졸라매는 듯했다.

"아닙니다. 당신의 약혼자는 아니에요. 어떤 남자가 죽었습니다. 시신의 소지품에서 신분증을 찾았는데요, 이름이 디르크 슈타인메츠입니다. 총으로 살해당했어요."

"뭐라고요? 그렇지만……." 헨드릭은 혼란스러웠다. 그에게 린다와 요나스 크롤만에 대한 이야기를 해 주었던 그 사람이 죽었다. 그자가 헨드릭의 집에 찾아온 것과 무슨 연관이 있는 걸까?

"쳄머 씨, 슈타인메츠가 어떠한 협박이나 또는 어려운 일이 있다고 언급했나요? 그 두 사람을 지켜보면서 말입니다."

"아뇨. 제가 경감님께 말씀드린 게 전부예요. 요나스 크롤만이 어떤 문제 때문에 병원을 조사하는데 그때 린다와 그 남자가 함께 있는 모습을 봤다는 거요."

"알겠습니다. 슈타인메츠는 언제 당신 집에서 나갔습니까?"

"저희 집에 오래 있지 않았어요. 오후 3시쯤이었을 겁니다. 그러고 나서 저는 경찰서로 가 경감님을 만났고요."

"네, 알겠습니다. 늦은 시간에 다시 한번 죄송합니다."

헨드릭은 전화기를 내려뜨리고 멍하니 앞을 응시했다. 슈타인메츠가 제게 크롤만과 린다에 관한 이야기를 전한 뒤 살해당했다는 사실에 두려워졌다. 살인자가 나도 엿보고 있다면? 하지만 대체 무슨 이유로?

디르크 슈타인메츠도 헨드릭처럼 의사였다. 무엇 때문에 그를 죽였을까?

헨드릭은 아직 손에 쥐고 있던 휴대폰 화면을 슬쩍 쳐다봤다. 새벽 1시 12분. 부재중 전화가 10통이나 와 있었다. 화면 잠금을 해제하고 부재중 전화 목록을 띄웠다.

다섯 사람한테 전화가 왔는데, 린다의 엄마인 엘리자베스에게서 여러 번, 파울 게르데스와 수잔네, 린다의 또 다른 친구인 페트라에게서 한 번씩 왔다. 그리고 알렉산드라가 세 번이나 전화를 했었다.

 알렉산드라에게 전화를 하기엔 너무 늦은 시각이었다. 헨드릭은 망치로 두들겨 맞은 것 같은 머리를 부여잡고 침대로 가 다시 잠을 청하기로 했다.

 8시가 조금 지난 후에야 헨드릭은 잠에서 깨어났다. 여전히 어질어질했지만 지난 새벽보다는 확실히 괜찮아졌다.

 침대 끄트머리에 다리를 걸치고 한동안 그대로 앉아 있었다. 칸슈타인의 전화를 곰곰이 생각하다가 먼저 린다의 엄마에게 전화를 걸어 디르크 슈타인메츠와 그가 목격한 것에 대해 알려 주었다. 그러나 그가 살해당했다는 건 언급하지 않았다.

 린다의 엄마 엘리자베스는 슈타인메츠가 목격한 장면과 린다의 실종 사이의 연관성을 받아들이지 않았다. 아니, 받아들이고 싶어 하지 않았다. 엘리자베스는 린다가 그냥 그렇게 떠났을 리 없다고 눈물로 단언하면서 직접 함부르크로 가야겠다고 고집했다. 헨드릭은 그런 그녀를 말리느라 꽤나 애를 써야만 했.

 그 뒤 린다의 친구 수잔네와 페트라에게 전화를 걸어 린다가 다른 남자와 도망갔을 가능성이 있다는 이야기를 전했다. 그러자 두 사람 모두 절대 그럴 리 없다며 믿으려 하지 않았다.

 이제 파울 게르데스와 알렉산드라만 남았다. 게르데스에게는 나중에 전화하기로 하고 우선 알렉산드라와 이야기를 나누고 싶었다.

전화를 받은 알렉산드라의 목소리는 차분하고 상쾌했다.

"이제야 전화해서 미안합니다. 어제 오후와 저녁에 좀…… 정신이 온전치 않았어요."

"아! 술 많이 드셨어요?"

"네." 그가 인정했다. "그 사이에 몇 가지 새로운 관점들이 또 생겼어요."

"저 지금 귀 쫑긋 세우고 있어요."

헨드릭은 칸슈타인, 슈프랑과의 대화와 디르크 슈타인메츠의 죽음을 털어놓았다.

"와, 진짜 말도 안 돼." 알렉산드라가 내뱉었다. 그녀의 목소리에서 경악이 뚜렷이 느껴졌다. "살인은 언제나 끔찍하지만…… 하필이면 자기가 목격한 걸 헨드릭 씨한테 알려 주고 나서 그 사람이 살해당했다는 건……."

"네, 정말 이상해요. 가만 생각해 보면 등골이 오싹합니다. 하, 어찌 됐든 우리는 이제 계속 찾아다닐 필요 없겠어요."

"진심이에요? 이렇게 빨리 포기한다고요?"

헨드릭은 잠긴 목소리로 피식 웃었다. "이렇게 빨리라니요? 나는 할 수 있는 모든 수단과 방법을 다 동원했고, 린다가 자기 발로 나를 떠났을 리 없다며 끊임없이 확신하고 또 확신했어요. 그런데 서로를 너무 잘 아는 어떤 남자와 여자가 일주일 사이에 은밀히 사라졌고, 두 사람이 차를 타고 어디론가 가는 모습을 직접 목격한 사람이 나타났다면……."

"그러니까 제가 조금 전에 말했듯이 헨드릭 씨는 이렇게나 빨리 포기하신 거죠." 알렉산드라의 말투는 진지했다. "두 사람이 정말 서로를 잘 알고 있을 수도 있어요. 그게 뭐요? 그렇다고 해서 둘이 그렇고 그런 관계고 같이 도망쳤다기엔 뭔가 부족해요. 두 사람이 납치되어야만 하는 이유 때문에 서로 알게 된 것일 수도 있지 않을까요? 그리고 율리아 크롤만과는 무슨 상관인데요? 그 두 사람의 로맨틱한 도망 스토리와 율리아 크롤만의 실종이 어디가 어울리는데요? 율리아의 남편이 자기 아내를 살해하려고 별장으로 유인했다고요? 무슨 이유로요? 만약 율리아 남편이 그러지 않았다면, 그녀를 납치하고 심지어 살해까지 한 누군가는 어떤 이유로 그랬을까요? 다른 범죄를 은폐하려 그런 게 아니라면요."

헨드릭은 심사숙고한 뒤 알렉산드라의 말에 어느 정도 일리가 있다는 걸 깨달았다. 정말 너무 빨리 포기한 걸까? 낯선 사람의 진술이 린다에 대한 믿음을 이렇게 근본적으로 흔들어 놓을 만큼 합리적이었을까?

"다시 한번 잘 생각해 볼게요, 알겠죠?" 헨드릭이 말했다.

"좋아요. 그리고 생각해 보셔야 할 문제가 더 있어요. 저한테 정보가 좀 있거든요. 해커들 쪽을 좀 알아봤어요."

"해커들 쪽이요? 어디서…… 아, 아니에요. 어디서 알게 됐는지는 전혀 상관없습니다."

"부흐만 사장이 말했던 업체 소속 프로그래머들 있잖아요." 알렉산드라는 동요하지 않고 계속 말을 이어 갔다. "그들은 인도의 어느 지역, 그러니까 보안이 상당히 잘 유지되는 곳에 있대요. 비용 문제 때문에요. 스마트홈 시스템에 설치된 소프트웨어는 모듈화되어 있어요. 즉, 프로그래머마다 프로그램의 일부 영역을 담당한다는 거죠. 그러니까 프로그래머 한 명이 백도어를 심어 놨을 가능성은 거의 없어요. 어떻게 생각하세요?

자, 그다음으로 넘어갈게요. 아담과 같은 시스템, 다시 말해 방화벽이나 그와 비슷하게 보안이 확실한 시스템들은 잘 알려진 해커 조직이나 개인 해커들 손에 맡겨지는 경우가 많아요. 해커들은 일부러 해당 시스템에 침입 시도를 하고, 성공하면 보수를 받아요. 해커들은 해당 시스템의 업체에 자기들이 어떻게 침투했는지 보여 주고 업체는 그 찾아낸 구멍을 막으려 하죠.

부흐만 사장이 지난번에 어떤 전문가도 아담을 해킹하지 못했다고 말했잖아요. 맞는 말일 수도 있어요. 아담 소프트웨어의 최신 버전은 아무도 뚫지 못했을 수 있으니까요. 하지만 이전 버전들을 테스트할 때는 분명 누군가 아담의 보안을 뚫었을 거예요. 처음부터 보안이 완벽한 시스템은 없거든요. 자. 그런데 재밌는 게 뭐냐면요, 아담 해킹을 성공했던 누군가가 아담과 비슷한 유형의 스마트홈 시스템에 언제든 침투하고 시스템 컨트롤을 가능하게 하는 작은 실행 파일을 몰래 남겨 놓았을 가능성이 꽤 높다는 거예요."

"정말 흥미롭네요." 헨드릭은 깊은 인상을 받았다.

"그렇죠? 그 말은, 우리가 아담의 첫 번째 버전 보안을 테스트했던 사람을 찾아내기만 하면 그것만으로도 이미 한 걸음 나아갔다고 볼 수 있다는 뜻이에요. 하지만 이 모든 건 린다가 자기 발로 집을 나가지 않았다는 주장을 헨드릭 씨가 계속 고수하는 경우에만 의미가 있어요."

"맞는 말이에요."

"이제 어쩔 생각이에요?"

헨드릭은 뭐라 답해야 할지 몰랐다. "모르겠어요." 솔직히 털어놓았다. "좀 더 생각해 봐야겠군요. 지금도 여전히 린다가 진짜 스스로 집을 나갔으리라 믿지는 않습니다. 그럴 수 없죠. 정말로요."

"그럼요. 우리 그렇게 생각했었잖아요."

"나중에 다시 통화합시다, 알겠죠?"

"네. 그동안 저는 아담을 테스트했던 사람이 누군지 계속 알아볼게요."

"네, 그렇게 해 줘요. 그리고…… 고마워요."

"별말씀을요. 좋아서 하는 일인데요, 뭐. 들어가세요."

헨드릭은 욕실로 가서 이를 닦고 면도를 했다. 그리고 샤워를 시작했다. 물기를 닦아 내면서 하얀색 코너 선반으로 시선을 떨어뜨렸다. 선반 아래 칸에는 손수건과 샤워용 수건이 채워져 있고, 위 칸에는 린다의 화장품과 메이크업 도구들이 가득했다. 그 광경이 가슴에 비수로 꽂혔다. 두 눈에서 흐르는 눈물을 그는 막을 수 없었다.

내 의심 때문에 린다가 잘못되면 어쩌지? 사실인지 증명도 되지 않은, 낯선 사람의 주장 같은 것 때문에 잘못되면? 알렉산드라 말이 옳았다.

헨드릭은 시선을 거두고 욕실에서 나왔다. 옷을 입은 다음 슈프랑과 칸슈타인 사무실로 전화를 걸었다. 전화벨이 네 번 울리더니 소리가 바뀌었다. 멀리 떨어져 있는 것처럼 소리가 무척 작아서 귀 기울여 들어야 했다. 전화가 다른 데로 연결되는 중인 모양이다. 마침내 칸슈타인이 전화를 받았다.

"쳄머입니다. 물어보고 싶은 게 있는데요……."

"지금 상황이 무척 안 좋습니다, 쳄머 씨." 경감의 목소리가 어딘가 모르게 억눌려 있었다. "그건 그렇고…… 지금 댁에 계십니까?"

"네."

"그럼 집에 계세요. 제가 들르겠습니다. 20분 후예요."

"알겠습니다."

헨드릭은 전화기를 청바지 주머니에 넣고 주방으로 가 커피와 토스트를 만들었다.

30분 정도 흐른 뒤 초인종이 울렸다. 칸슈타인이 혼자 현관문 앞에 서 있었다.

"슈프랑 형사님은 어딨습니까?" 헨드릭은 의아해하며 혹시 슈프랑이 차 안에 있나 확인하려 길가를 쓱 둘러봤다.

칸슈타인이 굳은 얼굴로 그를 바라보았다. "슈프랑 경사는 살해 혐의로 체포되었습니다."

21

 헨드릭은 깜짝 놀라 칸슈타인을 뚫어지게 쳐다봤다. "뭐라고요? 말도 안 돼."

 경감이 고개를 끄덕였다. "그렇게 됐습니다. 안으로 들어갈까요?"

 헨드릭은 마비가 된 듯 뻣뻣한 걸음으로 칸슈타인을 거실로 안내하고는 맞은편 안락의자에 털썩 주저앉았다.

 "슈타인메츠를 쏜 탄환이 슈프랑의 총에서 발사되었습니다. 사건 현장 근처에서 총이 발견됐어요." 칸슈타인의 말투에서 헨드릭은 그와의 첫 통화를 떠올렸다.

 "이해가 가지 않습니다. 슈프랑 형사님이 슈타인메츠를 총으로 쏴 죽였다, 이 말인가요?" 헨드릭은 고개를 저었다. "그리고 총을 버렸다고요?"

"네, 현재로선 그렇습니다."

"그렇지만…… 슈프랑 형사님 머리가 어떻게 된 거 아니잖습니까. 어떤 경찰이 그런 멍청한 행동을 하죠?"

"멍청한 경찰들이 꽤 여럿 있다는 걸 당신은 긷을 수 없겠지요. 충동적인 행동, 그에 따른 두려움, 그 후의 비이성적인 행동. 전부 착착 들어맞죠."

"그래도…… 도저히 믿어지지 않아요. 슈프랑 형사님은 뭐라고 합니까?"

"그건 비공식이라 말씀드릴 수 없습니다."

갑자기 헨드릭이 자리를 박차고 일어났다. 더는 가만히 앉아 있을 수 없었다. 이 모든 일이 그에게 지나치게 과하다는 느낌이 들었다. "제게 말하지 않을 거면서 대체 왜 여기에 오신 겁니까? 그리고 경감님한테 대체 무슨 일이 있는 거죠? 슈프랑 형사님은 경감님의 파트너잖아요. 누구보다 그를 잘 알 거 아닙니까? 그가 정말 그랬다고 생각하세요?"

헨드릭은 안락의자 뒤에서 이리저리 서성이기 시작했다.

"슈프랑 경사는 당신과 따로 이야기를 나눈 적이 몇 번 있죠. 집까지 찾아오기도 했고요. 그때 슈프랑이 당신에게 뭔가 수상한 발언을 한 적이 있는지 알고 싶습니다."

"없어요. 그리고 사적인 부분이니 경감님한테 정확하게 알려 줄 이유도 없고요." 헨드릭은 자신이 왜 그렇게 적대적인 반응을 보이는지 알 수 없었지만, 칸슈타인에게 당한 그대로 보복하고 맞서자 은근히 기분이 좋았다.

"쳄머 씨, 이제 말장난은 그만하시죠. 이건 살인 사건에 관한 일입니다."

"그렇겠죠. 하지만 저한테는 흔적도 없이 사라진 제 약혼자가 더 중요합니다. 경감님이 처음에 콧방귀도 안 뀌었던 그 실종 사건이요. 경감님은 저와 처음 만났을 때부터 불친절하고 무례했어요. 심지어 동료 경찰도 그 부분 때문에 무척 신경 쓰고 있었다고요."

칸슈타인이 눈썹을 올렸다. "슈프랑이 그러던가요?"

"네."

"또 다른 얘기는요?"

"없었어요."

"제 말은, 저에 대한 얘기를 뜻하는 겁니다. 잘 생각해 보세요. 중요한 단서가 될 수 있으니."

헨드릭은 마음을 가라앉히고 안락의자에 다시 앉았다. "그게 왜 중요한지는 모르겠지만, 슈프랑 형사가 경감님에게 사적인 문제가 있는 것 같다면서 저더러 당신을 나쁘게 생각하지 말라고 했어요." 헨드릭은 칸슈타인의 두 눈에 시선을 고정했다. "아시겠어요? 슈프랑 형사는 심지어 경감님을 보호하려고 했다고요. 그런데 경감님은 슈프랑 형사가 사람을 쏘그 나서 살인 무기로 추정되는 자신의 업무용 총을 부주의하게 버리고 갔다는, 일반적인 논리에도 벗어나는 추정을 믿고 있어요."

칸슈타인이 자리에서 일어나 헨드릭을 내려다봤다. "내 생각은 중요하지 않습니다. 또한 독일 법은 명백한 증거와 흔적을 가해자가 어리석지 않다는 이유만으로 무시해선 안 된다고 규정합니다. 지금 살인 사건이 벌어졌습니다. 살해 구기도 손에 넣었고요. 그리고 굉장히 유력한 용의자가 파악되었죠. 이제 가 봐야겠군요."

헨드릭도 자리에서 일어섰다. "경감님이 어제 말했잖아요. 디르크 슈타인메츠를 좀 알아봐야겠다고요. 그 사람에 대해 조사해 봤어요? 그 사람이 어제 한 말이 맞는 말이던フ-요?"

"그 부분 역시 당신과 이야기를 나눌 수 없습니다. 현재 진행 중인 수사와 연관이 있는 내용이니까요."

"이런 제기랄, 그건 저와 밀접한 연관이 있잖아요! 아직도 실종 상태인 제 약혼자와 관계된 것이니까요. 경감님도 알고 계시다시피요." 헨드릭은 너무 화가 나서 손바닥으로 안락의자의 등받이를 세게 후려쳤다.

하지만 칸슈타인은 헨드릭의 행동에 조금도 동요하지 않은 듯, 집을 나서려 몸을 돌린 채 대꾸했다. "아니요. 그 사람에 대해 아직 알아보지 않았습니다."

"아, 그러시군요. 그러면 이젠 해야 하지 않겠어요? 슈타인메츠가 피해자가 되었으니까요. 아니면 경감님이 최근 많이 변했다는 사실을 눈치챈 동료를 감옥에 집어넣는 일에 더 열중하고 있는 겁니까? 하기야 슈프랑 형사 혼자만 느낀 것도 아니죠."

칸슈타인이 헨드릭 쪽으로 휙 돌아섰다. "그게 무슨 말입니까?"

"그 말은," 헨드릭이 공격적으로 내뱉었다. "심지어 경감님 밑에 있던 실습생마저도 경감님이 갑자기 변했다는 걸 알아챘다는 뜻입니다. 물론 긍정적이지 않은 방향으로요."

"당신이 말하는 실습생, 그러니까 당신은 우리 부서에서 불과 며칠 머물던 실습생이 그걸 판단할 수 있다고 생각하는군요. 저는 그럼 이만……."

헨드릭은 그의 말에 반박할까 잠시 고민했지만 별 소용 없어

보였다.

칸슈타인이 이미 집 밖으로 몇 걸음 멀어졌을 때, 헨드릭이 큰 소리로 외쳤다. "물어볼 게 있습니다."

"뭡니까?" 칸슈타인이 그 자리에 멈춰 돌아섰다.

"린다와 크롤만 부부, 그리고 또 다른 여자의 실종은 이제 어떻게 되는 거죠?"

"그 실종된 여자, 페터스의 남편은 아내가 자기를 떠났다고 분명하게 주장했습니다. 확실한 이유가 있어 보이더군요. 아내가 사라진 그날 밤 남편이 업무차 뮌헨에 있었기 때문에 경찰은 남편이 아내에게 무슨 짓을 저질렀을 경우를 명확히 배제할 수 있었고, 우리는 그렇게 사건을 마무리했습니다. 율리아와 요나스 크롤만, 당신의 약혼자에 관한 부분은…… 다시 들여다봐야겠죠."

헨드릭은 칸슈타인이 길가에 주차된 차에 도착할 때까지 지켜보지도 않고서 집으로 들어가 현관문을 쾅 닫았다. 그리고 거실의 널찍한 유리창 앞에 서서 테라스와 정원을 내다보았다. 그러나 지난 며칠간 벌어진 일들로 머릿속이 너무 복잡한 나머지 현재 눈앞에 무엇이 보이는지 제대로 인식되지 않았다. 짧은 시간 동안 그의 인생은 마치 달리는 기차 밖으로 내동댕이 쳐진 것처럼 빠르게 변해 버렸다.

며칠 사이 벌어진 모든 일이 현실이 아니라 영화처럼 느껴졌다. 언젠가 어떤 배우가 그의 삶을 연기한 적이 있었던 것처럼 말이다.

지난 며칠 내내 그랬듯, 닥터! 닥터! 하는 벨소리가 또다시 그의 상념을 깨뜨렸다. 병원이다. 파울 게르데스에게 온 전화였다.

사실 헨드릭은 그 순간 상사와 대화를 나누고 싶은 생각이 없었지만, 당연히 파울도 린다에게서 새로운 소식이 있는지, 헨드릭은 좀 어떻고 언제 병원으로 다시 나올 건지 알 권리가 있었다.

"여보세요, 헨드릭." 게르데스가 급히 말을 시작했다. "천만다행일세. 어제저녁에 자네에게 전화했었어. 상황은 좀 어떤가?"

"하아, 린다에 관한 일은…… 혹시 의사 중에 디르크 슈타인메츠라고 아세요? 얼마 전까지만 해도 알스터도르프 기독병원에서 근무했다던데요."

"그럼, 알다마다." 그의 목소리에 경멸이 담겨 있었다. "아주 출중한 외과의였지만 그런 사이코패스도 없지."

헨드릭의 귀가 번쩍 트였다. "네? 왜 그렇게 생각하세요?"

그는 두 개의 안락의자 중 하나로 다가가 등받이에 등을 대고 앉아 다시 정원에 시선을 두었다.

"그 병원 외과 과장하고 친분이 있었어. 대학 동창이었거든. 슈타인메츠는 과장의 업무를 대행했지. 그런데 지난주에 마침 외과 과장과 대화를 나누었는데 그때 딱 그 사람 얘기가 나왔었어. 지금 자네가 묻는 거 보니 참 신기하군그래. 어쨌든 외과는 그자를 더는 수용할 수 없다고 판단해 병원에서 쫓아냈다더라고. 환자와 동료들한테 소리를 지르고 난리를 쳤거든. 아주 재능 있는 젊은 여의사더러 그따위 손재주로 올바른 의사들의 업무를 방해하느니 냄비에 든 음식이나 휘젓는 게 낫지 않겠냐고 한 적도 있고, 수술을 하려고 모인 외과의들 앞에서 세네갈 출신의 유색인 동료에게 블랙 에디션이라고 떠들어 대기도 했다네. 또 다수의 환자들에게 모욕감을 주거나 불손하고 거칠게 굴어서 환자들이 불만을 터뜨리는 일도 부지기수였다는군. 내 생각에 그놈은 소시오패스가 아니라 전형적인 사이코패스이지 않나 싶네."

"이상하네요. 저는 전혀 그렇게 느끼지 못했거든요."

"자네도 그놈을 알아?"

"어제 저희 집에 찾아왔었어요."

"아니 대체 왜! 무슨 일로?"

"린다와 요나스 크롤만이 함께 있는 모습을 봤다고 알려 주려고 왔더라고요. 결국 린다와 요나스 이 두 사람이 어딘가에서 새로운 삶을 시작했을 거라고 했어요."

"어허, 그것 참 놀랍구먼."

"네, 그 사람 말을 어떻게 받아들여야 할지 모르겠습니다. 그리고 그게 다가 아니에요. 지난밤에 슈타인메츠가 총에 맞아 죽었다고 합니다."

"뭐? 슈타인메츠가? 죽었다고?"

"네. 실종 사건을 수사 중인 경찰 두 명 중 한 사람에게 살해당했을 거랍니다. 거의 확실하다는 의견이고요."

"이거 뭐 갈수록 복잡해지는군. 그런데 솔직히 말하면…… 그렇게 놀랍지는 않네. 그자의 죽음을 슬퍼하지 않을 사람이 한 트럭으로 있을 테니 말이야. 하지만 그 경찰은……."

"전 그 형사가 그랬을 거라고 생각하지 않아요. 경찰은 그 형사가 자기 총으로 슈타인메츠를 쏘고 근처에 총을 버렸다고 추정하고 있어요. 설마 경찰인데 그렇게 멍청할 리가요. 제가 그 형사를 좀 알거든요. 정말 호의적인 사람이기는 하지만 그 정도로 어리석진 않을 겁니다. 그 추정이 정말 사실이라면, 바로 동료 경찰에게 가서 살인을 자백했겠죠. 누군가 그에게 누명을 씌우고 있는 게 확실합니다. 이유가 뭐든 간에요."

"그건 그 형사의 동료들이 밝혀내겠지."

"그 형사의 파트너와 이야기를 나눠 보니까 경찰이 정말 밝혀낼까 하는 의심이 들어요. 확신이 서지 않더라고요. 그 형사의 파트너는 자기 동료가 정말 살인을 저질렀다고 철석같이 믿고 있어요. 모순이 이렇게 명백한데도 말이죠."

"허, 그거참!" 파울 게르데스가 내뱉었다. "아무리 봐도 이상하구먼. 그러나 누가 알겠나. 그 형사에게도 뭔 특별한 이유가 있을지. 그자에게도 구린 구석이 있을지 몰라."

"네, 누가 알겠습니까." 헨드릭은 생각에 깊이 잠긴 채 대답했다.

두 사람은 2분 정도 더 통화를 한 후, 전화를 끊었다. 헨드릭은 휴대폰을 안락의자에 내려놓고 널찍한 유리창으로 다시 시선을 보냈다. 그의 머릿속에서 어떤 무언가가 돌부리에 걸렸다. 조금 전 상사가 했던 그 말이.

22

 잠시 후 헨드릭은 식탁으로 걸어가 노트북을 열고 화면 잠금을 해제했다. 그 의사가 대체 어떤 사람인지 알아보고 싶었다. 얼마 전 병원에서 쫓겨난 그자는 무슨 이유로 집까지 찾아와서 자기가 린다와 크롤만이 함께 있는 모습을 봤다는 증언을 했을까? 그리고 그 누군가는—정말 경찰일지는 모르겠지만—무슨 이유로 그 의사한테 총을 쐈을까?

 어차피 칸슈타인한테는 아무런 정보도 들을 수 없을 터였다. 그의 유일한 파트너에 대한…… 수사를 계속 진행해야 하니. 헨드릭은 불친절한 경찰 생각 따위 한쪽으로 밀어 버리고 브라우저를 열어 검색창에 의학 박사 디르크 슈타인메츠를 입력했다.

엔터 키를 누르는 순간 스마트폰이 울렸다. 휴대폰이 아직 안락의자에 있어서 자리에서 일어나 거실로 향했다. 알렉산드라였다.

"약혼자를 믿을지 말지 결정했어요? 어떻게, 약혼자를 찾기 위해 뭐라도 하시겠어요? 아니면 이대로 내버려 둘 거예요?"

"이거 인사말이죠?"

"어떻게 할 건데요?"

"하, 정말 모순투성이네요……. 칸슈타인 경감이 조금 전 우리 집에 왔었어요. 슈프랑 경사가 슈타인메츠 살해 용의자로 구속됐다더군요."

"뭐라고요? 토마스 슈프랑 형사님이요? 그럴 리 없어요. 그러니까…… 제 말은, 아니 슈프랑 형사님이 뭐 때문에 사람을 죽여요?"

"슈타인메츠를 죽인 총알이 슈프랑 경사의 총에서 나온 거랍니다. 경찰이 사건 현장 근처에서 그 총을 발견했고요."

"말도 안 돼요." 헨드릭은 알렉산드라의 목소리에 담긴 충격을 고스란히 느꼈다. "내가 사람을 그 정도로 잘못 봤을 리 없어요."

"나 역시 믿기지 않아요. 특히 증거가 너무 명확해서 더더욱 믿을 수 없어요. 누가 그런 멍청한 짓을 하겠냐고요."

"현장에서 발견된 총이라…… 누군가 조작했을 수도 있어요. 슈프랑 경사님한테 살인자 누명을 씌우려고 누가 꾸몄을 가능성도 있어요." 알렉산드라가 전화기에 대고 식식댔다. "일단 그건 또 다른 문제니까 나중에 다시 생각해 봐야겠어요. 헨드릭 씨의 약혼자 실종 사건으로 돌아가 보죠. 약혼자가 정말 자발적으로 떠났다고 믿으세요? 중요한 문제예요. 그렇게 믿는다면 저도 시간 낭비할 필요 없으니까요."

"하, 뭘 믿어야 할지 이젠 저도 모르겠습니다. 그래도 린다가 크롤만과 달아났다고 생각하지는 않아요. 내가 린다를 그렇게까지 잘못 봤을 리 없어요. 분명 납치당했을 거고 하루빨리 린다를 찾아내고 싶어요. 슈타인메츠는 대체 무슨 생각이었는지, 지금 이 상황에서 그를 믿어도 될지 여전히 이해가 가지 않지만, 너무 늦지 않기를 바랄 뿐입니다."

"자, 드디어 됐네요. 그러면 제가 그동안 알아낸 것들을 알려 드릴게요. 전 헨드릭 씨 약혼자가 자기 발로 집을 나갔다는 생각을 단 1초도 한 적이 없어요. 절대로요.

일단 제 지인들을 모조리 끌어모아서 아담의 보안을 테스트했을 만한 컴퓨터 전문가 리스트를 쫙 뽑았어요. 정말 다양한 업체와 프리랜서들 이름이 나왔는데, 심지어 카오스 컴퓨터 클럽

Chaos Computer Club, 독일의 보안 해커 그룹도 언급되었죠. 어쨌든 그중 누구와 이야기를 나누든 상관없이 반복해서 나오는 이름이 있었어요. 마빈이요.

저와 이야기를 나눈 사람들 전부 그 사람에 대한 어떤 경외심 같은 걸 갖고 있었어요. 그 사람이 뚫지 못한 시스템은 아마 없을 거라면서, 그 사람은 직접 프로그램을 만들기도 하고 테스트하며 시스템 내부의 구멍을 찾아내기도 한다그 하더라고요. 그리고 마빈은 그 바닥에서 유령 같은 존재이기도 해요. 왜냐면 그의 얼굴을 제대로 아는 사람이 한 명도 없거든요. 이 사람 저 사람 다 마빈의 생김새를 묘사하긴 했는데, 그냥 지나가는 사람을 붙잡고 마빈이라고 해도 될 정도로 뒤죽박죽이었어요."

"어떻게 알아냈어요? 내 말은…… 심리학과 학생인데 그런 정보를 어떻게 얻었나 궁금해서요. 그리고 그 사람들이 왜 당신에게 그런 걸 전부 알려 주죠?"

"아 뭐, 우선 저는 인간의 심리에 대해 아주 잘 아는 데다가 꽤 나 영리한 편이에요. 이런 장점 덕분에 아무도 눈치채지 못하게 사람을 특정 방향으로 조종할 수 있죠."

"흠, 뭔가 찜찜한데요? 그래서 당신과 대화를 나누면 뭔가……."

알렉산드라가 명랑한 웃음소리를 짧게 뱉어 냈다. 그러고는 곧 다시 진지한 목소리로 설명을 이어 갔다. "마빈 얘기로 돌아가자면요, 그 사람이 계속 익명으로 머물러 있는 이유는 지금까지 저지른 일들 때문에 자칫 감옥에 갈 수도 있어서라네요. 마빈은 여러 연방 부처의 웹사이트를 해킹한 다음 자기가 해킹에 성공했다는 표시로 웹사이트에 웃긴 메시지를 남겨 놓곤 했어요. 하지만 몇몇 회사의 웹사이트에는 그 정도로 멈추지 않았어요. 그 사람 특기가 큰 회사나 대기업의 홈페이지를 해킹하고 관리자를 차단하는 거였거든요. 그렇게 장난을 좀 쳐 놓고, 업체 소유주가 다시 입장할 수 있게 만들어 놓은 다음, 회사 홈페이지의 방화벽을 어떻게 뚫었는지, 시스템이 어떻게 해킹이 되었는지 알려 주면서 돈을 벌었어요. 결국 협박이나 마찬가지인 셈이죠. 심지어 마이크로소프트의 내부망도 뚫었다나 봐요. 사람들이 그러는데, 마이크로소프트가 어떻게 해킹을 해냈는지 떠벌리지 않고 자기들한테만 밝히는 조건으로 마빈에게 입이 떡 벌어질 만큼의 돈을 줬대요.

　요즘엔 점점 더 많은 회사들이 네트워크와 시스템, 컴퓨터를 점검해 달라며 그에게 접근하고 있어요. 제가 볼 때 마빈은 그런 식으로 돈을 엄청 끌어모았을 것 같아요. 흠, 부흐만 사장 말대로 아담이 정말 안전하다면, 다른 해커들이 아담을 뚫지 못했다면, 마빈이 아담을 테스트하고 최적화했을 거란 추측은 솔직히 꽤 그럴듯하죠."

"그런데 그 마빈이라는 사람이 큰 회사들한테 돈을 그렇게 많이 받았다면, 함부르크 홈 시스템 같은 비교적 규모가 작은 업체의 의뢰를 왜 맡겠어요? 함부르크 홈 시스템은 직원 수가 아무리 많아도 30명 정도밖에 안 될 것 같은데."

"50명 정도 돼요. 그렇지만 그건 중요하지 않아요. 인간의 심리에 대해 조금만 알아도 그 이유는 명백하거든요. 특히 마빈 같은 사람에게는 더욱더요. 봐요. 이런 일이 또 벌어지고 있잖아요." 알렉산드라는 이번에도 피식 웃더니 다시 말을 이어 갔다. "마빈은 스타고, 지금 이 바닥에서 존경을 받고 있고, 방금 말했듯이 그동안 돈을 어마어마하게 벌었을 테니 아담 같은 작은 일은 맡을 필요가 없겠죠. 하지만 아담의 시스템에 접근하면 아담이 설치된 모든 집 또는 건물의 주인이 될 수 있을 거란 생각이 그를 사로잡았을 거예요. 이건 보통 그가 다루었던 웹사이트나 회사 네트워크, 즉 별 의미 없는 프로그램 코드에 대해 이야기하는 게 아니에요. 사람들을 지배하는 것과 관련된 문제죠. 그는 원할 때마다 언제든 그 사람들을 갖고 놀 수 있다고요.

지난번에 집에 있는 조명이 귀신이 장난친 것처럼 갑자기 어두워졌다가 다시 환해졌다고 했죠? 그런 맥락이에요. 자기가 원하면 언제든 남의 집에 들어갈 수 있고, 가장 은밀한 구역으로 침투할 수도 있고요. 침실이나 욕실이요……. 심지어 집에 사람이 있을 때도 말이죠. 마빈이 밤마다 쳄머 씨 침대 옆에 서서 자고 있는 모습을 관찰했을 수도 있어요."

그 말에 헨드릭은 등골이 오싹해졌다.

"아담에 장착된 내부 카메라에 접속해서 침실 사진을 찍고 잠든 쳄머 씨의 모습을 휴대폰으로 전송할 수도 있고요. 이런 식으로 사람들이 관찰당한다고 느끼지 못할 때의 모든 순간을 지켜보는 거예요. 아주 은밀한 순간까지. 마빈 같은 사람은 그런 유혹에 쉽게 넘어가요. 낯선 사람들을 완전히 지배할 수 있는 절대적인 힘이니까요."

침실과 욕실에는 카메라가 없었지만, 실외 카메라 세 개 외에도 거실과 식사 공간에 카메라가 하나 설치되어 있었다. 헨드릭은 고개를 들고 거실 천장 한가운데에 조명으로 위장한 채 매달린 반원 모양의 물건을 바라보았다. 그 안에는 360도 회전하는 카메라가 숨겨져 있었다. 린다와 함께 있던 장면들이…… 그의 머릿속을 잽싸게 가로질렀다. 두 사람의 섹스 장소는 침실에만 국한되어 있지 않았다. 식탁, 소파, 거실, 벽난로 앞…… 그 밖에도 앱으로 조종할 경우 원형 카메라가 캡처할 수 있는 모든 공간에서 이루어졌다. 헨드릭은 전에 카메라 녹화 영상 캡처를 시도해본 적이 있었다. 캡처 사진들은 너무나 선명했다. 당장 천장에 달린 카메라를 후려치고 싶었다.

"여보세요? 전화 끊은 거 아니죠?" 알렉산드라가 생각에 사로잡힌 그를 깨웠다.

"아닙니다……. 끔찍하네요, 정말. 그러니까 우리가 그 마빈이라는 사람을 찾아야 한다는 거죠? 마빈은 어떻게 생겼는지 아무도 모르는, 유령 같은 존재이자 익명으로 자신을 숨겨야만 하는 확실한 이유가 있는 사람이고요. 내가 제대로 이해한 거 맞나요?"

"정확해요. 그렇다고 마빈을 모든 것의 배후에 있는 사람이라고 할 수는 없어요."

"그건 좀 이해가 안 가네요. 내 생각에……."

"제가 조금 전에 설명한 건 다른 사람들에게도 맞아떨어져요. 하지만 마빈이 사람 찾기에 도움을 줄 가능성은 꽤 커요. 그도 우리와 사고가 비슷할 테니까요. 어쨌든 무조건 마빈을 찾아보려고요."

"아! 그게 어떻게 가능하죠?"

"회사들이 찾아내는 것처럼요. 회사들은 보통 다크넷에 그와 관련 있는 내용을 올려요. 거기에 마빈에게 원하는 바를 적어 놓죠. 관심이 있으면 그가 알아서 연락할 거예요." 알렉산드라는 잠시 말을 멈췄다가 덧붙였다. "최대한 그의 관심을 끌어내는 데 집중해야겠죠."

"다크넷? 몇 번 들어 본 적은 있는데 뭐 하는 곳인지는 정확히 몰라요. 불법이거나 금지된 것들을 매수 또는 의뢰하는 사이트라는 것 말고는요."

"네, 뭐 그런 비슷한 곳이에요. 헨드릭 씨는 잘 모르니까 제가 맡아서 할게요. 거기 다크넷을 이용하는 사람 중에 마빈을 아는 사람이 있는데……."

"그 부분에 대해서는 전혀 알고 싶지 않군요. 당신이 추측한 대로라면 그 마빈이라는 사람이 린다의 실종과 무슨 연관이 있다는 뜻일 테고, 다시 말해 우리가 자신을 찾는다는 걸 그 사람이 눈치채면 위험해질 수도 있겠네요."

"저도 마빈처럼 온라인상에서 철저히 신분을 숨기고 있어요. 제 말이 맞다면 아담을 계속 작동시키는 게 훨씬 더 위험할 거예요. 헨드릭 씨가 시스템을 꺼 놔서 정말 다행이에요."

그 순간 헨드릭의 이마에 식은땀이 배어 나왔다.

아담.

"나… 나는……." 그가 숨죽여 말했다. "이런 제길. 지금 아담이 작동 중이에요."

"네? 왜요? 제가 위험할 수도 있다고 말했잖아요!" 헨드릭은 알렉산드라가 몹시 화가 났음을 느꼈다.

"알아요, 안다고요." 헨드릭 역시 방어를 해야겠다는 생각에 거칠게 대꾸했다. "분명 아담을 껐다고 생각했어요. 슈타인메츠한테 린다와 요나스 크롤만 이야기를 듣고 나니까…… 경찰이 한 말들이 다 들어맞았고 꽤 설득력 있었어요. 그래서 아담이 이 일에 관련되어 있다는 말은 지나치다고 생각했고 다시 시스템을 활성화시키려 했어요. 그런데 이미 작동 중이더라고요. 전원을 끌 때 뭔가 착오가 있었던 모양이에요."

"그게 지금 무슨 뜻인지 알아요?" 알렉산드라가 속삭이듯 말했다. "제 말이 맞다면, 일말의 의심도 없이 지금 우리가 엄청난 함정에 빠졌다는 뜻이라고요."

"미안해요, 정말." 헨드릭도 목소리를 낮췄다.

"세상에 이럴 수가. 당장 아담을 *끄세요*. 앱도 다시 깔았으면 지우고요. 나중에 다시 전화할게요. 앞으로 어떻게 해야 할지 고민해 봐야겠어요." 알렉산드라는 다른 말 없이 전화를 끊었다.

헨드릭은 스마트폰을 툭 떨어뜨렸다. 자신이 너무나 바보같이 느껴졌다. 누군가 정말 아담에 접속했다면 부디 알렉산드라와의 대화를 엿듣지 않았기를 간절히 바라는 수밖에 없었다. 그는 불안한 얼굴로 휴대폰을 들어 올리고 화면을 쓱 문지른 다음 어이없는 얼굴로 화면을 뚫어지게 응시했다. 이건 아니야. 그는 분명히 앱을 지웠고, 다시 설치하지 않았다. 그런데 휴대폰 화면 속 파란 네모 칸에 집 모양 아이콘이 떡하니 있었다.

"이게 말이 돼?" 그는 자신도 모르게 혼잣말을 했다. 팔뚝의 털들이 바짝 일어선 것이 느껴졌다. 아이콘을 꾹 누르자 앱을 삭제할 건지, 다른 칸으로 옮길 건지, 또는 홈 화면에 고정할 건지 선택하는 메뉴가 나왔다. 휴지통 그림이 있는 빨간 점을 터치했다. '아담을 지우시겠습니까?'라는 창이 떴고 헨드릭은 삭제 버튼을 눌렀다. 아이콘은 즉시 사라졌다. 정확히 확인하기 위해 다른 페이지도 살펴보았다. 이번엔 정말로 삭제되었다. 어쩌면 지난번 앱을 지우겠냐는 창이 떴을 때 삭제 버튼을 누르지 않았을 수도 있다. 그때의 기억을 떠올리려 노력했지만 소용없었다. 지난 며칠 동안 이미 너무 많은 일이 있었기 때문에.

눈으로 노트북을 슬쩍 훑었다. 노트북에 아담을 깔진 않았지만 조금 전 경험으로 봐서는 제대로 짚고 넘어가야 할 것 같았다.

다시 식탁으로 걸음을 옮겨 노트북 앞에 앉아 화면 잠금을 해제했다. 의학 박사 디르크 슈타인메츠를 검색하던 브라우저 옆쪽엔 그의 이름이 들어간 기사 목록이 쭉 나와 있었다. 또 이미지 탭에 아주 작은 사진 세 장도 나타나 있었다. 모두 같은 사람이었는데 하나는 정장 차림이고, 나머지 두 개는 의사 가운을 입고 있었다.

사진 속 남자의 얼굴을 자세히 보려고 몸을 앞으로 내밀어 유심히 관찰했다. 두어 번 호흡을 가다듬고 떨리는 손을 진정시키며 '이미지 확인하기' 버튼을 클릭했다.

새로운 페이지가 열리며 열두 장의 사진이 나타났다. 몇 장은 단독 사진이고 몇몇은 단체 사진이었다. 이미지 탭에서 본 남자의 사진 아래에 '의학 박사 디르크 슈타인메츠'라고 적혀 있었다. 어떤 사진에는 이렇게 덧붙여 있기도 했다. '알스터도르프 기독병원 외과 주임의'

누가 봐도 사진 속 남자는 슈타인메츠 박사가 분명했다. 하지만 그 순간 헨드릭은 극심한 충격에 숨이 턱 막혔다.

사진 속 남자는 그의 집에 찾아와서 린다와 요나스 크롤만에 대해 떠들어 댔던 사람이 아니었다.

23

 머리가 텅 비었다. 정신줄을 놓지 않으려 안간힘을 썼지만 노트북 화면의 사진에서 시선을 떼는 것만큼이나 쉽지 않았다.
 헨드릭은 한동안 자신이 처한 상황에서 헤어 나오지 못한 채 생각에 잠겨 있었다.
 린다의 실종과 크롤만 부부, 갑작스러운 슈타인메츠의 출현, 진짜 디르크 슈타인메츠를 살해한 형사, 그리고 파트너를 감옥에 보내려는 수상한 경찰까지…….
 아담은 헨드릭과 린다의 삶을 편안하게 만들어 주었고 두 사람은 그 시스템에게, 낯선 사람에게 밤낮으로 두 사람의 쇼를 제공하며 그것을 지켜보게 만들었을지도 모를 그 시스템을 신뢰

했었다. 그 낯선 사람은 둘만의 집을 마음대로 들락거리며 린다의 속옷을 헤집어 놓았을 수도, 또 침대에 대자로 누웠을 수도 있다…….

이 사건만 아니면 지극히 평범하고 편안했을 헨드릭의 삶이 점점 더 혼란의 극치에 달했다. 모든 게 꿈일 수도 있다는 생각이 그의 머릿속을 스쳤다.

그러나 꿈이 아니었다. 현실이었다.

린다는 사라졌다. 그녀를 찾기 위해서는 이런 이상한 상황 속에서도 진실을 캐내야만 했다. 그 과정이 위험하겠지만 헨드릭의 인생은 이미 진창에 빠진 상태였고, 린다가 정말 나타나지 않는다면 어차피 앞으로의 삶에 대한 대책 역시 없었다.

그는 숨을 깊게 들이마시고 정신을 똑바로 차리기 위해 손으로 얼굴을 벅벅 문질렀다.

알렉산드라는 마빈이라는 사람을 맡겠다고 했다. 통화가 도청됐을지도 모를 상황에서 그녀가 반드시 해야 할 일이 있다면 바로 그것이었다.

아담! 헨드릭은 복도로 걸어가서 시스템 컨트롤 패널을 응시하며 비활성화 절차를 따라 하기 시작했다.

코드를 입력하고, 삐 소리가 나기를 기다렸다가 홍채 인식을 선

택한다. 속으로 모든 단계를 차근차근 되뇌었다. *스캐너에 눈을 대고 잠시 기다린다. 다음 삐 소리가 나면 완료. 그다음 터치스크린의 두 점에 손가락을 올리고 기다린다. 3초, 4초…….*

 끝. 아담이 꺼졌다.

 마무리를 한 뒤 잠깐 고민하다가 헨드릭은 슈타인메츠가 다른 사람이라는 사실을 칸슈타인 경감에게 말하지 않기로 결심했다. 대신 진짜 슈타인메츠를 알고 있는 그의 상사 파울 게르데스에게 알리기로 했다.

 헨드릭은 자신이 이런 결정을 내린 이유가 칸슈타인이 쌀쌀맞고 불친절한 사람이라 그런 건지, 아니면 그가 슈프랑이 총으로 사람을 쐈다는 걸 너무 쉽게 믿어서인지 판단이 서질 않았다. 어쨌든 칸슈타인은 슈프랑에 대한 신의가 전혀 없었다.

 헨드릭은 거실로 돌아가 노트북을 닫아 팔 아래에 단단히 끼우고서 집을 나섰다. 차로 걸어가는 길에 낯선 이가 그를 가만히 지켜보고 있지 않을까, 하는 의구심이 들었다. 그 낯선 자가 얼마 후엔 내 집 현관문을 열고 안으로 들어가 집 안을 유유히 돌아다니지 않을까? 에이 그럴 리가. 아담도 꺼져 있는데 뭐. 그는 그런 걱정을 떨쳐 내려 노력했다.

 차를 타고 가는 길에 상사에게 전화를 걸었다. 다행히 파울 게르데스는 지금 막 사무실에 들어와서 한 15분 정도 시간을 내 줄 수 있다고 했다.

"감사합니다." 헨드릭은 안심했다. "제가 사무실로 갈까요?"

"그래. 곧 보자고."

10분 뒤 헨드릭은 병원 주차장에 차를 세우고 게르데스의 사무실 문을 두드렸다.

"간단하게 말씀드릴게요." 헨드릭은 인사도 없이 바로 본론으로 들어갔다. 책상 위의 키보드를 옆으로 살짝 밀고 그 자리에 노트북을 올렸다.

"교수님이 그러셨잖아요, 슈타인메츠를 아신다고요. 맞죠?" 헨드릭은 노트북을 열고 키보드를 가볍게 두드려 인터넷을 실행시켰다.

"그래, 그렇지." 긍정하는 게르데스의 목소리에 그 어떤 의문이나 주저함도 없었다. "음…… 개인적인 친분이 있다고 할 수는 없지만 어쨌거나 몇 번 만나긴 했지."

"알겠습니다. 이게 그 사람 맞나요?" 헨드릭은 노트북 화면에 나타난 사진 모음을 보여 주었다. 게르데스는 몸을 약간 앞으로 기울이고 눈을 살짝 찡그리더니 고개를 끄덕였다. "그래. 그자 맞네."

헨드릭은 몸을 벌떡 일으키고 고개를 저었다. 그러고는 게르데스의 책상을 돌아 나가 손님용 의자에 털썩 주저앉더니 심각한 얼굴로 게르데스를 쳐다보았다. "이 사람은 그 사람이 아니에요. 저희 집에 왔던 그 사람이 아니라고요."

"뭐? 그게 무슨 소리야? 자네가……."

"저희 집에 왔던 다른 누군가가 자기를 디르크 슈타인메츠라고 소개했어요. 얼마 전까지 알스터도르프 기독병원에서 일했다고 덧붙이면서요. 제가 착각하는 게 아니에요. 분명 어떤 사람이 슈타인메츠를 자처하면서 린다와 크롤만 얘기를 했다고요."

게르데스는 의자 등받이에 몸을 기댔다. "그렇지만…… 왜 그런 짓을 하지?"

"제 말이 그 말이에요. 그 질문에 대한 답은 린다의 실종 사건에 한 걸음 더 가까워졌다는 거, 그것뿐입니다. 왠지 교수님이 저를 도와주실 수 있을 것 같아요."

"당연히 자네를 도와줘야지. 그런데 어떻게 돕지?"

"그건 저도 모르겠어요. 그 사람 생김새에 대해 알려 드릴 수는 있는데요, 그 이상 아는 바가 없어요. 이름도 모르니까 당연히 인터넷에서도 찾을 수 없고요."

헨드릭의 이성 속에서 무언가 꿈틀댔다. 중요할 것 같은, 하지만 무의식에 숨겨져 있어 제대로 파악되지 않는 어떤 생각이. 당장 어떻게든 시작해야 할 것 같았다. 그러면 머릿속에 떠오를 것 같았다.

마침 게르데스의 전화가 울렸고, 두 사람은 전화 벨소리에 집중했다. 그는 상사가 통화하는 모습을 지켜보다가 인턴에게서 걸려 온 전화라는 걸 알아차렸다. 게르데스가 통화하는 동안 그는 사무실을 쭈욱 둘러보았다. 왼쪽 벽에는 의학 박사의 집에도 있을 법한, 헨드릭은 절대 손에 넣을 수 없는 현대적인 미술 작품이 걸려 있었다. 노란 바탕에 오른쪽 상단이 불규칙하게 찌그러진, 짙은 푸른색 원이 그려진 그림이었다. 1.5미터 x 1미터 사이즈의 그림. 아이가 서툴게 그린 그림 같다고 생각하며 그 옆에 있는 포스터로 눈길을 옮겼는데…… 그 포스터는 정말이지 예술 작품에 가까웠다.

대형 눈이 그려진 포스터에는, 사실 홍채라고 하는 게 더 정확한 그 그림 속에는 수없이 많은 원과 사각형이 그려져 있고, 아주 작은 글씨가 테두리를 채우고 있었다. 헨드릭은 그 글씨를 읽을 수 없었지만 홍채의 조직 구조를 분석하여 인간의 질병을 진단하는, 본래 대체 의학법인 홍채 진단법에 관한 글이란 걸 알아챘다.

파울 게르데스가 그런 유형의 진단법을 옹호하는 사람이었다니, 그의 전문 분야가 외과라는 점을 고려하면 굉장히 이례적인 일이었다. 그러나 게르데스의 지식과 관심 분야는 언제나 외과 의사의 순수 학문을 넘어서 있었고, 그런 이유 때문에 그는 남들보다 빠르게 교수와 주치의 직함을 얻을 수 있었다.

"헨드릭?"

그는 움찔하며 그사이 통화를 끝낸 게르데스를 바라보았다.

"아, 죄송합니다. 뭐 좀 생각하느라."

"괜찮네. 다시 슈타인메츠 얘기로 돌아가면, 아니지, 그놈이라고 하는 게 낫겠군. 슈타인메츠인 척했다는 그놈은 생김새가 어땠는가?"

"키가 컸어요. 금발에 마른 체형이고 그냥 평범했어요. 나이는 40대 중반 정도 되어 보였고요. 참, 손과 손가락이 외과 의사치고는 무척 거칠었던 게 눈에 띄었어요."

"흠, 그런 사람은 너무 많지. 내가 도움이 되지 못해서 미안하네."

"아닙니다. 괜찮습니다……. 저는 인터넷에서 본 그 남자가 교수님이 아는 슈타인메츠가 맞는지 확인하고 싶어서 이렇게 직접 찾아뵌 것뿐입니다."

게르데스가 꺼림한 눈으로 바라보자 그가 고개를 끄덕였다.

"네, 저도 압니다. 당연히 그 사람이 슈타인메츠가 맞아요. 몇몇 사진들 아래에 적혀 있기도 하니까요. 그런데…… 하, 이제 저도 모르겠습니다. 요즘 머릿속이 뒤죽박죽이라 뭐든지 한 번 더 확인을 해야만 믿을 수 있게 되어 버렸어요."

"자네가 그놈 사진만 갖고 있으면 일이 좀 더 쉬울 텐데……."

 조금 전 헨드릭의 머릿속을 가로질렀던, 그러나 파악할 수 없었던 그 생각이 불현듯 다시 떠올랐다. 그건 깨달음이었다. 왜 그 생각이 곧바로 떠오르지 않았는지 의문이 들 정도였다. 그리고 왜 아무도 그 생각을 못 했을까도 의문이었다. 예를 들면 경찰, 심지어 알렉산드라까지도.

24

"뭔데 그러나?" 게르데스는 헨드릭의 일그러진 표정을 눈치채고 놀란 눈으로 그를 바라봤다.

헨드릭이 자리에서 일어났다. "아담이요!"

"뭐?" 게르데스의 얼굴에 당황함이 선명하게 드러났다.

"저희 집에 있는 스마트홈 시스템이요! 지난번 저희 집에 오셨을 때 말씀드렸었어요."

"아, 기억나. 그런데 그게 뭐?"

"조금 전 제가 한 말은 다 틀린 소리였어요. 완전 헛소리요. 가짜 슈타인메츠의 모습이 녹화된 영상이 저한테 있다고요. 그 사람은 분명 저희 집 거실에 있었거든요. 거실에 감시 카메라가 있는데 그 카메라는 모든 움직임을 감지하고 녹화를 해요. 그러니까 그놈이 녹화된 영상을 틀림없이 볼 수 있을 거예요."

슈타인메츠인 척했던 그 사기꾼의 정체를 밝힐 수 있을 거란 생각에 헨드릭은 기대에 부풀었고 덕분에 기분도 조금 나아졌다. 드디어 섬광이 비쳤다. 만약 그놈이 이 사건에 어떤 식으로든 개입되어 있다면 헨드릭의 집을 찾아온 건 큰 실수였다. 그리고 알렉산드라의 말이 맞다면, 집으로 잠입해 린다를 납치하는 데 정말 아담이 사용됐다면, 그건 훨씬 더 멍청한 실수였다.

게르데스의 얼굴이 잠깐 밝아졌다. "그거 정말 잘된 일이네. 그런데······." 그러고는 의심스러운 듯 이마를 찌푸렸다. "자네가 그랬잖아. 카메라가 움직임을 감지한다고. 그 말은 자네가 집에 있으면 계속 녹화가 되고 있다는 뜻일 텐데, 흠, 내가 뭐 IT 전문가는 아니지만, 그러면 녹화된 데이터양이 굉장히 많지 않나?"

"네, 맞습니다." 헨드릭은 다시 자리에서 일어섰다. 최대한 빨리 집으로 가서 녹화 영상을 확인해야 했다. "하지만 녹화 영상은 일주일 치만 저장되고 나머지는 전부 삭제됩니다. 그러니까 가짜 슈타인메츠 영상은 무조건 저장되어 있을 거예요." 그러고는 우뚝 멈추더니 천둥이 몰아치기라도 한 듯 갑자기 이마를 부여잡았다. "이럴 수가."

"무슨 일인가?"

헨드릭은 앞에 있는 상사를 지나쳐 먼 곳을 응시했다. 어떻게 그걸 모르고 넘어갈 수 있지?

"일주일…… 그게 무슨 의미인지 아십니까?"

게르데스는 전혀 모르겠다는 얼굴로 어깨를 으쓱했다.

"교수님, 린다가 사라진 그날 밤 말입니다…… 아직 일주일이 안 됐어요."

헨드릭은 몇 걸음 내디며 책상 모서리를 돌아, 아직 게르데스의 앞에 놓여 있는 노트북을 닫고 들어 올렸다.

"그날 밤 녹화 영상도 아직 저장되어 있을 겁니다. 무슨 일이 있었는지 알아낼 수 있을지도 몰라요. 하, 이렇게 멍청하다니. 어떻게 이걸…… 왜 진작 몰랐을까요?"

헨드릭이 돌아서자 게르데스가 말했다. "새로운 소식 있으면 나한테도 알려 주게."

"네, 그럼요." 헨드릭은 사무실을 빠져나와 서둘러 복도를 따라 내려갔다. 린다가 사라진 그날 밤 무슨 일이 있었는지 알게 될지도 모른다는 작은 기대만으로도 가슴속에 희망이 채워졌다. 병원에서 집으로 돌아간 그날 밤, 그 순간 이후 처음으로.

병원에서 빈터후데에 있는 집으로 가는 길, 그는 가속 페달을 세

차게 밟고 싶었지만 꾹 참았다. 저장된 녹화 영상을 손에 넣기 위해서는 각오를 단단히 다지고 아담을 재작동시켜야 했다. 알렉산드라한테 전화가 오면, 일단 바로 응답하지 말고 아담을 다시 끈 뒤에 전화를 걸어야 할 터였다.

서두르느라 하마터면 진입로 바로 앞에 주차된 짙은 색 아우디를 칠 뻔했다. 그는 짙은 색 아우디의 주인을 알고 있었다. 차 주인이 헨드릭의 집 쪽에서 그의 차로 다가오는 모습을 보기 전부터 말이다. "외출하셨었군요." 헨드릭이 차에서 내리자 칸슈타인이 말했다. 헨드릭은 친절한 표정을 짓지 않으려 애써 얼굴에 힘을 주었다. 경감을 어떤 표정으로 봐야 할지 혼란스러웠다.

"린다한테 무슨 소식이라도 있습니까?"

칸슈타인이 고개를 저었다. "아니요. 당신은요? 약혼자에 관해서 뭐 들은 거 있습니까?"

"아뇨." 헨드릭은 칸슈타인에게 왜 왔냐고 물어보지 않기로 했다. 한시라도 빨리 집으로 들어가서 녹화 영상을 확인하고 싶을 뿐이었다.

"디르크 슈타인메츠 일로 왔습니다." 경감이 말했다. "그자가 당신을 찾아왔었죠?"

헨드릭은 잠깐 망설이다가 그동안 있었던 일을 칸슈타인에게 털어놓기로 결심했다.

"슈타인메츠는 절 찾아오지 않았습니다."

그 말에 칸슈타인이 놀랐다면, 그는 감정을 숨기는 데 아주 능숙한 사람이 분명했다. "그래요? 그렇다면 누구였죠?"

"인터넷에서 슈타인메츠의 사진을 찾아봤어요. 그런데 절 찾아온 그 사람이 아니더군요."

"그럼 찾아왔던 사람이 누군지 아십니까?"

"아직은 몰라요. 곧 알게 되겠지만요. 그리고 그게 다가 아닙니다." 헨드릭은 경찰에게 슈타인메츠의 모습이 담긴 녹화 영상과 린다가 사라진 그날 밤의 영상에 대해 이야기했다.

칸슈타인이 이마를 찌푸렸다. "이제야 그 생각이 난 겁니까?"

"네. 수사관인 경감님도 그 생각을 못 하셨잖습니까."

"제가 그걸 무슨 수로……." 칸슈타인이 손가락을 까닥거리며 집을 가리켰다. "일단 들어가 보죠. 저도 그 영상을 봐야겠군요."

헨드릭은 고개를 끄덕이고 발걸음을 내디뎠다. 왜인지는 모르겠지만 칸슈타인의 존재가 불편하게 느껴졌다. 그러나 조만간 린다에게 무슨 일이 있었는지 마침내 밝혀질 테니 아무래도 상관없었다.

현관문에 도착한 그는 가방에서 열쇠를 꺼내고 문을 열면서 지문이 아닌 예전 방식으로 잠금장치를 푸는 이 과정이 참 어색하게 느껴졌다.

아담을 활성화시키는 작업은 2분이면 충분했다. 그동안 칸슈타인은 뒤에 서서 흥미롭게 지켜보았다. 잠시 후 두 사람은 식탁 앞에 앉았고 헨드릭은 노트북을 열었다. 여태 녹화 영상을 늘 스마트폰으로만 봤지만, 아담 앱이 삭제되어 있기도 하고 새로 설치하려면 번거로우니 노트북으로 보기로 했다. 무엇보다도, 큰 화면으로 보고 싶었다.

"카메라가 어디에 있습니까?" 헨드릭이 비밀번호를 입력하는 동안 칸슈타인이 물었다. 헨드릭은 고개를 들고 거실 천장 가운데를 가리켰다. "저기요. 반원 모양이요. 작은 조명처럼 보이는 저거요." 헨드릭은 잠시 정적이 이어지는 동안 카메라를 뚫어져라 바라보다가 불쑥 덧붙였다. "뭔가 생각났어요. 잠깐만요."

사실 헨드릭은 녹화 영상을 빨리 보고 싶어서 마음이 조급했지만, 일단 자리에서 일어나 현관 밖으로 나가서 차고로 달려갔다. 그러고는 차고 문 옆에 있는 자그마한 계단식 사다리를 들고 다시 거실로 돌아왔다. 천장 카메라 아래에 사다리를 세운 뒤 주방에서 갈색 박스 테이프와 가위를 가지고 나왔다.

헨드릭은 초조한 상태로 천장에 달린 반원 모양과 씨름하며 결국 박스 테이프로 카메라를 칭칭 감았다. 그동안 칸슈타인은 아무 말 없이 지켜보기만 했다. "혹시 몰라서요." 의아하게 쳐다보고 있는 경찰을 의식하며 그가 말했다.

이젠 녹화가 불가능해졌는데도 그는 식탁 위의 노트북을 반대로 돌려 화면이 카메라를 향하지 않게 했다.

"백 퍼센트 안전하길 원하시는군요, 그렇죠?" 칸슈타인이 말을 걸었다.

헨드릭은 그 말에 동의하지 않은 채 노트북 화면에만 집중했다.

아담 앱을 설치하고 조심스럽게 코드 입력을 마친 다음, 카메라에 관리자 식별을 위한 홍채 인식에 성공해 로그인했다. 허둥지둥 애플리케이션 메뉴를 클릭해서 저장된 녹화 영상을 찾아 헤맸다.

"녹화 영상은 며칠 동안 저장되어 있습니까?" 칸슈타인이 궁금해했다.

"일주일이요. 지나면 삭제됩니다." 헨드릭은 백업 목록을 클릭했다.

'거실'이라는 폴더에 각각의 날짜와 시간별 영상들이 저장되어 있었다.

헨드릭은 오래 지나지 않아 린다가 사라진 그날 밤의 파일을 찾아냈다. 다른 시간대 파일들을 쭉 넘기다가 마침내 4시 33분 녹화 영상을 발견했다.

"여기 있네요!" 헨드릭이 흥분하며 가리켰다. "제가 집으로 돌아왔을 때예요. 린다를 찾으러 거실로 들어선 그 순간이요. 이 영상의 바로 전 파일이 1시 5분에 녹화됐으니까 그 파일에 있겠네요."

파일을 더블클릭하는 순간, 심장이 미친 듯이 요동쳤다. 영상의 첫 장면은…… 린다였다! 그녀는 거실로 와서 주변을 둘러보더니 테이블로 갔다. 그녀는 차분해 보였고 표정 역시 무척 평온했다. 계속 주위를 둘러본 후 돌아서면서 뭐라 내뱉었지만, 헨드릭은 그 말을 이해할 수 없었다. 그러나 곧이어 거실이 어두워졌고, 그는 그게 무슨 말이었는지 명확히 알게 되었다. 그리고 10초 뒤 영상이 끝이 났다.

헨드릭은 노트북 화면을 응시했다. "뭐야, 이게 다야?" 그가 조용히 중얼거렸다.

"집 안에 설치된 카메라가 저것뿐인가요?" 칸슈타인이 물었다. "현관문과 위층에는 없습니까?"

"네, 없어요. 전…… 위층에 카메라를 설치하고 싶지 않았거든요. 그래도 밖에는 카메라가 세 대 있습니다. 잠시만요."

헨드릭은 '외부 1'이라는 폴더로 이동했고, 그 폴더에 현관문 위에 위치한 카메라의 영상이 저장되어 있었다. 뒤이어 린다가 실종된 그날 밤 영상 목록이 나타났다.

"제기랄!" 해당 파일을 눈앞에서 확인하던 헨드릭이 욕설을 내뱉었다. "그날의 마지막 영상이 오후 6시 10분 녹화분이에요. 병원에서 주간 업무를 마치고 집으로 퇴근했을 때입니다. 다음 영상은 다음 날 새벽, 그러니까 야간 업무를 마치고 집으로 돌아왔던 시각에 녹화된 거고요. 그 사이의 영상이 전부 빠져 있어요."

목록에 차고와 테라스가 녹화된 '외부 2'와 '외부 3' 폴더도 있었지만 별반 다를 게 없었다.

"아무것도 없어요." 절망과 분노가 뒤섞여 헨드릭을 짓눌렀고, 그는 손바닥으로 식탁을 쿵 내리쳤다. "빌어먹을!"

"다시 말해 당신 약혼자는 완전히 자발적으로 여기 이 거실을 나갔다, 이거군요. 방금 우리가 확인했듯이요. 안타깝지만 놀랄 일도 아닙니다. 약혼자가 위층에서 짐을 꾸리고 나서 집을 나갔는데 이 카메라는 그걸 제대로 기록하지 못했네요."

"그래도 현관문 위에 있는 외부 카메라에는 분명히 잡혔을 법한데 녹화되지 않았어요. 다른 외부 카메라도 마찬가지고요."

"흠……" 칸슈타인은 생각에 잠겼다. "그렇지만 정말 약혼자가 납치됐다면 외부 카메라의 녹화 영상이 없을 리 없겠죠. 내가 이해한 대로, 카메라에 찍히지 않고서는 당신 집에 발을 들일 수도 나갈 수도 없다는 게 맞다면 말입니다. 납치범이 어떻게 영상에 잡히지도 않고 약혼자를 집 밖으로 끌어내겠습니까?"

"아주 쉽죠." 헨드릭이 대꾸했다. "어떤 낯선 사람이 저희 집 안으로 들어갈 수 있도록 외부에서 아담을 조종한다면, 그자는 시스템에 있는 데이터를 삭제해 아무도 그 영상을 보지 못하게 할 수도 있습니다. 꽤 그럴듯하죠, 안 그렇습니까?"

칸슈타인이 어깨를 들썩였다. "약혼자도 시스템에 접근할 수 있나요?"

"당연하죠."

"약혼자가 데이터를 지웠을 가능성은요? 아두도 못 보게." 헨드릭은 칸슈타인에게 소리를 지르지 않으려 허벅지를 꾹 누르며 간신히 참았지만 언성이 높아지는 건 어쩔 수 없었다. "네, 제길, 그럴 수도 있겠죠! 그게 지금 무슨 말도 안 되는 소립니까."

"그런 뜻으로 한 말은 아닙니다. 어쨌든 당신 약혼자가 납치되었다는 증거가 아직 없다는 게 사실이죠. 그러니 여태 그랬던 것처럼 앞으로도 계속 알아봐야겠군요."

헨드릭이 답을 하지 않자 칸슈타인은 노트북 화면을 가리켰다.

"슈타인메츠를 사칭한 그 사람은요? 그 사람이 집으로 찾아왔을 때 영상 좀 볼까요?"

헨드릭은 급격히 기운이 빠졌다. 녹화 영상에서 무얼 기대했는지 정확히 알 수 없지만 두 사람이 조금 전에 본 것, 아니 차라리 아무것도 보지 못했다고 하는 편이 나을 영상은 조금도 도움이 되지 않았다. 그러나 그와 별개로 앞으로도 계속해서 단서를 찾아내야만 했다.

헨드릭은 고개를 끄덕이고 가짜 슈타인메츠가 언제 찾아왔었는지 곰곰이 생각했다. 얼마 지나지 않아 해당 영상을 찾았고, 바로 재생시켰다.

거실이 나왔다. 소파와 그 앞 낮은 테이블, 두 개의 안락의자 중 하나, 그리고 뒤에 보이는 거실 문. 카메라는 정상 작동 중이었다. 헨드릭을 찾아온 가짜 슈타인메츠가 앉아 있던 소파에…… 헨드릭이 앉아 있다. 그는 화면 속의 자신이 스마트폰 화면을 두드리다가 한쪽에 내려놓고 은은한 미소를 띠며 테라스가 보이는 커다란 거실 창으로 몸을 돌리는 모습을 가만히 지켜보았다. 바로 그때 카메라가 이리저리 움직였다. 즉 어떤 움직임이 감지되었다는 뜻이었다. 충격적이었다. 그날 슈타인메츠는 분명 가만히 앉아 있었다.

그다음 순간 카메라가 어떤 사람을, 테라스에서 거실로 들어오는 누군가를 포착했다. 헨드릭의 아래턱이 떡 벌어졌다. 노트북 화면에 모습을 드러낸 그 사람은, 싱긋 웃고 있는 그 사람은······ 린다였다.

25

 그녀는 끙끙 신음하며 몽롱한 상태에서 깨어났다. 완전히 아무것도 보이지 않는데도 불구하고 불안한 듯 고개를 이리저리 움직이자 끔찍한 고통이 몰려들어 얼굴을 일그러트렸다. 온몸이 불구덩이 속에서 타고 있는 것 같다. 몸 안에서 고열이 사납게 솟구쳤다.

 그녀는 차가운 콘크리트 바닥에 누워 있다. 그녀가 갇혀 있는, 창문 하나 없는 이 방은 폭 2미터, 길이 4미터 정도로 매우 협소했다. 열이 조금 내리고 잠깐 숨 돌릴 틈이 생길 때마다 차디찬 벽을 더듬으며 방 안을 걷고 또 걸어 다녔기 때문에 방의 크기를 짐작할 수 있다.

암흑을 꿰뚫을 수 있지 않을까, 하는 마음에 두 눈을 번쩍 떠 본다.

칠흑 같은 어둠. 정적.

그녀는 이 방에 혼자 갇히게 된 순간이 언제인지 알지 못했다. 얼마나 지났을까? 며칠 아니면 몇 주? 가끔씩 문이 잠깐 열리고 누군가 콘크리트 바닥에 물병과 빵 접시를 내려놓을 때면 그녀는 눈이 부셔서 두 눈을 꾹 감고 팔로 막아 빛을 차단하곤 했다.

안간힘을 써 가며 서서히 몸을 일으켜 마침내 벽에 기대어 일어선다.

근육이 경련한다. 조만간 무릎이 툭 부러져 버릴 것 같다. 그래도 해 봐야 한다. 변하는 건 아무것도 없겠지만.

기를 쓰며 한 발을 내딛고 또 한 발을 내딛는다. 별안간 한기가 느껴지더니 경련성 오한이 벌거벗은 몸을 휘감고, 이빨이 위아래로 딱딱 부딪쳤다. 두 다리로 서 있는 데 초인적 힘이 들었다. 계속. 절망뿐이겠지만 그녀는 계속해야 한다.

드디어 철제문에 도착했다. 부들부들 떨리는 손이 손잡이에 닿을 때까지 문을 더듬는다. 손잡이를 아래로 꾹 내려 보지만, 아니나 다를까 잠겨 있다. 그녀는 그대로 풀썩 주저앉고 만다.

팔로 상체를 휘감는다. 눈물이 볼을 타고 흐른다. 그녀는 두 눈을 감았다. 어차피 짙은 어둠은 별 차이 없이 여전하겠지만.

 눈앞에 한 장면이 떠올랐다. 어떤 남자가 그녀를 이곳에 가두기 전에 벌였던 기이하고 끔찍한 일들이 선명하게 나타났다.

 열이 치솟을 때마다 쓰러져 있긴 했지만 그 사이사이 생각할 시간이 꽤 많았다. 거의 다 기억났다. 공상에 잠겨 있다 보면 말도 안 되는 굉장한 것들이 보였다. 꽉 붙들고 싶었던 아름다움. 그러나 또다시 지옥 같은 장면이 펼쳐지고…… 그건 그녀의 판타지가 만들어 낸 것이 아니었다. 실제 벌어졌던 일이었다. 그녀도 알고 있다.

 머릿속에서 그 사건이 영화처럼 되풀이되자 공포가 다시 몸집을 부풀렸다.

 잘 준비를 하려고 욕실에 있을 때 그 소리가 들렸다. 아래층 어딘가에서 무언가 묵직한 것이 떨어지는 소리였다. 무슨 일인지 살펴보려고 잠옷 차림에 맨발로 계단을 내려갔다. 목소리를 내보지만 돌아오는 답이 없었다. 아래층에 도착해서 거실 방향으로 뚜벅뚜벅 걸어가 다시 불러봤다. 그런데 그때, 갑자기 무언가 그녀의 얼굴을 덮치고 동시에 입을 틀어막았다. 역하게 단 냄새가 났다…….

 깨어나 보니 들것에 묶여 있고 눈도 가려져 있었다. 공포가 그녀를 휘어잡았다. 소리치고 싶지만 입이 막혀 있었다. 그때 부자연스럽게 위장한 낮은 목소리가 들렸다. 어디서 많이 들어 본 목소리인데 누군지 구분이 가지 않았다.

"내가 지금 하는 일을 이해하지 못하겠지만, 이 일이 당신을 살릴 거다." 목소리가 천천히 그리고 짤막하게 말했다. 팔 윗부분을 찌르는 느낌이 나더니 몇 초가 지나기도 전에 펄펄 끓는 용암이 온몸에 퍼졌다. 용암이 목에 다다르고 그녀는 정신을 잃었다.

팔오금을 찌르는 느낌에 무의식에서 깨어났다. 눈을 떴다. 무언가를 보고 깜짝 놀랐다. 어떤 남자. 그- 수술복과 두건, 마스크를 착용한 채 그녀 쪽으로 허리를 숙이고 있었다. 그녀는 자신을 뚫어지게 살피는 차가운 눈을 벗어나려 했지만 고개가 단 1밀리미터도 움직이지 않았다.

그가 그녀에게 작은 시험관을 보여 줬다. 피가, 그녀의 피가 반쯤 차 있는 시험관을.

"마지막으로 확인하는 것뿐이야." 그는 목소리를 위장하지 않았다. 하지만 조금 전 그 남자가 아니라는 건 알 수 있었다.

"한 시간 안에는 반드시 널 처리할 거니까."

처리한다고? 그녀의 이성이 그 단어 주위를 뱅뱅 돌았지만 결국 무슨 의미인지 파악하지 못했다. 비명을 지르려 하는데 입 밖으로 한 마디도 나오지 않았다. "이런, 무서워하지 마." 남자가 말했다. "아무것도 느끼지 못할 거야. 그전에 내가 널 처리할 거니까. 나는 야만인이 아니야."

그리고 남자는 그녀의 시야에서 사라졌다.

정신을 잃은 것과 마찬가지였던 영원 같은 시간이 흐른 뒤 남자가 다시 나타나 그녀에게 고래고래 소리를 질러 댔다.

"아이 씨발, 이거 뭔데?" 그가 그녀의 코 앞에 구겨진 종이 한 장을 들고 있다. 마치 그녀가 그 종이에 대해 잘 안다는 듯이.

"이런 식이면 당신이랑 아무것도 못 한다고. 대체 뭔 짓을 저지른 거야? 어?"

그는 두꺼운 바늘이 꽂힌 주사기를 들고 화를 내더니 갑자기 그녀의 허벅지에 주사기를 힘껏 찔렀다. 그러고는 그녀가 누워 있는 테이블을 방 밖으로 밀고 나갔다. 얼마 뒤, 테이블 아래로 떨어진 그녀는 콘크리트 바닥에 널브러졌다. 칠흑같은 어둠이 그녀의 온몸을 감싸자, 처음으로 입술 사이에서 헐떡이는 신음이 새어 나왔다.

문밖에서 들리는 소리에 그녀는 현실로 돌아온다. 눈꺼풀이 감기기도 전에 방 안으로 불빛이 쏜살같이 들어와 불꽃 화살처럼 그녀의 동공에 박힌다. 팔로 두 눈을 가리고 있는데 누군가 방으로 들어와서 그녀의 팔을 감싼 채 숨죽여 말한다. "가만히 있어. 안 그러면 아플 테니까."

그녀는 대체 무엇 때문에 이런 짓을 저지르는 거냐고, 왜 계속 협박하는 거냐고 소리쳐 묻고 싶다. 그러나 팔오금을 찌르는 익숙한 감각이 또 느껴진다. 그가 그녀의 피를 뽑는다. 방에 갇힌 뒤 벌써 두 번째다.

전부 다 지나갔다. 그는 아무 말 없이 그녀를 가두고, 그녀는 또다시 암흑에 휩싸인다.

26

 "뭐지? 저건……." 헨드릭의 입 밖으로 쉰 목소리가 튀어나왔다. 그는 영상 속 린다가 상체를 구부리고 그에게 키스를 하며 무어라 말하는 모습을 넋 놓고 지켜봤지만, 볼륨이 작아서 뭐라고 하는지 알아듣지 못했다. 서둘러 키를 눌러 볼륨을 높였다.
 "……자기도 차 마실래?" 린다가 묻자 그는 활짝 웃으며 고개를 젓고 이렇게 물었다. "나 여름옷 있나?"
 헨드릭은 그녀와 행복한 시간을 보내며 나눈 대화를 기억해 냈다. 영상을 멈추고 화면을 최소화해 파일의 이름을 다시 한번 확인했다. 날짜와 시간은 분명 그날이 맞았다. 의심의 여지가 없었다.

여태 아무 말 없이 영상만 들여다보고 있던 칸슈타인이 물었다.
"영상을 잘못 재생한 겁니까?"

"아니요. 여기 보세요……. 날짜와 시간이 맞잖아요. 정확히 이 시간에 그 자식이 여기에 있었다고요."

"하지만 영상에는 그 사람이 보이지 않고 실종된 것으로 추정되는 당신의 약혼자만 나오잖습니까. 어떻게 된 건지 설명해 주실 수 있겠습니까?"

"아니요, 저는…… 그런데 추정된다니 그게 무슨 뜻입니까? 저한테 책임을 전가하는 거예요? 예? 린다는 실종됐어요. 저건 다른 영상입니다. 저때의 상황이 기억나긴 하지만 언제였는지 정확하지는 않아요. 지난주 또는 지지난주였을 겁니다."

"흠, 참 이상하군요. 영상은 일주일간만 저장되어 있다가 삭제된다고 하지 않았나요?"

"네, 보통은 그렇죠." 헨드릭이 벌떡 일어섰다. "이런 제기랄, 대체 이게 무슨 일인지 모르겠어요. 방금 본 영상은 가짜 슈타인메츠가 여기에 있던 날이 아니라고요. 제가 미친 게 아니라니까요? 이건…… 분명 누군가 조작한 겁니다."

"아 네, 알겠습니다." 칸슈타인도 자리에서 일어났다. "그러면 이…… 시스템을 이렇게 작동시킨 사람이 당신의 약혼자를 납치했을 수도 있겠네요. 그 어떤 동기도 없이……." 그때 쾅 하고 문 닫히는 소리가 났고, 칸슈타인은 말을 멈추었다. 헨드릭은 몸을 홱 돌리고 거실 밖으로 뛰쳐나갔다. 현관문 앞에 서 있던 알렉산드라가 차를 가리켰다. "저 차, 칸슈타인 경감님 차 아니에요? 약혼자에게 새로운 소식이 있는 거예요?"

"아니요. 슈타인메츠와 관련된 질문이 좀 있다고 해서요. 완전히 엉뚱한 방향으로 흘렀지만요. 들어오세요."

알렉산드라가 가벼운 웃음을 내뱉었다. "경감님이 절 보면 진짜 좋아하시겠네요."

그녀가 거실로 들어서자 경감은 아무 말 없이 고갯짓만 까딱하더니 헨드릭 쪽으로 몸을 돌렸다. "당신의 약혼자 실종에 관한 논리가 당신만의 생각인 줄 알았는데……." 그의 눈이 잠시 알렉산드라를 향했다. "제가 충고 한마디 하죠. 나서지 말고 일단 기다려 보시죠."

"뭐를요?" 헨드릭이 공격적으로 받아쳤다. "경감님은 지금도 여전히 린다에 관한 그 어떤 수사도 할 계획이 없잖아요. 이상한 일들이 계속 벌어지고 있는데도요. 오히려 파트너 형사에게 살인 혐의를 뒤집어씌우는 데 온 신경을 쓰고 있죠, 안 그렇습니까?"

칸슈타인이 헨드릭 쪽으로 성큼 다가와 두 눈을 똑바로 쳐다봤다. "이상한 일이라고요? 어떤 이상한 일을 말씀하시는 거죠? 이 집에 귀신이 찾아왔던 거 말입니까? 아니면 녹화 영상에 그 귀신 대신, 증거는 하나도 없지만 납치되었을 거라 추정되는 당신 약혼자가 나오는 거요? 당신이 말하는 이상한 일들이 이런 겁니까? 이것들이 정말 수사를 시작하는 계기가 되어야 한다고 확신합니까? 만약 그렇다면 일단 당신을 먼저 세세하게 조사해야 한다는 뜻이겠군요."

눈을 몇 번 깜박이는 동안에도 두 사람은 말 한마디 없이 냉담하게 서로를 노려보았다. 결국 칸슈타인이 먼저 고개를 돌리며 말했다. "제가 알아서 하겠습니다." 그러고는 거실을 나갔고, 곧 현관문이 둔탁한 쿵 소리를 내며 닫혔.

"와우!" 알렉산드라가 손가락에 불이 붙기라도 한 것처럼 손을 탈탈 털었다. "우리 경감님 기분이 또 엄청 좋으시네."

헨드릭이 거실 문 쪽을 한 번 더 흘긋 바라봤다. "대체 어떤 사람인지 판단이 서지 않아요. 내가 이 빌어먹을 영상을 보는 동안 하필이면 경감이 옆에 있었다는 게 정말 짜증 난다고요." 그의 시선이 노트북을 지나 테이프로 칭칭 감긴 천장 카메라로 이동하더니 다시 알렉산드라에게 돌아왔다.

"그 영상은…… 당신 말이 맞는 것 같아요. 아담이……." 갑자기 알렉산드라가 눈을 번쩍 뜨고 두 손을 들어 올려 고개를 마구 저었고, 헨드릭은 말을 멈췄다. 그녀가 카메라를 가리킨 다음 손날로 목을 긋는 시늉을 하자 그도 의도를 알아차렸다. 그는 자리에서 일어나 복도로 가서 아담을 껐다. 그러고는 다시 돌아와 알렉산드라에게 누락된 영상과 조작된 영상에 대해 이야기했다.

"그러니까 아담이 조종당하고 있다고 생각하시는 거죠?" 알렉산드라가 그의 말을 가로막았다.

"네, 맞아요."

그녀가 어깨를 으쓱했다. "제 말이 그 말이에요. 그래서 이제는 앱도 실행시키지 말아야 한다는 거고요. 하필이면 쳄머 씨가 녹화 영상을 보려는 딱 그때 칸슈타인 경감님이 나타났네요…… 나 참, 진짜…… 이런 바보 같은 우연이 어딨겠어요? 정말 안타깝네요."

"그런데…… 이제 말 놔도 될까요?" 헨드릭의 충동적인 제안에 알렉산드라는 흔쾌히 미소로 화답했다. "그럼요. 그러면 전 이제 아저씨라고 부를게요. 그동안 아저씨가 완전 꼰대인 줄 알았거든요. 의사나 박사 뭐 이런 사람들처럼요."

"완전 정반대지."

"좋아요." 알렉산드라는 식탁으로 가서 의자에 앉았다. "함부르크 홈 시스템의 부흐만 사장이 아담이 3년 전에 출시됐다고 했던 거 기억나요? 당시에 그 시스템이 어디로 팔렸는지 알아내려 했는데, 정확한 정보를 얻기가 보통 어려운 게 아니더라고요. 누군가 여기저기에 아담에 관한 포스팅을 하긴 했지만 진짜 얼마 안 돼요. 아무래도 그 시스템의 전체 사용자 목록이 있어야 할 것 같아요. 아담을 쓰는 여러 도시들의 실종자 명단을 찾아내서 함부르크 홈 시스템 고객 목록과 비교해 보면 더 많은 걸 알 수 있겠죠. 겹치는 이름이 분명 있을 거예요."

헨드릭은 고개를 갸웃했다. "그런데 시스템 사용자 목록을 어디서 구하지? 부흐만 사장이 우리한테 줄 리 없잖아. 이 일에 관여할 리도 없고. 게다가 그렇게 뼛속까지 사업가인 양반이 우리한테 고객 정보를 줄 리 만무하지."

"그럴 수도 있겠죠." 알렉산드라가 동의했다 "그것 말고 다른 방법이 또 있긴 해요." 그렇게 말하며 헨드릭의 노트북을 가리켰다. "토르 브라우저Tor Browser 깔려 있어요?"

"토르? 아니. 처음 들어 보는데. 나는 파이어폭스 써."

그녀의 입가에 너그러운 미소가 번졌다. "아저씨한테 보여 줄 게 있는데 그러려면 토르가 필요해요."

"그래. 그런데 왜?"

"제가 들은 대로 아저씨한테 한번 설명해 볼게요. 사용자가, 그러니까 아저씨가 컴퓨터에 토르 브라우저를 설치해요. 그 브라우저는 전 세계적으로 토르 네트워크와 연결되어 있어요. 그다음 토르 브라우저를 시작하면 사용 가능한 토르 서버 목록이 전부 다운로드돼요. 서버 목록이 수신되자마자 브라우저가 첫 번째 토르 서버를 무작위로 선택하고 암호화된 연결을 생성하죠. 그다음 거기에서 또 무작위로 다음 서버로 이동해요. 이런 절차를 반복하면서 최소 세 개의 토르 서버와 연결고리를 만들어요. 대부분 더 많은 서버와 연결되긴 해요. 그런데 여기서 주목할 점은, 모든 서버는 이전 서버와 바로 다음 서버만 알고 있다는 거예요. 그게 토르 브라우저의 묘수죠. 즉 세 번째 서버에 연결되면 경로를 찾을 수 없다고 나오죠. 그러니까 아저씨를 추적할 수 없겠죠? 완전한 익명이고요. 아저씨를 추적하지 못하도록 흔적을 남기지 않으면서 인터넷 서핑을 하는 거예요. 다크넷에서 성공적으로 활동하기 위해 토르 브라우저가 반드시 필요한 이유가 바로 그 때문이에요."

"그래 맞아. 다크넷에 관해서는 지난번에 얘기했었지. 천재 해커에 대해 말할 때. 마빈."

"맞아요." 알렉산드라가 노트북 앞으로 의자를 가져왔다. "화면 잠금 해제해 주시면 그 브라우저를 설치할게요."

"조금 전에 아담을 꺼서 지금 인터넷이 안 돼."

알렉산드라가 주머니에서 스마트폰을 꺼내 식탁 위에 올려 두었다.

"제 핫스폿으로 연결하면 돼요."

"좋아." 헨드릭이 노트북 화면 잠금을 풀면서 물었다. "그 브라우저 법적으로는 문제 없나?" 그런 다음 알렉산드라가 대답을 하기도 전에 서둘러 덧붙였다. "아니다. 됐어. 어차피 상관없지 뭐."

알렉산드라가 싱긋 웃었다. "합법이에요."

헨드릭이 다시 자리에서 일어났다. "컴퓨터 분야에 이렇게 해박하다니 정말 놀라워. 미래의 심리학자가 말이지."

그녀가 미소 지었다. "어렸을 때부터 보통 여자애들이 가지고 노는 장난감보다 친구들하고 컴퓨터 앞에 앉아 있는 걸 더 좋아했어요. 그래서 대학에 와서도 정보처리학과 학생들과 무척 빨리 친해졌죠. 전에 말했듯이, 사람은 특정 분야에 적합한 사람을 알고 있어야 해요."

설치는 5분도 걸리지 않았다. 알렉산드라가 브라우저를 열고 주소 입력창에 '.onion'으로 끝나는 글자들을 입력하자 '렌트어 해커Rent a Hacker'라는 페이지가 나타났고, 그 페이지에는 목적이 뭐든 원하는 해커를 검색할 수 있다는 내용이 영어로 설명되어 있었다. 그 아래로 사용자들의 목적이 적힌 목록들이 쫙 나타났다.

목록에는 디도스 및 기타 다른 경로로 웹사이트 및 네트워크를 교란하는 방법에 관한 정보와, 산업 스파이 행위 또는 누군가의 개인 정보를 얻을 수 있는 방법에 대한 내용도 있었다.

헨드릭은 믿을 수 없다는 얼굴로 그 목록을 쭉 읽어 내려갔다. 보안 해킹이 가능하다는 내용도 있고 심지어 끝에 이런 문구가 달린 글도 있었다. 누군가를 아동 포르노 사용자로 만들고 싶다면, 바로 해결해 드립니다.

헨드릭은 당황함을 감추지 못한 채 그 문구를 가리켰다. "이건 가짜지, 어?"

알렉산드라가 진지한 표정으로 고개를 저었다. "안타깝게도 아니에요. 다크넷에서는 누구나 뭐든 살 수 있어요. 해커부터 무기, 마약까지요. 아무 문제없죠. 우리가 일반적인 온라인 샵을 이용할 때와 유사한 방식인데요, 대신 장바구니에 담는 내용물이 다르고 지불은 비트코인이나 기타 암호화폐로 이루어지죠. 어쨌든 제가 아저씨한테 보여 주고 싶은 건 다른 거예요."

그녀가 어떤 링크를 클릭하니 입력 상자가 열렸다. 그녀의 손가락이 키보드 위를 휙휙 넘나들자 새로운 페이지가 열렸고, 그 페이지의 흰 글씨의 짤막한 독일어 텍스트가 나타났다.

제품 테스터 찾음. 최신 스마트홈 시스템. 고급 보안.

헨드릭은 알렉산드라를 의아하게 쳐다봤다. "해커를 이렇게 찾아? 이렇게 간단하게?"

그녀가 슬며시 미소 지었다. "네. 우리가 찾는 걸 여기에 올린 거예요. 오늘 올렸어요. 그 업체의 고객 리스트를 우리에게 제공할 준비가 된 누군가 연락하겠죠."

헨드릭은 놀란 표정으로 그녀를 바라보았다. "그렇게 쉽다고? 광고를 내서 볼보 중고차 찾는 거랑 똑같은데?"

"맞아요."

"그러면 무조건 불법일 텐데."

알렉산드라가 어깨를 으쓱했다. "어떻게 보건 그렇겠죠. 하지만 이걸 통해 린다를 찾고 그뿐 아니라 비슷한 종류의 납치 사건을 막는다면요?"

헨드릭은 그 말에 반박할 수 없었다. "그래 좋아. 해 보지, 뭐."

"운이 좋으면 마빈이 연락할 수도 있어요."

헨드릭은 노트북 화면을 가만히 들여다봤다. "나한테는 완전히 새로운 세계야."

"전에도 말했듯이 사람은 특정 분야에 적합한 사람을 알고 있어야 해요. 저의 정보처리학과 친구들이 뭘 하고 있는지 아저씨는 상상도 못 할 걸요."

헨드릭이 손을 내둘렀다. "어휴, 그게 뭔지 알고 싶지도 않아."

알렉산드라가 노트북을 닫고 일어섰다. "알겠어요. 그냥 아주 조금만 보여 주려고 했어요. 이제 학교로 가야 해요. 나중에 또 연락할게요. 아 참, 그리고 괜히 칸슈타인 경감님 신경은 건드리지 않는 게 좋을 거예요. 경감님이 요새 좀 이상하게 굴긴 하지만 원래는 전혀 다른 사람이었거든요. 처음 경감님을 만났을 때는 진짜 다른 사람이었어요. 왜 저렇게 변했는지 모르겠어요."

"흠." 헨드릭이 대답했다. 때마침 그의 머릿속에 알렉산드라가 조금 전 경감에 대해 했던 말이 번뜩 떠올랐다.

하필이면 쳄머 씨가 녹화 영상을 보려는 딱 그때 칸슈타인 경감님이 나타났네요…… 나 참, 진짜……. 이런 바보 같은 우연이 어딨겠어요?

아까 헨드릭이 진입로로 들어왔을 때 칸슈타인은 막 현관문 앞에서 걸어 나오던 참이었다. 거기서 뭘 하고 있었을까?

정말 우연이었을까?

27

 알렉산드라가 떠난 뒤 헨드릭은 차 열쇠를 가지고 곧장 집을 나섰다. 가짜 슈타인메츠에 대해 알아봐야 했다. 그가 진짜 슈타인메츠와 관계가 있다면 어떤 단서라도 얻을 수 있을지 모른다.
 알스터도르프 기독병원은 그의 집에서 5킬로미터 정도 떨어져 있었다. 20분 후 헨드릭은 병원에 도착했고 그 뒤 10분 동안 외과 및 정형외과 교수에 대해 물어보고 다니다가 마침내 교수실의 대기실로 들어섰다.
 60대로 보이는 여자가 돋보기 너머로 헨드릭을 이리저리 뜯어보았다. 마치 어떤 의학 드라마의 캐스팅 디렉터가 그녀를 그 역할에 딱 어울리는 사람으로 선발한 것 같았다.

"가이벨 교수님은 스케줄이 꽉 차 있어요. 약속을 잡은 게 아니라면……."

"가이벨 교수님이 굉장히 바쁘신 분이라는 건 저도 정말 잘 알고 있어요." 헨드릭이 부드러운 목소리로 말했다. "그런데요, 제 약혼자가 흔적도 없이 사라졌어요. 그와 관련해서 몇 가지 물어볼 게 있습니다. 교수님이 제가 약혼자를 찾는 데 큰 도움을 주실 것 같아서요."

"누구를 찾는다고요?" 뒤에서 남자 목소리가 들렸다.

헨드릭은 뒤로 돌아서자마자 교수실로 이어지는 문 앞에 서 있는 남자가 가이벨 교수라는 걸 알아차렸다. 체격이 워낙 작고 가냘파서 그가 걸친 하얀색 가운이 무척 커 보였다. 짧은 회색 머리에 홀쭉한 얼굴, 깊게 파인 눈과 비교적 큰 코가 마치 새의 머리 같았다.

헨드릭은 인상만 보고 속단하지 않으려 했지만 가이벨 교수의 첫인상이 비호감이라는 사실은 부인할 수 없었다.

"저는 헨드릭 쳄머라고 합니다. 대학병원 외과의입니다. 교수님께서도 저희 교수님을 아실 것 같은데요. 파울 게르데스 교수님이요."

1초 뒤 그의 얼굴에 어색한 미소가 번졌다. 이제는 더 이상 새의 머리 같지 않았다. 다만 무어라 설명할 수 없는 괴상한 얼굴이 되었을 뿐.

"아, 파울…… 알지요. 무슨 일 때문에 왔죠? 다른 병원으로 옮기려고요?" 애써 미소를 지으려는 그의 시도는 좀 전의 미소와 마찬가지로 성공적이지 않았다.

"아니요, 아닙니다. 일과 관련된 문제가 아닙니다. 슈타인메츠 박사에 대한 몇 가지 질문이 있어서요. 잠시만 시간을 내 주실 수 있을까요?"

"슈타인메츠?" 가이벨은 눈대중으로 헨드릭의 체중을 어림잡으려는 듯 그를 가만히 관찰했다. "그 얘기를 듣긴 했습니다. 아주 안타까운 일이죠."

"네, 끔찍하죠." 헨드릭은 대기실에 앉아 있는 여자를 흘긋 바라보고 이렇게 덧붙였다. "저한테 몇 분만 시간을 내어 주시면……."

이번에는 가이벨이 반응을 보이는 데까지 못해도 3초 정도가 흐른 것 같았다. 그가 옆으로 비켜서더니 뒤에 있는 방을 가리켰다. "좋습니다. 딱 5분입니다."

교수실은 대략 35제곱미터 정도의 크기였고 마호가니 원목의 검은색 가구들로 채워져 있었다. 가이벨이 널찍한 책상 뒤의 커다란 가죽 의자에 앉자 삐쩍 마른 그의 체구가 의자 속으로 쏙 파묻혔다.

책상 앞에 비스듬히 놓인 손님용 의자 두 개는 다른 가구들과 달리 밋밋한 편이어서 방과 어우러지지 않았다.

가이벨은 의자에 등을 기대고 헨드릭이 앉을 때까지 기다리면서 두 손을 깍지 껴 납작한 그의 배 앞에 두었다. "자, 슈타인메츠와 관련한 어떤 도움이 필요한지?"

"게르데스 교수님이 제게 말씀하시길, 슈타인메츠는 뛰어난 외과의사이지만…… 대인 관계의 부분에서 분명 문제가 있다고 하셨습니다."

"그러니까 지금 이미 퇴사한 의사의 사회적 행동에 대해 나와 이야기를 나누고 싶다는 건가요? 게다가 죽은 사람에 대해서요?"

"그 사람은 살해됐습니다. 게다가 제 약혼자가 사라졌어요. 자기를 슈타인메츠라고 속이고 저를 찾아온 남자가 틀림없이 이 사건에 연루되어 있을 겁니다."

"슈타인메츠라고 속인 사람이라니, 그게 무슨 소리죠?"

헨드릭은 숨을 깊게 들이마시고 그 일에 대해 간단하게 설명했다.

설명이 끝나자 가이벨이 헨드릭 쪽으로 상체를 숙였다. "그……

가짜 슈타인메츠가 주장하기를, 어떤 기자가 무슨 일 때문에 여기 병원을 조사하고 다녔다, 이거군요?"

"네. 그때 제 약혼자와 함께 차를 타고 왔다고 했어요."

"흠, 당신 약혼자에 대해서는 아는 바가 없지만 어떤 기자가 여기에 와서 물어봤던 건 맞습니다. 나한테도 왔었고요."

"이상하네요. 그 정보가 진짜일 줄은 몰랐거든요. 왜 다른 사람인 척하고 저한테 와서 진짜 있었던 그 일을 알려 줬을까요?"

"글쎄, 그에 대해선 뭐라 할 말이 없군요. 그런데 질문 하나 합시다. 당신은 나한테 정확히 뭘 원하는 거죠?"

헨드릭은 가이벨에게 다 털어놓아도 될지 확신이 서지 않았다.

"요나스 크롤만이 뭐에 대해 조사를 했습니까?"

"크롤만?"

"네. 그 기자 이름이에요. 가짜 슈타인데츠 말에 의하면요."

"아 그래, 그럴 수 있겠군요. 난 중요한 자리에 있는 사람들 이름만 기억하거든요."

헨드릭은 지금 이런 상황이라면, 자기가 교수실 문을 닫고 나가는 순간 가이벨은 내 이름을 바로 잊겠군, 이르고 생각하며 물었다. "어떤 조사를 했습니까?"

"은행과 관련된 일이었어요. 잘 모르겠군요. 굉장히 터무니없었거든요. 그 기자는 2분 정도 있다가 내 방에서 나갔어요. 내 시간은 언제나 귀하니까요." 그가 헨드릭에게 고개를 까닥였다.

"당신에게도 마찬가지입니다. 약혼자에 관한 문제를 더 도와주지 못해서 유감이군요. 약혼자가 잠깐 쉬러 갔을 수도 있지 않을까요? 곧 다시 나타날지도 모르는 거죠. 어쨌든 다음에 또 봅시다."

가이벨은 헨드릭을 쳐다보지도 않은 채 책상 위의 서류 더미에 집중하기 시작했다.

헨드릭은 교수의 무심한 행동에 아무런 반응도 하지 않기가 그리 쉽진 않았지만, 자리에서 일어나 조용히 사무실을 나섰다.

얼마 뒤 차에 올라탄 그는 스마트폰을 냉큼 꺼낸 다음 함부르크 홈 시스템 전화번호를 검색해 통화 버튼을 눌렀다.

전화를 받은 직원은 친절했지만, 헨드릭이 놓쳐선 안 될 큰 계약 건이라고 호언장담했을 때에야 겨우 사장과 전화를 연결해 주었다.

"헨드릭 쳄머입니다." 부흐만과 연결되자마자 그가 내뱉었다.

"부흐만 사장님, 사장님을 속일 수밖에 없었던 점, 양해 부탁드립니다. 반드시 드릴 말씀이 있어요."

"얼마 전에 젊은 아가씨와 함께 왔던 분 맞죠? 약혼자가 실종됐다는."

"네, 전화 끊지 말아 주세요. 정말 중요한 문제입니다."

"뭐, 그러죠. 무슨 일입니까?"

"칸슈타인 경감과 만나셨을 때, 아담에 대해 이야기 나누었을 때 말이에요, 그 형사가 뭘 알고 싶어 하던가요?"

"경감 누구요?"

"칸슈타인이요. 범죄수사국 강력반 칸슈타인 경감이요."

"미안하지만 그런 이름은 처음 들어 봅니다."

"경찰 이름은 중요하지 않아요. 사장님께 아담에 대해 물어봤던 그 경찰이 중요한 겁니다."

"방금 말했듯이 그 이름은 들어 본 적이 없어요. 그리고 경찰이 아담에 대해 물어보러 날 찾아온 적도 없습니다."

28

 문이 다시 열렸을 때 그녀는 태아처럼 몸을 잔뜩 구부린 채 뒤쪽 구석에 처박혀 있었다. 그 남자가 이렇게 빨리 돌아올 리 없다고 그녀의 이성이 알려 주었지만 그녀는 미동조차 하지 않았다.
 열이 조금 내렸는지 상태가 나아졌다.
 그가 작은 방으로 들어와 그녀 앞에 잠시 서 있더니 곧 몸을 웅크리고 앉아 그녀를 유심히 지켜본다. 그러다가 그녀에게 자기의 얼굴이 잘 보이도록 몸을 살짝 튼다.
 그는 마스크도 두건도 착용하지 않았다.
 아니야. 내면의 목소리가 그녀에게 속삭인다. 절대 아니라고. 그녀는 그를 모른다.

"잘됐네." 그가 그녀에게 말한다. "상태가 좋아졌어. 하루 이틀만 있으면 다시 건강해지겠어."

그가 미소 지으며 그녀의 볼을 거만하게 쓰다듬는다. 그의 손길이 역겨워서 그녀는 손을 내치고 싶은 마음에 팔을 들어 보려 했지만, 힘이 하나도 들어가지 않는다. 팔은 도로 툭 떨어진다.

"거봐. 의지가 다시 솟아나고 있어. 내 보살핌 덕분이지." 그가 수술복 옆쪽을 뒤적인다. 그러자 그녀는 갑자기 허벅지를 찌르는 통증을 느낀다.

"용감하네, 우리 아가씨." 그가 낮은 목소리로 중얼대더니 몸을 일으킨다. 그의 능글맞은 말에 그녀는 그의 신발 위에 무어라도 전부 게워 내고 싶은 심정이었다. 그렇다. 그의 말이 맞다. 그 빌어먹을 주사가 정말 도움이 되는 것 같다. 살고 싶은 의지가 돌아오고 있다. 그것이 느껴진다.

문이 닫히자마자 숨 막히는 어둠이 또다시 그녀를 억누른다.

상태가 좋아졌어, 라고 그놈이 말했었다……. 그러면 이제 어떻게 되는 거지? 저놈은 대체 왜 동물도 견뎌 낼 수 없는 상황에 날 가둬 두고 계속 주사를 놓으면서 몸을 회복시키는 걸까?

그 모순을 깊이 생각하고 있는데 그가 했던 말이 문득 떠올랐다. 그녀의 코 앞에 구겨진 종이를 들이밀며 치밀어 오르는 화를

분출하기 전, 그가 그녀에게 고통을 가하며 했던 말이.
 한 시간 안에는 반드시 널 처리할 거니까.

29

 헨드릭은 기막혀하며 대화를 끝냈다.

 함부르크 홈 시스템 사장은 아담과 관련해서 경찰과 이야기를 나눠 본 적 한 번 없고 칸슈타인이라는 이름도 모른다고 잡아뗐다.

 이건 또 무슨 상황이란 말인가? 부흐만 사장이 거짓말을 하는 걸까? 만일 그렇다면 거짓말을 하는 이유는 무얼까? 거짓말이 아니라면······.

 전화벨 소리가 헨드릭의 상념을 깨뜨렸다. 알렉산드라였다.

 "마빈이 덥석 문 것 같아요." 그녀가 흥분해서 말했다.

 "이렇게 빨리?"

"네. 메시지에 이름이 없어서 진짜 마빈이 맞는지 확실하진 않지만 텍스트 자체는 지금까지 마빈에 대해 들었던 것들과 일치해요."
"흠…… 뭐라고 적혀 있는데?"
"길지는 않아요. 잠깐만요……. 여기요."

스마트홈 시스템이 최신식이라는 거죠? 진짜 새로운 기술이 탑재된 스마트홈 시스템을 개발했다면 제가 이미 알고 있을 텐데요. 일단 당신 이름하고 정확히 뭘 원하는지 알려 주세요. 있는 그대로 말하지 않으면 여기서 끝입니다.

"이렇게 왔어요."
"머리가 아주 잘 돌아가는 사람이네." 헨드릭이 말했다. "그자가 어떻게 연락했는지 자세히 말해 봐. 다크넷에서는 어떤 식으로 연락을 주고받지? 그냥 일반 메일로?"
"아니요. 당연히 아니죠. 그 사람이 웹사이트에 메시지를 남겨 놓은 거예요."
"그렇군. 이제 어쩔 거야?"
"이제 그 사람의 질문에 답해 줘야죠. 사실대로 말하려고요."

"뭐? 정말 그 사람이 이 일과 관계가 있다면, 과연 모든 걸 털어놓을까? 정말 그럴 생각은 아니지?"

"아뇨. 마빈 같은 유형의 사람들은 그들의 성과와, 그 성과가 사람들 입에 오르내리는 재미로 살아가요. 제 생각에 마빈이 아담에 백도어를 설치해 놨다면, 나한테 털어놓을 확률이 아주 높을 거예요. 어차피 마빈한테는 아무 일도 일어나지 않으니까요. 게다가 그가 누군지 아는 사람도 없잖아요. 물론 백도어를 이용해 사람을 납치하는 일에 일조했다는 말은 하지 않겠죠."

"그렇군. 기대해 봐야겠어. 그건 그렇고 조금 전에 꽤나 재미있는 얘기를 들었어." 헨드릭은 알렉산드라에게 가이벨 교수와 부흐만 사장과 나눈 대화를 알려 주었다.

"그것참 이상하네요." 알렉산드라는 낮게 중얼대고는 뭐라 말을 해야 할지 잠시 머뭇거렸다.

"그러게 말이야. 의아한 부분이 많아질수록 점점 안갯속에 묻히는 느낌이야. 일단 가짜 슈타인메츠가 어떤 의도로 그랬는지 알아내고 싶어. 처음에는 그 사람이 린다의 납치와 연관이 있어서 린다가 자기 발로 집을 나갔다는 걸 내 머릿속에 확실히 못 박아두고자 그 얘기를 꺼낸 거라고 생각했어."

"나름 성공적이긴 했네요." 알렉산드라는 그를 비난하려는 의도 없이 툭 내뱉었다. 헨드릭은 그녀의 말을 모른 체했다.

"그런데 가이벨 교수와 대화를 나눈 뒤부터 더 혼란스러워졌어." 그가 말을 이었다. "요나스 크롤만에 관련된 부분은 그래도 사실인 것 같더라고. 가이벨 교수가 그러는데, 요나스 크롤만이 어떤 은행과의 의심스러운 거래 때문에 병원 내에서 조사를 하고 다니긴 했대."

"그렇기는 해도 그 사람이 대체 뭐 때문에 신분까지 속여 가며 아저씨한테 갔는지, 그리고 얼마 뒤 진짜 슈타인메츠가 살해된 이유는 뭔지 여전히 의문이에요."

"그래, 맞아. 진짜 돌아 버리겠다니까! 부흐만 사장과의 일도 마찬가지야. 부흐만은 왜 칸슈타인과 만난 적이 없다고 잡아떼는 걸까? 어차피 거짓말이 금세 들통나리란 걸 잘 알고 있을 텐데."

"맞아요." 알렉산드라가 동의했다. "아저씨 말대로 부흐만 사장은 대체 무슨 생각일까요?"

잠시 침묵이 흐르고, 헨드릭이 먼저 입을 열었다. "나는 부흐만이 우리를 속였을 거라고 보진 않아. 그 사람이 이 일과 연관되었을 거라고 생각하지도 않고. 회사 시스템이 악용된 건지 뭔지 모르겠지만, 내 판단에 그는 그래도 위엄 있어 보였거든."

"흐음, 남의 속을 누가 알겠어요? 만약 부흐만 사장 말이 사실이라면, 칸슈타인 경감님이 정말 사장과 만난 적이 없다면, 그 사람은 왜 이야기를 해 봤다고 했을까요? 그러니까…… 경감님 말이에요."

헨드릭은 칸슈타인과 만날 때마다 목격했던 그의 수상한 반응을 곰곰이 되짚었다. 사실 지난 며칠 동안 그 부분에 대해 여러 번 고민했었다. 그 사람과 어울리지는 않지만 그래도…… 그가 일부러 거짓말을 했을 거라 믿고 싶지 않았다.

"내 말이. 대체 뭘 하려는 거지?"

"전 칸슈타인 경감님을 잘 알지 못하지만 제가 답을 해 보자면, 무언가를 숨겨야만 하는 상황이어서 그러셨던 것 같아요. 지난번에 말했듯 저는 전에 완전히 다른 경감님의 모습을 봤거든요. 실습이 끝나기 며칠 전에 갑자기 변했으니까요. 분명 무슨 이유가 있을 거예요."

"정말 무슨 개인적인 일이 있을 수도 있지." 헨드릭이 추측했다.

"그래서 수사의 진행에 대해 거짓말을 했을까요?"

헨드릭은 칸슈타인과의 첫 번째 대화가 다시 떠올랐다. "그 이유를 알 것 같아."

"뭔데요?"

"린다가 날 떠났다고 확신했기 때문이지. 경감은 처음부터 납치라고 생각하지 않았어. 내가 계속 짜증 나게 하니까 내 입을 다물게 하기 위해 부흐만 사장과 아담에 대해 이야기를 나눴다고 말해 버린 것 같아."

"흠…… 그럴 가능성도 있겠네요." 알렉산드라가 그의 말에 적당히 맞장구쳤다. "경감님한테는 경찰로서 체면이 좀 구겨지는 일이긴 하겠지만요."

"전체적으로 가만히 들여다보면 꽤 그럴듯해, 안 그래? 칸슈타인은 개인적인 어떤 일 때문에 재수 없는 인간이 됐는데 때마침 내가 나타나서 이것저것 추측을 해 대니까 성가셨던 거야. 그래서 일단 날 조용히 시켜놓고 본인 일에 다시 몰두하기 위해 아담에 대해 알아보겠다고 둘러댄 거라고."

"그렇겠네요." 알렉산드라의 목소리에 이 대화를 끝내고 싶다는 의지가 강하게 실려 있었다. "앞으로 어떻게 할 계획이에요?"

"칸슈타인 경감한테 전화해서 단도직입적으로 물어보려고. 부흐만 사장과 아담에 대해 정확히 언제 이야기를 나눴는지. 그런 다음 집으로 가야지. 전부 다 생각할 시간이 필요해." 헨드릭은 한숨을 푹 내쉬고 이렇게 덧붙였다. "완전히 녹초가 된 기분이야. 린다가 너무 걱정돼."

그는 이 젊은 아가씨한테 자기의 감정을 왜 이렇게까지 툭 터

놓는지 납득이 가지 않았지만, 위안이 되는 것도 사실이긴 했다.

"린다는 월요일에서 화요일로 넘어가는 새벽에 사라졌어. 오늘은 목요일이고. 하, 벌써 사흘째 소식이 없다니."

몇 초가 흐른 뒤 알렉산드라가 조심스럽게 입을 열었다. "별일 없을 거예요. 아저씨가 걱정하는 거 당연히 이해할 수 있어요. 제가 이따 아저씨 집으로 갈까요? 지금까지 벌어진 일들을 우리 둘이 잘 살펴보고 앞으로 어떻게 하면 좋을지 함께 고민할 수 있을 것 같아서요."

헨드릭은 잠시 그녀의 제안을 곱씹었다. 이 대학생과 정보를 주고받는 일이 그에게 나쁠 거 없고, 특히 린다의 흔적을 찾아낼 만한 유용한 정보들을 얻을 수 있을 것 같았다.

"그래, 그러면……." 그때 헨드릭의 스마트폰이 지이잉 울렸고, 화면에 발신자가 표시되었다.

"괜찮은 방법인 것 같아. 일단 나중에 다시 통화하지." 헨드릭은 알렉산드라와의 통화를 서둘러 끝내고 전화를 받았다.

"쳄머입니다!"

"안녕하세요, 쳄머 씨. 토마스 슈프랑입니다."

30

처음에 헨드릭은 잘못 들은 줄 알았다. 기억 속 슈프랑의 목소리와 조금 다르긴 했지만 그가 분명했다.

"슈프랑 형사님? 저는 형사님이……."

"유치장에 갇혀 있는 줄 알았죠?"

"네."

"하아, 조금 전만 해도 그랬죠. 누군가에게는 계속 갇혀 있는 편이 더 좋았을지 모르겠지만요."

그제야 헨드릭은 슈프랑 목소리의 무엇이 변했는지 알아차렸다. 여태 슈프랑 경사와 대화를 나누며 느꼈던 그만의 밝고 쾌활한 여유가 목소리에서 사라져 있었다.

"사건 내용에 의심스러운 부분이 있었는지, 다행히 조금 전 풀려났습니다. 그 사람을 살해하는 데 사용됐을 거라 추정되는 그 무기에, 그러니까 사건 현장 주변에서 발견된 제 총에서 지문이 전혀 검출되지 않았답니다. 지독하게 깨끗이 닦아놨다더군요."

헨드릭은 경찰이 아니지만 그 의미를 잘 알았다.

"그건 진짜 말도 안 되는 일이죠."

슈프랑이 짧게 쉿 소리를 내뱉고 목소리를 낮췄다. "당연히요. 게다가 검사도 제가 제 총으로 사람을 쐈을 거라고 보지 않았어요. 어차피 곧바로 경찰한테 발각될 텐데 총으로 사람을 죽였다는 두려움 때문에 사건 현장 주변에 총을 버리고 갔을 리도 없고, 총에 묻은 지문을 제가 싹 제거할 시간도 없었을 거라는 판단이었죠."

"하, 정말 다행이네요. 그렇다면 누군가 형사님에게 살인 누명을 씌우려 했네요."

"정확합니다."

"그런데 그 사람은 형사님 총을 어떻게 손에 넣었을까요?"

"저도 궁금해요. 제가 아는 건, 분명 경찰서에서 훔쳤다는 거, 그게 전부입니다. 즉, 누군가 제 사무실 책상에 접근했다는 거죠."

"경찰서 방문자 중 하나 아닐까요?"

"그럴 수도 있죠."

"형사님 때문이라고 생각하세요? 제 말은, 진짜 살인자가 오로지 형사님에게 죄를 뒤집어씌우기 위해 슈타인메츠를 살해했을 거라 생각하냐는 뜻입니다."

"글쎄요. 모르겠어요. 그렇지만 배후에 있는 사람이 쳄머 씨 약혼자의 실종과 어떤 식으로든 연관이 있을 거라는 느낌은 지울 수가 없어요."

조금 전까지만 해도 헨드릭은 슈프랑 경사에게 왜 하필 자기한테 전화했는지 물어보려 했지만, 그 질문은 할 필요가 없어졌다. 이제 그에 대한 답을 알았으니까.

"앞으로 어쩌실 거죠?"

"모든 수단과 방법을 가리지 않고 가능한 빨리 이 살인 사건의 내막을 밝혀내야죠. 사건이 해결되기 전까지 공식적으로 직무가 정지되긴 했지만 그렇다고 저를 막을 순 없을 겁니다. 그래서 말인데요, 혹시 저와 함께 힘을 합칠 의향이 있는지 여쭙고 싶어요."

헨드릭은 그 제안을 오래 생각할 필요가 없었다. 슈프랑 경사는 칸슈타인 경감과 다르게 처음부터 린다가 납치되었을 가능성을 적어도 염두에 두기라도 했고, 그 부분은 제쳐두더라도, 그는 분명 여러 중요한 상황에서 헨드릭과 차원이 다른 기회와 가능성을 갖고 있을 터였다.

"네, 좋은 생각이군요."

"지금 댁에 계십니까?"

"아니요." 헨드릭이 답했다. "지금 당장은 아니지만, 집으로 가던 중이었습니다. 알렉산드라도 저희 집에 오기로 했어요. 알렉산드라가 린다 찾는 걸 도와주고 있거든요."

헨드릭은 슈프랑이 그 소식을 달가워하지 않을 거라 예상했기 때문에 그가 보인 의외의 반응에 무척 당황했다. "잘됐네요. 알렉산드라는 분석을 굉장히 잘하고 사람 보는 안목이 뛰어나죠. 30분 뒤면 도착합니다. 괜찮죠?"

"네, 괜찮아요." 헨드릭은 그렇게 답하고 전화를 끊었다.

집까지 남은 거리를 달리는 동안 헨드릭은 지난 며칠간 벌어졌던 일들을 다시 한번 종합해 중요한 점을 정리하려 했다. 그러나 생각의 틀이 자꾸만 무너졌다. 조금 있다가 알렉산드라와 함께, 어쩌면 슈프랑 경사도 같이 머리를 맞대고 모든 문제와 사건을 종이에라도 적어 보면 전체적인 그림이 완성될 수 있으리라. 헨드릭은 여태 경찰이, 특히 칸슈타인 경감이 실종 사건을 수사할 때 이런 식으로 총괄 도표를 만들어가며 사건을 처리해 왔을까 의심스러웠다.

불쑥 하루 종일 아무것도 먹지 않았다는 생각이 들었고, 그 사실을 자각하자마자 속이 메스꺼워졌다.

차고 앞에 차를 세운 뒤 곧장 현관으로 간 그는 그대로 우뚝 멈춰 섰다. 현관문의 틈이 벌어져 있었다. 조금 아까 집에서 나갈 때 문을 제대로 안 닫았나? 가만히 기억을 더듬어 보려는 찰나, 문이 확 열리더니 낯선 형체가 모습을 드러냈다. 집에서 나가는 길 같았다.

"수잔네?" 헨드릭이 기겁해 말을 뱉었다. "여기서 뭐 해?"

수잔네는 그 자리에 멈춰 애써 미소를 지었다. "아, 진짜 다행이다. 여기에 있었네."

"당연하지." 헨드릭은 마저 앞으로 가서 그녀 바로 앞에 섰다. "여기서 뭐 하는데? 집 안에는 대체 어떻게 들어간 거야?"

"문이 열려 있었어."

"열려 있었다고?" 아까 집을 나갈 때 분명히 문을 닫고 나갔던 기억이 났다.

"응. 여기 근처에 고객을 만날 일이 있어서 잠깐 들렀어. 집에 도착했더니 이미 문이 열려 있던데 뭘. 일단 현관으로 들어갔는데 어디선가 소리가 들리더라고. 그런데 널 불렀는데도 대답이 없지 뭐야. 좀 무섭더라. 안 그래도 전화해서 지금 집에 있는지 물어보려고 막 밖으로 나오는 길이었어. 집 안에 더 있고 싶지 않기도 했고. 뭔가 으스스해."

헨드릭은 그녀를 흘긋 바라보고 지나치며 쿤 안으로 들어섰다. 정말 웅웅거리는 소리가 들렸다. 무슨 소리인지 구분이 가지 않았다.

안으로 더 들어가 보려다가 멈칫했다. 집 안에 정말 다른 사람이 있으면 어떻게 하지? 휴대폰을 꺼낸 그는 수잔네를 보며 차고 쪽으로 고갯짓을 했다. "이쪽으로 따라와!"

수잔네가 자신의 차 반대편까지 따라온 것을 확인하며 헨드릭은 슈프랑의 전화번호를 눌렀다.

"어디쯤 왔습니까?" 슈프랑 경사가 전화를 받자 헨드릭이 물었다.

"거의 다 왔어요. 왜 그러시죠?"

"잘됐군요. 저희 집 안에 누군가 있는 것 같아요. 현관문이 열려 있고 안에서 무슨 소리가 납니다."

"무슨 소리요?"

"모르겠습니다. 언제 도착해요?"

"5분 뒤요. 제가 도착할 때까지 아무것도 하지 마세요. 절대 집 안으로 들어가시면 안 됩니다."

"네, 그렇게 할게요." 헨드릭은 전화를 끊고 스마트폰을 주머니에 밀어 넣었다.

"누굴까?" 수잔네가 겁에 질려 물었다.

"모르지." 헨드릭은 여전히 반쯤 열려 있는 현관문에서 시선을 떼고 린다의 친구를 바라보았다. "아무 생각 없이 그냥 들어갔다니, 대단하네."

"집에 아무도 없는 줄 몰랐지. 그런데 그 소리가 들렸을 때……"

헨드릭은 다시 저 너머 쪽문 쪽으로 눈을 돌렸다. "집 안에 누군가 있었다면 지금쯤 정원을 가로질러 도망가고도 남았겠네. 범죄수사국 소속 슈프랑 경사가 곧 여기에 도착할 거야."

슈프랑은 도착하자마자 헨드릭과 수잔네에게 무슨 일이 있었는지 한 번 더 설명해 달라고 요청했고, 이야기를 다 듣더니 자기가 집 안을 살펴볼 동안 자리에서 움직이지 말아 달라고 부탁했다.

"총 있어요?" 헨드릭이 물었다.

"아니요." 슈프랑이 답했다. "그냥 이렇게 갑니다."

약 3분 뒤 슈프랑 경사가 다시 현관문에 모습을 드러내 고개를 저었다. "아무도 없습니다. 들어가도 됩니다."

수잔네와 헨드릭이 슈프랑에게 다가가자 그가 덧붙였다. "아무래도 집 나갈 때 문을 제대로 닫지 않으셨나 봅니다. 그리고 아까 들은 소리는 텔레비전 소리였어요."

"텔레비전이요? 텔레비전은 켜지도 않았어요. 그리고 문도 꽉 닫고 나갔고요."

슈프랑이 어깨를 으쓱했다. "안으로 들어가서 뭐 없어진 거 있나 살펴보시죠. 어쨌든 도둑이 침입한 흔적은 전혀 없습니다."

"어디서 많이 들어 본 말이군요." 헨드릭이 중얼대며 집 안으로 들어가려 하는데 수잔네가 막아섰다.

"나 가 볼게. 또 연락할게."

헨드릭이 주위를 둘러보았다. "차는? 어디에 있어?"

"아, 뒷골목에. 고객 집 앞에 세워 뒀어. 여기서 2분밖에 안 걸려. 아까는 걸어왔고."

헨드릭은 그녀에게 고개를 까닥였다. "내일 전화할게."

그리고 슈프랑을 따라 집 전체를 둘러보며 물건들이 전부 제자리에 있다는 걸 확인하고 나자 마음이 한결 놓였다. 혹시 급하게 서두르는 바람에 문을 제대로 닫지 않고 나갔나?

슈프랑과 함께 거실로 들어서자마자 경사의 시선이 테이프로

칭칭 감긴 천장 카메라로 향했다. 그가 카메라를 가리켰다. "저 카메라만 막아놓은 건가요, 아니면 시스템 전체를 끈 겁니까?"

"후자입니다. 이젠 아담을 믿지 않아요. 조금 전 녹화 영상을 본 뒤로는 더욱 더요."

"녹화 영상이라뇨?" 슈프랑이 소파를 가리켰다. "앉아도 될까요?"

"네, 그럼요." 헨드릭은 그가 앉을 때까지 기다렸다가 칸슈타인과 함께 봤던 녹화 영상에 대해 이야기했다. 헨드릭이 말을 마치자 슈프랑은 고개를 가로저었다. "아무리 그 녹화 영상이 사람을 불안하게 만들었다고 해도…… 하, 진짜 모르겠습니다. 게오르크 경감님한테 대체 무슨 일이 있는 건지. 그때부터……."

"게오르크요?" 헨드릭이 끼어들었다.

"네, 경감님 이름이 게오르크 칸슈타인이에요. 미안합니다! 이미 말씀드렸듯이 이제 더는 게오르크 경감님을 이해할 수 없어요. 그리고 솔직히 말하면 요즘 경감님한테 상당히 서운하긴 하죠." 헨드릭이 외마디 웃음을 뱉어냈다. "하! 놀랍지도 않습니다. 저는 칸슈타인 경감님이 슈프랑 형사님이 살인 사건에 연루되었다는 것을 굉장히 빨리 확신한 듯한 인상을 받았거든요."

슈프랑의 시선이 헨드릭을 스쳤다. "그렇군요."

그의 목소리는 상처받은 듯 힘이 없었다. "그래도 전 게오르크 경감님이 절 잘 알고 있다고 생각했어요."

헨드릭은 슈프랑에게 자신의 생각을 공유해도 될지 고심하다가 솔직하게 털어놓기로 결심했다. "미심쩍은 부분이 더 있긴 합니다. 칸슈타인 경감님이 함부르크 홈 시스템의 부흐만 사장과 아담에 대해 이야기를 나눈 것 같더라고요."

"네, 그게 왜요?"

"그런데 부흐만 사장은 경찰과 대화를 나눈 적조차 없다며 극구 부인하더군요."

슈프랑의 이마에 주름이 잡혔다.

헨드릭이 어깨를 들썩였다. "저는 경찰도 아니고 칸슈타인 경감님을 잘 알지도 못하지만…… 왠지 그분이 어떤 식으로든…… 제 말은 그러니까……."

"지금 벌어진 일들과 경감님 사이에 어떤 연관이 있는지 알고 싶으신 겁니까?"

"네, 뭐 그렇다고 할 수 있죠."

슈프랑은 잠시 시간을 흘려보낸 뒤 답했다. "잘 모르겠지만 그 생각에 전적으로 동의할 순 없어요. 그리고 부흐만 사장과의 대화는…… 글쎄요. 부흐만 사장이 거짓말했을 수도 있겠죠? 게오르크 경감님이 실수했을 수도 있고요. 아니면 제가 잘못 이해했을 가능성도 있어요. 경감님은 30년째 경찰로 살아왔고 제 파트너이기도 합니다. 제가 살인을 했을 거라고 경감님이 그렇게나 빨리 믿었던 부분에 저 역시 굉장히 상처를 많이 받았고, 그래서 앞으로 경감님과 완전한 신뢰 관계 속에서 일을 하는 것이 불가능할 거라 생각해요. 하지만…… 어쨌든 경감님은 수사관으로서의 일을 수행했을 뿐이에요. 경감님은 사건 현장의 증거를 확인한 뒤 그에 걸맞게 행동했어요. 그 증거는 정확히 절 가리키고 있었으니까요."

"맞아요, 너무 정확했죠. 누가 봐도 무언가 잘못되었다는 걸 알아차릴 수밖에 없을 만큼 분명했죠."

"그건 그렇고, 이제 누가 이 살인 사건을 저한테 뒤집어씌웠는지 밝혀내야 해요. 그러면 당신의 약혼자 실종의 책임이 누구에게 있는지 알아낼 수 있을 겁니다."

"충분히 가능성 있죠. 어쨌든 저는 누군가 집 안으로 침입해서 린다를 납치한 일에 아담이 사용됐을 거라고 확신합니다. 크롤만 부부 일도 마찬가지고요."

"가능성은 어디든 존재하니까요."

헨드릭이 낮은 수납장으로 가서 문을 열었다. "한잔하실래요?

보드카라도 마셔야 할 것 같아서요."

"아니요, 괜찮습니다. 지금……." 슈프랑이 머리를 털레털레 흔들며 덧붙였다. "아 참, 지금 근무 중은 아니네요. 그렇다면 네, 한 잔 주시죠."

"율리아 크롤만 실종에 관한 새로운 소식이 좀 있나요?"

"제가 들은 마지막 정보에 따르면 없습니다." 슈프랑이 바지 주머니에서 스마트폰을 꺼내 화면을 두드렸다. "그레칠에 있는 경찰이 별장과 그 주변을 수색하고 이웃들을 수소문하면서 온 동네에 율리아 크롤만의 사진을 붙였다는군요. 그런데 그녀를 본 사람이 아무도 없어요. 율리아의 남편과 린다 역시 마찬가지고요." 슈프랑은 테이블에 술잔을 놓는 헨드릭을 올려다보았다. "그게 적어도 저한테만큼은 마지막 진행 상황입니다. 어제부로 현재 상황을 확인하기가 몹시 어려워졌어요."

"제 생각에도 그럴 것 같군요. 그동안 알스터도르프에 있는 병원에 가서 슈타인메츠에 대해 알아봤어요. 가이벨 교수라는, 그의 이전 상사를 찾아가 이야기를 나눴는데요, 요나스 크롤만이 정말로 병원에서 조사를 하고 다녔다더라고요. 몇몇 부장급 의사들이 은행과의 의심스러운 거래에 연루가 되어 있지 않은지 물어봤다네요. 슈타인메츠 살인 사건이 그 일과 연관되어 있지 않을까요?"

"그게 맞다면 왜 나한테 그 살인 사건을 뒤집어씌우려 했겠어요? 조사건 은행 거래건 저는 아무것도 모른다고요." 슈프랑이 헨드릭을 유심히 바라봤다. "누군가 일거양득을 노리는 듯한데, 그 일은 슈타인메츠 살인과는 전혀 연관이 없을 것 같습니다."

"네, 그럴 수 있겠군요."

"흠…… 그래도 잘 생각해 보죠. 단서일지도 모르니까요."

"네, 어쨌든 몇 가지 일들이 서로 연결되어 있는 듯합니다. 요나스가 병원을 조사한 뒤 크롤만 부부가 실종된 것, 슈타인메츠가 해고된 이후 뒤이어 살해된 것……. 이것 말고도 석연치 않은 일이 한두 개가 아닙니다. 이 모든 게 린다와 무슨 연관이 있을까요? 그리고 율리아 크롤만이 저한테 전화해서 무언가를 찾았다며 직접 보여주고 싶다고 했는데, 그 후 바로 실종된 건 또 뭘까요? 게다가 낯선 사람이 갑자기 나타나서 제게 린다와 요나스 크롤만이 함께 있는 모습을 봤다는 말을 전했죠. 대체 왜죠? 더 수상한 부분은 그자가 슈타인메츠인 척했다는 거예요. 무엇 때문일까요?"

"이야!" 슈프랑이 환호했다. "전문 수사관이라고 해도 되겠어요."

"그래요? 계속 의문점만 늘어놓았을 뿐인데요, 뭐. 답은 하나도 못 했고요."

"훌륭한 수사관에게는 적합한 의문점을 찾아내는 능력이 필요해요."

"형사님한테도 질문이 있어요." 슈프랑은 말을 잇지 못하는 헨드릭을 잠자코 기다렸다. 이윽고 헨드릭이 다시 말을 꺼냈다.

"린다가 납치됐다면…… 아직 살아 있을까요?"

슈프랑이 술잔을 잡았다. 그러나 마시지는 않고 잔을 손에 든 채 내용물에만 가만히 시선을 고정했다. "뭐라 말하기가 참 어렵네요. 제가 지금 뭐라고 예측하는 건 경솔한 행동일 수 있어요. 이 사건은 전체적으로 굉장히 특이하지만, 아직 시신이 발견되진 않았기 때문에 납치되었다 하더라도 일단 살아 있을 거로 보여요."

헨드릭은 그의 말에 귀를 기울이며 슈프랑의 대답에 마음이 조금 나아졌는지 헤아려 보았다. 그렇지만 그 답에 반박할 거리만 떠오를 뿐이었다.

"그렇다면 그 납치범이 저한테 접근해서 무언가를 요구하지 않았을까요? 몸값이나, 아니면 나를 협박해서 얻어낼 수 있는 뭔가를요."

슈프랑은 술잔에서 시선을 떼고 헨드릭의 눈을 바라봤다. "보통은 그렇죠."

31

 문이 다시 열리자 그녀는 화들짝 놀랐다. 그 첫 움직임에 몸 상태가 나아진 것이 느껴졌다. 그녀는 수면과 각성 사이의 뭔가 의식이 몽롱한 상태였다.
 좁디좁은 방 안으로 들어서는 형체는 무언가로 뒤덮여 있고, 눈을 찌르는 쨍한 조명 아래 그 형체의 윤곽은 볼품없어 보였다. 어쩐지 타원형 모양 같다. 형체가 천천히 가까워지더니 그녀 앞에 선다.
 "여기서 벌어진 일은 참 유감이다." 그 형체가 위장한 목소리로 말한다. 전에 들었던 목소리였다. 어디에서 들었는지 문득 떠오른다. 그녀가 초반에 의식을 잃고 쓰러져 있을 때 누군가 그 목소리로 같은 말을 했다. 그녀는 목소리가 뭐라고 했었는지 기억해 내려 애썼다. 그녀의 마음을 달래 주는 듯했던…… 그때 그 말이 생각났다.

내가 지금 하는 일을 이해하지 못하겠지만 이 일이 당신을 살릴 거다.

그런 다음 팔 위쪽을 찌르는 느낌이 났었다. 끔찍한 고통이었다. 그러나 그녀는 아직 살아있다. 어떤 상태로든.

"나한테 왜 이래요?" 그녀는 도대체 알아들을 수 없는, 거칠게 쉰 자신의 목소리에 흠칫 놀랐다. "왜냐고요."

"나는 당신을 해치지 않는다. 나는 최대한 당신을 도와주려 한다. 나를 믿어야만 한다."

그녀가 앓는 소리를 내며 앉은 자리에서 몸을 일으키자 그 형체가 한 발 뒤로 물러선다.

"그럼 저 좀 도와주세요. 여기서 나가게 해 줘요."

"안타깝지만 그렇게는 못 한다."

"대체 왜요?" 그녀의 입 밖으로 말이 폭발하듯 튀어나온다.

"그 또 다른 남자는 누구예요? 그 미친놈이요. 나한테 뭘 원하는 거죠?"

"너한테 이야기해 줄 수 없다." 형체의 목소리는 여전히 아주 낮고 음울하게 변조한 상태였다. 그의 말투가 고전 SF영화들에 나오는 로봇들이 말하는 것처럼 어색하고 우스꽝스럽게 들렸다.

"그러면 절 도와줄 마음이 없는 거네요. 그러면 당장 여기서 꺼져. 나한테 무슨 일이 있는지 관심 있는 척하지 말라고. 너도 그 미친놈이랑 한 패잖아."

"무슨 일이야?" 문 쪽에서 다른 목소리가 들렸다. 그 미친놈이다. 사이코패스. "여기서 뭐 해?"

볼품없는 형체가 홱 돌아서고 두 남자는 서로 마주봤다. "그래도 저 여자한테 뭐라도 좀 해 보려······." 그녀를 도와줄 거라 추정됐던 남자가 말을 시작했다가 돌연 삼켰다. 목소리 변조를 하지 않았다는 걸 깨달았기 때문에. 그가 뱉은 같은 몇 마디 되지 않았지만 정체를 알아차리기에 충분했다.

"다······ 당신은?" 그녀가 기겁을 했다. "아니······ 어떻게······." 경악스러워 말을 잇지 못한다.

"다시 물어보지. 지금 대체, 망할, 뭐 하냐고!" 사이코패스가 입구에서 고래고래 소리치자 볼품없는 형체의, 정체가 들통난 그가 사이코패스에게 한 걸음 다가선다.

"내가 말했지. 나한테 물어보지도 않고 저 여자를 무작정 데리고 온 거 받아들일 수 없다고. 누굴 데리고 올지 안 데리고 올지

결정하는 사람은 나야. 저 여자는 데리고 오지 말아야 했다고."

"이제야 이해하겠네. 네가 왜 그랬는지. 내가 저 여자를 쓰지 못하도록 내내 신경을 곤두세우고 있었어. 일단 이 문제는 앞으로 더 이야기를 나눠 보자고. 네가 뭘 받아들이든 나는 *상관없어*. 어차피 너무 늦었으니까. 저 여자는 여기에 있어. 내 손안에 들어왔다고. 내일이면 다 회복될 거니까 나는 리스트에 있는 항목들을 수행하고 말 거야. 넌 일단 여기서 꺼져."

결국 비겁한 겁쟁이가 된, 그녀를 도와주려 했던 그 남자가 그녀 쪽으로 천천히 돌아섰다.

"그래, 나 맞아." 그가 손을 올리더니 기운이 다 빠진 손놀림으로 머리에서 무언가를 잡아 뺀다. 두건이나 마스크인 듯하다.

"유감이군. 이제 내가 누군지 알게 됐네. 하지만 당신을 위해 해 줄 수 있는 일이 없어."

32

 슈프랑 경사가 오고 30분 뒤 알렉산드라가 도착했다. 그녀는 거실로 들어와 소파에 앉아 있는 그를 보자마자 너무 놀라 한동안 아무 말도 하지 못했다. "경사님이 살인자가 아니라는 게 밝혀졌나 보네요." 그녀가 사무적으로 말했다.

 "글쎄, 그 문제는 아직 끝나지 않았어. 현재 직무 정지 상태이긴 하지. 하지만 담당 검사조차도 내가 그렇게 멍청할 리 없다는 걸 인정할 수밖에 없었어."

 "휴, 다행이네요. 안 그랬으면 제 사람 보는 안목을 진지하게 의심했을 거예요."

 슈프랑이 씁쓸한 미소를 지으며 고개를 저었다. "뭐, 어쨌든 최악의 상황은 피했네."

"그건 그렇다 치고요. 아저씨, 제 말이 맞았어요." 알렉산드라는 그의 말을 무시하며 헨드릭 쪽으로 몸을 돌렸다. "마빈이 정말로 아담을 테스트했대요. 그런데 자기는 절대 백도어를 설치하지 않았다네요."

"누구? 마빈은 또 누군데?" 슈프랑이 물었다.

"이 분야 최고의 해커요. 1년 전쯤에 함부르크 홈 시스템 보안팀이 다크넷을 통해, 업데이트된 아담의 보안 시스템을 테스트해 달라는 요청을 했대요. 마빈은 당연히 보안 시스템의 문제점을 찾아냈죠. 그런 다음 회사 측에 어느 지점에서 침투가 가능했는지, 그리고 그걸 막으려면 아담을 어떻게 재프로그래밍해야 하는지 알려 줬대요."

"두 사람의 이론이 정말 맞다면 뭔가 좀 삐그덕대는 것 같은데?"

알렉산드라의 말에 헨드릭의 맥박은 이미 빨라질 만큼 빨라져 있었다. "그래서?" 그가 흥분해서 물었다. "마빈이 린다의 납치에 대해 뭘 좀 안대?"

"아니요. 그래도 마빈은 실종 사건 때문에 저한테 이런 얘기를 전부 다 해준 거예요. 린다와 요나스 크롤만, 그리고 또 다른 실종된 여자에게 무슨 일이 생겼는지 마빈드 들었어요. 누군가가 실종자들 집 안으로 잠입할 때 분명 아담이 사용되었을 거라고 확신하더라고요. 저와 똑같이요. 이런 문제들 때문에 조만간 그에게도 무슨 일이 생길 것 같다고 예측하고 있었어요. 하지만 그 사건들에는 전혀 관여하지 않았다고 단호하게 선을 딱 긋더라고요."

"잠깐만……" 슈프랑이 소파 등받이에 등을 풀썩 기댔다. "이건 좀 받아 적어야 되겠군. 그러니까 그 마빈이라는 사람이…… 아담이 설치된 모든 집들을 마음대로 제어할 가능성이 있다는 건가?"

"네, 시스템에 백도어라는 걸 설치했을 때만 가능해요. 다시 말해서 시스템에 몰래 접근 가능하게 만드는 프로그램 코드요. 하지만 제가 볼 땐 마빈이 그랬을 것 같지 않아요. 그러기에 그는……."

"그 사람이랑 지금도 연락 가능해?" 슈프랑이 그녀의 말을 잘랐다.

"네, 다크넷에서만요."

"약속 좀 잡아 줄 수 있어?"

"약속이요?" 알렉산드라가 쿡 하고 웃었다. "꿈도 꾸지 마세요.

마빈이 누군지, 어떻게 생겼는지 아는 사람은 아무도 없어요. 그는 그 상태 그대로 있고 싶어 해요."

슈프랑은 생각에 잠겼다. "뭔가 앞뒤가 안 맞아."

알렉산드라가 한쪽 눈썹을 올렸다. "뭐가 안 맞아요?"

"그 마빈이라는 사람이 시스템 조종과 아무런 연관이 없다면, 그의 정체를 그 누구도 모른다면…… 언젠가 이런 사건들이 그와 연결될지도 모른다는 걱정을 왜 하게 됐을까? 어차피 전혀 상관없을 텐데."

"완전히 정반대죠. 마빈 같은 고수 해커들은 컴퓨터 시스템의 취약한 부분을 테스트하기 위해 사는 사람들이에요. 그리고 업체들은 그런 보안 테스트에 비용을 지불할 수밖에 없고요. 시스템의 보안이 튼튼해야만 그 시스템으로 시장에서 돈을 벌 수 있으니까요. 하지만 만약 마빈이 아담을 테스트하다가 시스템에 몰래 접근해 범죄를 저지를 수 있도록 백도어를 설치했을지 모른다는 의심을 받는다면, 그는 이 분야에서 쫓겨날 거예요. 아무도 그를 믿지 않을 테니까요."

슈프랑이 신중히 고개를 끄덕였다. "그렇군. 이해했어. 어쨌거나…… 알렉산드라, 네 분석력 하나는 정말 끝내준다. 네 말대로 마빈이 정말 그렇게 아담의 모든 보안 문제점들을 잘 찾아낸다면, 그 업체는 보안 문제점들을 제거하고 완전히 안전한 시스템으로 다시 만들어 내겠군. 맞지?"

"네, 뭐……."

"그럼에도 불구하고 누군가 그 시스템에 침입했다면, 그건 마빈 그 사람만 그렇게 할 수 있는 건가? 아니면 내가 모르는 게 또 있나?"

"모르는 게 또 있죠." 점점 자신이 무관심한 관찰자처럼 느껴지던 헨드릭이 끼어들었다. "업체가 남아 있잖아요. 함부르크 홈 시스템이요."

"맞아요." 알렉산드라가 그의 말에 동의했다. "이제 우리 그 업체에 대해 다시 짚고 넘어가야 할 것 같아요."

"그럼 지금 차 타고 가자." 헨드릭이 알렉산드라에게 제안하는 눈빛을 보내고 슈프랑 쪽으로 시선을 돌렸으나 슈프랑은 시계를 흘긋 확인하더니 고개를 저었다. "운도 참 없네요. 이미 6시가 넘었어요. 문 닫았을 겁니다."

"그럼 전화해 보면 되죠." 헨드릭은 멈추지 않았다. "시도는 해 볼 수 있잖아요."

그는 두 사람의 반응을 기다리지도 않고 스마트폰을 들어 통화 목록에서 회사의 전화번호를 찾아내 눌렀다.

"함부르크 홈 시스템의 게하르트 케르켈입니다. 무엇을 도와드릴까요?"

"안녕하세요. 쳄머입니다. 부흐만 사장님과 통화를 해야 해서요."

"사장님은 회사에 계시지 않아요. 더 문의하실 부분 있으신가요?"

"아니요. 사장님과 개인적으로 이야기를 나눠야 합니다. 중요한 문제예요."

"죄송합니다만……."

"방금 전에도 말했지만 정말 중요해서 그럽니다. 사장님과 통화 연결 좀……." 슈프랑 경사가 헨드릭 곁으로 다가오더니, 순식간에 휴대폰을 가져갔다. "함부르크 범죄수사국의 자산 범죄 소속 토마스 슈프랑 경사입니다. 즉시 부흐만 사장을 연결하지 않으면, 곧바로 경찰차가 출동할 거고 그를 경찰서로 연행해 심문하겠습니다. 그럼, 지금 당장 부흐만 사장을 연결해 주시겠습니까?"

헨드릭은 물론이고 알렉산드라의 시선도 슈프랑 경사를 향했다. 그는 잠시 통화 상대의 말에 귀를 기울이다가 고개를 끄덕였다. "좋습니다. 기다리죠."

그가 헨드릭을 바라보며 교활하게 씨익 웃었다. 그러고는 스마트폰을 헨드릭 쪽으로 내밀어 나지막이 말했다. "스피커요."

헨드릭이 통화를 스피커로 바꾸자마자 함부르크 홈 시스템 사장의 목소리가 흘러나왔다. "프리드리히 부흐만입니다."

"함부르크 범죄수사국 소속 슈프랑 경사입니다. 부흐만 씨, 우선 질문이 있습니다. 칸슈타인 경감과 이야기를 나눠 본 적 있습니까?"

"아니요. 약혼자가 실종됐다는 그분께도 이미 말씀드렸습니다만," 부흐만이 말을 이어가는 동안 슈프랑은 헨드릭과 눈빛을 교환했다. "저한테 뭘 원하시는 건지 솔직히 이해가 가지 않는군요."

"그럼 빠르게 설명해 드리죠. 연쇄 범죄가 일어났습니다. 범인은 전혀 흔적을 남기지 않고 피해자들의 집에 침입하는 데 성공했어요. 그런데 이상하게도 피해자들의 집에 전부 함부르크 홈 시스템의 아담이 설치되어 있습니다."

아주 잠깐 침묵이 내려앉았고 부흐만이 입을 열었다. "그 문제로 계속 저한테 책임을 전가하시면 변호사를 선임하겠습니다. 아담은 이미 보안 안전성을 인증받았고 테스트도 여러 번 받았어요. 저희 시스템은 절대적으로 안전합니다. 이제 이쯤에서 대화를 마무리 짓는 게 낫겠군요. 더 하실 말씀 있으면 제 변호사의 전화번호를 알려 드리죠. 전화하시면 제 변호사가 형사님의 상사와 기꺼이 이야기를 나눌 겁니다."

"잠시만요, 부흐만 씨." 슈프랑이 차분하게 대꾸했다. "전화 끊기 전에 간단하게 설명드리죠. 저는 현재 직무가 정지되어 있으니 개인적인 입장에서 말씀드리겠습니다. 얼마 전 누군가 저한테 누명을 씌우려 했고, 그 일이 함부르크 홈 시스템과도 연관이 있기 때문에 이렇게라도 말씀드리려고 하는 겁니다. 제 입장에서는, 앞으로 경찰로서의 평판에 흠이 나지 않게 하려면 이 시스템과 관련된 범죄 사건들의 배후를 반드시 밝혀내야 합니다. 저를 도와주실 의향이 없으시다면, 저는 다음부터 당신의 변호사가 아니라 저와 친분이 있는 기자들과 이 사태의 위험성에 대해, 집에 설치된 스마트홈이 결코 안전하지 않다고 입증된 부분에 대해 이야기를 나눌 겁니다. 지금까지 벌어진 세 건의 실종 사건을 언론에 퍼뜨림과 동시에, 범인이 아무런 제재 없이 귀사의 시스템을 통제하고 접근했으며 이를 통해 피해자의 집 내부 침입이 가능했던 걸로 보인다는 내용을 내보낼 겁니다. 그리고 세 명의 피해자들의 집에는 모두 함부르크 홈 시스템의 아담이 설치되어 있다는 내용도 언급할 거고요. 분명히 굉장한 스토리가 만들어질 겁니다. 회사 시스템으로 인한 추가 피해자가 더 나올지도 모를 일이고요. 부흐만 씨, 조금 아까 뭐라고 하셨죠?"

알렉산드라는 헨드릭과 눈을 마주치고 슈프랑의 경이로운 대처 능력에 감탄하며 눈동자를 이리저리 굴렸다.

"절 협박하시는 겁니까?"

부흐만의 목소리에 당황함이 고스란히 드러났다.

슈프랑은 상대가 볼 수 없는데도 고개를 저었다. "아닙니다, 부흐만 씨. 지금 이 범죄를 밝혀내려고 필사적으로 노력하는 사람이 적어도 두 명은 있습니다. 만약 당신이 두 사람의 손길을 뿌리치면, 그들이 절망스러운 심정으로 어떤 일을 하게 될지 설명드리는 것뿐입니다. 당신이 그들을 내칠 수밖에 없는 명백한 이유는 무언가를 감춰야 하기 때문이겠죠. 뭐, 제 뜻이 그렇다는 건 아니고요, 아마도 누군가는 이렇게 생각하지 않을까 싶군요."

"좋습니다." 부흐만이 억눌린 목소리로 답했다. "질문하시죠."

33

슈프랑은 단 한순간도 멈칫하지 않고 즉시 질문을 던졌다.

"약 1년 전 아담의 시스템을 업데이트한 뒤 마빈이라는 사람한테 테스트를 의뢰한 게 사실입니까?"

부흐만이 헛기침을 했다. "그건 스트레스 테스트 과정으로, 보안의 안전성이 필수인 시스템을 최악의 시나리오에, 즉 노련한 전문가가 시스템에 침입해 마비시키거나 심지어 직접 통제도 하는 상황에 노출시키는 것은 아주 일반적인 일입니다. 저희도 아담에 그런 조치를 취했고요. 고객들을 보호하기 위해서 말입니다."

"테스트를 시행할 사람을 어떤 경로로 찾으셨죠?"

"그거야 공식적으로 문의했죠."

슈프랑은 알렉산드라와 시선을 주고받았고, 그녀는 어깨를 들썩이고 고개를 저으며 목소리를 낮춰 이렇게 말했다. "마빈은 그런 식으로 의뢰를 받지 않아요."

"공식적으로 문의했다는 말씀이시죠? 어디에 문의하셨습니까?" 슈프랑이 전화에 대고 물었다.

"카오스 컴퓨터 클럽이요. 저희는 그런 일을 늘 그 클럽에 의뢰합니다."

슈프랑이 다시 알렉산드라를 바라보았고 그녀는 고개를 가로저었다.

"거기에만 하셨습니까?"

"그렇다니까요. 질문의 의도가 대체 뭡니까? 설명해 주시죠." 부흐만의 목소리에 처음으로 불쾌감이 표출됐다. "원하는 답을 제가 이미 했잖습니까."

"시스템 해킹 분야에서 마빈이라는 이름 들어 보셨습니까?"

"해킹 분야요? 이게 무슨! 저는 그런 쪽에 대해선 전혀 아는 바가 없습니다!"

헨드릭은 곁눈질로 알렉산드라를 흘긋 쳐다봤다. 그녀의 이마에 깊은 주름이 새겨졌다.

"부흐만 사장님, 저는 알렉산드라 트리스라고 합니다. 일전에 쳄머 씨와 함께 사장님과 이야기를 나눴었죠. 기억하지 못하실 수도 있지만요."

"네…… 지금 거기에 다른 사람이 또 있었다니 놀랍군요."

"부흐만 사장님, 여기 세 사람이 함께 있습니다." 헨드릭이 설명했다. "저는 헨드릭 쳄머이고요."

알렉산드라는 통화 상대에게 생각할 시간을 주지 않고 말을 이어갔다. "사장님, 그 마빈이라는 사람은 독일에서 가장 유명한 해커예요. 대기업들도 그에게 방화벽이나 컴퓨터 시스템 테스트를 의뢰해요. 마빈이 말하길, 1년 전 사장님 회사의 의뢰를 받고 아담을 테스트했고, 그 과정에서 보안 체계의 문제점을 찾았다고 했어요."

"거짓말입니다. 제가 알기로는요."

"그렇다면 마빈이 왜 그런 거짓말을 했을까요?"

"그건 그 사람한테 물어봐야죠. 이보세요, 아담은 두 번이나 테스트를 받았어요. 첫 번째는 3년 전이었어요. 초기 버전이 출시되기 전이었죠. 그다음 시스템 소프트웨어를 대폭 업데이트한 뒤 한 번 더 테스트했습니다. 두 번 모두 함부르크의 카오스 컴퓨터 클럽에서 시행했어요. 더 이상 말씀드릴 게 없군요."

"그 업데이트는 1년 전에 있었죠." 알렉산드라가 그의 말을 걸고넘어졌다.

"아니요. 그보다 전이었어요. 1년 반 정도 된 것 같습니다. 이제 됐습니까?"

"마지막 질문입니다. 회사 내에서 시스템 테스트 관련 일은 누구 담당이죠? 테스트와 관련된 업무로 카오스 컴퓨터 클럽 측과 연락을 주고받는 사람이 누구냐는 질문입니다." 슈프랑이 다시 질문을 이어갔다.

"저희 IT 부서장 볼프스펠더입니다."

"그분 연락처를 좀 알 수 있을까요?"

"죄송합니다만 그건 곤란합니다. 개인정보 보호 차원에서요. 경찰이라면 알 수 있겠지만요."

슈프랑이 눈알을 굴렸다. "좋습니다. 그러면 그분한테 제게 전화 좀 달라고 전해 주세요. 번호는 알고 계시죠? 정말 중요한 일이라고 꼭 좀 말씀 부탁드립니다."

"그러죠. 부서장이 정말 전화를 할지 확답은 못 드립니다. 그래도 공무상으로 전화하진 마시길 바랍니다."

"그렇게 하죠. 제가 동료 경찰에게 정보를 주기 전까지는요. 그 후에는 경찰이 부서장 앞에 바로 나타날 수도 있습니다. 부서장에게 이 얘기도 전해 주세요. 자 그럼, 협조해 주셔서 감사합니다."

슈프랑은 통화를 마치고 알렉산드라를 바라봤다. "둘 중 한 명은 거짓말을 하고 있어. 부흐만 또는 네 친구 마빈이."

"마빈은 제 친구가 아니에요. 저도 다크넷으로 마빈과 연락이 닿았던 거라고요. 그래도…… 저는 마빈이 사실대로 말했다고 확신해요."

"어떻게 그렇게 확신하지?" 헨드릭이 의아해했다.

"거짓말을 해봤자 마빈에게 득 될 게 없으니까요."

"흠…… 그건 부흐만 사장도 마찬가지야."

"아닐 수도 있죠." 슈프랑이 불쑥 끼어들었다. "정확히는 모르겠지만 제가 무언가를 찾아낼 수 있을 것 같군요." 그가 자리에서 일어섰다.

"이제 집으로 가야겠습니다. 경찰 전용 접근 권한이 아직 막히지 않았다면 경찰용 데이터 뱅크에서 IT 부서장 볼프스펠더에 대한 정보를 알아낼 수 있을 겁니다."

헨드릭이 슈프랑의 손에 들린 스마트폰을 가리켰다. "제 휴대폰 다시 돌려주시겠어요?"

"아 참, 당연하죠. 미안합니다." 슈프랑은 헨드릭에게 휴대폰을 건네고 알렉산드라를 향해 고개를 끄덕였다. "뭐라도 찾으면 바로 연락할게."

헨드릭은 복도를 함께 지나며 그를 배웅했다. 형사를 보내고 현관문을 닫은 다음 뒤로 돌아선 헨드릭은 순간 깜짝 놀라 나자빠질 뻔했다. 알렉산드라가 그의 뒤에 비스듬하게 서서 아담의 컨트롤 패널을 가만히 들여다보고 있었다. "저는 아저씨가 아담을 꺼 놓은 줄 알았는데요?"

"나도 마찬가지야."

그녀는 그를 바라보며 벽에 있는 컨트롤 패널을 가리켰다. 헨드릭은 컨트롤 패널을 자세히 들여다보고 충격을 받아 탄식했다. 홍채 인식용 카메라에 초록색 LED 두 개가 반짝이고 있었다. 아담이 작동 중이었다.

"말도 안 돼." 헨드릭은 반짝거리는 불빛을 응시하며 소스라치게 놀라 내뱉었다. "난 분명히 아담을 껐다고."

"전혀 그래 보이지 않는데요?"

"정말 확실하다니까."

헨드릭은 컨트롤 패널로 다가가서 차근차근 단계를 밟아가며 아담을 다시 비활성화했다. 알렉산드라는 그런 그를 관찰했다. 작업을 마친 헨드릭이 그녀 쪽으로 돌아섰다. "봤지? 내가 시스템 종료한 거 똑똑히 봤지?"

"네, 봤어요." 그녀는 골똘히 생각에 잠겨 대답했다.

"내가 맹세하는데, 마지막에 아담을 끌 때도 지금과 똑같이 이렇게 했어."

그녀가 어깨를 으쓱했다. "어쨌든 지금은 확실하게 꺼졌네요."

헨드릭이 거실로 돌아가면서 마지막으로 아담을 끌 때 놓친 부분이 있었는지 기억을 되짚어 보는데 알렉산드라가 입을 열었다. "그건 그렇고, 슈프랑 경사님이 아저씨 휴대폰으로 부흐만 사장과 통화했다는 걸 깜빡했네요. 그러니까 함부르크 홈 시스템의 IT 부서장이 전화를 한다면 아저씨 휴대폰으로 걸겠군요."

"맞네." 헨드릭은 그녀의 말에 동의하며 차라리 잘된 일이라고 생각했다. 그는 슈프랑을 좋게 보았고 믿고 있었지만, 알렉산드라가 정보 기술과 컴퓨터에 대해 가장 잘 알고 있으니 그녀가 IT 부서장과 이야기를 나누는 게 더 좋을 거라 판단했다.

그리고 헨드릭의 제안대로 알렉산드라는 모든 사건과 현재까지 밝혀진 부분을 종이에 적은 다음 테이블을 앞에 두고 앉아 이 사건들이 어떻게 연관이 되어 있는지, 앞으로 어떤 연결고리가 생길 가능성이 있는지 정리하기 시작했다. 1시간이 조금 더 지났을 무렵, 갑작스레 휴대폰 벨소리가 울렸고, 두 사람은 하던 일을 멈췄다. 헨드릭은 화면에 뜬 낯선 번호를 확인하자마자 발신자의 정체를 알아챘다.

"안녕하세요. 볼프스펠더라고 합니다." IT 브서장의 목소리는 호감을 사는 목소리였다. "부흐만 사장님이 말씀하길, 저와 통화하고 싶다고 하셨다고요. 경찰이신가요?"

"아니요. 조금 전 부흐만 사장과 통화를 했던 사람이 경찰이고 전 아닙니다. 먼저 전화 주셔서 감사합니다. 저는 헨드릭 쳄머라고 합니다. 무슨 일 때문인지 알고 계시는지요?"

헨드릭은 심장이 점점 더 요동치는 걸 느꼈다. 드디어 이 남자에게서 린다를 찾는 데 도움이 될 만한 단서를 들을 수 있는 걸까?

"네. 그러면 당신은 약혼자가 실종되었다는 그분이신가요?"

"네, 맞습니다."

"정말 안타까운 일입니다. 제가 뭘 도와드리면 되죠?"

"일단 스피커로 바꿀게요. 알렉산드라 트리스라는 분이 저를 도와 약혼자를 찾고 있는데요, 알렉산드라와 통화 내용을 같이 들으면 좋을 것 같아서요. 괜찮으시죠?"

"네, 물론입니다." 목소리로 미루어 보아 그는 헨드릭과 비슷한 연배인 듯했고 그들의 질문에 열린 마음으로 답할 준비가 되어 있는 것 같았다.

"안녕하세요, 볼프스펠더 부서장님." 알렉산드라는 그렇게 말하며 스마트폰 쪽으로 몸을 약간 기울였다. "부흐만 사장님 말로는 부서장님이 아담의 테스트를 담당하셨고 그 일로 카오스 컴퓨터 클럽과 연락을 주고받았다는데요."

"네, 맞아요. 마지막으로 연락한 게 1년 반쯤 전입니다. 3년 전의 첫 번째 테스트 때는 제가 이 회사에 없었고요."

"그건 중요하지 않아요. 저희한테는 마지막 테스트가 중요하거든요. 처음 테스트 때 어떤 작업이 수행됐든 문제가 있었다면 적어도 마지막 테스트에서 밝혀졌을 테니까요."

"맞습니다."

"그러면 시스템 테스트를 카오스 컴퓨터 클럽에만 의뢰하셨어요? 아니면 그 분야의 다른 해커에게도 하셨나요? 보안 확인을 이중으로 진행하려는 목적으로 그럴 수도 있으니까요."

"아닙니다. 그 테스트는 클럽의 전문가 몇몇이 시행했고, 전 그들과 개인적으로 연락을 주고받았어요. 테스트를 여러 번 시행하기 위해 전부 독립적으로 진행했죠. 모르는 사람에게 시스템을 맡긴 적은 단 한 번도 없습니다. 그자가 시스템에 뭘 설치해놓을지 모르니까요."

"하지만 대기업들도 마빈 같은 사람을 신뢰하잖아요." 알렉산드라가 불쑥 끼어들었다.

"무엇보다 저는 직접 눈을 보고 대화했던 사람만 믿습니다."

"정확히 언제 아담을 카오스 컴퓨터 클럽에 맡기셨죠?"

"1년 5개월 전이요."

알렉산드라는 고개를 저으며 절망의 그늘이 내려앉은 눈으로 헨드릭을 바라보았다. "확실해요?"

"미안하지만, 왜 같은 질문을 반복하는지 이해가 가지 않는군요." 볼프스펠더의 목소리는 화가 났다기보다 약간 짜증이 난 듯했다. "네, 확실합니다. IT 부서장으로서 책임지고 말씀드리죠. 언제 어디에서 아담의 테스트를 의뢰했는지 확신합니다. 당신의 질문에 미리 말씀드리자면, 이 회사에서 그런 의뢰를 할 수 있는 사람은 제가 유일합니다."

"그렇다면 그때 어떤 결과가 나왔죠?" 알렉산드라는 납득하기 어려운 듯했다.

"시스템을 속속들이 테스트했던 세 사람 중 둘은 같은 구멍을 찾아냈고, 나머지 한 사람은 아무것도 찾아내지 못했어요. 그게 전부입니다. 더 질문 있으세요? 이제 제 가족과 함께 시간을 보내고 싶군요."

"저도 그러고 싶거든요?" 헨드릭이 울컥해서 폭발하듯 내뱉었다. "제 가족은 약혼자와 저 둘뿐입니다. 얼마 뒤 결혼식을 올리려고 했지만 납치됐죠. 당신이 그토록 완벽하게 테스트한 그 시스템이 해킹되어서요!"

말을 마치고 나자 헨드릭은 마음이 다시 무거워졌다. 볼프스펠더는 적어도 전화로나마 그들을 도와주려 했던 사람이었다.

"죄송합니다." 헨드릭이 덧붙였다. "하지만 지금은······."

"괜찮습니다. 이해해요. 저희는 시스템을 안전하게 구축하기 위해 할 수 있는 모든 일을 했습니다. 그 부분은 제가 분명하게 약속드리죠."

헨드릭은 알렉산드라에게 답을 구하는 눈빛을 보냈다. 그녀가 고개를 끄덕이자 그가 말했다. "전화로라도 도움을 주셔서 감사합니다, 볼프스펠더 씨."

그렇게 통화가 마무리되었다.

"어떻게 생각해?"

알렉산드라가 입을 비죽거렸다. "마빈이 정확히 1년 전에 아담을 테스트했다고 했거든요. 저는 여전히 그 말이 거짓이라고 생각하지 않아요. 그냥······ 그럴 이유가 없으니까요."

"마빈이 이 일과 아무런 연관이 없다고 가정하면 나도 네 말에 동의해. 하지만 난 볼프스펠더 역시 사실을 얘기했다고 봐."

"저 역시 아주 미치도록 같은 생각이에요. 그렇다면 이게 과연 무슨 뜻일까요?"

깊이 생각할 것도 없이 그에 대한 답이 헨드릭의 머릿속에서 명백해졌다. "다른 누군가가 마빈이 아담을 테스트하게 만들었다는 거지. 잠깐 슈프랑 경사에게 전화해서 볼프스펠더와의 통화를 알려야겠어."

슈프랑은 전화벨이 울리자마자 전화를 받았고, 집 컴퓨터 앞에 앉아서 함부르크 홈 시스템에 관한 정보를 더 찾는 중이었다고 덧붙였다. 그러고는 조금 전의 통화 내용을 전달하는 헨드릭의 말에 조용히 귀를 기울였다.

"흠……." 헨드릭이 말을 마치자 그가 중얼댔다. "카오스 컴퓨터 클럽에 연락해서 볼프스펠더의 진술을 반드시 확인해야겠군요. 그 사람 말이 사실이라면 방법이 딱 한 가지 있긴 한데…… 일단 알렉산드라가 마빈을 설득해서 테스트 의뢰를 한 사람과 다시 연락을 취하도록 해야 해요. 어느 정도 가능할 거로 보여요. 마빈이 당신의 약혼자 실종과 아무런 관계가 없다면 분명 그렇게 할 용의가 있을 겁니다. 만일 거절하면, 마빈에 대한 몇 가지 사실과 신뢰가 뒤집히게 되겠죠."

"알렉산드라에게 그렇게 하라고 전할게요." 헨드릭은 알렉산드라에게 눈길을 보냈고 슈프랑과의 통화를 마쳤다.

"마빈은 절대 그렇게 하지 않을 거예요." 헨드릭이 슈프랑의 제안을 설명하자 알렉산드라가 고개를 저었다. "의뢰한 사람의 신분을 동의 없이 넘기는 건 그쪽 바닥의 커리어 측면에서 자살 행위나 다름없어요."

"어떻게 그렇게 확신하지? 자꾸 이러면 다른 사람 눈에는 네가 계속 그쪽 사람들 편에서 움직이는 것처럼 보일 수도 있어."

그녀가 짧은 웃음을 내뱉었다. "하. 아니요, 전혀 그렇지 않아요. 다만 저는 이 일과 관련된, 즉 연결고리가 확실한 사람들하고만 움직이고 있어요. 나머지는 심리학과와 연관된 부분이고요."

"그래 좋아. 어쨌든 마빈에게 물어볼 수는 있잖아." 헨드릭의 시선이 테이블 위 아직 정리되지 않은 종이들로 향했다. "우리 하던 일 계속할까? 지금 벌어지고 있는 일들을 이해하는 데 필요한 전체적인 그림이 그려질 가능성도 있으니까."

"네, 그러죠, 뭐……."

그녀가 모든 메모를 일정한 형식으로 분류해 정리하고 그에 상응하는 자리에 배치하기까지 또 1시간이 걸렸다. 그러나 메모들을 전부 확인하고 또 확인해도 새로운 내용이 딱히 떠오르지 않았다.

알렉산드라는 땅이 꺼져라 한숨을 내쉬고 의자에 등을 기댔다. "더는 못하겠어요. 일단 집으로 가서 더 조사하는 게 나을 것 같아요. 아담 테스트와 관련된 일들이 저를 가만히 두지를 않네요."

두 사람이 현관문에 서서 작별할 때 헨드릭이 조심스럽게 말했다. "마빈이 너를 홀린 것 같아, 안 그래?"

"무슨 소리예요?"

"그 사람을 전혀 알지 못하면서 넌 그자가 널 속였으리라고 생각조차 하지 않으니까."

"전에도 말했지만 저의 가장 큰 장점은 사람을 보는 안목이 꽤 뛰어나다는 거예요. 그것 때문에 제 자신을 믿기도 하죠. 어쨌든 지금까지 제 안목에 실망한 적이 거의 없어요."

"하지만 마빈과 마주보고 이야기를 나눈 적도 없잖아. 사람을 판단하려면 두 눈을 봐야 하지 않아? 말을 할 때 몸짓이나 표정을 관찰하면서 여러 가지 요소들을 연결시켜야 하지 않나? 우선 내 말을 오해하지 말길 바라. 그래도 나는 의사이기 때문에 사람 보는 안목, 즉 사람을 인식하는 방법을 이해하는 데 완전히 무지하지는 않거든. 지금까지 그 웹사이트와 연결된 메일로만 마빈을 겪어 봤잖아. 사실은 그가 여태 보여 준 모습과 완전히 다른 사람일 수도 있지 않을까?

"아니요." 그녀의 목소리에는 조금의 의심도 담겨 있지 않았다. "완전히 확신해요. 제가 다시 연락드릴게요."

헨드릭은 그녀가 차로 가는 모습을 말없이 지켜보았다.

의심의 씨앗이 마빈에게도 내려앉는 것을 완강히 내친 알렉산드라가 이상하게 느껴졌다.

34

 그제야 두 사람만 남게 되었고 미친놈이 다시 그녀 쪽으로 돌아섰다. "저 새끼는 잊어버려. 나한테 좋은 소식이 있거든. 당신, 곧 여기서 나갈 수 있어."
 둘은 마치 허물없이 잡담하는 것 같았다. 그의 목소리가 희미한 노랫소리처럼 들리지만 않았다면.
 "내일이면 기다림도 끝이야. 난 내가 할 일을 아주 능숙하게 처리하지. 당신은 못 알아듣겠지만 적어도 난 내 일을 아주 제대로 알고 있고, 당신을 매우 세심하게 다룰 거야. 그 사실을 알고 있어야 해. 아주 하찮은 부분이라도."
 순간 그녀는 아득함을 헤치고 자신의 삶을 위해 밖으로 도망치고 싶었지만, 그곳엔 또 다른 것이, 지난 몇 시간 동안 그녀를 휘감은 추위와 공허가 존재했다.

"왜 이러는 거예요?" 그녀가 속삭여 묻는다. 그가 대답을 하지 않자 그녀는 충동적으로 냅다 소리를 지른다. "왜 이러냐고, 이 개새끼야! 날 죽이고 싶으면 당장 죽여."

그녀는 광분해서 그에게 침을 탁 내뱉으며 고래고래 소리친다. "죽여, 날 죽이라고. 네 입 밖으로 나오는 정신 나간 허튼소리를 더는 듣지 않아도 될 거 아냐! 그거면 충분하다고. 그러니까 죽이라고, 미친 새끼야!"

그러고는 아래로 풀썩 주저앉아 웅크린 채 흐느끼며 중얼댔다.

그녀는 그놈이 무슨 말을 했다는 걸 인식하긴 하지만 의미는 이해하지 못한다. 그녀의 이성이 저편으로 물러나고, 의식의 테두리를 따라 장벽이 세워졌다.

쿵 하며 문이 닫히는 소리가 나더니 순식간에 주변이 암흑에 빠졌다. 그녀는 입가를 일그러뜨리며 샐쭉 미소 짓는다. 그리고 생각한다.

꼭 명령에 따라 불이 꺼지는 것 같네, 아담처럼.

35

 헨드릭은 거실로 돌아와서 노트북으로 시선을 던졌다. 테이블 전체에 종이들을 깔아 놓느라 조금 전에 노트북을 의자 위로 옮겼다.

 워낙에 지친 상태여서 당장 몇 시간이라도 눈을 좀 붙여야 했지만, 린다 생각과 지난 며칠간 벌어진 일들이 머릿속을 돌고 돌아서 쉽게 잠이 들 수 없을 것 같았다. 게다가 반드시 파헤쳐야만 하는 일들도 산더미였다.

 의도적이든 아니든 함부르크 홈 시스템이라는 업체는 분명 이 일들과 연관이 있었다. 무엇보다 확실한 건 어디로 보나 아담이 결정적인 역할을 하고 있다는 사실이었다.

또한 요나스 크롤만이 무슨 이유로 병원에서 취재를 하고 다녔는지도 알아내야 했다. 요나스가 알스터도르프 기독병원에 갔던 날, 린다는 정말 그와 함께 차 안에 있었을까? 상당히 의심스러웠지만 그래도 가이벨 교수가 요나스 크롤만이 실제로 병원에서 취재를 했다고 확인시켜 주었다. 무엇에 대한 취재였을까? 그 뒤 요나스 크롤만은 실종되었다. 린다처럼. 얼마 지나지 않아 요나스의 아내인 율리아 크롤만도 사라졌다. 헨드릭은 몸이 부서질 듯한 피곤함을 느꼈지만 사건에 더욱더 매진하려 노력했다.

그러다 결국 자신과 타협하여 노트북을 들고 침대로 가서 눈이 감길 때까지만 알아보기로 했다.

아니면 스마트폰에 연결된 핫스폿의 데이터가 다 소진될 때까지 하거나.

15분 후, 그는 침대에 앉아 노트북을 무릎 위에 올리고, 휴대폰은 침대 옆 테이블에 두었다.

슈타인메츠를 다시 검색하기 시작했다. 슈타인메츠를 사칭해 집에 찾아왔던 남자의 사진이 한 번이라도 나타나길 바라며 이미지 검색 탭으로 넘어갔다.

슈타인메츠가 알스터도르프 기독병원에서 근무하던 때 다른 동료들과 찍은 사진들이 나왔다. 그 옆에 상사인 가이벨 교수와 촬영한 사진들도 몇 장 있었다. 대부분 온화하고 편안한 표정이었다. 두 사람이 함께 찍은 어떤 사진에서 그들은 심지어 매우 친한 사이인 듯 어깨동무를 하고 카메라를 향해 환하게 웃고 있었다. 게다가 그 사진은 불과 넉 달 전에 인터넷에 올라온 사진이었다. 슈타인메츠가 동료 의사들과 사이가 좋지 않았다는 것이 사실이라면 사진 속 동료들은 연기력이 꽤 뛰어난 배우라 할 만했다.

 이번에는 일반적인 내용 검색을 시작했다. 그러나 외과에 대한 전문적인 주제를 다루는 기사들을 몇 개 읽은 후 그만두기로 했다. 이렇게는 더 못 할 것 같았다. 가이벨 교수에 대해 찾아보면 뭐가 좀 나올까? 검색창에 교수의 이름을 입력하고 엔터를 누르자 슈타인메츠를 검색했을 때보다 더 많은 결과가 나왔다. 이미지 탭으로 넘어가 섬네일을 자세히 들여다봤다. 대개 하얀 가운을 입고 있는 다양한 이미지들이었다. 강단에 서 있거나, 의사들 또는 정치인들과 회의 중인 사진들이 대부분이었다. 그중 그가 무대에서 축하를 받고 있는 사진이 있었는데, 헨드릭은 사진 속 또 다른 남자를 알아보고 화들짝 놀랐다. 그 남자는 교수직을 역임한 의학 박사이자 헨드릭의 상사인 파울 게르데스였던 것이다.

 사진을 클릭했다. 그러자 약 9개월 전 게르데스가 장기 기증을 주제로 작성한 보고서를 다룬 기사로 연결되었다.

헨드릭은 그 기사를 눈으로 훑고 내려갔다. 기사에는 장기 기증의 주요 문제에 대한 게르데스의 설명이 실려 있었다. 그는 그 주제로 이미 교수와 충분히 이야기를 나누어 왔기 때문에 장기 기증 증명서 발급이 적절치 않은 뚜렷한 이유가 없는 한, 모든 사람에게 장기 기증 증명서가 의무적으로 발급되어야 한다는 게르데스의 입장을 익히 알고 있었다.

또한 그 기사에는 알스터도르프 기독병원의 전체 외과를 담당하고 있는 가이벨 교수가 초청 연사로 초대되었다고 적혀 있었다.

헨드릭은 이미지 목록으로 되돌아가 검색 결과를 계속 살피던 중, 여러 의사들의 경력이 나열된 리스트를 발견했다. 그 리스트에 따르면 가이벨은 알스터도르프 기독병원에서 근무한 지 이제 겨우 2년밖에 되지 않았고, 그전에 자를란트의 한 대학병원에서 1년간 외과 과장으로 있었으며 이전에는 레겐스부르크의 수석 의사로, 그전에는 뮌헨에서 근무했다고 나와 있었다. 그전 기록은 남아 있지 않았다. 가이벨은 병원을 자주 옮겨 다녔는데, 이는 경력을 쌓으려는 보통의 의사들에게 그리 자주 있는 일이 아니었다.

헨드릭은 보던 페이지를 닫고 원래 주목적이었던 주제로, 즉 함부르크 홈 시스템으로 넘어갔다.

회사 홈페이지에는 스마트홈에 대한 설명 및 관련 도표와 다양한 제품을 설명하는 항목, 그리고 그 옆에 부서별 임직원에 대한 소개가 있었다.

직원들은 모두 가슴에 회사의 로고가 달린 검정색 폴로셔츠를 입은 채 카메라를 향해 근면 성실해 보이는 미소를 짓고 있었다.

헨드릭은 IT 부서장 기도 볼프스펠더라는 이름을 더블 클릭했다. 그는 헨드릭이 상상했던 모습과 정반대였다. 근육질이고 민머리인 그의 외형은 나긋나긋한 전화 목소리와 전혀 어울리지 않았다. 부서의 역할 설명과 이름 아래에는 내선 번호와 메일 주소도 추가로 적혀 있고 사진 옆쪽에 이런 문구도 있었다. *우리 회사와 함께한 지······.*

헨드릭과의 통화에서 볼프스펠더가 한 말은 사실이었다. 그는 정말 약 2년 전부터 함부르크 홈 시스템의 IT 부서장으로 근무 중이었다. 1년 반 전 카오스 컴퓨터 클럽이 아담의 보안 테스트를 진행했다면 그가 클럽에 의뢰를 한 게 맞다는 뜻이었다. 그런데 마빈은 대체 왜 자기가 그 시스템을 해킹했다고 했을까? 그것도 정확히 1년 전에? 헨드릭의 시선이 화면에서 벗어나 허공을 향했다. 그는 생각에 잠겼다.

카오스 컴퓨터 클럽에서 테스트를 시행했는데도 불구하고 시스템에 결함이 발견됐다면, 그건 무슨 뜻일까? 볼프스펠더가 인도의 프로그래머에게 그 일을 몰래 맡겨 놓고는 그게 발각될까 두려워서—혹은 이런 일이 다시는 일어나지 않게 하기 위해—사장 모르게 마빈에게 다시 테스트해 달라고 의뢰했다면? 이 시나리오는 또 뭘 의미하는 걸까? 마빈이나 볼프스펠더 둘 중 하나가 이런 상황을 악용해 아담 시스템에 정말 백도어를 설치해 놓았을 수도 있을까?

헨드릭은 두 손으로 얼굴을 벅벅 문질렀다. 너무 지쳐서 더는 집중할 수가 없었다. 결국 내일 아침 슈프랑과 이야기하며 다시 잘 생각해 보기로 했다.

노트북을 닫으려는데 헨드릭의 눈길이 홈페이지의 볼프스펠더 사진 옆쪽으로 또 향했다. *우리 회사와 함께한 지…….*

헨드릭은 아담이 처음 출시됐던 그 시기에 아담을 담당한 사람이 누구였는지 궁금했다.

그는 업체 홈페이지를 벗어나 구글로 가서 검색창에 함부르크 홈 시스템 IT 부서장이라고 입력했다.

검색 결과가 나오긴 했지만 사진 세 장이 다일 뿐만 아니라 모두 기도 볼프스펠더 사진이었기 때문에 어쩔 수 없이 문서 결과를 뒤져봐야 했다. 그것 말고는 할 수 있는 일이 없었다. 10분이 지나도 무엇 하나 건질 만한 결과물이 없었지만, 마침내 기술 관련 블로그의 포스트를 찾아내는 데 성공했다. 포스트 제목은 '함부르크 홈 시스템의 첫 번째 홍채 인식 스마트홈 시스템 출시'였다.

3년 전보다 더 이전에 작성된 그 포스트는 해당 스마트홈 시스템이 코드와 홍채 인식으로 구성된 2단계 보안체계를 갖췄다는 내용이 주를 이루었다. 포스트 작성자는 개인 기업 분야에서의 해당 기술은 혁명과 같은 업적이라며 칭송했다. 첨부된 도표와 사진에는 아담의 기본 시스템에 구성된 기능과 추가 기능들이 쭉 나열되어 있었다. 헨드릭은 아담으로 그렇게 많은 것들을 조절하고 제어할 수 있다는 사실을 알고 새삼 놀랐다.

마지막에 당시 IT 개발부서장에 대한 언급도 있었다. 이름은 제바스티안 케르만이고, 새로운 시스템의 몇 가지 기술적인 세부 사항과 다양한 추가 기능을 설명한 내용이 덧붙어 있었다.

제바스티안 케르만. 드디어 뭐라도 찾아냈다. 헨드릭은 이름을 선택해 복사하고 구글을 열어 검색창에 붙여 넣었다.

이번에도 검색 결과가 한눈에 들어왔다. 헨드릭은 검색 결과 목록을 대충 훑어보았다. 대부분 독일 전역의 협회나 단체 홈페이지에 있는 내용들이었다. 아무래도 헨드릭의 바람보다 동명인 사람들이 꽤 많은 모양이었다.

별달리 할 수 있는 일이 없었다. 다른 링크들을 하나씩 클릭하며 함부르크 홈 시스템의 전 IT 부서장인 제바스티안 케르만 검색 결과 페이지에서 무언가를 찾아내기를 바라는 수밖에.

그러는 사이 헨드릭은 잠이 들지 않으려고 부단히 애를 써야만 했고, 그러면 그럴수록 졸음이 점점 더 쏟아졌다. 화면에서 시선을 거두고 손으로 두 눈을 비볐다. 이제 침대에 누우면 잠이 들 수 있지 않을까, 가만히 생각했다. 그러나 마지막으로 한 번만 더 알아보고 몇 시간 눈을 붙이겠노라 마음먹었다. 아침에 더 검색해 보면 될 터였다. 어떤 링크를 클릭하자 함부르크 하펜 시티의 체스 클럽 챔피언십 협회 기사가 떴다. 기사 하단엔 챔피언십 우승자가 마지막 경기를 치르는 사진이 있었다. 사진을 유심히 응시하던 헨드릭은 순간 심장이 멎을 뻔했다. 우승자 이름은 제바스티안 케르만. 그리고 헨드릭은 그 사람을 단번에 알아보았다.

그는 슈타인메츠 박사를 사칭해 헨드릭의 집에 왔던 그 남자였다.

36

잠이 확 달아났다. 가짜 슈타인메츠는 함부르크 홈 시스템의 전 IT 부서장이었다. 초창기 아담을 담당했던 그 사람. 그가 아담의 첫 번째 테스트를 진행했을 거고, 당연히 카오스 컴퓨터 클럽 회원들이 그 테스트를 수행하지 않았을 거라고 헨드릭은 확신했다. 만약 그게 아니라면 손에 장을 지지겠다는 생각이었다.

헨드릭은 의자에 등을 기댄 채 당혹감에 머리를 저었다. 무엇보다 린다가 납치되었다는 증거가 될 법한 단서를 자신이 찾아냈다는 사실이 믿어지지 않았다. 아담을 컨트롤하던 사람이 대체 왜 가짜 이름까지 써 가며 린다가 다른 남자랑 바람나서 떠났다며 나를 납득시키려 했을까?

혹시 케르만이 진짜 슈타인메츠를 죽인 걸까?

헨드릭은 부들대는 손으로 스마트폰을 들고 슈프랑 경사에게 전화를 걸었다. 전화가 연결되기까지 시간이 좀 걸렸다. 잠에서 막 깨어난 목소리였다.

"네?"

"찾아냈어요. 슈타인메츠 의사인 척하고 저희 집에 찾아왔던 그 자식이요." 헨드릭의 입 밖으로 폭포수처럼 말이 쏟아져 나왔다. "IT 부서장 볼프스펠더의 전임자였어요. 함부르크 홈 시스템의 전 IT 부서장이라고요. 그게 무슨 뜻인지 알아요?"

"잠깐만요. 침착해요. 저 아직 잠이 덜 깼어요. 그러니까 가짜 슈타인메츠가 이전 IT 부서장이라는 거죠?"

"네, 맞아요. 그 사람 사진을 찾았어요. 한 치의 의심 없이 그가 맞습니다. 시스템을 통제하기 위해 아담에 무언가를 설치했을 가능성이 다분해요. 그 어떤 해커도 찾아내지 못하게 꽁꽁 숨겨놨을 겁니다. 어떤 옵션이 가능한지 찾는 일은 알렉산드라가 도와줄 수 있을 거예요. 어쨌든 이제 우리 손에 단서가 들어왔어요. 솔직히 그자가 진짜 슈타인메츠를 살해했다고 해도 놀랄 일이 아니죠. 무슨 말인지 알죠? 이 일로 형사님의 결백이 증명될 겁니다. 그리고 칸슈타인 경감도 린다가 나를 떠나지 않았다는 걸, 그녀가 범죄 사건의 피해자라는 걸 인정할 거고요. 또······."

"사진 좀 보내 줄 수 있어요? 아, 링크가 더 낫겠군요."

"네, 물론이죠. 제가 잘못짚은 건 아니겠죠? 드디어 우리한테도 때가 왔어요. 칸슈타인 경감한테 전화해서 알려야겠어요. 이런 상황이라면 기꺼이 경감과 얼굴을 맞댈 용의가······."

"그건 안 됩니다." 슈프랑이 그의 말을 또 잘랐다.

"왜······ 왜 안 되죠?"

한숨 소리가 들리고 슈프랑이 주저하는 듯하더니 다시 말을 시작했다. "저는 이 문제에 대해 아무한테도 이야기하지 않았습니다. 정확한 증거가 있는 건 아니라서요······. 그래도 게오르크가, 그러니까 칸슈타인 경감님이 이 사건에 관여하고 있을 거라는 생각이 듭니다."

헨드릭은 일주일 전 어떤 형사가 자신의 파트너가 범죄를 저질렀을 거라 의심했던 때만큼 많이 놀라지는 않았다.

"어째서요?" 슈프랑이 칸슈타인을 그렇게 생각한 이유가 자명했기 때문에 헨드릭은 자신의 질문이 가식적으로 느껴졌다.

"이유는 쳄머 씨도 아실 텐데요." 슈프랑이 나지막이 말했다. 그러나 헨드릭은 대꾸하지 않았다.

"그럼 이제 어떻게 해야 합니까?"

"링크 보내 주시면 제가 자세히 살펴보고 그 사람에 대해 최대한 빈틈없이 알아봐야죠. 이름이 뭐라고 했죠?"

"제바스티안 케르만이요."

"……그 케르만이라는 사람에 대해 알아봐야겠군요. 경찰용 데이터 뱅크에 그자의 정보가 있을 수도 있어요. 그럼 다시 연락드리겠습니다. 1시간이 넘게 걸리지는 않을 겁니다."

헨드릭은 잠이 확 달아났다. 마침내 린다의 납치에 연루된 사람의 실마리가 드러난 셈이었다.

"알겠습니다." 그가 답했다. "그럼 전화 기다리겠습니다."

"쳄머 씨…… 제가 당신을 믿어도 될까요?" 슈프랑의 목소리는 무겁게 억눌려 있었다.

"네, 물론이죠. 형사님과 저, 이렇게 둘 사이는 진실하다고 생각해요."

숨소리가 두세 번 이어진 다음 슈프랑 경사가 입을 열었다. "지금 뭘 좀 보내 드리죠."

"뭔데요?"

"한번 보세요. 그리고 어떻게 생각하는지 이따가 알려 주시면 됩니다. 그런데…… 반드시 우리 둘만 알고 있어야 해요."

"네, 알겠습니다. 그럼 이만."

통화가 끝나고 몇 초 뒤, 스마트폰이 지이잉 울렸다. 슈프랑이 보낸 왓츠앱 메시지에 사진 한 장이 첨부되어 있었다.

사진의 배경은 한 공원이었다. 아무도 없는 나무 벤치 뒤 관목들과 나무들이 우거지고, 그 앞에 남자 두 명이 마주보고 서 있었다. 둘 중 한 사람, 짙은 색 머리에 30대 후반으로 보이는 남자는 바지 주머니에 손을 집어넣은 채 맞은편에 경직된 얼굴로 서 있는 누군가를 바라보고 있었다. 헨드릭이 알지 못하는 얼굴이었다.

맞은편의 나이가 더 많은 남자는 집게손가락을 쭉 뻗어 짙은 머리 남자의 가슴팍을 가리키며 화를 내고 있었다. 헨드릭은 그 사람을 보자마자 누군지 알아챘다. 칸슈타인 경감. 스마트폰이 짧게 진동하더니 사진 아래에 슈프랑의 메시지가 뒤따라왔다.

칸슈타인 앞에 있는 남자를 모르신다면…… 그자가 바로 요나스 크롤만입니다.

헨드릭의 두 눈이 번쩍 뜨였다. 요나스 크롤만과 경감이 서로 아는 사이였다고? 게다가 딱 보기에도 두 사람은 그리 친근한 사이 같아 보이지 않았다. 크롤만은 실종됐고, 칸슈타인은 기자인 요나스 크롤만과 린다가 은밀한 관계여서 함께 도망쳤을 거라고 추측하며 헨드릭이 그 말을 믿게 만들었다.

헨드릭은 전화를 이불 위에 내려놓고 등을 기대어 눈을 감았다.

상황이 점점 더 미쳐 가고 있었다. 슈프랑이 방금 전 알게 된 사실을 칸슈타인의 귀에 들어가지 못하게 하려는 이유를 알 것 같았다.

헨드릭은 이런 상황에서 끌어낼 수 있는 실마리를 떠올려 보려 했지만 바로 포기했다. 지칠 대로 지쳐서 더는 복잡한 생각을 할 수가 없었다. 한시라도 빨리 눈 좀 붙여야 했다.

하지만 그의 생각은 제바스티안 케르만으로 복귀했고, 그러자 집까지 찾아와 거짓부렁이를 늘어놓았던 그 남자를 향한 분노가 치밀었다. 그 사람은 틀림없이 린다의 납치에 연관되어 있었다. 무조건.

헨드릭은 당장 자리를 박차고 일어나 케르만에 대해 수소문하기 위해 차를 끌고 나가고 싶었지만, 그가 어디에 사는지조차 모르니 허튼짓이나 마찬가지일 거란 생각이 들었다. 또한 케르만은 왠지 폭력적이고 거친 사람일 것 같았다. 그자가 린다의 실종에 연루되었다는 어렴풋한 의심만 가지고 들이댔다가는, 오히려 치명적인 결과를 가져올 수도 있었다.

이제 남은 건 슈프랑이 헨드릭에게 도움이 될 만한 뭐라도 찾아내서 칸슈타인이 더는 아무 짓도 할 수 없게 되길 바라는 것뿐이었다.

헨드릭은 눈을 뜨고 스마트폰을 다시 집어서 슈프랑이 보낸 사진을 유심히 관찰했다. 이 사진을 누가 찍었을까, 의문이 들었다. 슈프랑이 찍었나? 이미 예전부터 칸슈타인을 의심해서? 그건 나중에 슈프랑에게 물어보기로 했다.

칸슈타인이 벌써 여러 차례 수상하게 행동하기는 했지만, 그럼에도 헨드릭은 경감이라는 직위의 사람이 납치와 심지어 살인까지 일어난 이 사건에 정말 연루되어 있다는 게 믿어지지 않았다. 불과 일주일 전만 해도 기껏해야 범죄 드라마에서 나올 법한 이런 시나리오가 그의 집에서, 린다와 그의 삶에서 벌어질 줄은 꿈에도 몰랐다.

휴대폰을 옆에 내려놓고 눈을 감았다. 그도 모르는 새에 머릿속 생각이 과거로 방향을 틀어 방황하더니 편안하고 행복했던 시간을 눈앞으로 소환했다. 헨드릭과 린다는 로마의 나보나 광장에 있는 바와 카페 앞 테라스의 그늘 아래에 앉아 결혼식 얘기를 하고 또 했었다. 그 기억이 아주 오래전 일처럼 느껴졌다. 그는 린다의 웃는 얼굴과 그에게 사랑한다 속삭이는 두 눈을 떠올렸다.

추억 속으로 빨려 들어가려는 그때, 초인종 소리가 울리는 바람에 정신이 번쩍 돌아왔다.

침대에서 나와 트레이닝 바지를 주섬주섬 입으며 이 시간에 누가 찾아왔을까 생각했다.

계단을 내려가는 동안 무언가…… 잘못되었다는 느낌이 고개를 내밀었다. 그는 그 느낌을 무시하고 문 앞에 누가 서 있을지 궁금해하며 다가갔다.

그날은 모든 게 엉망이었다.

그래도 헨드릭은 심호흡을 하고 문을 열었다. 칸슈타인 경감이 서 있었다.

"경감님?" 그가 어리둥절하여 내뱉었다. 문을 다시 닫아 버리고 싶은 심정이었다.

"네, 접니다. 당신과 할 얘기가 있습니다."

"이 시간에요?"

"네. 약혼자를 납치한 사람을 찾고 있지 않습니까? 그걸 일반적인 업무 시간에만 하십니까?"

헨드릭은 정신이 번쩍 들었다. "뭘 알고 계시죠?"

"안으로 들어가서 이야기 좀 할 수 있을까요?" 칸슈타인의 물음에 헨드릭은 그를 집 안으로 들여도 될지 심사숙고했다. 경감이 정말 이 사건과 연관되어 있다면…….

"좋습니다. 여기서 말하죠." 칸슈타인은 그의 결정을 기다리지 않았다. "금방 끝납니다. 제가 드리고 싶은 말은 조언일 뿐입니다. 지금 이 일에 대해 여기저기 알아보고 다니는 거, 당장 그만두세요."

"이 일이라고요?" 헨드릭의 입에서 불쑥 말이 튀어나왔다. "경감님한테는 그냥 '일'일지 모르지만 제 약혼자 납치가 걸린 일입니다. 경감님은 지금도 여전히 기가 차는 행동만 하시는군요."

"저는 기가 찬 행동을 하는 게 아닙니다." 칸슈타인이 날카롭게 받아쳤다. "당신은 아무것도 몰라요. 탐정 놀이, 이제 그만 멈추시죠. 안 그러면 전혀 예상치도 못한 위험에 처하게 될 겁니다."

"협박하시는 겁니까?" 헨드릭이 화를 냈다. 아까 슈프랑이 했던 말이 귓가에 맴돌았다.

"뭐라고요?" 칸슈타인이 호통쳤다. "지금 제정신입니까? 저는 심각한 결과를 초래할 수도 있는 어리석은 일을 당신이 하지 못하도록 막으려는 겁니다. 당신에게도, 어쩌면 약혼자에게도 안 좋을 수 있다고요."

이게 정말 협박이 아니라면…… 헨드릭은 그렇게 생각하며 말했다. "린다에게 무슨 일이 있었는지 알아낼 때까지 절대 가만히 있지 않을 겁니다. 경감님의…… 경고로 단념할 수는 없죠. 게다가 경감님은 이 사건을 파고들기는커녕, 아무것도 하지 않고 있잖아요."

칸슈타인은 헨드릭의 말을 곱씹는 듯 그를 슬쩍 바라보더니 다시 그에게 시선을 고정했다. "조언이 또 있습니다. 꽤 쓸 만한 조언이죠." 그의 목소리는 차가웠다. "슈프랑 경사를 멀리하세요. 그는 직무 정지상태이고 여전히 혐의를 벗지 못했어요." 그는 약 2초간 아무 말 하지 않다가 이렇게 덧붙였다. "당신은 그를 모릅니다."

그러고는 그의 차로 돌아갔다. 한 번도 뒤를 돌아보지 않고.

37

 헨드릭은 현관문을 닫고 생각에 잠긴 채 위층까지 터덜터덜 올라간 뒤 트레이닝 바지를 벗고 다시 침대에 누웠다. 칸슈타인은 무슨 목적으로 찾아왔을까? 그가 했던 그 말은……

 전혀 예상치도 못한 위험에 처하게 될 겁니다. 저는 심각한 결과를 초래할 수도 있는 어리석은 일을 당신이 하지 못하도록 막으려는 겁니다. 당신에게도 어쩌면 약혼자에게도 안 좋을 수 있다고요.

 그 말은 명백한 협박으로 들릴 수밖에 없었다. 그러고 나서 슈프랑 경사를 조심하라고 경고했다. 칸슈타인은 진심이었을까? 그는 진정 동료를 슈타인메츠 살해범이라 여기는 걸까? 아니면 헨드릭과 슈프랑에게 가느다란 빛줄기가 될 만한 정보들을 슈프랑이 얻을 수 없게 방해하려는 걸까?

헨드릭은 두 눈을 감고서 칸슈타인 생각으로 골치를 썩이다가 불안정하고 얕은 잠에 몸을 맡겼다.

전화가 울렸다. 헨드릭은 화들짝 놀라 전화를 받았다. "쳄머입니다." 슈프랑이겠거니 예상하며 막 잠에서 깬 쉰 목소리로 전화를 받았지만 발신인은 알렉산드라였다. "어이쿠…… 제가 깨웠나 보네요. 자고 있었어요?"

"응. 깜…… 깜박 졸았어." 그는 손으로 눈을 문지르면서 칸슈타인이 찾아왔다고 말할까 고민했다. 우선 케르만에 대해 할 얘기도 있었으니까…….

"그럴 만도 하죠. 미안해요. 새로운 소식이 있는데 아저씨한테 바로 알려야 되겠다고 생각했어요. 마빈하고 흥미로운 얘기를 주고받았거든요. 마빈은 아담을 테스트한 지 확실히 1년 조금 안 됐다고 하네요. 백 퍼센트 확실하대요. 그리고 마빈한테 볼프스펠더와의 통화에 대해 이야기해줬어요. 볼프스펠더가 아담 테스트를 카오스 컴퓨터 클럽에 의뢰했고, 테스트는 1년 반 전에 했다고 말했어요."

"그랬더니? 마빈이 뭐래?" 헨드릭은 케르만과 칸슈타인에 대해 이야기하기 전에 그 수상쩍은 마빈이 뭐라고 했는지 알고 싶었다. 왠지 그 해커의 말과 행동이 앞뒤가 맞지 않는다는 생각이 들었다. 그와 연락을 주고받는 알렉산드라도.

"마빈 말로는, 이 상황에서 그나마 논리적으로 말이 되는 건 어떤 사람이 자신을 함부르크 홈 시스템의 직원이라고 속인 다음 자기한테 테스트를 의뢰했다, 이것밖에 없대요."

"아, 그게 그렇게 쉽게 된다고?"

"아니요. 당연히 아니죠. 그 당시 마빈은 테스트 의뢰를 한 사람이 단순히 스마트홈 시스템의 보안을 뚫을 것을 지시만 하는 사람이 아니라고 확신했대요. 그자는 아담 개발에 깊이 관여한 사람만이 알 수 있을 만큼 아담을 아주 세세하게 알고 있었대요."

"또는 해킹을 해 봤거나."

"뭐라고요? 아니요. 그건……." 그녀의 목소리가 불안하게 흔들렸다.

"아니요. 그랬으면 마빈이 분명 눈치챘을 거예요."

"좋아, 그럼 이제 네가 반길 만한 얘기를 해 줄게. 마빈의 주장을 뒷받침하는 얘기거든. 볼프스펠더 이전에 함부르크 홈 시스템의 IT 부서장이었던 사람이 누군지 알아냈어. 이제부터 잘 들어. 이전 IT 부서장이 우리 집에 슈타인메츠를 사칭해 찾아왔던 바로 그 사람이야."

"네?" 알렉산드라는 귀청이 떨어질 만큼 크게 소리를 내질렀다. "그러면…… 이제야 모든 게 이해되네요. 그 사람이 마빈과 접촉해서 어딘가에 설치된 시스템으로 마빈을 유인한 다음 자기가 침입하고 싶은 그 집들, 그러니까 아담이 설치된 집들을 통제하기 위해 마빈이 찾아낸 보안 체계의 결함을 이용한 거예요." 그녀는 헨드릭이 따라갈 수 없을 정도로 빠르게 다다다 쏟아 냈다.

"으흠, 그럴 수도 있겠군." 헨드릭은 알렉산드라의 격한 반응에 흠칫했다. "그럴 가능성이 있겠어. 그 말이 맞다면 마빈은 범죄자 해커에 지나지 않아. 그의 도움으로 남의 집에 침입해 범죄를 저질렀으니까. 납치에 심지어 살인까지."

"네……." 그녀의 목소리가 확연히 잦아들었다. "아저씨 말도 맞긴 해요."

헨드릭은 알렉산드라처럼 똑똑한 여대생이 대체 왜 마빈같이 도무지 믿음이 가지 않는 멍청한 놈을 좋게 평가하는지 고민조차 하고 싶지 않았다. 게다가 그녀는 마빈을 한 번도 만나 본 적 없었다. 어쨌거나 그녀의 말에 의하면 말이다.

"동기에 대한 의문이 남아 있긴 하지." 헨드릭이 단호히 말했다. "일자리를 잃어서 부흐만 사장에게 복수하려고 그랬을지도 몰라요. 아니면……."

"왜 그자가 일자리를 잃었을 거라 생각하지? 자기 손으로 그만 뒀을 수도 있잖아?"

"모르겠어요. 그냥 머릿속에 떠오른 대로 말한 거예요. 그래도 나름 논리적인 동기죠. 슈프랑 경사님도 이 사실을 알아요?"

헨드릭은 알렉산드라에게 슈프랑과 통화한 내용을 이야기했지만 칸슈타인에 대한 의심은 언급하지 않았다.

"드디어 뭔가 조금씩 맞춰지네요." 알렉산드라가 말했다.

"슈프랑 경사가 뭘 찾아낼지 궁금해. 나중에 나한테 연락 준다고 했어."

"저한테도 전화 주실래요?"

"그래. 그럴게." 헨드릭이 그녀에게 약속했다. "그리고 할 말이 또 있어. 우리 집에 누가 찾아왔었거든…… 칸슈타인 경감이 왔었어."

"경감님이요? 뭐래요?"

헨드릭은 칸슈타인 경감과의 짧았던 대화를 털어놓았다.

"흠…… 아저씨는 경감님이 정말 협박했다고 생각해요?"

"모르겠어." 헨드릭이 속내를 이야기했다. "진짜 심각한 건 시간이 흐르면 흐를수록, 여러 가지 일들을 겪으면 겪을수록 더 모르겠다는 거야."

"정신 똑바로 차리고 있어야 해요. 일단 지금은 쉬세요. 내일 아침이면 정신이 더 맑아질 거예요."

"그래, 알겠어. 나중에 또 통화해." 헨드릭은 그녀와의 통화를 마쳤다.

스마트폰을 쓱 훑어보며 슈프랑에게서 온 부재중 전화가 있나 확인했다. 그러던 중 화면 윗부분, 무선 인터넷 연결 표시가 뜬 곳에 눈길이 닿았다. 말도 안 돼. 그럴 리가 없다고…….

흥분하여 화면 위쪽을 쓱쓱 문지른 헨드릭은 믿을 수 없다는 표정으로 아담 앱을 뚫어지게 노려보았다. 아담 앱이 다시 설치되었다. 무선 인터넷 연결이 증명하듯, 아담 앱은 활성화 상태였다.

"씨발!" 헨드릭은 욕을 내지르며 침대 밖으로 뛰쳐나가 계단을 우당탕 내려갔다. 앞쪽에서 계단 등이 켜졌다가 아래층에 도착하자 다시 꺼졌다. 이 역시 아담이 작동 중이라는 증거였다. 그러고 보니 익숙해서 인식하지 못했을 뿐 아까 계단을 올라갈 때도 계단 등이 켜졌던 기억이 뇌리를 스쳤다. 그럴 리 없었다. 말이 안 되는 일이었다. 칸슈타인에게 문을 열어 줬을 때…… 뭔가 잘못된 것 같았던 그 느낌……. 그건 바로, 비활성화 상태임에도 불구하고 불이 들어왔던 계단 등 때문이었다.

헨드릭은 아담 시스템의 컨트롤 패널 앞에 서서 분노로 이글대는 눈으로 반짝이는 초록색 LED를 노려보았다.

"이런 개 같은 새끼야!" 그가 컨트롤 패널에 대고 소리쳤다. 컨트롤 패널이 그의 말을 알아듣기라도 하듯. 헨드릭의 시선이 홍채 인식 카메라를 덮고 있는 작은 유리 표면에 박혔다. "그래서? 내가 보이냐? 어? 대체 나한테 뭘 원하는 거야, 이 개자식아! 비겁한 겁쟁이 새끼."

헨드릭은 뒤로 돌아 사납게 주위를 둘러보고 다시 홍채 인식 카메라 쪽으로 돌아섰다. "자신 있으면 이리로 와 봐. 그럴 용기나 있냐? 넌 쥐새끼처럼 밤에 몰래 들어와 자고 있는 사람들 놀라게 할 줄이나 알잖아, 안 그래? 겁쟁이 새끼. 너, 린다를 어떻게 했어?" 그러고는 온 힘을 다해 고래고래 소리를 질렀다. "대체 린다한테 무슨 짓을 했냐고, 이 더러운 개새끼야!"

헨드릭은 숨을 헉헉 몰아쉬며 작은 정사각형 유리 표면을 뚫어지게 바라보았다. 서서히 정신이 들며, 지금 이 상황이 얼마나 기괴한지 인식되기 시작했다. 만약 홍채 인식 카메라가 정말 그의 모습을 촬영하고 있다면—물론 그럴 가능성이 크겠지만—범죄자를 이런 식으로 자극하는 것은 그리 현명한 행동이 아닐 수 있다는 생각도 들었다. 피도 눈물도 없는 납치범 또는 살인자, 그릴 가능성이 있는 어떤 이와의 관계가 불편해져 봤자 오히려 헨드릭이 비겁한 인간이 될지도 모를 일이었다.

휴대폰이 울렸다. 슈프랑이었다.

"좋은 소식은 아닙니다. 제바스티안 케르만이 원래 루루프에 살았었는데, 주민센터 서류에 따르면 약 한 달 전에 거주지 변경 신청을 하고 이사를 갔답니다. 어딘지는 확실하지 않고요."

"나 참, 아주 잘 돌아가네요." 헨드릭이 내뱉었다. "그럼 그렇지. 어쩐지 너무 쉽다 했어요. 제기랄!"

"무슨 일 있었어요?"

"휴, 아닙니다." 헨드릭은 심호흡을 깊게 하고 칸슈타인의 방문에 대해서는 일언반구도 하지 않기로 결심했다.

"그래서 전혀 거리낌 없이 저희 집에 불쑥 나타났던 거군요. 그러니까 그 사람은 내가 그의 정체를 알아내도 찾을 수 없다는 걸 알고 있었네요."

"어휴, 저희의 패가 아주 안 좋아요. 그렇지만 이렇게 빨리 포기할 순 없지요. 당장 내일 아침부터 그자의 이전 행적을 찾아다녀야겠습니다. 그러다 보면 그자에게 접근하게 될 수도 있겠죠."

"알겠습니다."

"목소리가 안 좋군요. 괜찮으세요?"

"뭐, 그냥 제 손에 들린 유일한 단서가 또다시 모래 속으로 파묻히는 것 같아서 기분이 썩 좋지는 않네요. 그리고 그 일 때문만은 아닙니다. 집에서 이상한 일이 벌어지고 있어요."

"이상한 일이요? 무슨 뜻이죠?"

"아래층으로 내려갔더니 집에 있는 스마트홈 시스템이 다시 켜져 있었어요."

"그게 어떻게 가능하죠? 그 시스템에 대해서는 잘 모르지만 그냥 플러그를 뽑으면 안 되는 건가요?"

"되죠. 이번에는 그렇게 해 볼 생각입니다. 플러그를 하나만 뽑을 순 없어서 아담의 안전 차단기를 끄려고요. 차단기를 끄면 이 지긋지긋한 일도 끝나겠죠."

"네, 그렇게 하면 되겠네요. 무슨 일 있으면 전화 주세요, 알겠죠?"

"네, 그러죠. 고맙습니다. 내일 아침에 통화하죠." 헨드릭은 전화를 끊고 아담의 스위치 패널을 자세히 관찰했다.

이제 와서 아담을 꺼 봤자 크게 달라지지 않을 것 같았지만, 알렉산드라와 약속한 대로 그녀에게 전화를 하기 전에 그 시스템을 확실하게 끄고 싶었다.

그래서 헨드릭은 먼저 지하실 구석 계단 아래에 있는 두꺼비집으로 갔다.

다행히 차단기 스위치에 이름표가 깔끔하게 붙어 있어서 오랫동안 헤맬 필요가 없었다. 바로 윗줄에 나란히 있는 두 개의 스위치 아래에 이름표가 붙어 있었다. 스마트홈.

그는 망설임 없이 스위치를 아래로 탁 내리고 두꺼비집 뚜껑을 닫은 다음 다시 위로 올라갔다. 복도에 있는 컨트롤 패널에 초록색 불이 더는 들어오지 않은 걸 확인한 후 돌아서서 거실로 향했다. 휴대폰 앱은 알렉산드라와 통화한 뒤에 삭제할 생각이었다. 어차피 중앙 처리 장치에 전기 공급이 없으면 앱은 속 빈 껍데기나 다름없기 때문에 더 이상 활성화될 수 없었다.

하지만 간접등을 켤 생각이던 헨드릭은 자기도 모르게 습관적으로 '부드러운 조명'이라고 명령어를 내뱉고 말았다. 그리고 2분 전에 시스템을 완전히 껐다는 사실을 새삼 깨닫고 고개를 절레절레 저었다. 그러고는 거실 문틀 옆에 있는 스위치를 직접 돌려 불을 켜고 자리에 앉았다.

휴대폰 화면에 표시된 아담의 알림 메시지를 무시하고 통화목록에서 알렉산드라의 번호를 눌렀다. 시스템이 궁지에 몰렸다는 메시지 따위 확인하지 않아도 이미 알고 있었다.

알렉산드라는 손에 휴대폰을 쥐고 헨드릭의 전화를 기다렸는지, 전화벨이 딱 한 번 울렸을 때, 아니 한 번이 끝까지 울리기도 전에 전화를 받았다. "어떻게 됐어요? 슈프랑 경사님이 뭘 찾아냈대요?"

"별것 없어." 헨드릭은 슈프랑 경사와의 통화 내용을 이야기해 주었다.

"칸슈타인 경감님이 찾아온 것도 말했어요?"

"아니, 왜 안 말했는지 물어보지 말아 줘. 나도 모르겠으니까."

"흠…… 아저씨의 결정이긴 하지만 우리끼리 각자의 정보를 일부러 말 안 하고 숨기는 건 별 의미 없다고 생각하지 않아요? 린다 일만 놓고 보더라도요."

"그래 네 말이 맞겠다. 내일 아침에 슈프랑 경사에게 말해야겠어. 다른 일이 또 있었어. 아담 말이야…… 시스템이 또 활성화됐었어. 내 휴대폰에 앱도 다시 설치되었고. 당연히 나는 전혀, 진짜 아무것도 안 했는데도."

"아담이 또다시 켜졌다고요? 앱도요? 대체 어떻게 그게 가능하죠? 말도 안 되잖아요."

"옆에서 직접 봤잖아. 내가 아담 끄는 거."

"네. 혹시 그날 이후 아저씨가……."

"알렉스!" 헨드릭은 대뜸 소리를 내지르며 처음으로 그녀의 이름을 줄여 불렀다. "내 말 잘 들어. 나 아직 정신 멀쩡하다고. 내가 어떤 행동을 했고 안 했고는 내가 정확히 알아. 너도 기억하다시피 저 물건이 갑자기 활성화된 게 처음이 아니잖아."

"네, 알죠. 그때 전 아저씨가 뭘 잘못 만졌다고 생각했고, 아저씨가 그러니까…… 휴. 그나저나 진짜 섬뜩하네요. 스마트홈 시스템과 앱 말이에요. 그래도…… 저한테 생각이 있어요. 잠깐만 기다려 줄래요?"

"음, 그래. 그런데 왜?"

"조금 전에 마빈과 메일을 주고받았어요. 마빈이 아직 컴퓨터 앞에 있을지도 몰라요. 잠깐만요."

몇 초간 키보드를 타닥타닥 치는 소리가 들리더니 잠시 동안 완전한 고요가 사방을 감쌌다.

"알렉산드라? 아직 거기에 있어?" 한참 뒤 헨드릭이 물었다.

"네, 저……." 그녀가 말을 잠깐 멈추더니 크게 소리 질렀다.

"있어요! 마빈이 있어요! 잠깐만요……." 그 뒤 몇 분간의 적막 사이사이 키보드 소리와 희미한 중얼거림이 들렸다. "그럴 수도 있겠네……." 알렉산드라는 그렇게 속삭이더니 곧바로 "대박!"이라고 내뱉었다.

어느 순간 그녀가 돌연 "아저씨?"라고 했고, 그 소리에 헨드릭은 정신이 번쩍 들었다.

"어? 마빈이 뭐래?"

"진짜 미친 짓이에요. 그래도 일단 가능성은 있어요."

"대체 뭘? 어서 말해 봐."

"그 두 개가 서로를 작동시킬 수도 있어요!"

헨드릭은 이해가 가지 않았다. "그게 무슨 소리야? 누가 누구를 작동시켜?"

"앱이랑 집에 설치된 시스템이요. 아담의 시스템과 앱에 관리자로 로그인할 때 코드 입력과 홍채 인식을 해야 하죠, 맞죠?"

"그렇지. 당연하지."

"그렇다면 아담 시스템과 앱 둘 다 아저씨가 관리자로 등록되어 있고 동일한 접근 권한을 갖고 있다는 뜻이잖아요. 아저씨가 앱을 삭제해도 메인 시스템이 여전히 작동 중일 거고, 아저씨의 휴대폰하고 무선 인터넷으로 연결된 그 시스템이 관리자 권한으로 앱을 즉시 설치할 수 있다는 거죠."

"뭐? 그게 무슨 말도 안 되는 소리야."

"아니에요. 말도 안 되는 소리가 아니라고요. 마빈은 AI와 관련된 프로그램 코드가 수정됐다면 완전히 가능할 거라고 했어요."

"AI? 인공 지능?"

"네, 맞아요. 반대로 아저씨가 메인 시스템을 꺼도 앱은 활성화되어 있는 거죠. 그러면 그 앱으로 주요 기능이 다시 넘어가고 앱이 시스템을 재활성화시키는 거예요. 두 개가 계속 맞물리는 거죠."

아담이 어떤 식으로든 자발적으로 전기를 공급할 수도 있다는 생각이 들자 헨드릭은 등골이 오싹했다. "무슨 끔찍한 영화에서만 나올 법한 얘기처럼 들려, 안 그래?" 그는 마음을 조금 진정시키고 차갑게 덧붙였다. "어쨌든 조금 전에 그 쓰레기 같은 물건의 차단기를 내렸거든. 이미 어디에도 전기가 안 들어가는 상태야. 드디어 그 물건에서 벗어났다고."

"잘하셨어요." 알렉산드라가 그를 격려했다. "자, 이제 아저씨는 좀 주무셔야 해요. 슈프랑 경사님하고 약속한 거 있어요?"

"내일 아침에 연락한다고 했어."

"그러면 저도 내일 다시 전화할게요. 내일 또 알아봐요, 우리. 주무세요."

"너도."

헨드릭은 끙끙 앓는 소리를 내며 소파에서 몸을 일으켰다. 온몸이 쑤셨다. 어서 빨리 몸을 눕히고 눈을 감고 싶다는 욕구가 강하게 휘몰아쳤다.

위층으로 이어지는 계단을 올라가 욕실에 들렀다가 잠시 후 침대에 등을 대고 풀썩 누웠다. 헨드릭은 서서히 잠으로 빠져들었다. 어떤 소음이 적막을 가로지르기 전까지.

38

 헨드릭은 몸을 벌떡 일으켜 침대에 앉았다. 심장이 요동쳤다. 지이잉지이잉 소리가 계속 들리더니 갑자기 사방에서 울리는 것 같았다. 지난 며칠 그런 일들을 겪고도 아무런 무기도, 하다못해 후추 스프레이나 야구방망이 같은 것도 준비해 놓지 않은 자신이 어리석게 느껴졌다.

 갑자기 지잉지잉 소리가 멈췄다. 그다음 몇 초간 숨을 옥죄는 적막이 집 전체를 집어삼켰다. 소음이 있을 때보다 더 끔찍했다. 헨드릭은 호흡을 멈추고 어둠 속에서 귀를 기울였다. 아무 소리도 들리지 않았다.

 이불을 걷어내고 천천히 일어서는 사이 조금 전 소음의 정체가 분명해졌고, 그 깨달음에 헨드릭은 안심이 되었다. 이렇게 동시에 사방에서 들렸던 적은 한 번도 없었지만 익숙한 소리였다.

롤러 셔터! 롤러 셔터 여러 개가 동시에 아래로 내려가는 중인 모양이다. 평소에는 아담에게 음성 명령을 내릴 때만 그렇게 작동하곤 했다. 적어도 아래층에 있는 롤러 셔터는 그랬다. 위층 롤러 셔터들은 대개 아래로 내려갈 일이 없었다.

헨드릭은 침대 끄트머리에 걸터앉아 정신없이 생각에 생각을 거듭했다. 아담이 꺼져서 롤러 셔터가 전부 동시에 움직였을까? 논리적으로는 그럴 수 있을 법했다. 그런데 왜 이제 와서 움직였지?

본능적으로 스마트폰을 잡고 화면으로 시선을 던졌다. 아담이 보낸, 읽지 않은 메시지가 아직 그대로 있었다

시스템에서 발생되는 여러 가지 알림이 언제 휴대폰으로 전송되는지 헨드릭은 잘 알고 있었다. 예를 들어 세탁기가 다 돌아가거나 어떤 가전제품이 오랫동안 대기 상태에 있을 때, 또는 아담이 셧다운됐을 때. 물론 지금껏 아담이 셧다운된 적은 없었지만. 하지만 시스템에 전기 공급을 중단하는 건 1초도 걸리지 않았기 때문에 사실 아담이 알림 메시지를 보낼 틈이 없었을 터였다. 헨드릭은 그제야 뭔가 이상하다는 생각이 들었다.

미심쩍어하며 아담 아이콘을 눌러 알림 메시지를 확인했다.

고객님, 아담에서 알립니다. 예상치 못한 전기 공급 중단이 발생되었습니다. UPS가 전기를 공급할 예정입니다. 시스템은 앞으로 여섯 시간 십삼 분 동안 에너지 저장소의 충전 상태에 따라 유지될 것이며, 그 이후 아담은 더 이상 작동하지 않게 됩니다.

헨드릭은 UPS라는 단어를 유심히 보았다. 무정전 전원장치. 장치 내부에 설치된 배터리로, 전기 회로가 끊어질 경우 자동으로 전력을 공급한다. 예를 들어 정전된 상황에 집주인이 열쇠를 소지하지 않은 채 밖에 있는 경우, 집주인은 UPS를 이용해 일정 시간 동안 지문으로 현관문을 열고 들어올 수 있다. 어떻게 그걸 잊고 있었지?

헨드릭은 휴대폰을 쥔 손을 옆으로 스르륵 떨어뜨리고 주변을 둘러보았다. "이런 빌어먹을. 넌 죽지도 않냐, 어?" 그가 으르렁대며 침대 모서리에서 벌떡 일어섰다. 전화기는 손에서 놓아 버렸다.

창문 쪽을 슬쩍 바라보며 롤러 셔터가 완전히 내려와 있는 걸 확인했다. 가운을 걸친 다음 실내화를 신고 미끄러지듯 침실을 빠져나가자 복도의 야간 조명이 켜지고, 뒤이어 계단에 설치된 LED에도 불이 들어오더니 그가 아래층으로 내려가자 다시 꺼졌다. 아담 짓이었다.

맨 아래 계단에 도착하자 무슨 목소리가 들렸다. 그는 우뚝 멈춰 섰다. 어디에서 들리는 건지, 뭐라고 하는 건지 파악하기 위해 온갖 주의를 기울이는 사이 심장이 입술 부근까지 올라와 뛰고 있는 듯했다.

거실에서 들리는 소리였다. 숨을 멈추고 가만히 귀를 기울여 보니 그의 이름이 들렸다. 뭐라는지 알아들을 수 없는 말들 끝에 그의 이름이 계속 반복되고 있었다. 그 목소리는…… 이상하고 수상했다. 거실에 실제 사람이 서 있는 것 같지는 않았다. 병원에서 어떤 사람을 호명할 때 스피커에서 나오는 소리가 연상됐다.

그래도 정말 누군가 거실에서 무기를 들고서 날 기다리고 있으면 어떻게 하지? 두려움이 엄습했지만, 그는 그 생각을 털어내려 애쓰며 한 발 한 발 천천히 내디뎠다.

"헨드릭? 이리 와, 헨드릭." 이제 무슨 말인지 알아들을 수 있었다. 틀림없이 스피커에서 나오는 목소리였다. "두려워할 필요 없어. 아직은 그럴 필요 없지."

머리털이 쭈뼛 섰지만 앞으로 계속 걸어갔다.

"헨드릭, 아직 거기에 있어?" 거실 문까지 몇 걸음밖에 남지 않았다. 이제 말뜻을 전부 이해할 만큼 충분히 가까워졌다. "말해 봐. 네가 카메라를 쓸모없게 만들었잖아. 아주 못됐네."

드디어 거실에 도착했다. 문틀에 손을 대고 방 한가운데 테이프로 칭칭 감겨있는 카메라를 응시했다. 카메라 내부에 마이크가 설치되어 있다는 건 알았지만 스피커가 있었는지는 여태 모르고 있었다.

"누구세요?" 헨드릭은 떨리는 목소리를 감추려 노력했다. "원하는 게 뭐죠?"

"나는, 나는…… 곧 널 죽일 사람이다."

"뭐라고? 무…… 무슨 소립니까?" 헨드릭은 자신의 목소리가 얼마나 나약하게 들리는지 분명하게 느껴졌다. 여전히 문틀에 손을 대고서 거실로 한 걸음 들어가 귀를 기울였다.

"왜 이런 짓을 하죠? 린다는요?"

"린다를 다 처리하면 널 데리러 갈 거다."

린다를 처리하면……. 그 말은 린다가 아직 살아 있다는 뜻이었다. 앞으로 얼마나 남았을까?

"린다는요?" 헨드릭이 흥분해서 또 물었다. "괜찮나요?"

아무런 답도 들리지 않았다. "제기랄. 대답 좀 하라고요. 린다가 괜찮은지 말하라고!"

정적.

"제발." 헨드릭은 간절한 목소리로 애원했다. "린다에게 아무 짓도 하지 말아요. 원하는 게 있으면 뭐든 말해요. 다 줄 수 있어요. 그러니까 제발 린다한테 아무 짓도 하지 말라고요."

"나는 내가 원하는 걸 곧 손에 넣게 될 거다. 먼저 린다한테서, 다음은 너한테서. 하나씩 차근차근."

린다에 대한, 그리고 자신에 대한 두려움이 그를 집어삼켰다. 두려움은 거친 파도처럼 철썩거리며 그의 이성을 관통했고, 오직 그 생각만이 그를 압도하고 있었다. 당장 여기서 나가야 해. 놈이 정말 위협을 가하기 전에 집을 떠나야 했다. 놈이 위협을 가하리라는 것을 헨드릭은 단 1초도 의심하지 않았다.

급히 몸을 돌려 도망치다가 문틀에 어깨를 세게 부딪쳤다. 상체에 찌르는 듯한 통증이 느껴져 비틀댔지만 그러도 넘어지지는 않았다. 통증을 무시한 채 현관으로 휘청휘청 다가가 마침내 문 앞에 도착했다. 손잡이를 아래로 꾹 내렸다. 움직이지 않았다. 문이 조금도 움직이지 않았다. 욕설을 쏟아내며 다시 시도했으나 문은 미동도 하지 않았다. 공포심이 미친 듯이 부풀어 올랐다. 그러나 그 와중에도 무엇이 현관문을 잠갔을지 즉각 떠올랐다.

"그래 봐야 소용없다." 근처 어디선가 먹먹한 목소리가 들렸다. 헨드릭의 시선이 초록색 LED가 있는 컨트롤 패널로 떨어졌다.

"씨발!" 입 밖으로 욕이 튀어나왔다. 그는 아담을 끄려고 해 봤자 아무 소용없다는 걸 깨닫고, 컨트롤 패널을 지나쳐 거실로 돌아간 다음 초입에 있는 카메라를 흘긋 올려다보고는 서둘러 테라스 문으로 향했다.

테라스 문의 커다란 손잡이에 손을 올렸을 때 이미 그는 확신했다. 테라스 문도 열리지 않을 거란 걸. 그럼에도 레버를 움직여 보았으나 한 치의 흔들림도 없었다. "제기랄!" 그가 또다시 울부짖었다. "이런 미친!"

정신 똑바로 차리자고 마음을 가다듬으며 방 안을 이리저리 살폈다. 주방에도 밖으로 이어지는 문이 있었다. 시도라도 해 봐야 했다.

하지만 헨드릭은 뒤로 돌아서자마자 우뚝 멈췄다. 설마 놈이 이미 집 안에 있는 걸까? 위층의 침대에 누워 있는 동안 놈이 아담을 이용해 현관문을 열고 집안으로 들어와 돌아다녔을지도 모를 일이었다.

아니야. 헨드릭은 놈이 자기의 등에 칼을 꽂거나 머리를 후려칠 때까지 우왕좌왕하지 않기로 했다. 일단 당장 밖으로 나가야만 했다.

 키 작은 소파 테이블로 황급히 눈을 돌렸다. 꽤 묵직한 원목의 정육면체 모양의 소파 테이블은 그의 계획에 적합했다. 더 이상 주저할 것 없이 테이블로 성큼성큼 다가갔다. 무게가 30킬로 정도 될 거라 추측하고 끙끙대며 높이 들어 올렸다. 투벅투벅 몇 발짝 앞으로 나아가 테라스의 거대한 유리문 앞에 섰다. 유리문으로 테이블을 쿵 던졌더니, 귀가 먹먹해질 정도로 큰 소리와 함께 유리문이 와장창 깨졌다. 유리 파편이 바닥 우로, 바닥에 두 손을 대고 상체를 받치고 앉아 있는 헨드릭 위로 비처럼 쏟아졌. 무언가 이마를 스치는 느낌에 머리를 보호해야겠다 생각하며 즉시 팔을 올리고 자리에서 일어났다. 그리고 사방에 흩어진 파편들을 멍하니 바라보았다. 소파 테이블은 유리가 거의 남지 않은 테라스 문 프레임에 비스듬히 매달려 있었다. 기다랗고 가느다란, 손가락 같은 유리 파편 두세 개만이 프레임 여기저기에 꽂혀 있을 뿐이었다.

 "아무 소용없을 거다." 뒤이어 그놈 목소리가 또 들렸다. "넌 죽은 거나 다름없어. 어쨌든 난 일단 네 약혼자 먼저 확실하게 처리할 거다. 그녀가 날 기다리고 있지."

 헨드릭은 알아들을 수 없는 비명을 지르며 유리 진열장으로 달려들어 그 옆에 있는 커다란 금속 꽃병을 낚아챘다. 그리고 두 걸음 만에 거실 한가운데로 성큼 다가가서 야구 방망이를 휘두르듯 머리 위로 꽃병을 휘둘러 천장에 달린 카메라를 정확하게 조준해 퍽 때렸다. 카메라 파편이 우수수 떨어졌다.

카메라의 일부분이 바닥으로 떨어지자 헨드릭은 한쪽으로 비켜서서 꽃병을 다시 번쩍 들어 올리고 마구 내려쳤고 카메라 부품은 결국 산산조각이 났다.

숨을 헐떡이고 서서 천장에 매달린 남은 부분을 노려보았다.
"이제 어쩔 건데, 이 개자식아."
목이 완전히 쉬어 낯선 목소리가 흘러나왔다.

헨드릭은 다시 뒤로 돌아섰다. 테라스 문으로 다가갔더니 유리 파편이 불안하게 삐그덕거렸다.

테이블 앞에 서서 바깥의 롤러 셔터를 관찰했다. 몇 군데 흠집이 나 있긴 했지만 내구성이 강한 스테인리스 스틸 재질이라 크게 훼손된 부분은 없었다. 설치 당시 프리미엄 소재의 롤러 셔터로 설치하느라 비용이 굉장히 많이 들었다. 강도를 막기 위해 설치했던 이 보안 장치가 집 밖으로 나가려는 나를 방해하는 건 아니겠지?

테이블을 살짝 올리려 상체를 구부리는데, 눈앞에서 무언가 주르륵 흘렀다. 손등으로 눈 위를 훔쳐보니 피가 묻어 나왔다. 그는 흠칫 놀랐다. 손끝으로 왼쪽 눈 위 통증이 있는 부위를 조심스레 더듬었다. 아프긴 했지만 상처에 유리 조각이 박힌 것 같지는 않았다. 일단 나중에 살펴보면 될 터였다. 다시 몸을 구부리고 유리문 프레임에서 테이블을 빼내 롤러 셔터로 던졌다.

테이블이 천둥 같은 소리를 내며 강철에 부딪혔지만 움푹 파이기만 할 뿐, 멀쩡했다. 헨드릭은 상체를 웅크리고 눈앞의 장면을 응시하다가 다시 나무 재질의 소파 테이블을 움켜잡았다. 밖으로 나가야만 한다.

원목 테이블을 다시 들어 올리자, 빠지직 소리와 함께 롤러 셔터 사이에 틈이 생기면서 아래쪽 끝이 벌어졌다. 롤러 셔터가 드디어 열렸다.

39

 롤러 셔터는 첫 충격 이후 점점 틈이 벌어졌다. 헨드릭은 그 사이로 몸을 웅크리고 빠져나가 두세 걸음 내디딘 다음 그 자리에서 뒤로 돌았다.
 그러자 다시 롤러 셔터가 올라가기 시작했다. 테라스 문은 물론이고, 눈으로 집의 외벽을 쭉 따라가 보니 다른 창문과 문들에 설치된 롤러 셔터가 올라가고 있었다.
 헨드릭은 외벽 쪽으로 다가가 깨진 테라스 유리문 옆에 있는 전등 스위치를 누르고 앞마당 여기저기에 설치된 조명을 켰다. 그러고는 몸을 돌려 마당 끝 낮은 관목들이 있는 곳 주변을 두리번거리며 살폈다. 아무도 숨어 있지 않다는 걸 확신한 후에야 정원용 원목 테이블에 빙 둘러진 의자들 중 하나에 털썩 주저앉아 깨진 유리문을 노려보았다.

형언할 수 없는 굴욕감이 사무쳤다. 누군가 그의 집에 침입했다. 처음에는 린다를 데리고 가더니 이번에는 헨드릭을 위한 비밀 장소가, 누구도 엿볼 수 없는 안전한 개인 영역이 더는 존재하지 않는다는 사실을 분명하게 일깨워 주었다.

눈물이 솟아났다. 린다 때문에, 그의 집 때문에 그리고 자기 자신 때문에.

하지만 곧 내면에서 무언가 소용돌이치며 더욱 거세졌다. 분노였다. 이 모든 일을 일으킨 그놈, 헨드릭과 린다를 궁지로 몰아넣고 둘의 인생을 갈기갈기 찢어놓은 그놈에 대한 분노.

"이 개새끼." 헨드릭은 눈으로 유리 파편을 다시 훑으며 중얼댔다. 그리고 소리를 질렀다. "이 미친 새끼야!"

그는 스마트폰을 찾아 주머니를 더듬대다가 의층의 침대 옆에 두고 나왔다는 생각이 번뜩 떠올랐다. 원하든 원치 않든 다시 집으로 들어가야만 했다. 그러나 그러고 싶지 않았다. 지금 이 순간뿐 아니라 앞으로 더는, 절대 들어가고 싶지 않았다. 저 집은 더 이상 그의 집이 아니었다.

그러나 휴대폰이 반드시 필요했다. 단, 그전에 마무리 지어야 할 일이 있었다. 아주 중요한 일이.

헨드릭은 집에 발을 들여도 되지 않을까, 신중히 생각했다. 누군가 그를 정말 죽일 목적으로 집 안에 침입했다면 그를 쫓아 밖으로 나왔을 테니까. 더 망설일 것 없이 거실로 들어가 부서진 카메라의 유리와 플라스틱 조각을 일부러 발로 짓이기며 공간을 가로질렀다. 복도에 다다른 그는 차고로 이어지는 문을 열고 뒷벽에 세워진 작업대로 성큼성큼 다가가 광산용 망치를, 1킬로 정도 되는 묵직한 망치를 잡았다. 헨드릭은 그렇게 무장한 채 다시 복도로 돌아가서 아담의 컨트롤 패널 앞에 섰다.

"나 보이냐, 미친놈아?" 카메라를 감싸고 있는 편평한 유리 표면을 무섭게 쏘아보며 물었다.

"야, 이거 보이냐?" 유리판 앞으로 광산용 망치를 들이밀었다. 그러고는 카메라를 보고 고개를 까딱하더니 망치를 휘둘러 온 힘을 다해 장치를 내리쳤다. 유리판이 산산이 파열되어 먼지처럼 흩날렸다. 유리 파편이 그의 얼굴에도 부딪혔지만 개의치 않고 다시 한번 망치를 휘둘렀고, 그러자 유리판의 금속 부분이 구부러져 수많은 가느다란 케이블들이 형형색색을 이루며 전자 부품과 연결된 모습이 드러났다. 헨드릭의 다음 목적은 바로 이거였다. 망치 머리가 아담 컨트롤 패널의 내부를 파괴하자, 조금 전 집에서 당한 일을 아담에게 똑같이 갚아 주었다는 생각에 비이성적이지만 만족스러웠다. 마지막 가격으로 아직 멀쩡하게 남아 있는 부분을 부수고, 장치 내부를 서너 번 더 쑤셔 판 뒤 망치를 다시 빼내 옆으로 툭 떨어뜨렸다.

완전히 파괴된 장치를 몇 초간 가만히 내려보다가 뒤로 돌아 위층으로 향했다.

가장 먼저 슈프랑 경사에게 전화를 걸었다. 전화벨이 어느 정도 울린 후 슈프랑이 전화를 받았다. "네?"

"누군가 제 집을 조종하고 있어요. 절 죽이겠다고 협박하면서요." 헨드릭은 인사도 없이 본론으로 들어갔다.

"뭐라고요? 잠깐만요……."

"일단 린다를 처리한 다음에 죽이겠대요."

"집을 조종한다고요? 그리고…… 린다요?"

"네." 헨드릭은 무슨 일이 있었는지 슈프랑에게 간략하게 설명하고 질문으로 마무리했다. "이제 어떻게 하죠?"

"그러니까 당신이 거실에 있는 카메라와 스마트홈 시스템의 컨트롤 패널까지 전부 부쉈다는 거죠?"

"네, 다시 말해 스마트홈 시스템이 켜질 일이 절대 없다는 뜻이죠."

"그건 잘됐군요. 그러면 그 홈시스템 없이도 집안의 모든 기능을 사용할 수 있습니까?"

"네, 물론이죠."

"알겠습니다. 당신 말대로라면 롤러 셔터가 스테인리스 스틸이니까 다시 내리면 보통의 방식대로 집안에 침입할 가능성은 거의 없겠군요. 침입 시도만 해도 엄청난 경보가 울릴 거고요. 맞죠?"

"네 그럴 겁니다. 그런데 린다는 어쩌죠? 그놈이 그랬어요. 린다를 다 처리한 다음 나를 데려갈 거라고."

"그 말을 액면 그대로 들을 필요 없습니다. 적어도 타이밍 측면에서는요. 그자가 당신 약혼자를 어떻게 할 계획이든 뭐든 간에 그는 어떻게든 당신을 끌어들이고 싶었을 겁니다. 하지만 당신이 스마트홈 시스템을 박살 냈고, 그로 인해 당신을 어떤…… 게임에 끌어들이려 했던 기회를 박탈당했을 테니 분명 혼란에 빠졌을 겁니다. 이제 그자는 당연히 계획을 바꿔야겠죠. 그러려면 시간이 필요할 거고요."

"어떻게 그렇게 확신하시죠?"

"제 경험에 따르면 그래요. 그런 인간은 사이코패스예요. 할 일을 주도면밀하게 계획하죠. 그런 미친놈들에게는 아주 중요한 부분이거든요. 모든 게 자신의 방식대로 움직여야 하고 그래야만 일종의 만족감이라 할 수 있는 감정을 느끼죠. 자기가 계획한 대로 됐으니까요. 그런데 당신이 그걸 방해한 겁니다."

"놈은 뭐 때문에 이런 일을 전부 계획하는 걸까요? 그 괴물이 앞으로 어쩔 셈인지 형사님은 정확히 알고 있는 것 같군요."

"최소한 어느 정도는 알고 있다고 생각합니다. 챔머 씨, 어쨌든 지금은 아무것도 할 수 없어요. 일단 오늘 밤 놈이 무슨 짓을 벌일 가능성은 정말 거의 없을 거라고 봅니다. 놈은 당신이 집에 다시 발을 들이면 곧장 경찰에 전화하거나 또는 지인에게 연락해서 집 앞을 경호해 달라고 부탁할 거라 예상했을 거예요. 저는 일단 집안의 모든 롤러 셔터를 내리고 눈 좀 붙이시라고 조언하고 싶습니다. 내일 아침에 집으로 갈게요. 앞으로 무얼 해야 할지 같이 고민해 보죠."

"칸슈타인 경감에게 전화해야 할까요? 그러니까 제 말은······ 경찰에 공식적으로 신고를 해야 하지 않나 싶어서요. 게다가 지금 이 통화가 추적될 수도 있으니까요."

"아니요. 통화가 끝난 뒤에도 이 통화는 추적되지 않습니다. 통신 업체에 데이터를 요청해야 하는데, 내일 아침은 지나야 뭐라도 해 볼 수 있겠죠. 그건 그렇다 치더라도 칸슈타인 경감님과 관련해서 뭔가 느낌이 좋지 않아요. 뭐, 그래도 당신 말이 맞긴 합니다. 전화는 해야죠. 경찰로서 내가 당신을 말릴 순 없으니까요. 자, 그럼 그렇게 하시죠."

"형사님이 전화하시겠어요?"

"쳄머 씨, 이 문제는 저와 관련이 없습니다. 요즘 칸슈타인 경감님과 제가 서로 대립하고 있다는 거 잘 아시잖아요."

"그래도 전화하는 게 낫지 않을까요?"

슈프랑은 약간 고민하더니 마지못한 말투로 마침내 이렇게 답했다.

"아니요. 칸슈타인 경감님에게 무슨 일이 있었는지 알지 못하는 한 전화하지 않겠습니다. 물론 경감님은 당장 당신 집으로 오고 싶겠지만, 지금 이런 상황에 제가 경감님과 만나는 게 가능할지 확신이 서지 않아요. 게다가 어차피 경감님은 오늘 밤에 어떤 조치도 취하지 않을 거고 할 수도 없을 겁니다."

오늘 밤 칸슈타인이 자기 집에 들어온다는 상상만으로도 헨드릭은 불쾌했다.

"내일 아침까지 기다리는 게 좋을 것 같군요. 몇 시에 오실 거죠?"

"8시 어떻습니까?"

"네, 좋습니다. 잠이 들 수 있을지 의문이군요."

"문이란 문은 다 잠겨 있으니 아무 일도 일어나지 않을 겁니다. 명심하세요."

"고맙습니다." 헨드릭은 통화를 끝내고 슈프랑의 말을 곰곰이 곱씹었다. 그의 말대로 롤러 셔터가 전부 내려져 있는 상황에서 집 안으로 몰래 침입하는 건 아주 어려운 일이었다. 맞는 말이었다. 침입 시도만으로도 굉음의 경보가 울릴 테니.

그럼에도 불구하고 조금 전의 그런 일을 겪은 뒤 차분하게 침대에 누워 잠이 든다는 생각이 헨드릭에게는 불가능하게 느껴졌다. 물론 경찰들은 이런 일에 일반인보다 훨씬 더 단련되어 있겠지만…….

손에 전화기를 쥐고 아래층으로 내려가 이 방 저 방을 돌아다니며 롤러 셔터를 수동으로 내렸다. 마지막으로 거실로 들어가 안락의자에 등을 기대어 웅크리고 앉아서 엉망으로 깨져 망가진 테라스 유리문을 가만히 쳐다보았다. 당황스러웠다. 혼자 남겨진 기분이었다.

슈프랑은 분명 호의적인 사람이었지만, 지금 헨드릭에게 필요한 건 대화를 나눌 상대였다.

스마트폰을 들고 파울 게르데스의 전화번호를 눌렀다. 게르데스는 틀림없이 전화 때문에 잠에서 깰 테지만 헨드릭은 그 순간

만큼은 상관없으리라 생각했다. 요 근래 헨드릭에게 벌어진 일을 게르데스 역시 익히 알고 있기 때문에 그의 행동을 예의 없다고 생각할 리 없다는 믿음도 있었다.

다행히 헨드릭의 예상과 달리 상사는 아직 깨어 있던 것 같았다. 그는 전화벨이 두 번이 울린 직후 바로 전화를 받았다.

"여보세요, 교수님. 제가 깨운 건 아닌지……." 헨드릭이 말을 시작했다.

"아니네, 아직 일하는 중이었어."

헨드릭은 자신의 상사와 오랜 기간 알고 지냈기 때문에 목소리만 들어도 그의 기분이 그다지 좋지 않다는 걸 눈치챘지만, 지금은 한쪽으로 밀어 놓기로 했다.

"잠깐 통화 괜찮으세요? 조금 전에 진짜 기가 막힌 일이 벌어졌는데, 제 얘기를 들어 줄 사람이 필요해서요."

"그럼 물론이지. 무슨 일인가?"

헨드릭은 게르데스의 목소리에 진심 어린 걱정이 담겨 있다고 믿었다.

"누군가 저희 집에 있는 스마트홈 시스템에 이상한 짓거리를 해 놓았습니다." 그는 게르데스에게 조금 전에 있었던 일을 이야기했다.

"아니 세상에. 정말⋯⋯ 믿을 수 없는 일이군." 헨드릭의 이야기가 끝나자 게르데스가 깜짝 놀라 말했다. "이런 괘씸한 놈들. 경찰에 전화는 했나?"

"범죄수사국 소속 슈프랑 경사와 이야기 나누었습니다. 내일 아침에 저희 집에 온다고 했으니 더 알아봐야죠."

"잠깐만⋯⋯ 누군가 자네 집에 쳐들어와서 죽이겠다며 협박했고, 심지어 당사자는 집에 갇혀 있는데 경찰에 바로 신고를 하지 않았다고?"

"교수님 말씀 충분히 이해하지만 상황이 좀 복잡해요. 일단은 괜찮습니다. 지금 당장은 경찰에 떠벌리지 않는 게 더 낫거든요."

"흠⋯⋯ 논리적으로 들리진 않지만, 알겠네. 그래 뭐, 자네가 알고 있다고 하니. 내가 뭐 도와줄 일 있나?"

"모르겠습니다. 전⋯⋯ 저는 그냥 거실에 앉아 주변을 두리번거리며 익숙한 물건들을 보고 있어요. 전부 저와 린다의 물건들이죠. 저희의 추억과 이야기가 담긴 물건들 말입니다. 그런데도 낯선 집에 앉아 있는 기분이에요. 이해할 수 있으세요?"

"그럼 이해하지. 어떤 사람이 자네의 사적인 영역에 침범했네. 상처받는 건 당연지사고 동시에 분노까지 치밀어 오르지. 암, 그렇고말고."

"네, 맞습니다. 앞으로 다시는 이 집에서 편안함을 느끼지 못할 것 같아 두려워요. 린다를 찾아낸다고 해도요."

"이보게……." 게르데스가 입을 열었다. 그러나 잠시 침묵했다가 다시 말을 이었다. "자네 칫솔이랑 옷가지를 챙겨서 우리 집으로 오는 게 어떻겠나? 나와 함께 레드와인이나 한잔하면서 속에 묻어둔 고통을 털어 내자고. 그러다가 손님방에서 자면 되지 않겠나? 자고 일어나면 세상이 다르게 보일 수도 있으니."

헨드릭은 자신이 정확히 그런 제안을 원했다는 사실을 인정해야만 했다.

"너무 좋습니다. 감사해요. 그렇게 하겠습니다."

"자, 그럼 곧 보세."

"감사합니다!"

헨드릭은 거실의 롤러 셔터도 다시 아래로 내린 뒤 짐을 싸기 위해 위층으로 올라갔다. 욕실 거울 앞에 서서 이마에 난 상처를 가만히 살펴보았다. 상처가 깊진 않았으나 꽤나 벌어져 있었다. 세면대 옆 수납장의 윗 서랍에서 살균 거즈를 꺼내 상처를 깨끗이 닦아 내고 파우치에서 반창고를 겨우 찾아내 상처 위에 단단히 붙였다. 그런 다음 상처를 마지막으로 살펴본 후 욕실을 떠났다.

박살난 아담의 컨트롤 패널이 눈에 들어오자 마음 같아서는 바닥에서 망치를 들어 올려 남은 부분을 한 번 더 내리치고 싶었으나 그냥 지나갔다.

몇 분 뒤, 헨드릭은 열쇠로 문을 잠그고 집을 나섰다.

40

"그건 또 뭔가?" 게르데스는 헨드릭에게 문을 열어 주며 인사 말 대신 그렇게 물었다.

헨드릭이 손가락 끝으로 이마의 반창고를 더듬었다. "아, 별거 아닙니다."

"들어오게!" 파울 게르데스는 한쪽으로 비켜서서 다정하게 손짓을 하며 헨드릭이 에펜도르프에 위치한 그의 이층집으로 들어와 널찍한 현관을 지나갈 수 있게 했다. 벽에 걸린 그림들은 게르데스의 병원 사무실에 있는 것들과 비슷했고 상당히 비싸 보였다.

"저 때문에 괜히…… 죄송합니다." 헨드릭은 커다란 거실로 들어서 영국식의 묵직한 검은색 가죽 의자에 앉은 후 말했다.

게르데스는 고개를 저으며 테이블 가운데에 있는 두 개의 잔을 가리켰다. 잔에는 금빛의 액체가 손가락 두 마디 정도만큼 차 있었다. "미안할 거 없네. 난 언제나 충격 받을 준비가 되어 있어." 그는 헨드릭에게 잔 하나를 밀어 주고 다른 한 잔을 손에 들어 코 아래에 두었다. "엑스칼리버. 스카치위스키네. 45년 산. 귀한 술이지."

게르데스는 헨드릭이 정말 괜찮은지 꺼내려는 듯 탐색하는 눈으로 그를 살피면서 잔을 살짝 위로 올렸다. "건배. 바로 지금, 우리 두 사람 모두에게 필요한 것 같군."

헨드릭이 술을 한 모금 삼켰다. 위스키는 그의 취향이 아니었지만, 술맛이 참 좋다는 사실은 인정할 수밖에 없었다.

"열대 과일 맛이야." 게르데스는 액체 속을 떠다니는 무언가를 찾는 듯 술을 유심히 관찰하며 생각에 잠겼다. "파파야, 구아바, 패션후르츠, 망고. 민트 향도 나고 그 뒤로 계피와 배 향으로 이어지지. 끝맛이 길고 따뜻해. 메이플 시럽과 크림이 곁들여진 견과류 맛도 나고."

헨드릭은 게르데스가 어떻게 그 모든 맛을 찾아낼 수 있는지에 대해 전혀 관심이 없었고, 그 순간만큼은 그런 것은 생각하고 싶지도 않았다.

"교수님, 조금 전에 우리 두 사람 모두에게 필요하다고 하셨는데 그게 무슨 뜻이죠?"

게르데스는 잔을 테이블 위에 두며 손을 저었다. "개인적인 일이네. 별거 아니야. 얘기 나눌 필요도 없지. 지금은 자네 문제가 중요해. 자네와 린다의 문제 말이야."

그러자 헨드릭의 시선이 소파 테이블로 향했다. "교수님, 저 무섭습니다." 그가 낮은 목소리로 털어놓았다. "제가 아니라 린다 때문에요. 슈프랑 경사가 그래도 오늘 밤에는 린다에게 아무 일도 일어나지 않을 거라 했지만…… 교수님도 그 더러운 놈 목소리를 들어 보셨어야 해요. 미친 사람의 목소리를 들어 본 적이 있다면, 바로 그때였을 겁니다."

헨드릭은 게르데스가 내내 그를 지켜보고 있다는 걸 알아채고 입가에 쓸쓸한 미소를 지었다. "정말 죄송합니다. 이 일에 교수님까지 끌어들여서요."

게르데스는 몸을 앞으로 기울이며 팔꿈치로 허벅지 위를 짚었다. "헨드릭…… 자네와 나는 그냥 직장 동료가 아니라 친구야. 자네에게 벌어진 일들을 진심으로 안타깝게 생각해. 내가 도울 수 있는 일이 있다면 뭐든 하겠다고 약속하지. 이 정도로 충분하진 않겠지만." 짧은 침묵이 이어졌고 그가 다시 입을 열었다. "뭐든 하겠네. 약속하지."

"교수님은 린다가 아직 살아 있다고 생각하세요?"

게르데스가 숨을 내뱉었다. "지금 당장은, 린다가 분명 살아 있을 거라고, 별일 없을 거라고 말해야 한다는 걸 나도 잘 알아. 하지만…… 내가 지금 아주 솔직하게 다른 입장을 말하면, 나는 자네에게 나쁜 친구가 되는 거겠지? 하아, 솔직히 나도 모르겠네. 린다가 무사하길 간절히 바라지만 잘 모르겠어."

두 사람은 약속이라도 한 듯 술잔을 비웠다.

"참, 제가 깜빡하고 말씀 안 드렸네요. 얼마 전에 교수님의 친구분인 가이벨 교수를 찾아갔었어요." 헨드릭이 빈 술잔을 내려놓으며 입을 뗐다. 잠시였지만 게르데스가 분명 움찔하는 것 같았다. "아하. 가이벨은 왜 찾아갔나?"

"슈타인메츠와 요나스 크롤만에 관해 물어보려고요."

"그래서?"

"특이하신 분 같았습니다. 교수님이 제게 슈타인메츠에 대해 말했던 때와 똑같이 이상하게 느껴졌어요. 가이벨 교수는 개인정보 보호를 운운하며 자신의 이전 동료인 슈타인메츠에 대해 많은 말을 하진 않았지만, 요나스 크롤만이 병원을 돌아다니며 취재를 하고 다녔다는 건 확인해 주었어요. 병원 직원 몇몇이 은행과의 의심스러운 거래에 연루되어 있다는 의혹 때문에요. 물론 가이벨 교수는 말도 안 되는 소리라고 일축했고요."

"흠……." 게르데스가 낮게 신음을 흘렸다.

"가짜 슈타인메츠가 주장했던, 린다를 크롤만의 차 안에서 봤다는 그 말은 여전히 믿어지지 않지만 그걸 제외하더라도 다른 부분들 역시 상당히 이상해요."

"그게 무슨 뜻인가?"

"함부르크 홈 시스템의 이전 IT 부서장이 무슨 이유로 이름까지 속여가며 저희 집에 나타나서 대부분은 실제로 일어났던 일들을 알려 줬을까요? 차라리 그 일들에 관한 단서를 메일에 적어서 저한테 익명으로 보낼 수도 있었을 텐데 말입니다. 그리고 요나스 크롤만의 취재를 제가 알게 되는 것이 그자에게 왜 그렇게 중요했을까요? 또 그자는 왜 하필이면 얼마 뒤 살해당할 사람의 이름을 도용하는 수고를 자처했을까요? 그때 그는 이미 알고 있었을까요? 아니면 그자가 슈타인메츠의 죽음과 무슨 연관이 있는 걸까요?"

게르데스는 한숨을 쉬며 고개를 단호히 저었다. "그 질문들은 경찰한테 하는 게 좋겠군."

"하, 수상한 이야기가 더 있습니다. 경찰들 중 누구를 믿어야 할지 모르겠어요. 이 사건을 제대로 다루는 수사관, 혹은 그저 그렇게 대하는 수사관. 이 둘 중 한 사람은 슈타인메츠를 살해했다는 의혹을 받고 있는데, 그 형사가 사건 현장에 너무나도 명백한 증거를 남겨두었대요. 하지만 그게 정말 진짜라던, 형사는 감옥이 아니라 정신병원에 들어가야 할 만큼 이상할 정도로 증거가 명백했어요. 반면 그 형사의 파트너인 또 다른 수사관은 처음부터 끝까지 아주 수상하게 행동합니다. 자기 동료 형사를 최대한 빨리 감옥에 집어넣는 것 외엔 아무것도 하지 않더라고요. 결국 용의자 신분이 된 형사는, 검찰도 살해의 증거가 극도로 모순적이라는 점을 인정했기 때문에 유치장에서 풀려나 자유가 되었지만 직무는 정지된 상태예요. 그 형사는 슈타인메츠 살인범이 린다의 납치범과 분명 연관이 있을 거라 판단하여 비공식적으로 저를 도와 납치범 찾기에 매진하고 있습니다. 그동안 저는, 린다가 사라진 그날 이후 매 순간 린다만 생각하고 있어요. 그렇지만 정말 모르겠어요. 린다가 아직 살아 있을지." 헨드릭은 게르데스를 바라보았다. 그러나 그의 눈에 차오른 눈물 때문에 교수의 모습이 흐릿하게 보였다.

"교수님, 그놈이 저한테 어떤 말을 했는지 들어 보셔야 해요.

놈이 뭐라고 지껄였는지. 그 더러운 자식이 린다한테 몹쓸 짓을 했을지 누가 알겠습니까." 헨드릭은 더 이상 눈물을 삼킬 수 없었다.

잠시 후 헨드릭이 게르데스를 다시 바라봤을 때 게르데스는 두 손에 얼굴을 묻고 있다가 재빨리 아래로 내렸다. "그래서 그 기자가 취재했던 병원과 관련된 그 이야기에 대해 자네가 뭘 좀 알아냈는가?"

"아니요. 무슨 수로 알아내겠어요? 가이벨 교수가 그런 적이 있다고 확인해 주긴 했지만요."

게르데스의 낯빛이 어두워졌다. "그의 말이 반드시 맞다고 볼 순 없네."

"왜요? 두 분은 친구 사이 아니셨어요?"

"친구? 그 누구도 프리드리히 가이벨 같은 사람과 우정을 나눌 수 없지. 그는 친구가 딱 한 명밖에 없을 걸세. 바로 자기 자신이지. 더군다나 자네 말처럼 가이벨은, 전에 내가 슈타인메츠에 대해 말한 것과 아주 비슷한 사람이네. 내가 느끼기에 가이벨은 가끔 사람과의 관계에 있어서…… 어쨌든 이쯤 하도록 하지."

헨드릭은 그의 발언에 놀라움을 감추지 못했다. 처음에 게르데스가 가이벨을 언급했을 때, 그는 두 사람이 굉장히 가까운 사이

일 거라는 느낌을 받았기 때문이다.

"요나스 크롤만이 병원 임직원들이 은행과 정말 무슨 관계가 있다는 걸 밝혀냈다면," 게르데스가 말을 이었다. "그런데 그 은행이 린다가 근무했던…… 아니지, 미안하네, 린다가 근무하는 은행이라면, 그녀의 실종이 진짜 그 이유 때문일 수도 있겠군."

헨드릭은 율리아 크롤만을 떠올렸다. 그녀는 실종되기 바로 전날 저녁 그에게 전화를 했었다. 무언가를 찾아냈다며 헨드릭과 반드시 만나야만 한다고 했다. 그녀가 찾아낸 것이 린다의 실종, 더 나아가 그녀 자신이 실종될 이유였을까?

"헨드릭?"

헨드릭은 상념을 몰아냈다. "죄송합니다."

"괜찮나?"

"네, 갑자기 무언가 생각나서요."

"뭔지 물어봐도 되겠나?"

"요나스 크롤만의 부인이 그녀가 실종되기 전날 저녁에 저한테 전화를 했었어요. 다음 날 아침에 저를 만나고 싶다고 했죠. 뭔가 중요한 걸 찾아냈다면서요. 그리고 곧바로 실종됐고요."

"찾아낸 것이 무언지 언급하지는 않았고?"

"네. 아마 앞으로도 그게 뭔지 알아낼 수 없을 것 같아요."

헨드릭은 자리에서 일어나 거실을 이리저리 돌아다니기 시작했다. 온몸이 녹아내리는 듯 피곤했지만 더는 앉아 있을 수 없었다. 너무 절망적이었다. 어떤 생각을 해도 그 끝은 막다른 길이었다. 그날 저녁 대체 왜 율리아 크롤만에게 당장 만나자고 강하게 밀어붙이지 않았을까? 그녀는 정말 결정적인 단서를 찾았던 걸까? 통화 직후 그녀가 사라진 건 절대 우연일 리 없었다. 율리아가 다른 사람에게도 전화를 했을까? 위험한 사람에게 전화했던 건 아닐까?

아니면 누군가 아담의 카메라로 그녀를 지켜보고 있다가 중요한 단서를 찾아낸 사실을 눈치챈 걸까? 그자가 그녀를 납치할 수밖에 없었던 무언가를 본 걸까?

헨드릭은 정신없이 서성이다가 마치 벽으로 달려들 것처럼 그 자리에 우뚝 멈춰 섰다. 만약 그게 맞다면…… 서둘러 휴대폰을 꺼내 알렉산드라의 전화번호를 눌렀다. 게르데스는 그를 관심 있게 지켜보았지만 따로 질문을 하지는 않았다.

헨드릭은 알렉산드라의 목소리를 듣자마자 그녀가 아직 깨어 있었다는 걸 알 수 있었다. "지금 크롤만 부부의 집으로 올 수 있어?" 그는 인사도 하지 않고 곧장 물었다.

"네? 왜요?"

"나중에 설명할게. 왠지 그 집에 가 봐야 할 것 같아."

"경찰이 분명히……."

"아니, 아니, 아니야. 경찰은 아니야. 누굴 믿어야 할지 이제 더는 모르겠어."

"뭐라고요? 무슨 말인지 도통…… 슈프랑 경사님은 아저씨 편이 잖아요."

"그래, 알지. 하지만 슈프랑 경사한테는 당연한 거지만, 어쨌든 그는 살인 누명을 씌운 사람을 찾아내는 데 더 관심이 많아. 과연 그 사람이 린다의 납치범과 동일 인물일까? 그건 아닐 거라고. 그래서 말인데 크롤만 부부의 집에 들어갈 수 있는 방법에 대해 뭐 아는 거 있어?"

"아저씨는 제가 그걸 어떻게 알 거라고…… 잠깐만요."

"어? 왜? 뭔데?" 헨드릭이 기대에 부풀어 물었다.

"어쩌면……. 금방 다시 전화할게요."

"알겠어. 나는……." 헨드릭이 말을 마무리하기도 전에 알렉산드라는 전화를 끊어 버렸다.

"어떻게 됐나?" 게르데스는 술잔을 채우고 위스키 병을 테이블에 다시 내려놓았다.

"아직 모르겠습니다. 그래도 알렉산드라에게 무슨 방법이 있는 것 같아요."

"그런데 자네는 그 알렉산드라라는 여자를 어떻게 알게 된 건가?"

"린다가 실종된 직후에 나타났어요."

게르데스는 그의 손을 가만히 들여다보았다. "그 여자는 무엇 때문에 자네를 도우려는 거지?"

"알렉산드라는 심리학을 공부 중이고, 나중에 프로파일러나 범죄심리학자가 되고 싶어서 범죄수사국에서 실습을 했대요. 요나스 크롤만과 페터스의 부인이 실종되었을 때, 두 사람의 집에 같은 스마트홈 시스템이 설치되어 있다는 걸 알아냈죠. 제가 페이스북에 올린 린다를 찾는다는 포스트를 보고 저한테 연락했던 거고요."

"흠…… 굉장히 이타적인 사람이군."

"네, 맞아요." 헨드릭이 눈을 살짝 가늘게 떴다. "교수님, 목소리가 좀 가라앉은 것 같은데요?"

게르데스는 술잔을 들고 한 모금 꿀꺽 마셨다. "아니야. 괜찮네. 그녀가 무엇 때문에 그러는지 더 깊이 생각해 보지는 않았고?"

"솔직히 말씀드리면 이제 와서 그런 게 다 무슨 상관이겠습니까. 알렉산드라가 제 옆에 있어서 그저 든든할 뿐이에요. 그녀는 아담의 보안상 결함을 찾아낸 해커와 연락을 주고받기도 했어요. 저 혼자서는 절대 해내지 못할 일이었죠."

게르데스가 손을 저었다. "그래, 자네 말이 맞아. 가끔 내가 너무 아는 체를 하는 편이긴 하지."

"전 교수님이 그렇게 하시는 게 당연하다고……." 스마트폰의 웅웅 소리가 헨드릭의 말을 잘랐다.

"가능할 것 같아요." 알렉산드라가 흥분해서 뱉어 냈다.

"어떻게?"

"마빈이요!"

"또 그 사람이네." 헨드릭은 짜증이 섞인 자신의 목소리를 인지하고 미안한 마음이 들어 곧바로 이렇게 덧붙였다. "미안. 어서 말해 봐."

"한밤중에 그 집에 잠입할 방법을 마빈이 충분하게 설명해 주는 게 아저씨가 생각하기에 문제가 있다면, 여기서 멈추면 돼요. 물론 우리보단 마빈에게 더 잘된 일이겠지만요."

"그래, 그래서 조금 전에 미안하다고 했잖아. 요즘에 신경이 무척 곤두서 있어. 그래서 마빈이 어떻게 도와준대?"

"마빈이 저에게 어떤 프로그램 링크를 보내 줬어요. 제 노트북에 설치했고요. 크롤만 부부 집 앞에 도착해서 그 집 스마트홈 시스템의 무선 랜에 연결하면, 프로그램이 시스템에 접속해서 해킹한 다음 우리에게 문을 열어 줄 거예요."

"그걸 마빈이 할 수 있다고? 침입 방지 시스템인데?"

"아저씨, 마빈이 시스템의 구멍을 찾아낸 사람이라는 거 잊었어요? 그리고 놈이 그 구멍을 이용해 피해자들의 집에 잠입하고 있잖아요. 그러니까 마빈도 당연히 그렇게 할 수 있죠."

그 이야기를 들은 순간 헨드릭은 뱃속이 뒤틀렸다.

"네가 마빈은 그렇게 하지 못할 거라고 하지 않았어?"

"전 그런 말 한 적 없어요. 지금 그게 중요해요?"

"아니. 그 얘기는 그러니까, 어떤 집이든 아담만 설치되어 있으면 마빈이 마음대로 조종할 수 있다는 뜻 아니야?"

"이론적으로는 맞아요. 하지만 마빈은 한 번도 그런 적이 없을 거예요. 마빈은 범죄자가 아니잖아요."

"그래, 당연히 아니지."

"완전히 확신한 것처럼 들리지는 않네요."

"알렉산드라, 나는 마빈을 잘 몰라. 그리고 너도 그를 잘 모르고."

"어쨌거나 우리를 도와주려고 하잖아요."

"그래. 그건 나도 알아."

"알겠어요. 그럼 간단하게 설명해 줄게요. 누군가 마빈을 속이고 그를 이용해서 교양 있는 방법으로 어떤 집에 몰래 침입했다고 쳐요. 그러면 마빈은 죄책감이 들겠죠. 어쨌든 범죄는 벌어졌고 결국 마빈이 가능하게 만들었으니까요. 그렇기 때문에 그놈을 체포하는 게 마빈에게는 아주 중요한 문제인 거예요. 그렇기 때문에 그가 우리를 돕는 거고요. 자, 그래서 아저씨는 크롤만 부부 집에 들어가요? 안 들어가요?"

헨드릭은 오래 고민할 필요가 전혀 없었다. 린다의 행방을 찾아내는 것이 무엇보다 중요했다.

"알았어. 들어가야지."

"30분 뒤에 아저씨한테 갈게요."

"그래. 그런데 나 지금 집에 없어. 교수님 댁이야."

그는 그녀에게 주소를 알려 주고 전화를 끊었다.

게르데스가 한동안 그를 신중히 관찰하다가 술잔을 다시 들었다. "자네가 하는 일을 자네가 잘 알기를 바라."

"저도 잘 모르겠습니다." 헨드릭이 답했다. 그 말은 진심이었다.

41

 알렉산드라는 약속 시간보다 빨리 도착했다. 그동안 헨드릭은 디지털 전화번호부에서 크롤만 부부 집 번지수를 찾아낸 뒤 게르데스와 함께 집 앞에 나와 있었다. 그녀의 차가 멈추자 그는 게르데스에게 포옹했다. "함께 있어 주셔서 감사합니다."
 게르데스는 그와 눈을 마주치고 결연히 고개를 끄덕였다. "자네와 린다를 위해 내가 더 도울 수 있길 바라네."
 "다시 한번 감사드려요." 헨드릭은 그렇게 말하고 돌아섰다.
 그리고 그는 바로 알렉산드라의 차에 올라탔다. 그가 안전벨트를 채우는 동안 그녀가 많은 걸 묻고 싶은 듯한 눈빛으로 그를 바라보았다.

"괜찮으세요?"

"어. 너는? 마빈과의 일은 잘 해결됐어?"

"소프트웨어는 설치했어요. 제대로 작동할지는 크롤만 집 앞에서 해 봐야죠."

헨드릭이 고개를 끄덕였다. "출발하자."

자정이 지난 시각 함부르크의 거리엔 차량이 거의 없었고, 두 사람은 별문제 없이 속도를 낼 수 있었다.

"집 안에서 정확히 뭘 찾으려는 건데요?"

"율리아 크롤만이 전화해서 자기가 뭔가를 찾았다면서 날 꼭 만나야 한다고 했거든. 운이 좋으면, 율리아가 그걸 손에 들고 거실에 앉아 있었을 수도 있고 그러면 그 집 아담의 영상 기록 폴더에 그 모습이 녹화되어 있겠지. 그리고 또 운이 좋으면 뭘 찾아냈는지 알아볼 수 있을 거고."

"후…… 진짜 어마어마한 운이 필요하겠네요."

"요 며칠 사이 하루가 멀다 하고 끔찍한 일들을 겪어 봤으니까 이젠 그 정도 운은 있어도 돼."

20분 정도 흐른 뒤 두 사람은 목적지에 도착했다.

알렉산드라는 차를 옆 골목에 세웠다. 두 사람은 율리아와 요나스 크롤만 집까지 200미터를 걸어갔다.

마침 집 왼편의 좁은 통로 위에 있는 허리 높이 정도의 나무 문이 한 뼘 가량 열려 있는 것이 보였다. 헨드릭은 나무 문을 가리키며 말했다. "이리로 와." 그러고는 앞으로 걸어갔다.
 그 통로는 폭이 150센티쯤 되었고 집의 외벽 너머에 울타리가 세워져 있었다. 두 사람의 머리 위 구름 한 점 없는 밤하늘에는 기울어진 반달이 떠올라 달빛이 그들이 향하는 곳을 밝게 비춰 주었다. 마당은 그렇게 크지 않고 대부분 잔디밭이었으며, 은색 달빛 아래에서는 적어도 굉장히 잘 관리되어 있는 듯 보였다.
 테라스에 도착한 알렉산드라는 가방에서 노트북을 꺼내 자그마한 원목 테이블 위에 내려놓고 화면을 펼쳤다. 그리고 휴대폰으로 핫스폿을 활성화시킨 다음 노트북 화면에 창 하나를 띄웠다. 검은색 바탕의 창 왼쪽 상단에 마우스 커서가 깜박이고 있었다. 알렉산드라의 손가락이 거침없는 속도로 키보드 위를 타닥타닥 스치자 검은 화면에 온갖 기호와 문자들이 연속으로 나타났는데, 헨드릭의 눈에는 어린아이가 키보드를 닥치는 대로 쳐 대서 나타난 글자들처럼 보였다. 그는 알렉산드라가 저런 걸 어디서 배웠는지 또다시 궁금해졌다. 심리학 수업에는 저런 식의 컴퓨터 수업이 포함되어 있지 않을 텐데.
 "어떻게 돼 가?" 헨드릭이 속삭였다.

"마빈이 제 노트북으로 접속하면 그에게 위임하고 나서 프로그램을 실행시킬 거예요. 특정 포트를 통해 스마트홈 시스템과 통신할 수 있게 하는 프로그램이요."

"그럼 마빈이 스마트홈 시스템 접속 코드를 알고 있어?"

"아니요. 관리자로 등록하고 아담이 승인하게끔 만들 거예요."

"흠······." 헨드릭은 정확히 어떤 식으로 진행되는지 이해가 가지 않았다.

알렉산드라는 허리를 꼿꼿이 세우고 앉아 헨드릭과 마찬가지로 검은 바탕에 각종 숫자와 문자가 속사포처럼 쏟아져 나오는 걸 지켜보았다. 영화 〈메트릭스〉에서 이와 비스름한 장면을 봤던 기억이 났다. 알렉산드라가 화면을 가리켰다. "됐어요. 마빈이 넘겨받았어요."

"홍채 인식은 어떻게 해? 마빈이 관리자 비밀번호를 안다고 해도 홍채 인식이 남아 있을 텐데."

알렉산드라가 관대한 미소를 지었다. "자, 다시 설명해 줄게요." 그녀가 목소리를 낮췄다. "마빈은 관리자 비밀번호를 아는 게 아니에요. 대신 성공적으로 신분을 증명했다는 걸 시스템이 은연중에 믿게 만드는 거죠. 그러니까, 단약 아저씨가 배가 고파서 알약을 하나 먹었다고 생각해 봐요. 그 알약은 뇌의 특정 수

용체를 유발해서 알약 복용을 음식 섭취로 착각하게 만들고 포만감을 느끼게 하죠."

"그렇다면 마빈이 지금 하는 일은 알약을 복용하는 것과 같은 거네?"

"정확해요! 다양한 시퀀스를 통해 시스템을 착각하게 만드는 거예요. 다양한 시퀀스라 함은, 백도어를 통해 일단 비밀번호 입력과 홍채 인식으로 성공적으로 신분을 증명한 다음 현관문에 지문 인식을 시켜서 잠입하는 프로세스죠."

"그게 어떻게 가능한 건지 나한테는 영원히 수수께끼로 남겠지만, 뭐, 어느 정도는 이해한 것 같아."

헨드릭은 그 이론을 완벽하게 받아들이지는 못했으나 적어도 기본 개념은 이해했다고 믿었다.

알렉산드라가 노트북을 닫고 가방에 다시 집어넣었다. "앞으로 가는 게 좋겠어요. 마빈 말대로라면 문이 곧 열릴 거예요."

두 사람은 현관문 앞에서 몇 분간 기다려야 했고, 그동안 헨드릭은 불안하게 주변을 두리번거렸다. 그리고 갑자기 낮은 웅웅 소리가 들리더니 현관문이 철컥 열렸다.

무슨 일이 일어날지 알렉산드라가 이미 귀띔을 해 줬는데도 불구하고 헨드릭은 경외심 가득한 눈으로 벌어진 문틈을 응시했다.

"나도 모르는 새에 보안과 관련된 완전히 새로운 지식을 습득한 것 같군."

"이게 바로 기술의 저주죠." 알렉산드라가 문을 밀며 말하는 동안 헨드릭도 그녀 뒤를 따라 집 안으로 들어갔다.

헨드릭은 조심스레 문을 닫은 뒤 다시 알렉산드라에게 돌아섰다. "맞아. 그런 것 같아."

둘은 스마트폰의 손전등을 켜고 복도를 비추었다. "사람들은 보안 시스템을 개발하기 위해 10만 유로 이상을 투자하는데, 한 달이 채 지나기도 전에 누군가 그 비용의 1퍼센트도 들이지 않고 그 시스템을 전부 해킹해 버렸잖아요. 무기 체제에서도 마찬가지예요. 탱크를 위한 새로운 합금 강철을 개발하는 데 이미 수억 유로가 투자되었지만, 첫 번째 표준 실험이 진행되는 그 순간에 누군가 고작 5만 유로를 들여서 신기술의 합금 강철을 버터처럼 관통하는 무기를 개발해 내곤 하죠."

"네가 뭘 하고 다니는지 난 정말 궁금해." 헨드릭은 모르는 게 없는 그녀에 대한 마음을 솔직하게 털어놓고 컨트롤 패널로 돌아섰다. 헨드릭의 집처럼 이 집의 컨트롤 패널도 현관에서 멀리 떨어지지 않은 벽에 설치되어 있었다. 그의 시선이 반짝이는 초록색 LED에 닿자 뱃속에서 응어리가 치밀었다. "시스템의 영상 기록 폴더를 먼저 확인해야 해. 마빈이 그것도 할 수 있나?"

알렉산드라가 뒤로 돌더니 복도를 따라갔다. "이리로 오세요."

복도의 맨 처음 오른쪽에 나타난 문은 주방으로 이어지는 문이었다. 헨드릭은 알렉산드라를 따라 주방 안으로 들어갔고, 그녀는 노트북 가방을 주방 조리대 위에 올렸다. 조리대 옆에는 프리 스탠딩형 쿡탑이 놓여 있고, 조리대 앞에는 가죽 재질의 높은 의자 두 개가 있었다. "마빈이 어디든 접근할 수 있는 코드를 알려 줬어요."

헨드릭은 이마를 찌푸리며 알렉산드라가 지금 막 가방에서 꺼내고 있는, 아직은 닫혀 있는 노트북을 가리켰다. "그걸 어떻게 알았어? 노트북은 계속 꺼져 있었는데? 마빈이 어떻게 알려 준 거야?"

"아까 이야기 나누었어요." 그녀가 그의 쪽으로 휙 돌아서서 가슴 앞에 팔짱을 꼈다. "왜 자꾸 제가 의심받는 것 같은 기분이 들죠?"

"널 의심하는 건 아니야." 헨드릭이 덧붙였다. "아무래도 요 며칠 사이에, 특히 조금 전 몇 시간 사이에 너무 많은 일을 겪어서 그런가 봐. 모든 것과 모든 사람을 의심하게 만드는 일들이 벌어졌잖아. 널 의심하는 게 아냐. 진심이야."

알렉산드라는 그의 위쪽 팔에 부드럽게 손을 올렸다. "알겠어요. 충분히 이해할 수 있어요. 요즘 저도 좀 예민했던 것 같아요. 자, 뭐가 나올지 일단 한번 보죠."

헨드릭은 알렉산드라가 아담 앱을 열고 비밀번호를 입력하는 모습을 지켜보았다. 잠시 후 크롤만의 스마트홈 시스템 폴더 목록이 눈앞에 나타났다. 헨드릭은 아담 앱이 그녀의 노트북에 어떻게 나타났는지 궁금했지만, 모른 척 넘어가기로 했다. 아마 그 부분도 이전에 마빈과 이야기가 되었을 거고 그의 조언에 따라 미리 설치했을 것이다.

"어떤 영상을 보면 되죠?" 알렉산드라의 질문에 그는 생각에서 빠져나왔다.

"어떤, 어떤 게……." 헨드릭은 폴더를 살펴보다가 놀라 소리쳤다. "이야, 세상에!"

거실 폴더 옆에는 다음과 같은 이름의 폴더들이 나열되어 있었다. 복도, 주방, 서재, 침실.

42

작은 공간의 문이 다시 열렸다. 상태가 조금 나아진 것 같다. 최소한 육체적으로는 그랬다. 열도 내렸고 자리에서 일어서는 데도 무릎이 그리 격렬하게 떨리지 않는다. 지난 30분 동안은 그래도 숨을 헐떡이지 않았고 뒷벽에서 문까지 몇 걸음 더 내디뎠다가 되돌아오기도 했다.

지금은 벽에 등을 기댄 채 바닥 위에 웅크리고 앉아, 그녀를 괴롭히는 사람이 다가오는 모습을 보고 있었다.

"이제 다 됐다." 그가 그녀에게 가까이 다가서며 소름 끼치는 노래를 흥얼댄다. "일어나. 이리 와. 이제 여기서 나가는 거야."

그녀가 아무런 반응을 하지 않자 그는 그녀 쪽으로 성큼 다가와 기다랗게 벌어진 손가락으로 그녀의 머리칼을 단단히 움켜쥐고 무자비하게 끌어올린다. 고통에 비명을 내지를 수밖에 없게끔.

"누가 날 기다리게 하는 거, 되게 싫어하거든." 그가 속삭인다. 그녀는 비틀대는 다리로 다시 일어서서 본능적으로 한 손으로 사타구니를 가리고 반대쪽 아래팔을 가슴 앞에 둔다. 그 모습이 우스운지 그가 낄낄거리며 짧은 웃음소리를 내뱉는다.

"대체 저한테 왜 이러세요?" 그녀가 잔뜩 겁에 질려 묻는다.

"처리해야 할 리스트가 있거든. 그것 말고 다른 이유? 혹시 내가 재미 때문에 이런다고 생각해?"

그는 그녀에게서 답을 기대하는 것 같지는 않다. 곧바로 또 웃음소리를 피식 뱉어낸다. 그리고 과장되게 눈을 크게 치뜨고 검지로 그녀의 얼굴을 가리켰다. 학생에게 대단한 가르침을 선사하려는 선생님처럼. "서프라이즈! 그게 맞아. 사실이야. 심지어 엄청나게 재밌지." 그가 문을 가리켰다. "이제 여기서 나가. 당장."

"나갈게요." 그가 조금도 옆으로 비켜서지 않아서 그녀는 얼굴을 벽으로 바짝 밀어붙인 채 그의 앞을 지나가야 했다. 그 과정에서 그녀의 맨 엉덩이가 그를 스쳤고 그녀는 혐오감에 몸서리를 쳤다.

그는 그녀를 따라 밖으로 나갔다. 그녀가 휘돌아치는 공포를 느끼며 커다란 공간을 둘러보는 동안 그는 그녀의 옆에 서 있었다. 스테인리스 재질의 이동식 테이블과 똑같은 철제 이동식 수납장. 그리고 그 위의 도구들……. 매끈매끈한 철제 테이블의 모습이 그녀의 머릿속에 떠오른다. 저런 종류의 테이블이 어디서 사용되는지 그녀는 안다.

바로 해부실.

43

 헨드릭은 녹화 영상 폴더들을 가리켰다. "우리 집보다 카메라가 훨씬 많이 설치되어 있네. 일단 거실부터 시작해 보자."
 알렉산드라가 거실 폴더를 더블 클릭하자 날짜별 파일들이 나타났는데, 파일명이 헨드릭처럼 '거실'로 시작하지 않고 '리빙Living'으로 시작했다.
 "율리아 크롤만한테 전화를 받은 게 언제예요?" 알렉산드라가 물었다.
 "화요일 밤. 이 날……." 헨드릭이 해당 날짜를 가리켰다. "저것들 중 하나 클릭해 봐."
 창 하나가 열리고, 조금 시간이 흐른 후 녹화 영상이 재생되기 시작했다. 율리아가 소파로 가서 앉아 있다가 눕는 모습이 보였다. 그녀는 옆에 있는 안락의자 위에서 담요를 가져와 몸을 덮은 다음 눈을 감았다. 알렉산드라는 헨드릭이 요청하기도 전에 마우스 커서로 빨리 감기 버튼을 클릭했다. 영상은 10초간 그 장면 그대로 있다가 끝났다.

"잠들었네. 움직이질 않아." 헨드릭이 말했다. "그러면 1분 뒤에 카메라가 자동으로 꺼져. 다음 파일 열어 봐."

다음 영상은 율리아 크롤만이 소파에서 일어나는 모습으로 시작해서 잠시 후 그녀가 거실을 나서자 끝이 났다.

"다음 영상은 23분 뒤에 녹화됐어요." 알렉산드라가 파일을 가리켰다.

"좋아, 그러면 다른 폴더 파일들을 확인해 보자. 율리아가 거실을 나간 뒤부터 시작하는 영상들. 복도 카메라를 보면 되겠다."

두 사람은 잠시 후 영상 속에서 율리아가 복도를 지나 계단으로 올라가며 화면에서 벗어나는 모습을 볼 수 있었다. 그 영상 역시 금세 끝이 났다.

"위층으로 갔어요. 거기에 침실이 있을 거예요. 아마 욕실로 들어갔겠죠. 욕실에는 카메라가 없을 거고요."

"놀랍다, 진짜······." 헨드릭이 입을 뗐다. "온 집안에 카메라가 설치되어 있다니…… 정말 놀라워. 서재도 위층에 있을 수 있어. 한 번 찾아 보자."

실제로 침실 폴더에는 파일이 하나밖에 없었고, 파일 저장 기록에 따르면 그 파일은 율리아가 복도에 나타나기 1시간 전에 찍힌 영상이었다.

"이날 저녁에는 침실에 들어가지 않았겠군."

"흠……." 알렉산드라가 서재 폴더로 넘어갔다. 드디어 그 폴더에서 영상들이 재생되었다.

서재는 그렇게 크진 않았고 창문 앞에 책상이 있었다. 책장에는 책들이 빼곡했고 문이 닫힌 서류 수납장도 있었다.

두 사람은 율리아가 뚜렷한 목적이 있는 발걸음으로 책상으로 다가가 첫 번째 서랍을 열고 손잡이를 잡은 채 서랍 안쪽을 더듬는 듯한 모습을 지켜보았다. 율리아는 곧 노란 종이를 꺼내 종이에 적힌 글을 읽었다. 안타깝게도 카메라 영상 화질이 선명하지 않아서 뭐라고 쓰여 있는지 알아볼 수가 없었다. 그러나 몇 초 뒤, 두 사람은 종이에 어떤 종류의 글이 적혀 있는지 나름 정확하게 유추할 수 있었다. 율리아가 의자에서 벌떡 일어나 책상 위의 모니터를 켜고 키보드를 앞으로 끌어왔다. 뒤이어 율리아는 종이를 옆에 두고 그곳에 쓰인 것을 입력하기 시작했다.

"컴퓨터 비밀번호예요." 알렉산드라가 조용히 중얼댔다.

헨드릭은 고개를 끄덕이고 알렉산드라의 노트북 화면에 조금 더 가까이 다가갔다. "그런데 잘 보이진 않는군."

"그렇게 드라마틱하진 않네요. 그래도 만약 저 컴퓨터가 지금도 저기에 있으면……."

헨드릭은 노트북에서 시선을 떼고 알렉산드라를 바라보았다. "네가 무슨 말을 하고 싶은지 알아. 마빈! 맞지?"

그녀의 얼굴에 미소가 스쳤다. "정확해요." 그러고 나서 두 사람은 다시 화면의 영상에 집중했다.

헨드릭은 그제야 율리아가 열린 서랍에서 다른 무언가도 꺼냈다는 걸 인식했다. 그녀가 손을 들자 짙은 색 작은 물체가 손끝 사이에 들려 있었고, 곧이어 율리아는 그 물체를 모니터 뒤편에 꽂았다.

"저게 뭐지?" 헨드릭은 화면에서 눈을 떼지 않고서 물었다. "USB인가?"

율리아는 마우스를 이리저리 움직이며 모니터를 주의 깊게 들여다보았다. 그러더니 갑자기 손으로 입을 틀어막고 화면을 응시했다. 그녀는 적어도 1분 동안 그 자세 그대로 움직이지도 않았고, 헨드릭과 알렉산드라는 화면으로 빨려 들어가 그녀를 뚫어지게 관찰했다. 율리아가 나지막이 내뱉은 말을 알아들을 때까지. "세상에, 이럴 수가."

"내가 장담하는데, 율리아는 방금 본 것 때문에 나한테 전화했던 거야." 헨드릭이 추측했다. "이런, 제기랄. 도무지 알아볼 수가 있어야 말이지."

"그 부분은 조만간 해결될 거예요." 알렉산드라가 화면을 가리켰다. 율리아가 마우스를 또 이리저리 움직이고 있었다. 율리아는 다른 파일들을 클릭한 다음 몸을 앞으로 기울이고 열심히 읽어 내려가다가 의자에서 벌떡 일어섰다. 그러고는 어느 순간 마우스에서 손을 떼고 의자에 털썩 앉아 등을 기대고 앞을 노려봤다. 율리아가 발견한 무언가가 그녀의 영혼을 앗아간 듯했다.

그렇게 시간이 흐른 후, 율리아는 다시 앞으로 몸을 기울였다. USB를 모니터에서 뺀 뒤 책상 아래의 아직 열려 있는 서랍 안에 종이와 USB를 넣고는 팔을 서랍에서 빼지 않은 채 그대로 동작을 멈추었다. 그러더니 다시 서랍을 닫았다. 그녀의 손에는 더 이상 USB와 종이가 있지 않았고, 그 자리에는 대신 접힌 종이 한 장이 들려 있었다. 그녀는 종이를 펴고 한동안 가만히 들여다보더니 충격을 받았는지 갑자기 눈을 휘둥그레 뜨고 바닥으로 철푸덕 주저앉았다. 잠시 그대로 멍하니 앉아 있다가 종이를 다시 들어 내용을 재확인한 후 원래 상태로 접었다.

마지막으로 율리아는 모니터를 끈 다음 자리에서 일어나 종이를 들고 서재를 빠져나갔다. 1분 뒤 영상이 종료되었다.

"저 종이가 여기 어딘가에 있으면 참 좋을 텐데요." 알렉산드라가 말했다.

"맞아. 그럴 가능성이 매우 적어 보이긴 하지만. 앞으로 어떻게 될지 한번 보자고."

1층을 돌아다니는 율리아의 짧은 영상을 본 뒤 알렉산드라는 거실 폴더를 다시 열고 계속해서 거실 카메라가 녹화한 파일을 클릭했다. 율리아는 거실로 들어와서 소파에 앉았다. 그녀는 손에 들린 종이를 꼼꼼히 살핀 뒤 휴대폰을 집어 들어 전화번호를 누른 다음 귀에 전화기를 댔다. 5초 정도 흐른 뒤 그녀가 말했다. "율리아예요. 우리 만나야 해요. 내일 아침에요." 침묵. "제가 뭘 좀 알아냈어요." 침묵. "전화로는 말고요. 그냥 내일 나오세요. 같은 장소에서 8시요."

그러고 나서 그녀는 전화를 끊었다.

"나한테 전화한 거야." 헨드릭은 화면 속 그녀가 휴대폰을 소파 위에 대충 던져놓고 한동안 다시 종이에 시선을 고정하고 있는 모습을 바라보며 말했다. 율리아가 보고 있는 그것이 그녀를 완전히 집어삼킨 게 분명했다.

율리아는 한참 뒤 종이를 테이블에 내려놓고 자리에서 일어나 거실을 떠났다.

"이상하네요." 알렉산드라가 중얼대더니 복도 폴더로 돌아갔다. "복도 카메라가 왜 영상을 더 녹화하지 않았을까요?"

"분명히 녹화했을 거야." 헨드릭은 그렇게 말하고 한숨을 푹 내쉬며 몸을 뒤로 기댔다. "하지만 영상들이 삭제됐겠지. 누군가 집으로 들어오는 모습이 찍혔을 테니까."

"아저씨는 어째서 누가 집에 들어왔었다고 확신해요? 율리아가 남편한테 어떤 문자를 받았는지 아저씨도 들었잖아요. 율리아는 남편이 별장에 있을 거라고 생각하고 남편과 대화를 하기 위해 곧바로 집 밖으로 나가서 그레칠로 갔을 수도 있지 않아요? 어쩌면 거기에서…… 아니에요. 당연히 말도 안 되죠. 진짜 그랬다면 율리아가 집을 나가는 영상이 있어야겠네요."

"맞아. 다른 폴더들도 다 클릭해 봐. 녹화 영상이 더 있을 것 같진 않지만."

헨드릭의 말이 옳았다. 침실에도 주방에도 그날 밤 영상은 없었다. 조금 전에 확인한 거실 영상이 아담에 저장된 마지막 영상이었다. 최소한 헨드릭이 알렉산드라와 함께 이 집으로 들어선 그 순간까지는 말이다. 알렉산드라는 그 파일을 선택하고 삭제했다. "이 집을 나서기 전에 우리가 찍힌 영상들도 지워야 해요." 그녀는 그렇게 말하고 노트북을 닫았다.

"내가 이해가 가지 않는 부분은," 헨드릭이 말을 시작했다. "율리아 실종 뒤에 경찰이 이 집에 온 영상이 왜 하나도 없냐는 거야. 그 영상 역시 삭제되었다는 뜻이겠지. 그렇다면 서재 녹화 영상은 왜 지우지 않았을까? 결국 율리아가 뭔가 중요한 걸 찾아냈다는 암시를 줬잖아. 아니면 그보다 더 중요한 무언가가 있을 수도 있고. 하여튼 놈은 왜 모든 영상을 바로 지우지 않았을까? 그랬으면 아담이 녹화 자체를 아예 안 했다고 생각할 수도 있었잖아."

알렉산드라는 바로 답했다. "맞아요. 아저씨 말이 맞아요. 모든 영상을 삭제하는 게 가장 쉬운 일일 테니까요. 제 생각에, 그자는 그런 행동에 전혀 개의치 않는 것 같아요. 자기가 이 집에 나타난 이후의 영상을 전부 지운 걸 보면, 그 외에 나머지 영상들은 다 상관없는 거죠. 그 말은, 그자가 자기 손에 아주 확실한 패를 쥐고 있다고 믿는다는 뜻이에요. 꽤 과장된 나르시시즘에 근접한, 즉 사이코패스적 성격을 나타낸다고 할 수 있죠."

"그런 짓을 하는 인간이 정상일 리 없지."

"그러니깐요. 하지만 경찰이 집 안을 돌아다니는 영상은 왜 하나도 없는지는 저도 정말 이해할 수 없어요."

"흠." 헨드릭은 잠시 침묵했다. "방금 든 생각인데 말이지……. 경찰 중 누구도 그날 저녁의 영상을 확인하지 않았어. 왜일까?"

그녀가 어깨를 으쓱했다. "누가 알겠어요? 이미 영상을 확인했을 수도 있죠, 뭐."

"나는 그렇게 보지 않아. 만약 확인했다면, 슈프랑 경사나 칸슈타인 경감이 그 부분을 분명 언급했을 거야. 나는 두 형사에게 율리아한테 전화가 왔었다고 말했고, 그녀에게 무슨 일이 생긴 것 같다고도 했어."

알렉산드라가 자리에서 일어나 그의 어깨에 손을 올렸다. "경찰은 그들이 알고 있는 모든 걸 항상 말하지는 않아요. 수사 기법 때문이죠."

"하!" 헨드릭이 기막혀하며 내뱉었다. "누가 그걸……."

"자 그럼……." 그녀가 방향을 틀었다. "서재 좀 보러 가 볼까요?"

"이럴 거라고 예상했어야 했네요." 알렉산드라가 위층의 두 번째 문 앞에 서서 말했다. 열린 그 문은 서재로 이어졌고, 영상에서 본 컴퓨터는 이미 사라지고 없었다.

"분명히 경찰이 가지고 갔을 거야." 헨드릭이 추측했다. "경찰이 그럴 생각을 하지 않았다고 해도 별로 놀랄 일이 아니겠지만."

알렉산드라는 책상으로 다가가 서랍을 열었다. "아저씨가 잘못 생각한 것 같은데요? 어쨌거나 이 집에서 두 사람이나 실종됐어요. 경찰이 이 집을 수색하는 건 당연한 일이죠."

"우리 집에도 사람 하나가 실종됐거든? 그런데 경찰 중 그 누구도 진지하게 관심을 갖지 않았어. 슈프랑 경사만 제외하고. 지금까지 경찰이 한 짓을 겪어보고 나니까 이제 더 이상 놀라울 것도 없어. 분명 경찰은 이 집도 샅샅이 뒤져 보지 않았을 거라고. 자세히 수색했으면 우리처럼 감시카메라 녹화 영상도 들여다봤겠지."

알렉산드라는 열려 있는 첫 번째 서랍에서 손을 떼고 일어섰다. "경찰이 영상을 확인했을지도 모르겠네요. 비밀번호가 적혀 있던 종이가 사라졌거든요. USB도요."

44

"여기 이거 뭐예요?" 그녀는 공포가 목소리를 잠식하는 걸 느끼며 묻는다.

"내 아틀리에야. 내 작업실." 그의 목소리는 무척이나 기고만장하다.

내면의 모든 것이 그의 얼굴을 보기를 저항하는데도 불구하고 그녀는 결국 그의 쪽으로 고개를 돌린다. 끔찍한 그의 미소에 소름이 끼쳤다.

"제발 날 가지고 뭘 어쩌려는 건지 말해 달라고요. 제발요!"

그의 표정에 그늘이 휙 스치고 지나갔지만 찰나일 뿐이다. 그는 지루한 얼굴로 그녀를 쳐다보며 단조롭게 말한다. "이미 말했잖

아. 기억나? 그 리스트! 내가 꼭 완수해야만 하는 리스트가 있다고. 이제 네 차례야." 그가 그녀와 가장 가까이에 있는 해부용 테이블을 가리킨다. 그녀는 번들대는 테이블의 표면을 슬쩍 쳐다본다. "아니야, 제발…… 난 당신에게 잘못한 게 없어요. 내…… 내가 당신을 위해 할 수 있는 다른 일이 뭐가 있을까요? 뭐든지요."

"생각해 보지……. 음, 있어." 미간의 일자 주름이 그의 이마로 파고들었다. "저기로 가서 누워. 지금 당장." 그가 그녀에게 으르렁 소리쳤다. 그녀는 그 소리에 깜짝 놀라 뒷걸음치다가 하마터면 바닥으로 넘어질 뻔한다.

그는 한쪽으로 발걸음을 옮기고 뒤에 있는 테이블 위 스텐 접시로 손을 뻗는다. 접시에 무엇이 있는지는 그녀에게 보이지 않는다. 2초 후, 그녀는 그의 손에 메스가 들려 있다는 걸 알아챈다.

또다시 그의 얼굴에 웃음기가 번진다. 그녀는 다른 누구에서도 저런 극단적인 감정 변화를 경험한 적이 없었다. "이제 결정해야 한다. 내 말대로 저기에 눕거나 계속 거부하거나. 어느 쪽이든 나는 작업을 시작할 거야. 네가 자발적으로 가서 누우면, 즉시 지금 바로, 그러면 아무 느낌이 없을 거다. 개인적으로는 무척 아쉽지만. 그러나 계속 거부하면……." 입가에 웃음기가 씨익 번지더니 그는 손에 든 메스를 들어 올린다. "……내 작업을 하나하나 전부 느끼는 즐거움을 경험하게 될 거다." 고개를 비스듬히 기울이며 눈알을 희번덕인다. 그의 모습에 그녀는 공포감에 휩싸여 숨을 거칠게 들이마신다. "내가 뭘 원하는지 맞혀 봐."

그녀는 후들대는 다리를 이끌고 해부용 테이블 쪽으로 뻣뻣하게 걸어가 두 손으로 테이블 테두리를 짚었다. 짧은 순간 그녀의 머릿속에 저 자식에게 달려들면 기습 공격을 할 수 있지 않을까, 하는 생각이 스쳤지만 그녀는 그러기엔 너무 쇠약했다. 차가운 철제 테이블에 눕기 전, 그의 쪽으로 한 번 더 돌아선다. "그 리스트에…… 뭐가 적혀 있죠?"

"오, 내가 보여 주지." 그는 벽에 고정된 선반으로 다가가 선반 위에 있는 종이 한 장을 집었다. 그러고는 그녀 쪽으로 걸어와서 눈앞에 들이민다.

그녀는 글자들을 읽었다. 몇 초 동안이나 뚫어지게 응시한다. 그러고는 몸을 홱 돌려 번들대는 테이블 표면에 토를 쏟아 냈다.

45

"제기랄!" 헨드릭의 입 밖으로 욕설이 새어 나왔다. "다른 사람이 가져갔을 수도 있어. 예를 들면 율리아 크롤만이 알아낸 사실을 단 한 가지도 나한테 전달하지 못하도록 막으려는 사람."

알렉산드라가 의자 위로 주저앉아 헨드릭을 가만히 바라보았다.

"왜?" 그가 물었다.

"음…… 아저씨가 화나지 않도록 조금 돌려 말해도 돼요?"

"조만간 날 분노하게 만들 것 같기는 하지만, 어쨌든 좋아. 말해 봐."

"율리아 크롤만이 USB에서 뭘 알아냈는지 우리도 못 봤잖아요, 그렇죠?"

"못 봤지. 그게 뭐?"

"순전히 이론적으로 보면 말이에요, 그녀가 어떤 문서나 사진 같은 걸 봤을 수도 있지 않을까요? 그러니까…… 그녀의 남편과 린다가…… 잘 아는 사이였다는 증거라든지……."

"뭐라고?" 헨드릭의 분노가 불쑥 터져 나왔다. "그 말도 안 되는 소리를 지금 또 시작하는 거야? 너는 날 믿는 줄 알았는데!"

"그럼요. 아저씨를 믿죠. 조금 전에 말했다시피 그냥 하나의 가정일 뿐이에요."

"아하, 그러셔?" 그는 가슴 앞으로 팔짱을 꼈다. "그리고 또? 그게 다야?"

"아니 뭐, 아저씨에게 전화한 이유는 그게 맞지 않나 싶어서요. 율리아는 그걸…… 아저씨도 뭘 말하는지 알겠죠. 아무튼 그걸 찾아내서 아저씨를 만나려 했던 거죠. 어쨌거나 그녀에게 직접적인 관계가 있는 만큼 아저씨한테도 똑같을 테니까요."

"그래 좋아. 내가 한마디 덧붙이지. 그날 밤 녹화 영상이, 즉 율리아가 거실을 나간 그 순간부터의 영상이 다 어디로 갔을까? 율리아가 집 밖으로 나가기 전에 직접 지웠을까? 나를 배신한 내 약혼자의 품에서 그녀를 배신한 남편을 구하기 위해서?" 헨드릭은 언성이 높아졌다는 걸 인식했지만 사과할 생각은 조금도 없었다.

"아저씨…… 알겠어요. 좋아요. 아저씨 말이 맞아요. 제 말에 앞뒤가 맞지 않는 부분이 있긴 하네요. 아까도 말했듯 그냥 여러 가지 가정 중 하나일 뿐이에요. 모든 가능성을 고려해야 하잖아요."

"그런 가정은 칸슈타인 경감이나 두 팔 벌려 환영하겠지."

그때, 헨드릭의 바지 주머니에서 휴대폰이 울렸다. 그의 상사, 파울 게르데스의 전화였다.

"여보세요."

"헨드릭, 자네 내 말 잘 듣게!" 게르데스가 목소리를 낮추고 숨을 헐떡이며 조급하게 말했다. "아직 그 집에 있는 건가?"

"네. 저희 아직……."

"그 집에서 얼른 나오게." 그가 절박하게 속삭였다. "지금 당장."

"네? 그렇지만……."

"아니야. 내 말 들어야 해. 기독병원 지하실에서…… 이런 제길!" 그 순간 전화 연결이 끊어졌다.

"교수님?!" 헨드릭은 게르데스가 듣지 못할 걸 알면서도 크게 외쳤다.

"무슨 일이에요?" 알렉산드라가 다급하게 물었다.

그는 알렉산드라의 질문에 대답하지 않고 불안함을 감추지 못한 채 고개를 절레절레 저으며 최근 통화목록에서 게르데스의 번호를 눌렀다. 신호음이 8, 9번 울리더니 음성사서함으로 넘어갔다.

"이런, 제길!" 헨드릭이 욕지거리를 내뱉으며 휴대폰을 주머니에 도로 집어넣었다. "게르데스 교수님이야. 소곤대는 목소리였고 시간이 조금도 없는 사람처럼 몹시 다급했어. 당장 이 집에서 나가라면서 기독병원 지하실 얘기도 꺼냈어. 그런 다음 전화가 끊어졌고."

"그분이 우리보다 뭔가를 더 많이 알고 있는 것 같네요." 알렉산드라가 추측했다. "아저씨, 그분과 가까운 사이잖아요. 그분 말대로 할까요?"

헨드릭은 천장을 올려다보며 분명 어딘가에 있을 감시카메라를 찾았다. 키 큰 책장 위의 모서리 아래쪽에 빨간 불이 깜빡이고 있었다. "그렇게 하자."

둘은 서재에서 나왔다. 헨드릭은 계단을 내려가며 슈프랑 경사의 번호를 눌렀다. 신호음이 계속 가다가 음성사서함으로 넘어갔다. "쳄머입니다." 헨드릭이 급하게 내질렀다. "이거 듣는 대로 곧장 전화 주세요. 중요한 일입니다."

아래층에 도착하자 알렉산드라가 물었다. "교수님 전화 얘기는 왜 안 했어요?"

"누가 엿듣고 있을지도 모르니까." 손이 현관문 손잡이에 닿는 순간, 그는 문이 잠겨 있을 거라는 느낌이 들었다. 하지만 다행히도 문은 잠겨 있지 않았다. 그는 안도의 숨을 내쉬었다.

"잠깐만요. 우리가 여기에 있었던 영상을 지우고 가야 해요." 알렉산드라가 헨드릭의 발걸음을 붙들었다. 그러나 그는 고개를 저었다. "안 돼. 이제 와서 그게 무슨 소용이야? 빨리 병원으로 가야 해. 게르데스 교수님의 목소리로 봐서는 굉장히 급하고 중요한 일이야."

두 사람은 차까지 200미터 정도 되는 거리를 서둘러 갔고 몇 분 후 이미 차도 위를 달리고 있었다.

"이 모든 게 린다의 실종과 관련이 있다고 생각해요?" 헨드릭의 옆에 앉아 잠시 아무 말 않고 있던 알렉산드라가 눈앞의 길을 응시하며 물었다.

"그럴 가능성이 상당히 크지. 교수님한테 무슨 일이 벌어졌는지는 모르겠지만 뭔가 일이 터진 게 분명해. 휴, 심각한 일이 아니길 바랄 뿐이야."

게르데스와의 통화를 마친 후 헨드릭은 틀림없이 무슨 사고가 났으리라 짐작했다.

원래대로라면 상사의 집으로 당장 가 보거나 최소한 경찰에게 신고를 했을 터였다. 허나 파울 게르데스가 다급하게 기독병원으로 가라고 했기 때문에 그렇게 하지 않았다. 일단 경찰이 헨드릭을 믿을 리 없었다. 그 역시 게르데스의 정보가 누구에게서 나온 건지, 또 뭘 어떻게 해야 하는지 확신이 서지 않았으니까. 그래서 슈프랑 경사에게만 연락한 것이었다.

오트마르쉔에서 알스터도르프에 있는 병원까지는 약 15킬로미터. 20분 정도 걸리는 거리였다. 헨드릭은 조수석에 앉아 안절부절못하고 이리저리 움직였다. 빨리 도착하고 싶은 마음이 굴뚝 같았지만 알렉산드라에게 액셀을 더 밟으라고 재촉하지 않고 꾹 참았다.

마침내 텅 빈 병원 주차장에 도착했다. 헨드릭은 차가 멈추기도 전에 안전벨트를 풀어 제쳤다.

"이 시간에 저 안으로 들어갈 수 있을지 모르겠네."

헨드릭이 큰 소리로 중얼거리며 차문을 열었다.

"곧 알게 되겠죠." 알렉산드라가 대답했다. "혹시 의사 신분증 갖고 있어요?"

"아니, 없어. 그렇지만…… 보통 문을 지키고 있는 경비원들은 주로 밤에 병원에 들어가는 직원들을 알긴 해. 일단 한번 시도해 보자."

병원 입구로 이어지는, 단정하게 정돈된 길 쪽으로 걸어가려는데 알렉산드라가 헨드릭의 팔을 붙잡았다. "잠깐만요. 아저씨의 교수님 말대로라면 어디 경사진 길로 가야 하지 않아요? 지하실이라면서요. 본관의 주 출입구로 가는 건 아닌 것 같은데. 경비원이 우릴 수상하게 여기고 보안업체에 신고할지 누가 알아요? 병원에는 원래 직원 전용 입구 같은 게 있지 않아요?"

"그야 병원마다 다르지. 이 병원은 어떨지 모르겠네. 만일 있다고 해도 문이 열려 있진 않을 거야."

알렉산드라는 주장을 굽히지 않았다. "그래도 건물 주변을 둘러보죠. 한밤중에 주 출입구 앞에 서서 경비원한테 건물 안으로 들어가고 싶다고 해 봤자 괜히 기회만 날아갈 테니까요."

헨드릭은 게르데스가 왜 그렇게 다급하게 병원 지하실로 가라고 했는지 궁금해 미칠 지경이었지만, 알렉산드라의 말도 맞았다. "좋아. 저기로 가자." 그가 병원의 또 다른 입구로 이어지는 오른쪽의 좁은 길을 가리켰다.

단정하게 포장된 좁은 길을 지나 한 블록 더 갔더니 계단이 나왔다. 계단 아래에는 문이 있었는데, 옆쪽에 표면이 매끈한 사각형 모양의 작은 검은색 판이 설치되어 있었다. 잠금장치를 풀고 들어갈 수 있는 권한, 즉 출입증이 있어야 한다는 뜻이었다. 아쉽게도 헨드릭은 그의 소속 대학병원 출입증만 갖고 있었다.

"게임 끝이네." 헨드릭은 단념했다. "출입증 없이는 안으로 들어갈 수 없어. 가망이 없다고. 일단 돌아가서 본관 입구에서 다시 시도해 보자."

알렉산드라가 머리를 흔들며 손을 올렸다. "아니요. 기다려 봐요. 내가 한번 해 볼게요."

그녀는 헨드릭에게서 시선을 떼고 계단을 내려가 문 앞에 선 다음 주머니에서 휴대폰을 꺼내 화면을 쓱 밀었다. 한동안 휴대폰 화면을 두드리더니 고개를 저으며 "젠장!"이라고 읊조렸다. 하지만 다시 놀라운 속도로 엄지손가락을 움직여 화면을 쳐 댔다.

잠시 기다리던 헨드릭은 결국 계단 하나를 내려가서 낮은 목소리로 말했다. "이만 올라오지 그래? 그렇게 해서 될 일이 아니란 거 알잖아. 마빈이라면 또 모를까……." 그러나 그는 다시 올라갈 필요가 없었다. 바로 그때 문에서 지이잉 소리가 들렸으니까. 알렉산드라가 문 쪽으로 기대자 문이 벌컥 열렸다.

"진짜 대단하네." 헨드릭은 감탄하며 남은 계단을 마저 내려갔다. "넌 정말 날이 갈수록 대단해지고 있어."

"아유, 그냥 간단한 해킹 프로그램일 뿐이에요. 누구나 웹에서 다운 받을 수 있고요." 알렉산드라는 자신의 역량을 대수롭지 않게 말했다. "그리고 무선 랜 해킹하는 건 애들도 할 수 있는 일이고요. 어쨌든 이제 안으로 들어가요."

"이게 벌써 두 시간 안에 벌어진 두 번째 침입이네." 알렉산드라가 어둑어둑한 복도로 발을 들이고 문을 닫는 동안 헨드릭이 속삭였다. 그녀는 휴대폰의 손전등을 켜고 높이 들어 올렸다.

5미터 정도 이어진 복도 끝에 양쪽으로 나뉜 갈림길이 나왔고, 밝기가 약한 휴대폰 손전등은 갈림길을 제대로 비추지 못했다.

헨드릭은 뚜렷한 이유 없이 왼쪽을 가리키며 낮게 말했다.

"저기로."

"아저씨가 어떻게 알아요?"

"나도 모르지. 그냥 이쪽이 저쪽보다 더 나아 보여. 안타깝게도 무슨 이유가 있는 건 아니야." 헨드릭 역시 전화기를 꺼내 손전등을 켰다. 그가 앞장섰다.

불과 몇 미터를 지나가기도 전에 양쪽에 문이 나타났다. 문틀 옆에 붙은 하얗고 작은 칠판에는 여러 글자와 숫자 조합이 열거되어 있었다. 창고일 확률이 높아 보였다. 문은 잠겨 있지 않았고, 안쪽 선반에는 각종 청소 도구와 세탁 물품, 화장지가 놓여 있었다.

 복도를 따라 30미터쯤 더 걸어가 보니 마지막에 문이 하나 더 나왔다. 철제문이었고, 이번에도 잠겨 있지 않았다. 헨드릭이 조심스레 문을 열었더니 위로 이어지는 계단이 보였다. 빛줄기가 위쪽에서 아래로 파고들고 있었다. 그는 알렉산드라에게 문을 열어두라고 지시한 뒤 두 걸음 더 내디뎠고, 그 즉시 위로 이어지는 계단이 눈부시게 밝은 복도로 이어진다는 걸 알아챘다.

 헨드릭은 뒤로 돌아 알렉산드라를 지나쳐 다시 문 안쪽으로 돌아왔다. "병동으로 이어지는 길 같아." 그가 목소리를 낮췄다. "게르데스 교수님은 지하실이라고 말했어. 다른 쪽으로 가자."

 두 사람이 지나왔던 좁은 복도를 다시 내려갔더니 반대 방향에도 비슷한 광경이 눈앞에 나타났다. 애매한 기호들이 적힌 문 두 개가 양쪽에 나타났다. 다만 이곳의 방들은 거의 비어 있었다.

 여기에도 맨 끝에 문이 있었다. 그 문은 양쪽으로 열리는 문이었고, 아까 두 사람이 열고 들어온 문처럼 문 옆에 사각형 모양의 출입 통제 장치와 자판이 설치되어 있었다. 문을 열기 위해선 자판에 비밀번호를 입력해야 했다. 헨드릭이 무슨 말을 꺼내기도 전에 알렉산드라가 그를 옆으로 살짝 밀며 속삭였다. "제가 해 볼게요. 원리는 똑같아요."

1분이 지나기도 전에 문이 열렸다.

문 안쪽에 나 있는 복도 역시 무척 어두웠다. 몇 걸음 걸어가지도 않았는데 첫 번째 문이 나타났다. 마침 그때 헨드릭의 손에 들린 휴대폰이 진동했다. 그는 휴대폰 화면에서 슈프랑의 이름을 확인한 뒤 남은 손으로 문을 열며 전화를 받았다.

"전화하셨습니까?" 슈프랑의 막 잠에서 깬 것처럼 지쳐 있었다.

"네, 잠시만요." 헨드릭은 방안으로 발을 내딛고 자기 뒤에 살짝 열려 있는 문을 닫으며 속삭였다. 복도가 어디로 이어지는지도 알 수 없었고, 무엇보다 슈프랑과의 전화 통화를 누군가에게 들키고 싶지 않았다.

손전등 불빛이 작은 방을 비추었다. 방안에는 빈 침대가 서너 개 있었다.

"네. 지금 알렉산드라와 알스터도르프 기독병원에 있습니다. 제 교수님이 조금 전에 전화로 이상한 소리를 해서요." 헨드릭이 상황을 설명하자 슈프랑 형사가 물었다. "경찰서에 신고하셨습니까? 긴급 전화는요?"

"아니요."

"좋습니다. 제가 맡도록 하죠. 동료 경찰에게 알리고 바로 그쪽으로 갈게요. 정확히 어디에 계시죠?"

"지하실입니다. 본관 입구에서 오른쪽으로 가면 계단이 나옵니다. 저희는 지금 계단 아래 지하실에 들어왔어요."

"뭘 좀 찾으셨어요?"

"아니요. 어두운 복도뿐이에요."

"알겠습니다. 지금 계신 곳에 그대로 계세요. 가능한 빨리 갈게요. 도착하면 연락드리죠."

"네. 좋습니다." 헨드릭은 전화를 끊었다. 문을 다시 열고 그 방을 나왔다. 그리고 그는 소스라치게 놀랐다.

알렉산드라가 사라졌다.

"알렉스?" 헨드릭은 목소리를 낮추고 주위 소리에 집중했다. 아무 일도 일어나지 않았고 아무 소리도 들리지 않았다. 그녀를 다시 불렀다.

즉시 심장이 날뛰기 시작했지만 그녀가 옆방을 탐색 중일 거라고 애써 자신을 다독였다. 그리고 또 다른 문이 나올 때까지 천천히 앞으로 갔다. 문을 열어 보려 시도했으나 잠긴 상태였다. 몸을 돌려 계속 걸었다. 그다음 문은 잠겨 있지 않았다. 문을 빼꼼 열고 손전등으로 방 안을 비추었다. 목에서 경동맥이 미친 듯이 펄떡대고 심장이 불규칙하게 쿵쿵댔다.

"알렉스? 여기에 있어?"

알렉산드라는 없었다. 방은 텅 비어 있고, 지하실 곰팡이 냄새가 쿰쿰 났다. 도저히 병원 지하실이라고 할 수 없을 정도였다. 방치된 지 한참 된 것 같았다.

헨드릭은 한걸음 물러서서 문을 닫았다. 다시 길을 나서는데 뒤에서 무슨 소리가 들렸다. 가슴을 쓸어내리며 알렉산드라에게 몸을 돌리던 순간, 무언가 부드러운 것이 그의 입을 틀어막았다.

달큰한 냄새가 온몸을 휘감았고 급작스레 욕지기가 났다. 눈 깜짝할 새에 어떤 뜨거운 것이 뇌 속으로 파고들었다. 돌연 어둠의 심연으로 빠져들었다.

46

"네가 한 더러운 짓거리 좀 보라고!" 그자가 뒤에서 그녀의 위쪽 팔을 아플 정도로 세게 붙잡아 옆으로 강하게 잡아당기며 말한다. "자, 저 앞에 있는 다른 테이블로 가."

그녀는 토사물이 사방으로 흩어진 매끈한 테이블을 뒤로하고 몽유병 환자처럼 돌아선다. 맨발바닥 아래에 닿는 차가운 타일을 무시한 채 한 발 한 발 내디며 다음 테이블에 도착하고 그 위에 몸을 받치고 선다. 그 리스트는…… 글자 몇 개가 차례차례 쓰여 있고 그 뒤에 숫자가 적혀 있을 뿐이었지만, 앞으로 무슨 일이 닥칠지 끔찍할 만큼 분명하게 알려 주었다.

그 깨달음과 함께 내면의 모든 것이 무너졌다. 이 피할 수 없는 상황을 저항하는 데 꼭 필요한 모든 것이. 미친놈에게서 그 어떤 자비도 기대해선 안 된다는 건 이미 오래전에 명확해져 있었다.

"네가 아름다운 내 테이블을 엉망으로 망가뜨렸어." 갑자기 그의 목소리가 그녀의 귓가 아주 가까이에서 들린다. 그리고 그의 숨결이 느껴졌다. 불쾌하다. 메스껍다. 식도를 타고 위 속의 잔여물이 뿜어져 나올 것 같지만 그녀는 반사적으로 다시 삼켜 내린다. 그러나 그가 알아챘다.

"테이블 위에 또 토하면 제일 먼저 눈부터 파낸다." 그가 그녀에게 호통쳤다.

그녀는 정신을 잃어 갔다. 그 순간 상체를 앞으로 밀어대는 그의 손길을 느끼지 않았더라면, 그녀는 정말 칠흑 같은 어둠 속으로 빨려 들어갔을 것이다.

"당장 저리로 가서 누워."

그녀는 몸을 돌려 더 이상 그를 보지 않으려 시선을 떨구고 손바닥 아래쪽으로 테이블 모서리를 짚으며 자세를 세운다. 철제 테이블이 그녀의 엉덩이를 차갑게 압박한다. 그녀는 그 감각을 무시한 채 두 다리를 높이 올린다.

그런 다음 등을 대고 누워 천장을 응시했다.

그녀 위로 주사기가 들린 손이 나타났다. "너한테 줄 선물이 있어." 그가 또다시 입꼬리를 옆으로 당겨 끔찍한 미소를 지으며 말한다.

"너는 내가 아끼는 테이블을 온갖 토사물로 더럽혔으니 작게나마 감사의 의미로 재우지 않을 거야. 내가 리스트에 있는 것들을 어떻게 작업하는지 특별히 직접 체험할 기회를 줄게. 너무 좋지 않아?"

그가 그녀의 손목을 움켜쥐고 비튼다. 팔오금을 찌르는 느낌이 들었다. "사실 나는 너한테 고마워해야 해. 내가 약속했잖아. 잠들게 해 줄 거라고. 하지만 누군가 내 물건들을 더럽히면 무슨 일이 벌어질지에 대해선 말하지 않았지. 특별한 경우에는 특별한 조치가 취해지는 법이야. 너도 이해하지, 어?"

그녀는 무슨 말인지도 이해도 하지 못한 채 뭐라도 말하려고 입술을 움직였지만, 입술이 마치 남의 것처럼 느껴진다. 그녀는 자신이 내는 소리를 이해하지 못한다. 어쩌면 이해할 수 없는 소리에 불과할지도 모른다. 그러나 신경 쓰지 않았다.

한기가 온몸을 통과하며 길을 내는 감각을 느끼면서, 그녀는 이게 죽음인지 또는 죽음이 다가온 것인지 자신에게 묻는다.

그리고 아연한 선명함 따위 상관없다고 확신한다. 아니, 오히려 그냥 죽었으면 좋겠다고 희망한다.

"너는 잠들지 않을 거야." 그가 말한다.

그녀는 리스트에 적혀 있던 글자들을 다시 눈앞에 띄운다. 글자들이 뜨겁게 달궈진 쇠붙이처럼 그녀의 이성 속에서 불타오른다.

심장 – 3, 간 – 5, 신장 – 2, 폐 – 2, 소장 – 3, 췌장 – 4.

47

 헨드릭은 눈을 떴다가 다시 꾹 감았다. 동공을 고통스럽게 찔러대는 맹렬한 불빛 때문에 눈을 뜰 수가 없었다.
 자신이 어디에 있는지 파악하려 노력했다. 집인가? 아니다. 그러기엔 모든 게 낯설게 느껴졌다. 다리 한쪽을 움직이려 시도했지만 꼼짝도 하지 않았다. 날카로운 불빛을 무릅쓰고 두 눈을 다시 번쩍 뜨고 고개를 옆으로 돌리려 했으나 이번에도 근육이 말을 듣지 않았다. 뇌에서 보내는 명령을 몸이 듣지 않았다.
 소리를 지르고 싶지만 단 한 마디도 입 밖으로 새어 나오지 않았다. 다시 눈을 감고 숨을 헉헉 몰아쉬었다. 공포에 사로잡힌 채 공기를 들이마시고 연신 내뱉으며 안간힘을 다해 몸을 움직여 보앉다. 소용없었다. 그는 마비된 상태였다.

기억이 되살아났다. 병원 지하실. 어두운 복도, 슈프랑의 전화, 알렉산드라……. 헨드릭은 본능적으로 그녀가 옆에 누워 있는지 살펴보려 했다. 헛수고였다.

"아! 깨어났군." 그의 어깨에 차가운 손길이 느껴졌다. 윗옷을 입고 있지 않은 모양이었다.

이 목소리는…… 딱 한 마디뿐이었지만 헨드릭은 그가 누구인지 확신했다. 좋은 징조일까? 아직 기독병원에 있는 걸까? 병동인가?

그래도 움직일 수만 있다면……. 불현듯 그에게 무슨 일이 벌어졌는지에 대한 깨달음이 그를 뒤덮었다. 몸은 움직이지 않지만 의식은 또렷하고 감각도 느껴지는 상태. 이건 전부…… 수면마비 징후였다.

아마 약물 투여로 이렇게 됐을 터였다. 도대체 왜?

"사랑하는 동료여, 당신이 지금 어떤 상황에 처해 있는지 이미 알고 있을 겁니다."

이 목소리는……. 헨드릭 위의 눈부신 조명이 가려지고 그림자가 드리워지더니 그자의 윤곽이 드러났다. 헨드릭은 곧바로 그를 알아보았다. 가이벨 교수.

"이렇게 다시 보는군요. 나는 당신에게 미안한 거 없습니다……. 당신은 이 리스트에 예상치 못한 선물과 같지."

헨드릭은 그자가 하는 말이 한 마디도 이해가 가지 않았지만 생명이 위태로운 상황에 놓였다는 건 알았다. 린다와 같은 상황일까? 가이벨이 린다도…….

"여기에 당신도 아는 사람이 있습니다." 그가 얄팍한 입술을 옆으로 비죽 늘리며 비열한 웃음을 지었다. "아, 미안합니다. 움직일 수 없지? 잠깐, 내가 도와주죠."

그 형체가 헨드릭의 시야에서 사라졌다. 조금 뒤 목덜미 아래로 손이 쓱 밀고 들어오더니 그의 머리를 세워 살짝 옆으로 돌렸다. 불쾌하고 불편한 느낌이었다.

헨드릭은 옆에 알렉산드라가 누워 있을 거라 기대했지만 그의 눈길이 누군가의 맨다리 위로 미끄러졌다…… 그리고 그는 옆 사람을 알아보자마자 충격과 공포에 휩싸였다.

린다! 내면의 모든 것이 고개를 들었다. 입은 꾹 다물어져 있었지만 헨드릭은 속으로 그녀의 이름을 목놓아 불렀다.

린다가 아직 살아 있어서 다행이라는 생각에 심장이 미친 듯이 뛰었으나, 지금 상황을 두 눈으로 확인하자 전에 한 번도 느껴 보지 못한 분노가 가슴속에서 불타올랐다. 저 고물이 린다에게 무슨 짓을 한 거지?

그리고 생전 처음 사람을 죽이고 싶어졌다. 벌떡 일어나 두 손으로 삐쩍 마른 미친놈의 목을 움켜잡고 히죽대는 낯짝이 시퍼렇게 질릴 때까지 무자비하게 조르고 싶었다. 너무나 열망했다. 그 외엔 어떤 바람도 없었다.

헨드릭의 머리가 다시 눕혀졌고, 그 즉시 찌르는 듯한 조명이 달려들어 그는 또 눈을 감았다. 끓어오르는 분노를 억제하지 못한 채 눈을 감고 간절히 바랐다. 인위적으로 수면 마비를 일으킨 약의 효과가 폭발하는 아드레날린 분비로 인해 더 빠르게 사라지기를.

"내가 여기서 뭐 하는지 아시나?" 가이벨이 물었다.

헨드릭은 두 눈을 뜨고 눈을 깜빡이려 노력했다.

"아, 조명. 미안합니다, 소중한 동료님. 내 부주의군요."

헨드릭은 닫힌 눈꺼풀 위로 조명이 꺼지는 걸 느끼고 마침내 두 눈을 떴다. 가이벨이 옆에 서서 그를 내려다보고 있었다.

"당신은 의사로서 우리 의료 업계에서 아주 중요한 부분을 맡고 있습니다. 하지만 당신은 인간의 일곱 부분이 될 것이기 때문에 앞으로 훨씬 더 중요한 인물이 되겠죠."

헨드릭은 도무지 참을 수 없는 증오를 한쪽으로 밀어 보내고 가이벨이 하는 소리를 이해하려 애썼지만, 개소리처럼 들렸다.

"문제는……." 두 사람 옆에서 누군가의 말소리가 들렸다. 가이벨이 고개를 휙 돌리더니 말을 내뱉었다. "제기랄, 너 여기서 뭐 하는데?"

"너희들이 미친 짓을 진짜 하려는지 내 두 눈으로 직접 확인하고 싶었지."

헨드릭은 그 목소리를 알아채곤 강한 탄식을 뱉어 내고 싶었다. 조금 전까지만 해도 정상이라고 생각했던 이 세상이 종이 집처럼 한순간에 구겨지는 느낌이었다.

파울 게르데스! 그의 교수이자 친구, 게르데스가 바로 저 미친 놈과 한통속인 듯했다.

"다른 사람들도 네가 여기에 있는 거 알아?"

"나는 그 누구에게도 허락을 구하지 않아." 목소리가 더 가까이 다가왔고, 그다음 게르데스가 가이벨 옆에 나타났다. 게르데스의 시선이 헨드릭을 향했다. 피곤해 보이는 그의 얼굴은 창백했다.

"인생이란 종종 이럴 때가 있지." 게르데스의 목소리는 냉담했지만 헨드릭은 그의 눈빛에 다른 무언가가 담겨 있다고, 자신이 그것을 인식했다고 믿었다. 그러나 그는 순진한 멍청이에 지나지 않았다. 이성이 그를 혼란스럽게 헤집어놨다. 헨드릭은 게르데스가 뒤통수를 제대로 쳤다는 걸 인정하고 싶지 않았기 때문에 게르데스의 눈빛에서 일종의 연민 같은 걸 읽어 내려 발버둥쳤다.

가이벨이 눈을 찌푸리며 돌아섰다. "좀 서둘러 주겠어? 할 일이 아직 많아. 이 밤도 벌써 절반이나 흘렀다고."

"나는 사실 이런 걸 원치 않았지만 아쉽게도 이제 와서 바꿀 수는 없지." 게르데스는 말을 하며 계속 무언가를 했다. 그 사이 헨드릭은 무언가 그의 팔 위쪽을 찌르는 느낌을 받았다 게르데스가 고개를 미세하게 끄덕이고는 돌아서서 이렇게 말했다. "이 사람, 네가 가져."

헨드릭은 게르데스의 발걸음이 멀어지는 소리를 들었다.

"좋아." 가이벨이 헨드릭 옆에 다시 나타났다. "당신도 시작해야 되겠군. 당신의 장기들은 문제가 없어. 하지만 얼마 전 게르데스가 날 방해했을 때 하던 일이 있었는데, 일단 그 일을 먼저 끝내야겠어."

장기들은 문제가 없다고? 헨드릭은 그 말의 의미를 알게 됨과 동시에 가이벨이 그걸 어떻게 파악했는지 궁금했다.

"금방 끝나. 당신도 알잖아? 많은 사람들이 뇌사 판정을 받은 뒤에도 장기를 기증하려 하지 않는다는 점이 우리 의료계에서 큰 문제라는 거. 이유는 아주 다양하지. 장기를 적출할 때 정말로 죽어 있는 상태가 아니라는 막연한 두려움부터, 땅 속 지렁이들에게 최고의 만찬을 준비해 주기 위해 완전한 육체로 땅에 묻히고 싶어 하는 어린애 같은 투정까지."

가이벨의 입 밖으로 나오는 말만 해도 충분히 끔찍했지만, 더 심각한 문제는 그가 말하는 방식이었다. 그는 조만간 헨드릭에게 메스질을 해도 된다는 사실에 본격적으로 들뜬 것 같았다.

"요컨대 장기 기증이 반드시 필요한 사람들 중 실제로 장기를 받는 사람은 거의 없지. 솔직히 말하면, 나는 이런 사실들 자체엔 정말 별 관심이 없어. 훨씬 더 관심이 가는 부분은 장기가 꼭 필요한 이들 중 지긋지긋한 대기를 피할 수만 있다면, 장기를 기증받기 위해 어마어마한 돈을 지불할 준비가 된 부자들이 아주 많다는 것이지. 바로 여기에서 내 리스트가 큰 역할을 한다고. 당신은 진정으로 금과 같은 가치를 지닌 주문 전표야. 나약해 빠진 게르데스 교수와 달리 나는 거창한 목표가 없어. 나한테는 딱 두 가지만 중요하지. 재미, 그리고 이걸로 아주 큰돈을 버는 것." 그가 생각에 잠긴 듯 고개를 끄덕이며 린다 쪽으로 시선을 돌리고 씨익 웃었다. "솔직히 말하면 재미에 더 무게가 실려 있긴 하지."

헨드릭의 머릿속을 대혼란이 점령했다. 저 정신병자의 잡담이 빈말이 아니라면—헨드릭은 빈말이 아니라고 확신했지만—저놈은 헨드릭의 의식이 온전한 이 상태에서 그의 육체가 감당할 수 있는 한 장기들을 빼낼 계획이었다. 그리고 가이벨이 장기를 최대한 많이 빼내기 위해 엄청난 공을 들일 거라는 것을 헨드릭은 완전히 확신하고 있었다.

"게르데스를 위해 하나는 남겨둬야 해. 게르데스가 선택하는 방법은 정말이지 천재적이야. 거부감이 없거든."

가이벨의 표정이 어두워졌다. "그래서 그 컴퓨터 어쩌고를 이 일에 반드시 끌어들일 수밖에 없었지."

헨드릭은 그 말이 무슨 뜻인지 이해가 가지 않았지만 별로 중요한 문제가 아니었다. 가이벨이 그 협박을 실행에 옮기는 걸 저지하려면 소리를 지르건 부탁을 하건 도망을 가건 뭐라도 해야 했다. 조금이라도 움직이기 위해 무의식적으로 계속 시도하던 중, 갑자기 오른쪽 손이 반응했다. 아주 미약했지만 분명히 느꼈다. 다리에도 간질거리는 느낌이 감지되었을 때, 그는 팔 위쪽에 놓은 주사가 무엇이었는지 알 수 있었다. 게르데스가 가이벨 몰래 그에게 해독제를 놓은 것이었다.

헨드릭은 약효가 빨리 진행되기를 기도했다. 아주 빨리.

가려운 느낌이 점점 다른 신체 부위에도 옮겨갔다. 마치 개미 떼가 그의 피부 위에서 이리저리로 바삐 돌아다니는 듯했다.

그 사이 가이벨이 돌아서서 헨드릭의 시야에서 사라졌다. 수도를 틀었다가 다시 잠그는 소리가 들렸다. 마침내 다시 돌아온 가이벨은 수술용 마스크와 두건을 쓰고 있었다.

48

 가이벨은 헨드릭이 있는 테이블을 밀며 문밖으로 나가 그 문을 닫고 또 다른 문을 열었다. 그 문은 양쪽으로 열리는 출입 게이트 같았다. 두 사람이 들어선 공간은 조금 전 헨드릭이 있던 곳보다 서늘했다. 헨드릭의 시야에 천장 왼편에 설치된, 위치 조절 가능한 암에 달린 포물면경 모양의 조명이 들어왔다. 구식 모델이긴 했지만 조명의 모양과 이곳이 출입 게이트 너머에 있다는 사실, 그리고 방의 온도 등 여러 요소들이 이 공간의 정체를 알려 주고 있었다. 바로 수술실이었다.
 가이벨은 테이블을 멈춰 세우고 방을 나가더니 얼마 지나지 않아 되돌아왔다.

"자," 기분 좋은 말투였다. "두 사람이 다시 한자리에 모였군요. 여기에서 당신을 작업하는 동안 당신 약혼자를 혼자 밖에 둘 순 없지."

헨드릭은 사지가 서서히 살아나는 걸 느끼고 있었다. 손가락들이 아주 조금씩 움직이고 발도 마찬가지였지만, 과연 가이벨을 방어할 만한 힘을 낼 수 있을까? 그건 알 수 없었다. 그렇다고 근육이 뜻대로 움직일지 시험해 보는, 그 위험한 일을 해 볼 수도 없었다. 미친놈이 눈치채면 결국 모든 게 끝이었다. 그의 운명뿐만 아니라 린다의 운명도 종결될 것이었다. 저 병신 같은 새끼가 린다에게 무슨 짓을 할지 생각만 해도…… 헨드릭은 모든 걸 걸어야 했다. 적어도 놈을 경악시킬 그 순간만큼은 헨드릭의 손안에 있었다.

또다시 수도에서 물이 나오는 소리가 들리더니 이내 불규칙하게 찹찹 거리는 소리가 났다. 헨드릭에게도 익숙한 소리였다.

잠시 후 그의 옆으로 다가온 가이벨은 수술용 장갑을 착용하고 있었다. "당신은 전문가니까 내가 앞으로 어떻게 할 건지 얘기해도 되겠군. 최소한 당신은 내 말을 알아들을 테니까. 먼저 눈의 각막과 공막으로 첫 스타트를 끊을 거야. 주문 리스트에 있는 부위는 아니지만, 전혀 어렵지 않게 구매자를 찾을 수 있다는 거,

우리 둘 다 잘 알잖아? 그 부위 절제술이 특히 재밌거든. 의학적인 측면에서 보면 간단한 전채 요리라고 할 수 있지. 그다음에 이제 진정한 의미의 비즈니스가 시작되는 거야." 그는 방금 자기가 아주 재밌는 농담을 건네기라도 한 듯 킥킥 웃어댔다. 그러고는 휙 돌아서서 무언가를 잡더니 헨드릭에게 손에 들고 있는 메스를 보여 주었다. "내 생각에는 말야. 음, 간 절제부터 시작하는 것도 좋겠어. 당신의 참을성이 괜찮으면 신장 절제술에 들어가도 될 것 같고. 그다음부터는 당신 상태가 양호하건 말건 더 이상 중요하지 않지."

헨드릭은 아주 살짝 고개를 돌리고 분명 린다가 누워 있을 옆 테이블을 흘긋 바라봤다.

"그래도 저 여자를 먼저 처리할까, 조금 전에 가만히 생각해 봤거든? 일단 그녀를 제대로 앉혀 놓을 수는 있으니까……."

바로 그때, 헨드릭은 근육을 최대한 긴장시켜서 제어되지 않는 분노를 몰아세우고 저편에 깔린 힘이란 힘은 죄다 끌어모아 가이벨의 등을 후려쳤다. 그 힘은 가이벨을 넘어뜨릴 만큼 강했고, 두 사람은 함께 린다가 누워 있는 테이블에 부딪치며 바닥으로 쓰러졌다.

헨드릭은 거칠게 비명을 질렀지만 여전히 쉰 목소리만 나올 뿐이었다. 그래도 그는 간신히 몸을 일으켜 그의 밑에 깔린 남자의 머리에 미친 듯이 주먹질을 퍼부었다.

그러나 전체 힘의 일부만 겨우 끌어모았기 때문에 아무리 가이벨의 머리를 타격해도 눈에 띄는 변화가 없었다. 가이벨은 헨드릭의 첫 기습 공격을 극복하고 나서 큰 어려움 없이 그의 공격을 방어했다. 헨드릭은 싸움에서 질 거란 걸 깨닫고 절망에 빠져 주위를 두리번거리면서도 온 힘을 다해 두 팔을 들어올렸다. 그리고 꽉 쥔 주먹으로 가이벨의 얼굴을 세차게 가격했다. 교수는 끙끙 앓는 소리를 내며 헨드릭의 아래에서 꿈틀댔다. 헨드릭은 상대의 가슴팍을 간신히 한 번 더 후려친 후 그대로 바닥에 등을 대고 누워 숨을 헐떡댔다.

잠시 시간이 흘렀다. 안타깝게도 헨드릭의 몸은 말라비틀어진 저 남자를 대항할 만큼 충분히 회복되지 않은 상태였다.

"이런 빌어먹을 한심한 새끼." 가이벨이 욕을 내뱉으며 몸을 일으켰다. "잘 생각해 봐. 가능성이 있을 거 같아?"

헨드릭은 린다가 누워 있는 테이블을 볼 수 있을 만큼 고개를 돌렸다. 모든 힘을 긁어모아 발을 바닥에 대고 린다의 얼굴이라도 볼 수 있을 거란 희망을 품은 채 몸을 옆으로 살짝 돌렸다. 그런데 그때 무언가 차가운 것이 그의 이마에 닿았다.

"자, 나의 동료여. 이래 봤자 당신한테 좋을 게 없어." 가이벨이 헨드릭의 어깨를 덥석 잡아 옆으로 끌어당겨서 그의 가슴팍 위로 펄쩍 뛰어오르려 했다. 그 과정에서 헨드릭은 방금 이마에 닿았던 물건을 확인했다. 조금 전 가이벨의 손에 들려 있던 메스. 그런데 그 물건이 지금은 바닥에 놓여 있었다.

"보답의 의미로 당신 약혼자를 먼저 처리하도록 하지." 가이벨이 숨을 가쁘게 몰아쉬었다. "그리고 당신이 모든 걸 지켜볼 수 있도록 명당자리를 잡아 주겠어. 모든 절제술을 지켜보도록. 그녀의 몸에서 빼낸 장기들까지 전부 보여 줄게."

그 사이 헨드릭은 메스가 있는 방향으로 팔을 조심스레 뻗었다. 마침내 손끝에 차가운 금속이 닿았다. "당신 눈꺼풀을 접착제로 붙여 놓을 거야. 내가 제공하는 그 광경 앞에서 당신이 눈을 감을 수 없게……." 헨드릭의 팔이 민첩하게 휙 움직였다. 팔을 다시 떨어뜨렸을 때는 이미 가이벨의 목이 깔끔하게 베어져 있었다. 가이벨은 경악하여 두 눈을 번쩍 뜨고서 두 손을 목으로 가져가 끔찍하게 벌어진 상처를 부여잡았다. 심장 박동의 리듬에 맞춰, 벌어진 상처 사이로 피가 솟구치고 또 솟구쳤다. 그는 믿을 수 없다는 표정으로 헨드릭을 노려보다가 슬로 모션처럼 서서히 옆으로 기울어지더니 바닥으로 쿵 쓰러졌다.

헨드릭은 한동안 그대로 누워서 폐 속으로 숨을 크게 들이마셨다. 이 상황에서 벗어나고자 뒤로 약간 물러나려 했지만 흥건하게 번진 그놈의 피 때문에 맨발이 자꾸만 미끄러졌다. 마침내 그는 뒤로 물러나 테이블 모서리에 몸을 지탱하고 일어섰다.

 가이벨은 더 이상 움직이지 않았다. 벌어진 목의 상처 사이로 피가 계속 새어 나오고 있었다.

 헨드릭은 저 너머의 린다를 바라보았다. 그녀도 멍한 얼굴로 그를 바라보았다. 그녀의 오른쪽 눈에서 눈물 한 방울이 뚝 떨어져 얼굴 위를 타고 흘렀다.

 헨드릭은 다시 한번 숨을 깊이 들이마시고 테이블 모서리에서 손을 뗀 다음 비틀대며 린다에게 다가갔다. 하지만 갑자기 무슨 소리가 들렸고, 순간 그는 한 걸음도 뗄 수 없었다. 수술실 밖 어디선가 다급한 발소리가 났다. 그는 출입 게이트를 뚫어지게 바라보았다. 발소리가 멈추고 밖에 있는 문이 열리더니 누군가 안으로 급하게 뛰어들어왔다.

 헨드릭은 그 남자를 보자마자 안도의 숨을 내쉬었다. "슈프랑 형사님! 휴, 다행입니다." 그의 목소리는 여전히 거칠었다.

 슈프랑은 출입 게이트 앞에 서서 피 웅덩이 속에 누워 있는 가이벨을 내려다보았다. "이게 다 무슨 일입니까?"

"나도 정확히는 몰라요. 하지만 장기 매매와 연관이 있는 게 분명합니다. 저 정신병자가 린다와 저한테서 산 채로 장기를 빼내려고 했어요. 저자가 바로 가이벨 교수입니다. 외과 담당 교수요."

슈프랑이 고개를 끄덕였다. "저도 누군지 압니다. 그리고 당신 말이 맞아요. 장기 매매와 관련된 일이죠."

49

핸드릭은 슈프랑을 노려보았다. "어떻게 아는 거죠?"

"바로 제가 가이벨 교수와 한패였거든요. 당신 말이 맞습니다. 장기 매매. 어떤 이들은 이렇게 말하기도 하죠. 떼돈 버는 사업이라고."

"하지만 그건 불가능한……."

"진정하시죠. 이건 그냥 하나의 비즈니스, 그 이상도 이하도 아닙니다. 어차피 사람은 죽어요. 우리는 그저 죽은 사람들을 유용하게 쓸 뿐입니다."

핸드릭은 다리에 힘이 풀리는 걸 느끼고 테이블 모서리에 기댔다. 과연 이 악몽이 끝나기는 할까?

"사람들을 잔인하게 죽이면서요? 의식이 있는 사람의 몸을 자르고 장기들을 도려낸다고요?"

슈프랑이 고개를 저으며 죽은 교수를 가리켰다. "그건 저기 저 사이코패스의 사적인 취미입니다."

"하지만 당신도 알았잖아!" 헨드릭은 테이블 모서리를 다시 짚으며 근육을 긴장시켰다.

슈프랑은 자연스러운 움직임으로 손을 뒤로 뻗었다. 다시 앞으로 나타난 그의 손에는 무기가 들려 있고, 무기의 총열에는 소음기가 끼워져 있었다. "진정하시죠, 의사 양반."

헨드릭은 린다가 누운 테이블에 도착할 때까지 천천히 옆쪽으로 발걸음을 옮겼고, 그녀를 보호하려 앞에 섰다. 슈프랑이 비웃으며 고개를 저었다. "영웅 납셨네. 안타까운 마지막 순간까지 자기 여자를 보호하는군. 당신, 내가 당신들 둘을 살려 둘 거 같습니까?"

"그럼요." 헨드릭은 그의 확신에 저항했다. "알렉산드라는요? 알렉산드라를 어떻게 했습니까?"

"아무 짓도 안 했습니다. 하지만 우리 정신병자 교수님이 그녀를 어디에 뒀을지 짐작이 가긴 하네요. 그 교수의 저장실에 있을 겁니다. 나중에 그녀를 데리고 재미 좀 볼 생각으로 거기에 들여났을 겁니다. 그러니까…… 교수가 좋아하는 늘이요."

"살아 있어요?"

"그럴 겁니다. 하지만 오래는 아니겠지요. 내가 나중에 살펴보도록 하죠."

슈프랑은 마치 이 상황을 즐기는 것 같아 보였다. 헨드릭은 소용이 있을지 모르겠지만 일단 질문을 하면서 시간을 벌어 볼 생각이었다.

"슈타인메츠를 죽인 사람은…… 당신이었죠? 그렇죠?"

"당연히 나였죠. 그 글쟁이 요나스 크롤만이 어떻게 알았는지는 몰라도, 그자가 우리의 첫 번째 경매에 참여했어요. 그 후 크롤만의 와이프가 종이 한 장을 발견했는데, 그 종이에 기독병원에 소속된 장기 매매 조직단에 대한 내용이 적혀 있었죠. 아담 덕분에 그 모습을 포착할 수 있었고요. 하, 그래서 안타깝게도 그녀 역시 사라질 수밖에 없었습니다. 나는 고객의 주변 사람을 늘 조심해야 한다고 생각해요. 요나스 크롤만은 자기 신문에 실을 끝내주는 기삿거리 냄새를 맡았을 거예요. 그는 슈타인메츠와 그 문제에 대한 이야기를 나누면서 사냥개처럼 즈변을 킁킁거리며 돌아다녔고, 그러다가 여기 이 병원에서 나오는 특수 폐기물 통이, 그러니까 절단된 팔다리와 장기들이 화장될 때까지 보관되는 그 통이 기존의 통 무게보다 더 무겁다는 사실을 알아낸 것 같더군요." 슈프랑이 어깨를 으쓱했다. "우리는 남은 특수 폐기물을 어디 다른 곳에 처리해야 했거든요. 그런데 때마침 슈타인메츠가 의문을 품었고, 상당히 빠르게 우리 사이코 교수를 의심하기 시작했죠. 슈타인메츠는 여기 아래에 있는 오래된 수술실을 다시 사용한다는 걸 밝혀내지 못했지만, 내 동료 칸슈타인 경감에게 도움을 요청하긴 했어요. 칸슈타인은 그 이후로 나한테 정말 이상하게 행동했죠. 경감이 어떻게 알았는지 모르겠는데, 그는 내가 이런 걸로 부업을 한다고 추측하는 것 같더군요. 그래서 나는 슈타인메츠를 제거했어요. 일부러 모든 단서가 나를 가리키게 만들어서 칸슈타인의 의심이 확신으로 넘어가지 못하도록 했습니다. 검찰이 그걸 통과시킬 리 없었죠. 한편으로는 증거가 너무 명백했지만, 다른 한편으로는 모순투성이었으니 사실일 리 없다고 여긴 겁니다. 아주 천재적인 계획이었어요. 당신도 인정할 수밖에 없을 겁니다."

헨드릭은 시선을 떨어뜨렸다가 지금 자신의 꼴이 몹시 기이하다는 걸 인지했다. 그는 실오라기 하나 걸치지 않고 온몸에 피를 덕지덕지 묻힌 채, 목이 베여 죽은 남자 옆에 서서 저 형사가 의사 한 명을 얼마나 교묘하게 살해했는지 설명하는 걸 듣고 있었다.

"파울 게르데스는 뭐죠? 이 일과 어떤 관계가 있습니까?"

슈프랑이 거친 웃음을 툭 뱉었다. "한마디로 그가 이 모든 일의 우두머리입니다."

"거짓말." 헨드릭이 말했다. "조금 전에 여기에 왔었어요. 날 도와줬다고요. 그 사이코에게 맞설 수 있는 기회를 줬다고요."

"게르데스는 겁쟁이라 그런 겁니다. 자기 손은 절대 더럽히지 않으려 할 뿐 아니라 일이 심각해지면 도망쳐 버리거든요. 사실 게르데스는 우리가 당신의 약혼자를 데리고 오는 걸 반대했습니다. 하지만 당신 약혼자는 여러 요구 사항에 아주 완벽하게 들어맞았죠. 패혈증에 걸리지만 않았다면 말입니다."

"게르데스가 왜 그런 짓을 했죠? 그는 당신처럼 돈에 욕심이 많은 것도 아니고 바닥에 있는 저 개자식처럼 변태적 성향이 있는 것도 아니잖아요."

"그건 직접 물어봐야 할 텐데 아쉽게도 그럴 기회가 없겠군요. 오늘 밤 게르데스는 나한테서 급히 달아났었어요. 그때는 당신에게 경고할 수 있었어요. 하지만 이제 두 번 다시 그렇게 못하겠죠."

헨드릭은 그게 무슨 의미인지 물을 생각조차 하지 못했다. "케르만은 뭐죠? 그 IT 부서장도 연관이 있습니까? 그자도 한통속이에요?"

 슈프랑은 바퀴 달린 의자를 앞으로 가져와 자리에 앉고는 계속 헨드릭에게 총을 겨누었다. "솔직히 이 문제에 더 이상 관심 가질 필요 있나요? 뭐 어쨌든 간에, 케르만은 오랫동안 벼르고 있던 일에 착수했어요. 그때 그는 홍채 인식이 추가되면서 보안이 굉장히 탄탄해진 스마트홈 시스템의 무조건적인 접근 권한을 다크넷에 올렸죠. 아마 강도 집단이 제안을 해 올 거라고 기대했을 겁니다. 그런데 어떤 의사한테서 연락이 왔으니 꽤나 놀랐겠죠."

"그런데 그 케르만이 왜 우리 집에 찾아와서 슈타인메츠인 척한 거죠?"

"그는 스마트홈 시스템에 접근하게 해 준 일에 대한 계약금을 받은 후 잔금을 받아야 했기 때문에 다른 선택이 없었어요. 내가 그를 압박했죠. 요나스 크롤만과 당신 약혼자 이야기를 그럴듯하게 꾸며서 당신에게 전하고, 요나스의 휴대폰으로 율리아 크롤만에게 문자를 보내라고요. 두 사람이 각자의 배우자 또는 약혼자가 집을 나갔다고 생각하게 만들기 위해서 말이죠. 그렇게 하지 않으면 땡전 한 푼도 구경하지 못할 거라고 윽박질렀어요. 케르만은 내 말을 따랐고 심지어 크롤만 부부의 별장이 있는 그레칠에도 갔습니다." 슈프랑이 오만하게 웃어 댔다. "나는 확실하게 하길 원했어요. 당신의 약혼자가 크롤만과 눈 맞아서 나갔다는 것 말고는 당신이 그 어떤 것도 생각하지 못하도록 하고 싶었다고."

헨드릭이 침을 꿀꺽 삼켰다. "당신, 크롤만 부부는 어떻게 했어?"

"나는 그들한테 아무 짓도 안 했습니다. 가이벨이 했죠. 나는 그냥 데려다줬을 뿐입니다. 크롤만 부부는 우리에게 엄청난 돈다발을 쥐여 줬어요. 그리고 남은 특수 폐기물도. 어쨌거나 요나스 크롤만과 당신 약혼자가 옷가지를 챙겨서 가방에 담아 나갔다는 아이디어, 진짜 천재적이지 않나? 안 그래요? 경찰이 어떻게 돌아가는지는 내가 잘 알고 있잖아요. 누가 봐도 납치로 보일 리가 없었지. 여기에다가 이 일이 로맨스 드라마와 관련이 있다는 허위 목격자만 나와 준다면, 더할 나위 없잖아요." 그는 헨드릭에게 눈을 깜빡이더니 자리에서 일어나 그에게 한 걸음 다가갔다. "자, 이제 끝낼 때가 됐군."

"당신이 빠져나갈 수 있을 거 같아?" 헨드릭이 물었다. 그러나 그의 목소리는 이미 떨리고 있었다. "더군다나 슈타인메츠 살인 사건도 아직 진행 중이야. 당신은 또 다른 살인 사건에 연루되어 있다고. 다시 한번 잘 생각해."

"정확히 그 반대지. 나는 당신이 약혼자 찾는 걸 도와주고 싶어서 수사에 착수했어. 칸슈타인 경감이 당신을 곤란하게 한 뒤에 말이야. 당신이 한밤중에 나한테 전화한 그때, 난 아무것도 하지 말고 날 기다리라고 조언했지만 당신은 내 말을 듣지 않았어. 내가 이 병원에 도착했을 때는 이미 너무 늦었지. 가이벨이 두 사람 모두에게 주사를 놓은 뒤였으니까. 가이벨은 당신 약혼자한테 먼저 주사를 놓은 후 당신에게……." 슈프랑이 총을 들고 헨드릭을 겨누더니 주저하지 않고 방아쇠를 당겼다. 메마른 총성이 귓가에 맴돌며, 탄환이 헨드릭의 어깨를 스치고 지나갔다. 권투 선수가 온 힘을 다해 어깨에 강타를 날린 듯, 헨드릭은 뒤로 강하게 밀쳐졌다.

놀랍게도 그는 두 다리로 버티고 서 있을 수 있었지만, 어지럼증이 그를 짓눌렀고 이대로 정신을 잃을까 봐 두려웠다. 어깨를 슬쩍 확인한 뒤 총알이 스치고 지나가기만 했다는 사실을 알아챘지만, 지옥 같은 통증은 변함이 없었다.

"가이벨이 첫 번째 주사를 놓을 때 서두르는 바람에 약이 제대로 들어가지 않았어. 그래서 당신이 메스를 잡아 그의 목을 벨 수 있었던 거라고. 그는 죽어 가면서도 두 번째 주사를……."

"저 경찰은 두 번째 총알을 또 쏠지 잘 고민해 보는 게 좋겠군.

자기 목숨을 담보로 해야 할 테니까." 누군가 입구 쪽에서 말했다.

헨드릭은 열려 있던 출입 게이트 앞에 칸슈타인이 총을 들고 있다는 걸 그제야 알아챘다. 칸슈타인의 뒤에 제복을 입은 경찰 둘이 더 있었다.

"경감님?" 슈프랑이 깜짝 놀라 내뱉었다. 그는 총을 살짝 아래로 떨구고 아주 천천히 칸슈타인 쪽으로 고개를 돌렸다. 그사이 총열이 아래쪽으로 비스듬히 내려갔다.

칸슈타인은 턱으로 총을 가리키며 냉담하게 말했다. "어디 해봐. 총을 한 번 더 쏴 보시지 그래?"

두 사람은 한참 동안 서로의 눈을 노려봤지만, 결국 슈프랑이 먼저 손가락을 펴고 총을 아래로 떨어뜨렸다. 슈프랑과 몇 걸음 떨어져 있지 않던 제복 경찰 둘이 재빨리 그의 등 뒤로 손을 묶었다.

"잠깐!" 경찰들이 그를 연행하려 하자 헨드릭이 외쳤다. 슈프랑이 그의 쪽으로 고개를 돌렸다. "왜 굳이 스마트홈 시스템에 그런 노력을 들였지? 밤마다 길거리에 떠도는 사람들을 그냥 납치하면 될 텐데? 노숙자 같은 사람들 말이야. 그편이 훨씬 쉬웠을 텐데."

슈프랑이 미소 지었다. "아, 이유가 있지. 당신 교수한테 물어봐. 그게 그의 취미거든."

경찰들이 그를 홱 잡아끌며 밖으로 끌어냈다. "의사와 간호사 불러!" 칸슈타인이 그들의 뒤에 대고 소리쳤다.

헨드릭은 멍하니 누워 그를 응시하고 있는 린다에게 돌아섰다. 그는 그녀 쪽으로 몸을 숙이고 이마에 키스를 했다. "이제 다 됐어. 약 효과는 점점 사라질 거야. 이제 안전해."

"곧 의료진이 올 겁니다." 칸슈타인이 뒤에서 그렇게 말하며 헨드릭의 어깨에 난 상처를 살펴보았다. "괜찮습니까?"

"괜찮다고 할 순 없네요. 정말 아픕니다."

칸슈타인이 주변을 둘러보았다. "여기 어디에 압박 붕대 같은 게 분명 있을 텐데."

그보다 먼저 헨드릭은 작은 수납장에서 잘 개어 놓은 초록색 수건을 찾아냈다. 수건을 들고 쫙 펴서 아무것도 입지 않은 린다의 몸을 덮어 주었다. "여기서 나가는 게 더 좋을 것 같습니다. 린다가 있는 테이블을 좀 맡아 주시겠어요?"

두 사람은 수술실 밖으로 나갔다. 칸슈타인이 테이블을 다시 멈춰 세웠을 때 헨드릭은 린다에게 다가가 그녀의 손 위에 그의 손을 올렸다. 그녀를 다시 만났다는 사실이 헨드릭은 도무지 믿어지지가 않았다. 한참을 그 자리에 서서 계속 그녀의 손을 쓰다듬으며 눈을 바라보았다. 자신이 아직 맨몸이라는 걸 인식할 때까지.

그는 주위를 둘러보다가 냉동실처럼 기다란 손잡이가 달린 철제문 옆 옷걸이에 걸린 하얀색 가운을 발견했다. 가운에 다가가며 그가 물었다. "혹시 알렉산드라 보셨습니까?"

"아니요. 이미 찾고 있긴 합니다만."

헨드릭은 가운을 들고 팔 부분으로 조심스레 배를 감싸서 묶어, 하얀 천이 최소한 엉덩이 아래까지는 덮을 수 있도록 했다. 상처 부위에 천이 닿게 할 수는 없었다. 그리고 어떠한 기운에 이끌려 바로 옆에 있던 철제문 손잡이에 손을 올렸다. 묵직한 그 문은 잠겨 있지 않았고 슬쩍 당겼더니 바로 열렸다. 믄 뒤에 있는 방은 그렇게 크진 않았기에 그의 시선이 곧장 알렉산드라에게 닿았다. 그녀는 등을 대고 누워 있었다. 그녀 위로 몸을 숙여 보니 눈을 뜬 상태였다. 알렉산드라 역시 그와 린다처럼 약물로 인한 수면 마비 상태에 빠져 있는 듯했다. 그래도 옷은 입혀져 있었다. 손가락 두 개를 그녀의 목에 대 보았다. 맥박이 약하지만 규칙적으로 뛰고 있었다. "알렉스." 그는 그녀를 격려하듯 고개를 끄덕였다. "이제 괜찮아. 다 끝났어."

헨드릭은 칸슈타인과 함께 알렉산드라를 그 공간에서 빼내는 동안 상처 부위가 무척 아파서 당장이라도 비명이 튀어나올 것 같았지만 겨우 참아 냈다. 밖으로 나온 두 사람은 그녀를 해부용 테이블 위에 눕혀 놓고 싶지 않았기에 주의를 기울이며 바닥에 천천히 내려놓았다.

다시 몸을 일으킨 헨드릭이 칸슈타인을 보며 물었다. "저희가 여기에 있는 건 어떻게 아셨습니까?"

"지난 몇 주 동안 이 사건에 아주 많은 시간을 할애했습니다." 그가 무미건조하게 답했다. "계속 슈프랑을 미행했거든요."

입구 쪽에서 무슨 소리가 들리더니 하얀 가운을 입은 사람들 여럿이 방 안으로 들어왔다.

"정말 괜찮습니까?" 린다를 치료하는 의료진들을 지켜보는 헨드릭에게 칸슈타인이 물었다.

헨드릭이 고개를 끄덕였다. "네, 지금은 괜찮습니다. 아드레날린 덕분에요. 그런데 아직 궁금한 부분이 있는데요. 슈프랑이 제게 사진 한 장을 보여 줬습니다. 경감님이 요나스 크롤만과 함께 있는 사진이었어요. 마치 경감님이 요나스를 협박하는 것처럼 보이는……."

칸슈타인은 생각에 잠겼다가 이내 고개를 끄덕였다. "요나스 크롤만이 제게 여기에서 불법 장기 매매가 이뤄지고 있다는 정보를 알려 줘서 그와 만났던 겁니다. 그날 그에게 당장 모든 정보를 공유해 달라고 요구했죠. 그런데 그가 거절했어요. 요나스 크롤만은 일단 그의 기사 스토리를 먼저 완성하고 싶어 했거든요. 저한테 정보를 주기 전에요. 그래서 그에게…… 그런 중범죄에 대한 정보를 내놓지 않으면 한 치도 주저하지 않고 그를 감옥에 집어넣을 거라고 강하게 다그쳤어요. 그런 과정에서 그 사진이 찍혔을 겁니다. 누군가 그 장면을 찍었겠죠."

"어디 좀 볼까요?" 여의사가 친절한 미소를 지으며 다가와 헨드릭의 어깨를 살폈다. "바로 치료를 해야겠네요."

"네." 헨드릭은 고개만 끄덕이고 다시 칸슈타인 쪽으로 돌아섰다.

"제 행동에 대해 사과드립니다. 여기에서 무슨 일이 벌어지고 있는지 정말 몰랐어요."

칸슈타인이 고개를 끄덕였다. "괜찮습니다."

"그리고 제 교수였던 파울 게르데스는…… 그 사람도 이 모든 일에 연루되어 있는 것 같아요."

"네, 그 부분에 대해선 곧 처리할 예정입니다."

"감사합니다. 전부 다요."

50

 헨드릭은 무언가의 접촉 때문에 잠에서 깨어났다. 무엇이 그를 깨운 건지 잠시 판단이 서질 않았다. 하지만 부드러운 입술이 그의 입에 다시 닿았을 때 그는 두 눈을 번쩍 떴고 눈앞에 린다의 얼굴이 있었다. 그 즉시 기억이 되살아나면서 정신이 들었다.
 "정말 다행이야." 그렇게 말하며 병원 침대에서 몸을 살짝 일으켰다. "괜찮아?"
 "아니." 그녀가 부드러운 목소리로 답했다. "다시 괜찮아지기까지 앞으로 더 오래 걸릴 거야. 하지만…… 몸이 괜찮냐고 물은 거라면 그건 정말 괜찮아."
 헨드릭은 두 팔로 그녀의 목을 끌어안았다. 어깨 통증 때문에 신음이 새어 나왔다. "자기한테 무슨 일이 생겼을까 봐 미친 듯이 무서웠어. 아무 일도 일어나지 않아서 얼마나 다행인지 몰라."

린다는 고개를 끄덕이며 옅은 미소까지 지어 보였다. "자기가 무슨 일을 했는지 전부 다 들었어."

"정말? 누구한테?"

"저 두 사람에게." 린다가 뒤쪽을 가리켰다. 칸슈타인과 알렉산드라가 서 있었다.

"안녕하세요." 알렉산드라가 비교적 건강해 보이는 얼굴로 인사했다. 칸슈타인은 아무 말 하지 않았다. 대신 헨드릭의 침대로 다가가 그에게 봉투 하나를 건넸다. "당신 것 같군요."

헨드릭은 봉투를 받고 누군가 손으로 적은 그의 이름을 확인했다. 누구의 글씨체인지 바로 알아챘다.

"파울 게르데스 교수가 쓴 거네요."

칸슈타인이 고개를 끄덕였다. "교수는 죽었어요. 스스로 목숨을 끊은 거로 보입니다. 약 한 통을 전부 먹었더군요. 이 편지는 그의 셔츠 주머니에 꽂혀 있었습니다."

"고맙습니다." 헨드릭은 편지를 내려놓았다. 칸슈타인과 알렉산드라가 함께 있는 곳에서 열어 보고 싶지 않았다. "나중에 읽어 보려고요."

그 순간만큼은 파울 게르데스 생각을 억지로 밀어내고 린다의 손을 감쌌다. 그녀의 슬픈 눈을 들여다보고 있으니 사랑의 파도가 그를 에워쌌다. "너무 보고 싶었어." 그가 나지막이 말했다.

"우리는 이제 가 볼게요." 침대 끝쪽에 서 있던 알렉산드라가 입을 열었다. "쉬세요. 다음에 봐요."

알렉산드라도 칸슈타인도 돌아서려는데 헨드릭이 마지막으로 물었다. "솔직히 말해 봐. 마빈하고 뭐 있지?"

알렉산드라는 잠시 생각하더니 침대 옆으로 다가와서 이렇게 답했다. "좋아요. 아저씨가 비밀을 지키겠다고 약속하면 말해 줄게요."

그는 린다를 슬쩍 쳐다보고는 고개를 끄덕였다. "약속할게."

그녀는 빙긋 미소 짓고는 입이 그의 귓가에 닿을 때까지 몸을 숙인 다음 속삭였다. "제가 마빈이에요."

에필로그

 사랑하는 헨드릭에게,

 자네한테 사과해야 할 일이 너무 많아서 어디서부터 시작해야 할지 모르겠네. 그러나 자네한테 전부 털어놓는 게 나한테는 아주 중요해. 무엇보다 이제 더는 자네와 개인적으로 만날 수 없을 테니까.

 내가 이 일들과 어떤 연관이 있을지 궁금할 거야. 나는 그 어떤 것도 빠트리지 않고 자네에게 고백해야 하지. 전부 다.

 처음부터 내 아이디어였네.

 단 한 번도 누구에게 말한 적이 없으니 자네도 모르는 게 당연하겠다만……. 사실 나한테는 아들이 하나 있었어. 그 아이는 선

천적 심장병을 앓았지. 아들이 열세 살이 되었을 때, 합병증이 무척 심해졌고 장기 기증만이 아이를 살릴 수 있는 상황이 되었지. 하지만 우리는 장기 기증을 받지 못했네. 아들이 나이가 어려서 리스트의 상위권에 있었는데도 말이지. 다른 사람의 생명을 구하기 위해 사망 후 장기 기증에 동의하는 사람이 적어도 너무 적었기 때문이야. 자네도 짐작하겠지만 당시 나는 아들에게 심장을 구해 주기 위해 온갖 방법을 다 썼고 할 수 있는 모든 일을 했어.

하지만 실패했지. 그리고 아들은 내 품에서 죽었네.

도저히 용납이 되지 않았어. 나는 무너졌고, 수년간 절망에 빠져 지내다가 장기가 급하게 필요한 사람들을 도울 수 있는 방법을 고민하기 시작했지.

처음에 난 죽은 지 얼마 안 된 시신을 구해서 몰래 장기들을 꺼내고 그들에게 전해 줄 생각이었네. 지금 돌이켜보면 정말 어리석은 생각이었지. 문제는 사망 직후에 장기를 빼내야 한다는 거였어. 진짜 터무니없었지. 게다가 병을 앓았던 환자의 장기는 해당 사항이 없으니 다른 방법을 찾아야만 했어.

그런데 어디선가 이런 소리를 들었네. 다크넷에서는 어떤 예외도 없이 무슨 일이든 전부 다 할 수 있다고. 그래서 다크넷에 적합한 브라우저를 준비하고 정확히 뭘 찾으려는 계획도 없이 다크넷을 뒤지기 시작했어.

그때 케르만의 제안을 발견했고 내 계획의 윤곽이 확실해졌지.

자네도 알다시피 나는 꽤 오랫동안 홍채 진단에 대해 아주 열심히 연구해 왔어. 아직도 수많은 대학 병원의 의사 동료들이 인정하지 않지만, 모든 장기의 상태는 홍채를 보면 어느 정도 파악할 수 있지.

홍채 사진도 저장되어 있고 그 집에 사는 사람들의 삶을 백 퍼센트 볼 수 있는 시스템이 있다는데 그것보다 더 완벽한 게 어디 있겠나? 그래서 장기 기증자로서 모든 장기를 제공할 만큼 건강하면서, 동시에 장기를 기다리는 사람들보다 더 빨리 죽어야 마땅한 사람들을 찾아다니기 시작했네.

함부르크에서 장기 기증자로 찾아낸 첫 번째 여자는 방탕한 여자였어. 그녀는 남편이 팬티를 갈아입는 횟수보다 더 자주 바람을 피웠지. 남편이 병에 걸려 녹초가 되어 가는 동안에도 그녀는 젊은 남자들과 놀아나고 돈을 펑펑 써 댔어. 그러니까 우리 인류에 전혀 도움이 되지 않는 여자인 셈이었지.

시스템에 저장된 그 여자의 홍채를 확인해 보니 모든 장기가 기증에 적합할 만큼 건강했어. 즉, 여덟 명을 행복하게 할 수 있다는 의미였지. 그녀의 주요 장기를 받을 일곱 명과 그녀의 남편.

당연히 도와줄 인력이 필요했고 다시 다크넷에서 사람을 찾았어. 그때, 장기를 적출하는 사람일 거라고 전혀 기대하지 않았던 한 익명의 외과의사가 나한테 연락을 했는데, 그자가 대학 동기였던 가이벨이었고, 그 사실을 알게 되었을 때 내가 얼마나 놀랐는지 상상도 할 수 없을 거네. 게다가 공급자를 자칭한 한 형사는 형편없는 공무원 봉급이 성에 차지 않았고 경찰직에 대한 책임감이 전혀 없었어. 그게 바로 토마스 슈프랑 경사였지.

하지만 주문량은 점점 늘어나는데 일은 제대로 굴러가지 않았어. 아직까지는 함부르크에 아담 시스템을 설치한 집이 그렇게 많은 편이 아니기 때문에 기증자를 빨리 찾을 수가 없었지. 두 사람은 돈이 손가락 사이로 빠져나가는 걸 두고 볼 수만 없었고, 그래서 먼저 그 기자부터 납치했네. 기자는 어떻게 알게 됐는지 우리 일에 대한 비밀을 밝혀냈어. 그리고 린다도. 너무 끔찍했지. 하지만 린다가 구출될 때까지 가능한 한 오래 살려 두는 것 말고는 내가 할 수 있는 일이 없었어. 물론 자네는 이런 생각이 들겠지. 나한테라도 말하지. 아니면 경찰한테 힌트라도 좀 주지. 그러나 그때 나는 나에게 닥칠 결과가 두려워서 그렇게 하지 못했네.

자네가 이 편지를 읽는다면, 자네도 알다시피 결국 아무것도 할 수 없게 된 것이겠지.

나는 가이벨과 슈프랑이 경찰에 체포되길 바라네. 경찰에게도 편지를 남겼는데, 케르만의 현 거주지를 비롯한 모든 중요한 내용을 적어놨어.

헨드릭. 내 잘못 때문에 자네와 린다, 그리고 크롤만 부부가 엄청난 고통을 겪게 되었고 다시 되돌릴 수 없다는 거 잘 알고 있네. 하지만 어쩔 수 없었던 나만의 사정을 자네라면 이해할지도 모르겠군. 부디 그러길 바라.

혹시 아나, 나를 용서해 줄지.

파울

헨드릭은 눈을 감았다. 너무 버거웠다. 파울 게르데스 같은 사람이, 그의 상사이자 친구였던 그 사람이 이런 말도 안 되는 끔찍한 일의 우두머리였다는 사실을 받아들일 수 없었다. 지난 며칠간 벌어졌던 참혹한 사건들이 그자의 책임이었다는 것 역시 믿어지지 않았다.

헨드릭은 편지를 접었다. "아니요." 그가 낮게 말했다. "나는 절대 용서할 수 없습니다."

그러고는 편지를 아래로 떨어뜨렸다. 편지가 바닥으로 툭 떨어지는 소리가 들렸다.

작가의 말

소중한 독자 여러분,

저는 이 책에서 스마트홈 시스템의 보안 측면과 함께 장기 기증이라는 주요한 주제를 다루었습니다. 이 문제들은 제게 무척 와 닿는 문제이기도 합니다. 안타깝게도 사후에 자신의 장기로 다른 이의 생명을 구하기 위해 생전에 장기 기증을 준비하는 사람의 수가 터무니없이 적습니다. 실제로 기증자 한 명이 일곱 명을 살릴 수 있다고 합니다. 사실 낯선 이의 장기가 없다면 목숨을 잃었을 사람들이죠.

저는 장기 기증자로서 처음에는 혹시 내가 너무 성급하게 죽음을 확정 짓는 건 아닐까 하는 두려움이 들었습니다. 장기 기증에 대해 심도 있게 이해하고 그 두려움의 근거가 없다는 것을 확신할 때까지는 내내 두려웠으니까요. 장기 기증이 가능한 전제조건은 모든 뇌기능을 되돌릴 수 없는 상태(뇌사)입니다. 즉 신경학적 기준에 따라 한 인간의 죽음이 뚜렷하게 예측되고 뇌가 제어 기능을 더 이상 발휘하지 못하는 상태를 뜻합니다. 뇌사 진단은 몇 시간에서 며칠까지 걸리며 오직 병원의 중환자실에서만 이루어집니다. 최소 두 명의 특별 자격을 갖춘 전문 의사가 각자 독립적으로 확인해야 하죠. 결과는 문서로 기록되고 보관되며 언제든 다시 확인할 수 있어요. 하지만 장기 또는 조직 기증이 뒤늦게 신청되는 경우, 기증을 위해 장기 및 조직을 적출하거나 전달할 때 특정 전문 의료진이 관여하지 못할 수도 있다고 합니다. 이런 이유 때문에 저는 장기 기증 등록증을 미리 발급받아 놓았죠. 이런 생각과 함께 말입니다. 만약 내가 다른 이의 장기에 의존해야 하는 경우라면, 자신의 죽음 이후에 누군가의 생명을 구하겠다고 결심한 또 다른 사람들이 여전히 존재하길 바라는 마음으로요.

마지막으로 독자 여러분께 한 가지 부탁이 있습니다. 중요한 일이긴 하지만, 책의 비평 또는 서평에 장기매머에 대한 이야기는 언급하지 말아 주세요. 아직 이 책을 읽지 않은 사람들이 결말을 미리 알게 될 수도 있으니까요.
 감사합니다!

아르노 슈트로벨

Die App - Sie kennen dich. Sie wissen, wo du wohnst by Arno Strobel
Originally published as "Die App – Sie kennen dich. Sie wissen, wo du wohnst."
Copyright © 2020 S. Fischer Verlag GmbH, Frankfurt am Main
All rights reserved.
This Korean edition was published by PENCILPRISM, Inc. in 2023 by arrangement with
S. Fischer Verlag through KCC(Korea Copyright Center Inc.), Seoul.

이 책은 (주)한국저작권센터(KCC)를 통한 저작권자와의 독점계약으로 주식회사 펜슬프리즘에서 출간되었습니다. 저작권법에 의해 한국 내에서 보호를 받는 저작물이므로 무단전재와 복제를 금합니다.

디 앱

펴 낸 날 | 초판 1쇄 2023년 12월 29일

지 은 이 | 아르노 슈트로벨
옮 긴 이 | 나현진

편   집 | 이정
표지디자인 | 말리북

펴 낸 곳 | 어느날갑자기
출판등록 | 2017년 8월 31일 제2021-000322호
편 집 부 | 070-7566-7406, dayone@bookhb.com
영 업 부 | 070-8623-0620, bookhb@bookhb.com
팩   스 | 0303-3444-7406

디 앱 ⓒ 아르노 슈트로벨, 2023

ISBN 979-11-6847-635-6 03850

* 잘못된 책은 구입하신 서점에서 바꾸어 드립니다.
* 이 책의 출판권은 지은이와 펜슬프리즘(주)에 있습니다.
  내용의 전부 또는 일부를 재사용하려면 반드시 양측의 서면 동의를 받아야 합니다.
* '어느날갑자기'는 펜슬프리즘(주)의 임프린트입니다.